乡关何处是

大屠杀下浴血成长

Motherland
Growing up
with the Holocaust

[美]丽塔·哥德伯格 著　周琳琳 译
Rita Goldberg

图书在版编目（CIP）数据

乡关何处是：大屠杀下浴血成长／（美）丽塔·哥德伯格著；周琳琳译. —北京：中央编译出版社，2021.4
书名原文：Motherland：Growing Up with the Holocaust
ISBN 978-7-5117-3704-5

Ⅰ.①乡… Ⅱ.①丽…②周… Ⅲ.①传记小说-美国-现代 Ⅳ.①I712.45

中国版本图书馆CIP数据核字（2020）第128183号
著作权合同登记号：01-2020-4600

Originally published in English by Halban Publishers Ltd., London in 2014
Under the title *MOTHERLAND：GROWING UP WITH THE HOLOCAUST*
© Copyright 2014 by Rita Goldberg
The photograph of Hilde (illustration 10) appears courtesy of Monica Kaltenschnee of the Stichting Annemie en Helmuth Wolff, Amsterdam.
The Nazi "transport" list (Illustration 11) appears courtesy of René Kok at NIOD.

乡关何处是：大屠杀下浴血成长

责任编辑	朱瑞雪
统筹编辑	李南男　郑菲菲　景淑娥
责任印制	刘　慧
出版发行	中央编译出版社
地　　址	北京西城区车公庄大街乙5号鸿儒大厦B座（100044）
电　　话	（010）52612345（总编室）　（010）52612341（编辑室） （010）52612316（发行）　　（010）52612369（网站）
传　　真	（010）66515838
经　　销	全国新华书店
印　　刷	北京汇林印务有限公司
开　　本	880毫米×1230毫米　1/32
字　　数	283千字
印　　张	14.375
版　　次	2021年4月第1版
印　　次	2021年4月第1次印刷
定　　价	68.00元

新浪微博:@中央编译出版社　微　　信:中央编译出版社(ID: cctphome)
淘宝店铺：中央编译出版社直销店(http://shop108367160.taobao.com)
　　　　　(010)52612322

本社常年法律顾问：北京市吴栾赵阎律师事务所律师　闫军　梁勤
凡有印装质量问题，本社负责调换，电话：（010）52612322

中文译本献词

献给希尔德、麦克斯的孙辈以及曾孙辈

哥德伯格和哈特夫妇的孩子们
丹尼尔,他的妻子艾伦,儿子加布里埃尔和杰米
本杰明和他的女友玛洛丽

哥德伯格和布鲁贝克夫妇的孩子们
希瑟,她的丈夫撒克,女儿梅和娜奥米
梅兰妮,她的丈夫罗伯特,女儿乔伊和儿子裘德
迈克尔和他的妻子泰勒

哥德伯格和罗斯·罗素夫妇的孩子们

丽贝卡,她的丈夫里兹,儿子西蒙和女儿扎瓦迪

亚当和他的妻子艾米丽

并献给他们每一位后代

麦克斯·哥德伯格于 2015 年 3 月 7 日去世,享年 94 岁。希尔德·雅各布斯塔尔·哥德伯格于 2015 年 12 月 3 日去世,享年 90 岁。

致中国读者序

丽塔·哥德伯格

得知我的家庭回忆录《乡关何处是：大屠杀下浴血成长》已被译为中文，我深感荣幸。为此，我必须感谢我的密友吕匡辉。她在北京长大，现定居美国，是一名生化学家。阅读此书后，匡辉表达了热切的支持，四处搜罗渠道来加深自己对第二次世界大战的认识。由此，她开始思忖，中国受众大概也会想更多地了解我的家庭，以及纳粹时期（1933—1945 年，尽管此前的德国也发生了可怕的事件）发生在欧洲犹太人身上的悲惨过往。

也正因为和匡辉及她的中国友人们的交情，我和丈夫曾屡次造访中国，两次参观上海犹太难民纪念馆①。第一次访问发

---

① 上海犹太难民纪念馆是犹太摩西会堂旧址，始建于 1927 年，位于长阳路 62 号（原华德路 62 号），1907 年建造之时是一幢私宅。由俄罗斯犹太人集资将原来在其他地方租屋建造的摩西会堂迁入，成为一所供俄罗斯犹太人和中欧犹太人使用的会堂。——译者注，下同。

生在1994年，那时纪念馆尚在早期建设阶段。到2018年第二次参观时，馆藏的信息丰实了许多，所到之处令人印象深刻。据我所知，自唐朝后期（公元800年起），中国便鲜有犹太人的生活踪迹，但上海却成了中国读者和我之间的一座桥梁，我稍后会再讲到这点。

受制于出版条件，我无法在书中展示欧洲地图。有了这些地图，你可以更容易地想象到"二战"期间，一个被纳粹军队入侵和占领的国家经历着怎样一番景象，甚至可以找到我的母亲及其兄长在荷兰与比利时对抗纳粹的藏身之处。既然没有地图，我推荐美国大屠杀纪念馆（USHMM）[①]官网，里面的信息包罗万象，还有我母亲希尔德·雅各布斯塔尔·哥德伯格及其家族的留影：

https://www.ushmm.org/

2013年，美国大屠杀纪念馆还出版了一本有关大屠杀的百科全书。当时我的书第一版也已出版。这本百科全书囊括了德国及其所征服领土（纳粹称之为大帝国）上共计44000多个集中营、犹太聚居区和监狱，我推荐你同时也去阅读下这本书。

[①] 美国大屠杀纪念馆是美国纪念犹太人大屠杀的官方机构，毗邻华盛顿特区的国家广场。美国大屠杀纪念馆提供"二战"时期大屠杀历史的文件、研究和解释。它致力于帮助世界敌对双方的领袖和公民，防止种族灭绝。

已出版的前两卷可以在美国大屠杀纪念馆官方网站上找到。除了这两本资料，还有许多其他唾手可得的资源：或来自以色列犹太大屠杀纪念馆，或来自德国、荷兰、美国、英国等多个国家的研究所。

中国和大多数国家一样，对战争和迫害并不陌生。虽说实在是凄怆，但我想你可以在我的书里找到许多共鸣。中国人无一不晓1937年日本侵华事件。自此，无情的暴力征服从南京罹难的30万平民的骨灰上拉开序幕。这是开始，直到几年后，准确地讲，在1941年12月7日珍珠港偷袭发生，以及美国加入同盟国之后，日本军队扫荡到中国其他地区，融入已在欧洲熊熊燃起的世界大战战火。日军抵达上海后，在虹口区发现超过两万名犹太难民，其中绝大多数从德国和奥地利乘船逃难而来，也有的走陆路经由当时的苏联转道而来。因为彼时的上海港既不需要签证，也不需要护照。

虹口区是上海一处贫民区，那里居住着十万中国人。大多数人的境况甚至差过这些身无分文的难民，但上海民众向难民们敞开自己的世界，主动提供庇佑。1942年7月，来自柏林的德国特使配备好了全套的Zyklon-B①毒气罐，建议彻底消灭难民群体。毛骨悚然的方案不一而足，但日本占军并未执行其中任何一种，具体原因并不知晓，多数也纯属猜测。

---

① 齐克隆B是以氰化物为基的消毒熏蒸剂和杀虫剂，在"二战"期间被纳粹德国用于执行种族灭绝工程，使用于欧洲毒气室。

依照柏林的指示，日本总督在1943年的确将这一平方英里的地区变成了一处犹太聚居区，但并没有用围墙隔开，里面仍居住着一些中国邻居。生活艰难，疾病和食物短缺的问题始终存在，但上海的犹太人大部分都幸存下来，并与中国朋友维持着良好的关系。犹太人开办了各行各业的公司，还创建了一方"小维也纳"天地，开设咖啡馆、面包店、小商店。八十多名医生和牙医执业；学校、文化场所、运动俱乐部一应俱全。

在美国，我有幸认识了曾在上海长大的犹太人，他们温情脉脉地追忆起这段美好的成长经历；也有幸在访问中国时，见到了曾与犹太族群比邻而居的中国居民。这些中国人至今还记得，1947年前后，犹太朋友消失得无影无踪时，他们曾何等哀伤。犹太难民踏往欧洲的寻亲之旅几乎从未成功过；随后，他们便辗转流浪到巴勒斯坦、美国和世界各地。

尽管曾经的中国和犹太居民天各一方，但双方的纽带和记忆从未断裂。20世纪上半叶腥风血雨，600万犹太人及数以千万计的各族人民葬身在大屠杀的恐怖残暴之下，而上海和平地接纳了犹太移民，闪耀着时局下少见的人性光辉。我们犹太人没有忘却这种恩慈，也永远不会忘却——这一段上海市民雪中送炭，播撒关爱和援助的时光，显然也依旧留存在你们心中。

但我还是要说……2018年我们第二次参观上海犹太难民纪

念馆时,丈夫和我由一名年轻的导游带路。穿过纪念馆中心的摩西会堂①时,我问她楼上有什么。她上去看了看,反馈说"没什么可看的,只有一堆旧报纸"。那时,经验告诉我们,不能太把她的建议当回事,于是自行上楼探索,发现"那堆旧报纸"是阿姆斯特丹安妮·弗兰克之家②的全球巡回展——也是我家族史的直接联结。

这位导游从未听说过安妮·弗兰克。年仅16岁的安妮过世于伯根-贝尔森集中营。《安妮日记》此后很多年才名声大噪。她父亲是全家唯一的幸存者,后来成为我的教父。

所以你可以看到——千丝万缕的牵连存续在你我之间,自然,也有些许隔阂。我期盼,在阅读这本书的时候,你将意识到,种族主义、任何形式的偏见,以及对少数族群的压迫,是每个国家都应与之抗争的罪恶,无论是在欧洲、美国,还是中国。我们不能仅以"有没有意思"来评价痛苦的故事——这样的思维会使身为观察者的我们,在某种程度上成为书中邪恶行为的共犯。我们必须从自我的内心和行动开始;我们必须时刻保持警惕、善良和勇敢。这个要求的确苛刻了些!在犹太人所受的教育里,我们从小就被教导去"修缮世界"(希伯来语

---

① 摩西会堂是中国上海现存的两座犹太会堂之一,于原址上修建了上海犹太难民纪念馆。

② 安妮·弗兰克之家位于荷兰阿姆斯特丹,是一间纪念犹太人女孩安妮·弗兰克的博物馆,也是安妮·弗兰克一家在纳粹党统治时的躲藏处。

"tikkun olam"①)。

我真诚地希望，这本书能帮助你用自己的方式，去修缮这个世界。

丽塔·哥德伯格
2020 年 5 月

---

① "Tikkun olam"也译作"让世界更美好"，通常被解释为建设性和有益地表现和行动的愿望。这句短语是犹太教中的一个概念，源于古典拉比文学和鲁利安神秘哲学，是 16 世纪犹太玄学家艾萨克·卢里亚著作中论述犹太神秘主义的重要组成部分。

给中译本的致谢

我对多年挚友吕匡辉的感激之情难以言表，只能聊表寸心。匡辉是北京人，现居美国加州。从她读到这本回忆录英文原版的那一刻起，就与我和此书结下了不解之缘。《乡关何处是》这本书以中文版面世，是我做梦也预见不到的事，但如今，我们做到了！

在中文翻译项目进行的每一阶段，匡辉都是一位异乎努力的护航者。她不但帮我照看翻译，甚至将中文译文回译成英文，方便我了解进展，并做进一步编辑。

我永远无法报答她所付出的一切，唯希望我们之间的感情因这次珍贵经历有增无减。她的丈夫我也必须提及——杰里·麦克布莱德不止一次雪中送炭。我衷心感激他们俩的慷慨付出。

当匡辉遇到汪彤（Julia Wang），中文译本便从梦想照进了现实。我本人从未见过汪女士，但这本书的每一个环节里，同样融入了她不辞劳苦的心血。正因有她的推举,中央编译出版社才注意到《乡关何处是》;也才有了后来的一切;她屡屡担任我们和编辑之间沟通的桥梁。我非常感谢她,希望在新冠疫情结束时,可以与她相见!

再一次,向我的好友们致以最真诚的感谢。

也感谢中央编译出版社,让《乡关何处是》能够和中国读者见面。

目 录
CONTENTS

致 谢 ·· 1

对内文的说明 ······································ 7

美国·序章：母亲和女儿 ···························· 9

阿姆斯特丹：1943 年 7 月，黎明 ···················· 27

第一章　柏　林 ···································· 30

第二章　柏林和阿姆斯特丹 ·························· 38

第三章　母亲的成年 ································ 55

第四章　入侵，阿姆斯特丹 1940 ···················· 74

第五章　在阿登，1943 ······························ 127

第六章　伯根－贝尔森集中营，1945 年 4 月 ·········· 184

第七章　流亡者，伯根－贝尔森 ······················ 228

第八章　情书：穿梭于阿姆斯特丹和巴塞尔 ············ 275

第九章　再战，以色列1948 …………… 306
第十章　美国人在德国，1971 …………… 331

后　记 ……………………………………… 368
跋 …………………………………………… 394
注　释 ……………………………………… 396
译后记 ……………………………………… 442

致　谢

还没开始动笔，就觉得自己像个奥斯卡提名者，生怕漏掉了哪一位。首先，我要感谢曾救助过我母亲的人：阿姆斯特丹的祖斯和乔·斯科尔特，还有比利时阿登区的罗伯特·杜普伊斯一家。没有他们，母亲当年连存活下来可能都是问题，也就没有随后的婚姻、孩子，更没有今天的故事。这些人本应被刻在耶路撒冷犹太人大屠杀纪念馆的国际义人①名单中，但由于某种原因，未能实现。或许是由于母亲在人生途中，习惯像一枚火箭加力器般割舍过往经历（我也一样）。我希望这本书能带来一些弥补，尤其是对荷兰家庭的小女儿琪琪·斯科尔特，我们是多年的朋友。

我刚才提到犹太人大屠杀纪念馆，不过其他博物馆在这本

---

① "国际义人"是以色列国称呼那些甘冒性命危险，拯救犹太人免遭屠杀的非犹太人。

书中也不少提及。首先，博物馆工作人员为我的研究奉献了友善的帮助；其次，博物馆的存在令内化在幸存者后代心灵里的许多东西具象化了。不过，我想提到的一点是，母亲、救援人员，以及其他幸存者在战争期间和战争后期的生活，和博物馆内素来沉闷的氛围毫不相干：她从温暖、快乐的人际相处和生活的乐趣中汲取到了情感的滋养。从馆内陈列的战后照片也能看出他们身上永不泯灭的勃勃生机与英雄主义。

我最亲密的朋友伊琳·诺伊曼也应该听到我的这句感谢。遗憾的是，她很早就因乳腺癌离开了我们。伊琳打心底里理解我的故事。她长我一岁，是我的老乡，来自新泽西州的蒂内克市，但我上高中时还不认识她。大学第一个周末，我们初识彼此后便形影不离。她的父亲在集中营中幸存下来。我们都不免觉察到自己身份处境的荒谬。当遇到困难的境况时，我俩的口头禅总是："好吧，至少不是奥斯维辛集中营！"接着爆发出笑声（伊琳，像我母亲一样，善于发笑）。她在加利福尼亚州帕洛阿尔托处于弥留之际时，我尽可能多地打电话给她。在她死前一周，我前去看望了她。1995 年，也就是她 47 岁去世的那一年，癌症已扩散到了大脑和骨骼。疼痛和鼻血止都止不住，而智力始终完好无损。她的家庭被这个病灶压成了一团乱麻。"还是好过奥斯维辛集中营！"她说。虽然她也知道，这种好，好得可怕。奥斯维辛甚至不会让她有机会充分尝尽自身的苦痛。到了今天，我仍然思念她，希望她能在这里和我一起庆祝这本

致　谢

回忆录的诞生。

活着的人中，家人和朋友排第一位。我的父母——麦克斯和希尔德，仍然住在蒂内克，渴望看到这个显然没完没了的项目出版的模样。1983年，妹妹多萝西录下了与母亲间大段的访谈过程，这些采访的文字稿很久之后构成我自己访问的基础。多萝西和我的大妹妹苏西，从开始读这本回忆录的第一个版本时，便源源不断予以她们坚定的爱和支持。

奥利弗、本杰明，丹尼尔和他的妻子艾伦以及他们的两个小男孩加布里埃尔和杰米，是我生活里的快乐源泉。即使工作进展不顺，天伦之乐的滋养也让我至少是一个快乐的作家。他们（至少都成年了）和大家庭其他成员——侄女希瑟·布鲁贝克、丽贝卡·罗斯·罗素，贝基的父亲大卫·罗斯·罗素——均对书的手稿提出了不同见解。整个家族，包括瑞士、以色列和菲律宾的表亲，无一不赐予我爱的力量，拥有他们是我的福气。

特别感谢在智识方面支撑我的至关重要的两个人。我的丈夫奥利弗·哈特常年名列各位作家致谢的末尾。我和他结婚近四十载，他富于耐心和爱心，幽默风趣，总的来说很可爱。同时，他也是具有批判性思维的读者和挑剔的编辑，有时甚至不得不咬紧牙关，为某一个章节开辟出另一种新的写法。我的儿子本杰明·哈特是处理此类问题的好手，他曾将手稿的几个不通版本编辑为目前正在刊印的样式。他对语言的热爱，对结构和逻辑的把控令人惊叹，评论也足智机敏。就连书名，也出自他的脑瓜。

同时，诚挚感谢迈拉·麦克拉雷和史蒂夫·普拉蒂，他们不仅是洞察力见长的读者、评论员，也是为我摇旗呐喊的挚友。麻省列克星敦、剑桥，以及国外的许多朋友也提供了帮助，呈现出源源不竭的兴趣和善意。在此我只列举其中几位：史蒂文·库珀；我的密友帕特·麦克法兰没能等到书出版就离开了这个世界，还有她的丈夫菲利普·麦克法兰；约翰·格雷森；露丝和埃尔哈南·赫尔普曼；琳达·乔根森；伊娃·西蒙斯；埃丝特·西尔伯斯坦；阿里·布奇科；哈佛大学比较文学系的同事；以及现已解散的麻省剑桥"廊桌派"作家小组。这个小组是埃琳娜·卡斯多的创意结晶，先才提到的迈拉，格雷戈里·马奎尔（也对他说声感谢）和我都是其中的成员。

我还要感谢良多的档案工作者、历史学家和研究人员。有的人多年与我并肩作战，有些人新近合作，助我一臂之力。其中，根雅·马肯无可替代。作为照片档案馆的负责人，她代表美国大屠杀纪念博物馆第一个与我母亲取得联络。有点遗憾的是，如今她已经半退休，但仍为以色列犹太人大屠杀纪念馆做些力所能及的工作。她为博物馆收集了照片和采访资料，妥善保存于馆内，还把我的母亲介绍给其他学者。来自NIOD[①]和荷

[①] NIOD，有关战争、大屠杀和种族灭绝的战争文献研究所。

兰公共电视台的荷兰研究者都定居在阿姆斯特丹，他们有马提吉斯·卡茨，杰勒德·尼森，勒内·考科，勒内·波特坎普，埃里克·萨默斯，以及已故的埃里克·努特（曾在纽约工作）和爱德·范·利浦特。其中几位历史学家还参与制作了一档关于我母亲的电视节目，该节目于2003年在荷兰播出。他们从档案资料中发掘出重大发现，慷慨与世界共享。得益于此，我写书时也能站在前辈的肩膀上。来自安妮米和赫尔穆思·沃尔夫基金会的安·惠策和莫妮卡·卡尔滕什尼，新近发现了一组战时图片。从他们那儿，我意外地收到三张从未问世的照片。母亲18岁时身穿护士服的封面肖像就来自于这一系列。

不能忘记埃莉莎·何，她在俄亥俄州辛辛那提市美国犹太档案馆的雅各布·雷德尔·马库斯中心工作；田纳西州纳什维尔市安妮特·利维·拉特金犹太社区档案馆的林恩·弗莱舍；虽然和鲁玛·魏兹曼（以色列前总统夫人）没有直接的联系，但我也很感激她把自己未出版的回忆录寄给了我的父母；感谢巴黎的大卫·德尔福斯正在写的书将我的舅舅乔作为主人公；尤其感谢梅根·科雷曼，这位才华横溢的历史学家大方分享了关于乔和比利时地下网络的独家资料。在 http://dutchparisblog.com 上，可以找到她审慎细致的研究。同时，在线下，她也很乐于向我提供一些建议和深入的评论。

马萨诸塞州列克星敦内威尔士印刷社的凯伦·帕卡德、特雷莎·诺里斯和艾丽西亚·彼得斯多年来一直帮手做书籍印刷和插画的复杂排版。我的编辑朱迪·斯图尔特和这本书的设计师米歇尔·利维一直与我合作愉快,他们尽心减少错误,让阅读体验更为舒适和美观。

我想补充一点的是,我不是历史学家,这也不是一项学术研究。我想做的,只是将母亲讲给我的故事,和我自己跟她有关的故事转述出来。因而,我在阅读过程中避开了别人的回忆录,甚至避免挖掘关于大屠杀的海量文献。尽管我知道有许多相关的经典著作,但我不想受到过多左右,也不想让本就刻意的我显得更加不自然。可以预见的是,本书中许多观点都与他人的作品有所重合,但我并没有借其他书来参考过。另一方面,我尽力对所需用到的历史和其他资料来源列出援引,虽谈不上详尽无遗,但也非常谨慎。介于自身语言的局限性,我无法阅读大多数以荷兰语为原文的历史资料。正如许多作者写到这里都会讲上一句,如果出现任何不当,都是我的失误。

最后要感谢我的朋友安德鲁·舒勒,他是我的代理人,东奔西走的他将生活分割成堪培拉和伦敦两部分。还有我的出版商马丁娜和彼得·哈尔班,大家也从工作伙伴做成了朋友。

对内文的说明

在叙述中，我尽量避开使用缩略语。但对几个经常出现的词汇，在此作以说明：

AJDC——美犹联合救济委员会，一般也叫联合会，是一个总部设于纽约的犹太救济组织，至今仍广泛分布于世界各地。该组织向欧洲犹太人提供的援助至关重要，特别是在大屠杀刚结束之后。母亲在伯根-贝尔森工作的后半段时期便受雇于这家机构。

NIOD——这是一家荷兰文献研究所的名称缩写，专门研究战争、大屠杀和种族灭绝。该组织历次更名，但一提到 NIOD，指的就是它。

UNRRA——联合国善后救济总署，是我的父母在战后与事多年的组织。尤其是我的父亲，与其渊源颇深。

由于故事线横跨了近 100 年，所以在时间节点上，难免显得有些跳跃。我与乔·雅各布斯塔尔（我舅舅）、乔·沃尔汉德勒（1945年的战后时光，他曾在伯根-贝尔森工作），乃至母亲的诸多场对话均发生在20世纪90年代中期和21世纪初，但在重述过程中，常用现在时态处理。我希望尽量厘清叙事时间上的差别。

美国·序章：母亲和女儿

医院空地中间的那块草地本应被精心打理，现在人们却任由它荒芜，大家还给它取了个亲切的名字——"草甸"。草甸两边毗连着五间坚固的砖房，一边两间，另一边三间。房子约建成于30年前，门廊采用格鲁吉亚式的白色圆柱，窗户像侧翼一样在两侧排开。冬夏两季，只看得到一条不太笔直的小径从"草甸"中穿过，连接着这一头和那一头的屋群。春天，草还没茂盛起来的时候，看起来像是一头浓密的头发中间，莫名其妙地岔开了一道缝儿。随着夏日行进，原本清晰的路径逐渐隐秘在草浪丛中，退化成一条若有若无的折痕，直至完全消失。待到冬天，小径再次从雪泥中浮现出来。

我记得自己卧在散发着清甜的青草窝中，仰望着夏日的云彩，耳边萦绕小生物们热闹的啁鸣声。这是20世纪50年代中期罗德岛州精神病院的景象，父亲在那里时任医生。9岁之前，

乡关何处是：大屠杀下浴血成长

我在那儿居住了五年，后来我们搬走了，就再也没有回来。我一直对长长的草丛中的小女孩有强烈的认同，以至后来的所有经历，都可以用她逃离外部世界的习惯来解释。在虫声嗡鸣而更显静谧的草丛中舒展自我，使我安慰；暗自观察，悄然思考，使我安慰。而今我想弄明白的是，这份安慰是否并不来自草丛，或是外界，而是来自我生命的深处——一处我在成人多年之后，仍然不敢面对的地方。关于逃避，我写了篇速记——《躲进长草丛》。几十年后，我仍然思考着那块隐秘的角落究竟有何吸引力。在那方天地里，我得以秘密地观察，收获独处时的蜕变，这些体验似乎赋予我平凡的童年以非凡的分量。长草丛不仅仅是一个提供安全感的避风港所在，事实上代表着一种逃避，问题是：用来逃避什么呢？

有时我想，这种逃避情结源自记忆的长河，甚至从婴儿时期就开始了，小小的我躺在草坪上，阳光之上阴影笼罩。但这份记忆并非我个人的记忆，毕竟在那个年纪，我自身的记忆才刚有雏形。这份记忆可以说来自我的母亲，我的家庭，甚至是犹太民族这个集体。我的父亲是位精神病学家，一个了解回忆的大师，但他将更多时间花在分析，而非回忆上。他真正信奉的是弗洛伊德和埃里克森的理念。在这些理念里，回忆是为了让人更加健康。事实上，出于对我母亲希尔德的保护，父亲常常阻止她频繁地回忆往事，母亲却不太在意自我保护这件事。她从来都不压抑和避讳地大谈特谈发生在我出生前几个年头里的事。有时我觉得，在我学会说话之前，就已开始在她胸前吸吮故事了。我很早就了解家族史，早到这是我所能回忆起的最早的事情。无论是梦境还是现实，我的生活都充斥着对回忆的可怕诉说。

到三四岁时，我开始明白，我没有身陷于在传闻中听过无数遍的火车车厢，是纯粹出于偶然和侥幸。那些火车里塞满了被吓坏的无辜民众，他们紧挨着彼此站立，在缺水和低温的恶劣环境下垂死挣扎，直至再也撑不住，死在东欧的集中营里。我晚出生了几年，但我从一开始就知道，蓝眼、金发、小孩子的咿咿呀呀，这些都救不了我。比我年幼的孩子都死掉了，我在母亲的相册里见过他们。一开始我想象自己被关在那些车厢里的景象。随着我成长为一名成年女子，一位母亲，我开始想象我的妹妹们，乃至我的孩子们站在上面的景象。被驱逐出境的梦魇可能缠绕在生命的各个阶段，尽管一切遭遇并未直接发生在我身上，但这毕竟就是（我们这个民族经历过的）现实。

在我长大可以认字读书后，《安妮日记》便被带入我的生活。到10岁时，我已经反复多遍阅读过它了。这并不难，毕竟这是一本以孩子口吻所作的畅销书。但对我们一家人而言，它又具备特殊的意义。安妮的父亲是我的教父，我对他非常熟悉，一直称他为奥托叔叔，当他是有血缘关系的亲人，事实上，他也是我最爱的那一位亲人。童年最持久的记忆之一便是奥托叔叔倒立在一束日光下，阳光从他身后的窗户倾泻下来。倒立在

乡关何处是：大屠杀下浴血成长

一张温暖的波斯地毯上的他，光滑慈爱的面颊因充血越发红润，但这并不能阻止他滔滔不绝地讲出令人愉快的废话。我笑个不停——笑已经成了肢体记忆，从体内汩汩涌出——奥托叔叔直立起身，把三件套西服打理回原样，肤色也恢复白皙。接着，他掏出一本英国立体书给我，书内满是瓦房，房间里住着口音奇怪的洋娃娃，泡茶时还端着仙女蛋糕，那个下午我如同走进了阿里巴巴的洞穴。还有些宝藏早在我刚出生时，他便送给了我的父母：小古董银蛋杯、餐巾环和一支插在蓝色天鹅绒盒子里的、刻着我名字的勺子。笑声、游戏和爱，这就是早年间我关于奥托叔叔的所有记忆。

那时，奥托和他的第二任妻子弗里茨已定居在瑞士的巴塞尔，他的母亲、兄弟姐妹以及兄弟姐妹的家人也在那里幸存下来。而巴塞尔也是父亲和我出生的地方。早在1950年我们去美国之前，父母就多次见过弗兰克家人。我们在巴塞尔的家和奥托叔叔的家比邻而居。我出生后，母亲几乎每天都带我去串门。此后的几年里①，我们只回来探访过一两次，因为实在负担不起。当父亲应征入伍并被派往德国后，我们在法兰克福和巴塞尔之间来回穿梭：两地相距不远。我对奥托的记忆就来自那段时期，彼时我还不到4岁。随着《安妮日记》的人气不断增长，奥托和弗里茨也时常造访美国，并顺便去家中看望

---

① 指作者移居美国后。

我们。

1958年冬，是我在罗德岛度过的最后一个冬天，那年我8岁。母亲突然空降一个惊喜给我。当时，乔治·史蒂文斯正在好莱坞拍摄《安妮日记》①的电影版，奥托叔叔前去拜访。叔叔返程后，母亲保守着这个消息，没有告诉妹妹苏西和我。我只像往常一样返校、上课，在课桌前发呆。当时两个班级被合并到一间乡下校舍内，我一面做着三年级的数学题，一边耳朵就支到四年级的地理课中去了。眼角余光无意识瞥向教室门上的玻璃窗时，我忍不住尖叫着跳了起来，随即冲出，撞向奥托叔叔的臂弯里。两边班级的人都停下来看我。随后，母亲向班里的同学介绍奥托叔叔，显然与老师"合谋过"。那天，我被匆匆带离教室，在家中愉快地度过了剩下的时光。

然而，《安妮日记》那本书所记载的并不是令人愉悦的事。随着年龄的增长，我逐渐意识到教父在迷人的慈爱背后所经受的痛苦遭遇。《安妮日记》中记载的是他经历过的现实，而我们，身处快乐的绿洲，无不像是一种幻觉。他的心已然撕裂，我们却对此无能为力，任凭聚集再多的爱和笑声也于事无补。黑暗无时无刻不在暗中窥视着。几年后，我在曼哈顿看到他。当时，一位雕塑家正在为一座安妮的半身像揭幕，谈论着他所

---

① 《安妮日记》是乔治·史蒂文斯执导的传记剧情影片。一个16岁的少女，最大的愿望是做一名记者和作家，却因为希特勒发动的一场邪恶的战争，于花季之龄死于纳粹集中营。这本日记是安妮遇难前两年藏身密室时的生活和情感的记载。

希望呈现出的效果云云。这位雕塑家并未意识到,这位传奇女孩也曾有血有肉,更不会想到,同样有血有肉的女孩的父亲此刻正坐在他的面前。但我们注意到了。我看到奥托叔叔在凝视女儿的雕像时,双眼含满了泪水,我们听到他发出颤抖的声音。一遍遍揭开过去的伤疤,对奥托而言是一份工作。他以这种方式哀悼死去的家人,并对自己的幸存感到抱歉。碎碎的心已伤口累累,但他不允许任何一处结疤痊愈。他的眼泪丝毫没有做作的成分,常常顺着脸颊奔流而下,他都毫无察觉,仍自顾自说着话。

我母亲打小就认识奥托。母亲在战争中失去了双亲,奥托也在同时失去了孩子。这两位幸存者战后在阿姆斯特丹重聚,关系密切起来。他们都是生性开朗的人,但很轻易就被一点点悲伤侵袭。哪怕是对过往最微不足道的提及,都足以使奥托流泪,我的母亲倒是防御性更强一些。他们具备一项共同的能力——飘浮在日常生活的事件上。仿佛他们并不真的身处此地,如同刚刚加入一门清苦的宗教一般,比我们其他人更能从这平日的生活中抽离出来。与此同时,他们积极参与形形色色的事业,旨在改善一个他们深知其缺憾的世界。奥托在阿姆斯特丹创立了安妮·弗兰克研究所,将毕生精力投入到安妮曾在日记中表达过的那些理想之中。我的母亲则在三个女儿长大些后,为贫穷的孩子们建立了日托中心。她率先以志愿者,而非专家的身份照顾孩子们。他们,这两位幸存者,是一个谜,他们的性格充满了各式各样的悖论。

起初，在日记的名声还未把奥托刮进我们无法追随的名人轨道之前，他给我们的感觉是——我们，而非整个世界，正适合继承他失去孩子时余存的父爱。他在英国有了我们从未谋面的继子和继孙，不过那时，全世界的年轻人尚未络绎不绝地登门而至。那些追随者们最终把他在巴塞尔一处郊区的房子变成了一片道场①。1960年夏天，我11岁的时候，奥托和我曾在瑞士阿尔卑斯山一座高高的山谷里散步。那时，我们一家正来探望祖父祖母，像往常一样，差旅费几乎把我们压垮。他给了我一本由罗杰·兰斯林·格林重编的希腊神话皮册子。"安妮在你这个年纪就喜欢希腊神话，"他对我说，好像反复阅读过安妮作品的我还未记住关于她的一切，"我想你可能也喜欢它们，因为你想成为一名作家。安妮也想成为一名作家，你晓得的。"我的确知晓，安妮的《日记》，母亲的回忆，还有奥托的存在，这一切常使我心有戚戚。晚上，我梦魇缠身，连说梦话也谈到安妮。这位"近亲"既是我的偶像，也是我的对手，她以如此可怕的方式死去了。

我在罗德岛的同学大多并未看到过我发作夜惊症的恐怖景象，但他们的父母却不让孩子们来我家。尽管其中大多数父亲都在州立男子监狱当看守，透过监狱上方的走廊，一家人可以

---

① 泛指指修行学道的处所。也泛指佛教、道教中规模较大的诵经礼拜仪式。

乡关何处是：大屠杀下浴血成长

日日看到关着杀人犯和强奸犯的牢房，却还把我们当作疯子，让孩子和我划清界限。我们生活的区域里聚集了精神恍惚、举止怪异的人。19世纪有这么一条原则：囚犯在乡野风光中服刑，有利于精神和道德的健康。事实上，医院正是景色优美、静谧怡人的好去处。美观悦目的砖房周围，环绕着树林和田野。田野里到处都是动物：草地雀、野鸡、兔子、狐狸，自得其乐。树林的对面是国立服刑农场，特供新鲜牛奶和蔬菜，这样的乡村生活不可谓不舒适。

我学校朋友的父母们害怕的不是野鸡和兔子，而是精神病院里的病号——在医院大门外的公交车站，有时能看到像灰鬼一样拖着脚走路的病人；偶尔还会有病人从戒备森严的病房里逃出，消息传出，令人震惊。对于邻居们来说，这家医院更像是一块墓地，走进这里的人们不是得精神病而死去，就是死于酗酒、毒瘾和悲伤，而那些街上的游荡者，则像是来自另一个世界的幽灵，仿佛总要预言着什么似的，令人惶惶不安。

对我和妹妹苏西来说（妹妹多特直到1960年才出生），封闭安定的生活正是医院的一处魅力所在。在奥托来教室门口找我之前，我们常四处为家。我对自己说，不介意被连根拔起。生活像是充满了冒险，其中的困难正是有趣异国情调的一部分。我的父母振奋而活力四射，还精通多国语言，在一次次的迁移远行中，作为领头羊的他们就像方舟上的诺亚夫妇一样可靠。由于父亲工作和执行任务的原因，我们不得不来回奔波，从巴塞尔到纽约，再到罗德岛，在德克萨斯和罗德岛间往返，来往德国又往返波士顿。直到最后一次搬到新泽西时，我已长成一个9岁的大姑娘了。一家人来来回回，像是悠悠球一样，罗德岛就是球的中心，兜兜转转总要回到这里。

  适应新生活的任务在有些时候显得更为紧迫，比如在德国法兰克福度过的那两年。1953年到1955年间，父亲响应美国政府征召，进入陆军医疗队，挂上尉军衔。想必这两年强迫我做出了许多难以适应的改变，不然我不会如此记忆犹新。那时的我已经长大，可以形成具有叙述连贯性的记忆。况且，不论好恶与否，关于德国军队的记忆都强势而深刻地印在我的脑海里。父母总是笑言，他们很高兴在朝鲜战争的最后关头，"我们"被派往法兰克福，而非韩国。的确，在父亲服兵役期间，一家人还能够守在一起真是件幸运的事。因为征兵，父亲拿到了德国公民身份，很快，我和母亲也成为德国公民。我们驾车离开了罗德岛，这辆车是父母唯一的财产。我们出发先去了德克萨斯州的萨姆休斯顿堡，随后开往新泽西州。父亲在那里完成军事训练后，我们便启程前往德国。

  三年前，母亲以为自己永远离开了欧洲。近年来，母亲能够承认，返回欧洲的想法使她陷入了深深的沮丧之中，尤其是当想到返回德国，这个她幼年所有痛苦的根源。在父亲即将登上战舰之前，母亲带着姐姐和我飞了趟荷兰，去看舅舅乔。当时，舅舅刚从脑膜炎、小儿麻痹症和肺结核等综合疾病中康复过来。随后，我们又不得不在斯图加特独自待上几个月，才落脚到法兰克福的公寓。在接下来的两年里，我们大部分时光都在这里度过。在斯图加特，母亲意识到她身边只有两个小孩子，一个4岁，一个1岁，父亲只在周末得空时才回来，可以说母亲是独自承担着生活。马路对面有一个小女孩，是我平日的玩伴，后来才得知她的父母是狂热的纳粹分子。发现的缘由是，小女孩13岁左右的姐姐天真无辜地告诉我母亲，她的爸爸被囚禁在监狱里。据她所说，她的父亲在几年前，由于曾和哈夫林格（囚犯）在"拉格"①中工作，而被美国人逮捕。这两个德国女孩对眼前的新邻居感到好奇和兴味，总是在我们出门时现身，母亲不得不改变路线来绕开她们。母亲如今谈起，说当时她的心情已日渐沉重，但她在尽力掩饰着不被我们发现。她承认那时的自己在倍感孤独时，会向我吐露心声，并仰仗我去安抚和逗乐妹妹苏西。想必当时幼小的我，已感受到早熟的压力和重任。

不知由于什么原因，"德国"以其强烈鲜明的情感色彩映射着当时的各事各物，这个原因或许来自家族，来自我个人的意识，抑或根植于现实中的大环境。除此之外，那些日子里并无其他色彩。在法兰克福，烧焦的废墟耸立在城市的各个角落，庞大的蒸汽挖掘机狼吞虎咽地在地面上东铲西铲。地面裂开了

---

① 德语"Lager"意为集中营

巨大的深坑，铲勺上的碎土不断滴落。在冬天的半明半暗中，美方占领军特有的匡西特活动屋的圆形铁皮屋顶发出暗淡的光，混凝土砌成的公寓楼拔地而起，宛如木砖倒置砌成的儿童城堡。所有这些建筑都呈现出灰蒙蒙的色调，如同中欧的天空一样。这些灰色的基调可以归咎于先前十年的冲动。在频繁历经烧毁、轰炸后，最常见的景观莫过于一块块坑坑洼洼的大麻子，散落在这座城市的表皮各处。

和其他美国孩子一样，我被送进一家坐落于美军基地的幼儿园。对这个地盘的选择应该包含了某种征服的快感在里面。譬如我记得，圣诞老人是乘坐直升机降落而来的。德国的圣诞老人大抵不会有如此壮观的登场方式。话说回来，这也是我唯一一件色彩斑斓的回忆了。教室同法兰克福的其他角落一样，是黑乎乎的。我们坐在深棕色的书桌旁，教室中间被一条中央过道井然有序地划分开来。在这里，我又一次陷入了"征服与被征服"的民风之中。无论我如何伪装自己，嘴里讲出的话总是会暴露我真实的身份。在流利的美式英语的环境中，我操着有趣的、和美国各地区都不相干的口音，显然是一个外国人。

不久，我们的老师玛蒂尔德小姐发现我会说德语，我至今不清楚她是如何看出这一点的。玛蒂尔德是一个闷闷不乐的当地妇女，颧骨高耸，灰白的头发向后挽成一个发髻。在和全班同学对话时，她会讲英语，但如果有什么要单独对我讲的话，她就会即刻转用德语。我记得这是一种很奇怪的感觉，因为这种做法会使我感到难堪。由于德语对我来说和英语一样自然，所以我没有当场质疑她。很快我就发现，玛蒂尔德小姐用德语对我说的话，无论是在语气还是在内容上，均与她对其他孩子说的话迥然不同。在英语里，她是温柔和蔼、循循善诱的，但在讲德语时，她变得尖锐，令我害怕。我们总是没完没了地制作一些工艺品或是绘画。我不但画得不好，剪贴的技术甚至赶不上平均水平，常常比其他孩子更慢，表现得更笨拙。在我看来，她不会放过任何一个让我意识到自身缺点的机会，这样的机会可太多了。很难说当时我是否意识到自己遭到了欺凌，但我看透的一点是，她用德语把我们两人，孤立在了一个其他孩子触及不到的真空世界里。

我们班被要求用色卡纸做日本灯笼。制作时，需要对纸面做纵向切割，如此，当纸张弯曲成圆柱体，并在中心撑起手电筒时，光线就会从缝隙溢出。一时间，我感到膀胱里有急迫的压力，便举起手来问玛蒂尔德小姐是否可以去洗手间。

"不行，先做完灯笼再说。"玛蒂尔德小姐用德语回答道。

"但我等不及了。"

"你必须学会等待，而且不要用那种粗鲁的方式和我顶嘴。"

"求你了，玛蒂尔德小姐，让我去吧。"

"显然你妈妈不懂如何教养小女孩，"我记得玛蒂尔德小姐说这话时，嘴角挂着冷笑，"否则你绝对不会和你的老师争辩。闭上嘴吧，先把你的灯笼做完。"

我克制着，重新握回钝头剪刀，一下比一下更绝望地戳着紫色卡纸，在边缘上涂糨糊，试图把灯笼粘住。这花费了我太多工夫。最终，它立在了那里。灯身上满是我疯狂涂抹的胶水干掉的斑块。灯笼虽然笔直，但脏得就像是个一整天都没擤过鼻涕的孩子。我再次举起手来，结果胳膊猛地向上一推，漏了几滴出来。

"现在我可以走了吗？"

"做完了吗？"

"是的，玛蒂尔德小姐。"

"好啊，那么，"我的老师说，"先把你的灯笼拿到这儿来，我想好好欣赏一下。然后你就可以走了。"

一如往常，我是最后一个完工的。同学们早就把作业交过了，所以他们有充足的闲暇时间转过身来，注视着我沿着长长的中央过道走到玛蒂尔德面前。我一站起来，尿液就倾泻而下，顺着腿流到了脚踝边。我惊愕地盯着一摊黄色的水在地面中央蔓延开来，整个人呆住了。

"你真丢脸，丽塔，"玛蒂尔德小姐说起了德语，"丝毫不懂得何为体面，你得把这个烂摊子收拾了。"

她对班上其他同学说，"孩子们，别笑了。可怜的丽塔还没长大呢。你们应该替她感到难过，并庆幸自己没有跟她一样。

我去叫门卫来擦干。来，咱们接着讲故事。"

那摊水和我燃烧的脸颊就这样留在了我的记忆中。不久后，母亲和我在公寓的台阶上并排坐下。当时天气已逐渐和煦，或许还未意识到，春天就已悄悄走近了。我告诉她，自己再也不想回去学校了。母亲听我说着话，头和我靠在一起，剥开一个橘子给我吃。她漂亮的长腿在裙摆的圆圈下侧着，扫向另一边。

"你确定吗？"她严肃地看着我问道，好像我要辍学一样。我搂着她说，我确定，我讨厌玛蒂尔德小姐，孩子们也嘲笑我，我想陪她和苏西待在家里。

就这样，4岁时，我辍了学。直到最近和母亲谈论起往事时，我才了解到玛蒂尔德小姐不为人知的一面。那些她加之于我的伤害，我一点也没有夸张和捏造。想来，我是班里唯一一个犹太人，也是唯一会讲德语的人。母亲回忆道，凭玛蒂尔德小姐总是撅起的嘴唇和军人的举止，她立刻就猜到这位小姐是一个前纳粹分子，只要给她半点机会，她就可能再次成为纳粹。一切并无实质证据，只是一种直觉，或许直觉来自家长之间交头接耳的猜测。我的姓氏成为这样一个施虐狂的天然猎物。但谁又能发现这一切呢？如果我没有告诉妈妈实际的状况，可能要在那间教室足足受苦好几个月了。法兰克福真的很危险，人们会像地雷一样，随时在你面前爆炸。无论出于怎样的无心之举，我的母亲曾把她的女儿推到了前线阵地，我想了解她对此会作何感受。她维护着我尚有能自由选择的权利这一幻觉，以这样的方式来保护我，我则尽可能地表现良好，来实现对她的保护。在尽了最大努力后，终究，我还是从幼儿园辍学了。

记忆，萦绕着我在法兰克福的所有经历。我开始能够回忆起具体的人和事件，而非短暂即逝的印象。正是在那里，我第一次对家族历史有完整的概念。也许正是这种知觉，让这座本就灰暗的城市更加晦暗了。不过毕竟，太阳有照常升起之时；战争结束的十年后，在这座城市的某一处，也一定郁郁葱葱、繁花似锦，虽然我家房子周围像是被油墨泼过色似的。昏暗的地平线上凿刻着建筑物的骨架，要么是被炸毁的，要么是正在施工中的。在建筑的某个阶段，很难分辨哪处是废墟，哪处在重建。

尽管如此，我母亲说，他们一点也不沮丧。父亲没有被派往韩国，全家人仍齐齐整整。在美军占领区的生活还算舒适，父母一如既往地受到很多新朋友的欢迎。我记得小客厅里的聚会；那时客人们真的喝了酒。女人们会烫下头发，穿上闪闪发光的圆裙子，肩膀裸露，踩着高跟鞋。我从卧室里能听到调情的尖叫声和阵阵欢笑。不用说，刚一入夜，我就把卡纳佩①派分完了，所以在大人们进入后半夜，放飞自我之前，我有大把空闲观察他们。

然而，无论是在满载购物车的商场里，还是在周六晚的鸡尾酒会上，这些年轻美国人的无忧无虑都让人感到虚幻，没有

---

① 卡纳佩是非常有特色的法式开胃菜：小面包块上面放上鱼、肉或奶酪等带有咸味的小吃。

真实感。在被伪装过的世界里，他们像孩子一样身着薄纱，饰以亮片。在他们之外，也有到访者并不那么快乐。奥托也会经常到访，这是让我们高兴的事。有时我们也会去荷兰或比利时，看望母亲的这些老朋友。在和他们的交谈中，大家偶尔才使用英语。这里也会有不间断的笑声，但在这些笑声里，包含更多真实的欢乐。笑声之外，这里的眼泪也是取之不尽，用之不竭的，大家的谈话常以眼泪收场。

我清楚地记得有关洛特·普费弗的一件事。她的丈夫在安妮·弗兰克的日记里化名为杜塞尔医生，是位已去世的牙医。一天晚上，她去拜访我的父母，冲他们尖叫，随后哭着离开了。但母亲说，洛特从来没有来过法兰克福，我提及的场景也从未发生过。即便在奥托到访的日子里，大多数谈话总发生在天黑之后，那时，孩子们都钻进被窝了。在昏昏沉沉、朦朦胧胧的时段里，我不经意听到了很多。随着梦境逐渐逼近，现实生活像一台老式电视机开始预热那样——窗帘、书架、墙壁、被单，妹妹沉重的呼吸声——一切融进沉睡之中。平时连小孩子也被压抑着的内心世界，在那一刻，释放进了五彩斑斓的空间。一定是在半梦半醒的混沌时空里，我无意间听到了大人们的交谈，断断续续地捕获到谈话的内容。

然而，洛特·普费弗这一形象对我而言过于真实，以至于我无法相信她的造访是我凭空捏造出来的。当时，大人们的交谈声一定像一阵风一般，在客厅中腾空升起，因为在我印象里，洛特·普费弗像阵旋风一样，怒不可遏，眼泪涌满眼眶。按母亲的说法，洛特的确来过家里做客，但不是在法兰克福，而是在阿姆斯特丹，当时我还尚未出生。洛特让母亲帮忙阻止《安妮日记》出版。按照这样推算，应该是在1946年或1947年间，书待出版的这两年里发生的事。洛特并非犹太人，但嫁给了犹太牙医。为恪守忠诚，她付出了巨大代价。依照德国种族法，洛特犯种族罪或通婚罪。当杜塞尔/普费弗先生来到"密室"，加入弗兰克家族时，洛特已被迅速转移至乡下。她也不得不躲在那里，直到安全才得以重见天日。母亲记得，在《终极方案》①的火焰燃烧到荷兰犹太人之前的几年里，洛特一贯为人和善。母亲明白，当洛特看到在安妮的作品里，她的牙医丈夫被描绘成一个愚蠢笨拙的傻瓜时，一定感到非常痛苦。母亲希望安妮的日记得以出版，因此她没有将洛特的诉求转达给奥托。他们也深知，书中所提及的朋友难免被痛苦困扰。洛特从生活中彻底消失了，但是她充满内疚和悲伤的猞女②般的尖叫，穿透黑夜，直击我狭窄的床沿。

当我们一家人再次返回罗德岛时，已经是1955年的春天了，正好赶上我6周岁的生日——父亲被医院返聘，开始他担任临床主任的光景——我的成长轨迹也朝欧美风走去。父亲当

---

① 指"二战"末期纳粹高层对关押在集中营中的犹太人以及各国战俘进行屠杀，以销毁证据和罪行。
② 爱尔兰民间传说中，通过哀号警告家中将有人死亡的报丧女妖。

时已加入美国国籍。我和其他孩子一样，听美国儿童唱片，听萝丝玛莉·克鲁妮①，也看电视。又过了半年，当我们在波士顿待足一年之时，我在家里开始停止讲德语。我想融入生活的环境，周围人听不懂的德语是我身上看起来最违和的地方。父母没有反对，他们只认为我离真正的美国小孩更近了一步。

  但我生活的欧洲城市遭到了毁坏。我见到过父母的朋友及其家人们焦虑的愁容，我留意到扰乱母亲内心平静的小朵乌云，以及她在某些夜晚的脆弱情绪。我知道，这个世界上，到处都是玛蒂尔德小姐，人们并不良善，有时甚至懒得掩饰这一点。我听说过祖辈的故事，故事将我们这一代人定格住了。换句话说，无论我们将如何行事，当中的某些人永远无法摆脱植根的土壤，那片埋葬着祖辈骨灰、名誉被玷污过的土壤。我们在欧洲和美洲之间，在过去和现在之间，在父母的爱和潜伏的深渊之间，来回奔波——即使漂泊的钟摆已然放缓。

---

① 美国1945年出道的女歌手，爵士名家。

阿姆斯特丹：1943年7月，黎明

随着年岁的增长，我开始认识到，我的母亲，她真正的生命不是从出生后开始的，而是在她的父母，沃尔特和贝蒂·雅各布斯塔尔消失后开始的。1943年7月23日晚，已占领荷兰的纳粹分子来到他们在阿姆斯特丹的公寓。我的母亲希尔德当时不在场。18岁的她已在几家邻居的帮助下，在国内找到了一个或许安全的避风港。她本不想就这样离开。希尔德一家人长久以来都在寻找藏身之所，希尔德并不想就这样和父母分开；然而，隐身于地下时，成群结队比孑然一身更为危险。她的父母坚持要她独自去寻找机会。

不过，身边没有外邦人（指非犹太人），不必佩戴六角星章，能坐在火车上观览乡野风光，还是很令人兴奋的。那时的母亲已经三年没有离开过阿姆斯特丹，一年没有乘火车去过任何地方了。所有你能在句子中使用到的动词，在实际的法律中，对于犹太人而言都是明令禁止的：旅行，锻炼，去海滩、游泳池、公园或动物园，所有娱乐活动，大多数工作，在公共场合露面时没有佩戴黄星，在不合时宜的时间和场所吃饭、购物，等等。犹太人民处于不间断的压迫和暴力之中，这套限制自由活动的法律，目的就是徒增犹太人害怕的情绪。他们就这样被"囚禁"在大城市中，随后被带走。直到今天，母亲还记得前往藏身之地时沿路的那几个小时，好似人生一段小假期。其间的感受，因伴随"一路通行"的危险和类似飞行的感觉，而更加鲜明强烈了。

无论如何，她不喜欢那儿的人。一位乡村医生和他的家人，本应对她提供庇护，却高傲自大，不值得信任。他们告诉母亲，她会如先前预期的那样做一名女佣，但他们竟然安排母亲睡在厨房，且不准和孩子们讲话。事实上，任何的讲话都不被允许，除非被问话。母亲预料到，只要自己出现一丁点差错，就会被他们告发。她认为这里实在危险，于是从邻居安排她过夜的乡村小客栈中溜了出来（如前所述，是违法的），步行到车站，并坐第一班火车回了阿姆斯特丹。

希尔德在清晨五点返回到这座城市。去南阿姆斯特丹要走很长的路，她——躲过党卫军[①]和警犬在中央火车站[②]的看守。

---

① 英文普遍简称为SS，是德国纳粹党中用于执行治安勤务的编制之一。
② 阿姆斯特丹中央火车站是荷兰阿姆斯特丹主要铁路的车站，于1889年开幕。

然而，公寓被封，父母也不见了踪影。她明白，家人已经被捕。党卫军曾尝试过九次，这次终于成功了。那是1943年7月24日的早晨，关于那段时期的记录里详细地记载着这一日期。前一天夜晚的大规模行动是针对阿姆斯特丹犹太人的倒数第二次突袭。

第一章
柏 林

希尔德从4岁起，就生活在阿姆斯特丹，自认是荷兰人。但事实上，她和乔出生在柏林。她们的父母沃尔特和贝蒂是德国裔犹太人。1933年，犹太人因阿道夫·希特勒当权而大规模迁徙，安妮·弗兰克一家就是那时过来的。而早在此前，希尔德的父母1929年便因经济原因移居到了荷兰。希尔德幼年在德国的生活被高雅的音乐和戏剧充实着。希尔德的妈妈贝蒂和她三个妮蒂雅家族的姐妹都是职业女性，其中只有两个走入了婚姻。从前，柏林一位富有的叔叔将他们带到城里上学，她们得以接受到良好的教育。她们除了学习外语外，还得到文学的熏陶，与音乐结下了缘分。

这几位姨妈身揣礼物、趣事和歌曲，现身在所有的儿童生日派对上，她们还一起去波罗的海沿岸的特拉沃明德度暑假。

尽管这帮姐妹本身来自一个叫波拉耶沃的小村庄——当时位于德国波森省，现在是波兰的一部分，且在柏林老牌的犹太人眼里，她们大概率被划归为东方犹太人——波兰犹太人，但她们仍然讲着一口德语（在战争开始前，依地语①在那些圈层里被认为是有失优雅和品位的）。她们自认是柏林人，自命不凡的优越感和势利心态显而易见。她们成年之时，柏林正是世界上最耀眼的艺术都市之一，时跨威廉二世末期和短暂的魏玛共和国②时代。她们充分参与了城市生活，并被城市的现代性所塑造。希尔德钟爱这份热闹和乐趣，并铭记着自己婴儿时期和她们一起经历的奇遇人生。

希尔德的父亲沃尔特·雅各布斯塔尔除了身材高大许多以外，和这群姨妈们一样有趣爱玩。第一次世界大战前不久，贝蒂在一同供职的成衣公司和他相遇。她是秘书，而他是推销员。贝蒂和她之后的孩子们一样，很容易掌握新的语言。凭借出色的组织能力，贝蒂成了行业中不可或缺的一分子。沃尔特在柏林时，一年有六个月都在出差，不常出现在办公室，所以贝蒂尽管已经来到公司一段时间了，却从来没有碰见过他。

---

① 依地语是中欧和东欧大多数犹太人的主要语言之一，是融合多种语言的产物。

② 魏玛共和国（德语：Weimarer Republik）是指 1918 年至 1933 年期间采用共和宪政政体的德国，于德意志帝国在第一次世界大战中战败、霍亨索伦王朝崩溃后成立。其使用的国号为"德意志国"（Deutsches Reich），"魏玛共和国"这一称呼是后世历史学家的称呼，不是政府的正式用名。

沃尔特是个很难让人忽视的人。他身高六尺[①]六，一头浓密亮泽的黑发从引人注目的前额向后卷起，一个弓形的鼻子，一个长而带有酒窝的下巴，一双大耳朵和一张小脸。女人们被他的优雅和幽默所吸引，和他在一起，总能兴致勃勃，妙趣横生：外祖母贝蒂喜欢向希尔德和乔讲述，当初沃尔特如何从歌剧院后面的一个空座位的后座上跳下来，坐在她旁边的事。

沃尔特的父亲在48岁那年突然去世，早熟的责任压在了他的肩上。彼时，16岁的沃尔特正要开始他走向画家的训练之路。当时杰出的德国画家马克思·利伯曼[②]已经留意到了他的才华，在当地高中生的作品展上还点评过沃尔特的一幅画作。利伯曼主动提出要亲自教这个男孩。但男孩父亲的死结束了这一切。沃尔特投身工作，以求养活他的母亲、姐姐和弟弟。

原先，沃尔特的父亲经营一家纺织公司，过着相当奢侈的生活，但他死后，家产很快就花光了。沃尔特解散了家族企业，加入了贝蒂正在发光发热的这家公司。

据说，这对年轻恋人似无意似有意，在彼此共同喜爱的活动上撞到了一起，在那座世俗的城市里，谁也不宅在家。贝蒂习惯了独立，也和她的三个姐妹——保拉、赫塔和珍妮——待在一起，沃尔特则常常不得不担任自己难对付的母亲——艾达

[①] "尺"指"英尺"。

[②] 马克思·利伯曼（Max Liebermann，1847—1935），德国画家。作为柏林脱离主义艺术运动的领袖之一，他把法国印象主义等欧洲艺术风潮介绍到了德国。

的护送者。尽管这位母亲因身患糖尿病而离世，但这并不妨碍她生前活得积极，充满掌控感。孩子们到访时，她一副大祖母的气派，以有别于妮蒂雅家的外祖母，小奥蒂莉。在她简朴的裙摆下，一定有着和我的外祖父、母亲和舅舅一样的高腰和长腿。

尽管艾达坚信，沃尔特这样身份的年轻小伙儿可以找到更好的人，但沃尔特在遇见贝蒂后不久，就向她求婚，贝蒂也欣然答应了。在那个当口，准婆婆的不赞成并非最大的阻碍。1914年8月，奥地利费迪南德大公在萨拉热窝遇刺后，战争随即爆发，沃尔特很快应征入伍。他告诉贝蒂，在心里，他已经和贝蒂订婚了，但如果在他随时有可能没命的情况下，结婚这件事就太草率了。在分离期间，她可以自由解除这段婚约，且他希望，如果自己真的回不来，她能够另觅佳缘。

在战争的五年时间里，沃尔特留守佛兰德斯①，有时在法国，有时在比利时。根据我母亲的说法，当时德国裔犹太人想当然地认为德国人反犹，这也是为什么他被分到一个全由犹太人组成的旅中，以免"真正的"德国人与犹太士兵发生摩擦。沃尔特升为中尉，这对犹太士兵来说是不寻常的荣誉。但贝蒂明白，中尉意味着担责，意味着在冲锋陷阵时第一个被杀。沃尔特中了枪伤，在战地医院和疗养院里休养了几个月后，被送

---

① 中世纪欧洲一伯爵领地，包括现比利时的东佛兰德省和西佛兰德省以及法国北部部分地区。

回战壕。在一次爆炸袭击中，一栋房子爆炸并倒塌在他身上，致使他左耳耳膜破裂。他的伤势终于足够严重到可以退伍了，而那时，战争也结束了。

贝蒂独自一人在柏林，生活在痛苦之中。她从不轻视生活，但也随时都在微笑。在这微笑之下，她对事情的公正性总怀有一种黑暗的焦虑。她担心自己还没来得及品尝，幸福就被夺走了，担心坏事发生。沃尔特在信件里妙语连珠，描画战壕和医院里的生活，贝蒂担心这一切总有一天会因未婚夫丧命于比利时的泥潭，而成为笑柄。

她比从前更卖力工作，想要遏制自己的恐惧。在工作的要求和时长都增加了以后，她辞了职，常常去看望未来的嫂子，也就是沃尔特的姐姐露西。露西生了一个孩子，叫玛丽恩。随着食物越来越紧缺，做母亲的任务也越发艰巨。为了帮助露西，贝蒂常常穿越整座城市，还经常到乡下去讨寻和交换食物。贝蒂建立的联系资源不仅帮助她度过了战争时期，也度过了饥荒的20世纪20年代，那时她已有了自己的小孩子们。许多年之后，在玛丽恩随着另一场战争颠沛到英国利兹后，她告诉希尔德，"我的命是你母亲给的"。

在孩子们的成长过程中，贝蒂会向他们畅谈战争年代的事情，但她会着重讲述那些众所周知的关于民族癫狂和普遍苦难的故事。在很久之后，当我的母亲进入青春期，有足够的理解力时，贝蒂隐约透露出自己内心的一处阴郁。在20世纪30年代中期，贝蒂曾独自前往瑞士的避暑胜地阿罗萨，这次旅游发生得不太寻常。我母亲怀疑这是一次紧急安排，像是需要贝蒂离开去休息一下。外公外婆的工作不允许他们两人同时出远门，沃尔特为妻子安排了这次旅行。是否因为当时有另一个女人介入，所以他想让妻子离开呢？他看起来不像这种人，且也不需要用到这种伎俩，因为他本人也常有去外地的机会。我猜那次精神抑郁给我外祖母一生的幸福都投下了阴影，在当时几乎要把她打倒了。她还患有偏头痛，我母亲和我也受到遗传。我感受得到她被这些脆弱折磨不堪的痛苦。在战争中，她孤身一人站在自己的前线上，尽力迎战。

另一方面，尽管沃尔特已经花了大把时间参与战斗，但他还是喜欢和他的战友们泡在一起。在为数不多的照片里，沃尔特和团里最矮的人一起扮小丑，这个人假装比坐着的外祖父高出一大截。我问母亲，外祖父有没有谈起过战争，有没有被炮弹袭击过或是做过噩梦。母亲回答说，自己的经历他谈的并不多，也看不到战争这件事对他有什么持久的影响，至少母亲当时以一个小孩子的眼光旁观，并未注意到什么。其实，他告诉过孩子们，埃里希·玛丽亚·雷马尔克（Erich Maria Remarque）的书《西线无战事》（*All Quiet on the Western Front*），是对战壕的精准写照。他还特别喜欢这个作者的《三人行》，这本小说阴暗而悲观，以年轻的退伍士兵为中心，充满了贫穷和破碎的希望。很显然，沃尔特身上的很多事，是他当时年轻的女儿理解不到的。不管怎样，他与当时宿营的比利时家庭相处十分融洽，以至于战争后的几年里，大家仍保持通信联系。我对这件事保持怀疑态度。我告诉母亲，她肯定是把自己的父亲浪漫化了。外祖父为占领军效力，是对方的敌人。但母亲坚决维护立场，说自己在少女时代就读过相关的信件。我试图重建一个形象，他需要足够有魅力，使他能够和他所侵犯的人民交上朋友，他要足够顽强，能够成为一个好士兵，历经四年战争而幸存下来。我想知道，他有没有杀过人？一定会有，在四年战争期间。"在伊普尔和凡尔登，"我母亲说，"我想在马恩河战役中也有过。"

我又看了一遍照片。沃尔特站在上级罗森鲍姆上尉的旁边，双臂在胸前交叉，模仿英雄的站姿。两个男人穿着恺撒军队①看起来不舒服的紧身衣和高筒靴，但看起来照样是没有历经战争惨烈的平民。他们似乎在想，"这真是荒谬"。但若抱有这种想法，可不是好士兵；战争结束后，所有士兵都必须自动回归转化为一个好平民。我外祖父似乎真的做到了战争中英勇无畏，战争后平和可亲的壮举，但想必他内心的创伤一定使他痛苦不堪。1919年，他戴着一等铁十字勋章②归来，并对战败后仍顽强坚持的恺撒怀满敬慕。战后的恺撒在荷兰流亡，后来沃尔特

---

① "一战"时期德国皇帝恺撒·威廉二世麾下的军队。
② 授以三次以上勇敢作战或完成重大任务、已获得二级铁十字勋章者，佩戴在左胸衣袋位置。

也举家迁往荷兰,他带着孩子们去看前朝皇帝在多伦①的住所。那是1929年,我母亲4岁。当时,他们必须恭敬肃立,因此此事给她留下了深刻印象。

终于,贝蒂对沃尔特有过的忧虑都未曾变为现实。他以一个英雄的身份平安归来,只是听力有轻微受损。1919年8月7日,刚刚归来的沃尔特·雅各布斯塔尔与同样是摩西教信徒的贝蒂·利托举行了婚礼。母亲多次听说,婚礼是柏林的改革领袖(很可能是利奥·贝克)主持的。当时,沃尔特29岁,贝蒂27岁。

---

① 荷兰中部城镇。

第二章
柏林和阿姆斯特丹

母亲说,她非凡的记忆能力有赖于歌曲的魔力。每当用心回忆时,与此地此人相关联的旋律就会回荡在脑海里,此情此景也随之浮现眼前。这在我们家一直被当作一个笑话看。"我记得那首歌",过去,母亲常常用这句开场白。我们这些进入青春期的孩子们听了,不免在一旁翻起白眼。如今,尽管令人难以置信,但我不得不承认,我本人也开始因为说同样的话而遭取笑了。

1919年,希尔德的父母成婚,1929年,全家人离开柏林,迁居阿姆斯特丹。在这十年间,如果她的父母曾经唱过什么歌,想必是为了振奋精神。毕竟,战后的岁月浸满了艰苦和动荡。战争一结束,革命随即爆发,城市里经常发生公开的巷战,尤其在慕尼黑、柏林、基尔等港口地域。德国作为战败国,不得不履行《凡尔赛条约》中胜方协约国要求的战争赔款。粮食短缺和通货膨胀引发政治动荡,最终——短命的魏玛共和国垮台,希特勒于 1933 年崛起。

从那个年代的照片来看,我的外祖母贝蒂体态臃肿,疲态明显,比实际年龄显老一些。出生于 1925 年的母亲,透出一种与孩童不相称的严肃气质。相比之下,出生于 1921 年的乔却显得自在,在早年的照片里露出微笑,而希尔德则和她的母亲一样,看起来很忧虑。我想象着她若同乔一般、咧嘴一笑的话,该是什么模样?或许,希尔德已经染上了时事维艰的愁苦,又或许,考虑到家人认为哥哥难以管教,所以自己尽量表现得沉默寡言。

母亲说,乔是父母手心里的宝,长相俊俏,爱使性子。在 20 世纪 20 年代的饥饿年代里,随着动荡不安的迁居,两个孩子的身子骨难免瘦弱。根据国家基本规定,儿童为了长身体,可以领到微薄的粮饷。乔一出生就得到了面包配给,且每天必须喝一品脱牛奶。我母亲还记得她和乔不得不吞下令人反胃的混合物,比如童用鳕鱼肝油。尽管营养品已用香草或橘子调了味道,但一秒钟也骗不过孩子们刁钻的胃口。其父母二人所属的制衣工会承担了营养品的补给,但食物仍然是稀缺而昂贵的资源。

父母和姨妈们对孩子们身形瘦削的讨论从未间断过。外祖母从乔的学校那里为希尔德争取到特别补助,让希尔德也可以在每天早晨免费领取一杯牛奶。这样做的原因可能是母亲幼年患有维生素 D 缺乏性佝偻病。冬日，雅各布斯塔尔家的孩子们只穿一条内裤戴一副太阳镜，从住在公寓楼上的家庭医生那里，接受一到两次的紫外线治疗。

贝蒂提着装满贬值货币的手提箱，带上希尔德一道去农村探险——从农场主手里买来水果和蔬菜。硬币本身很重，由粗糙的陶器制成的。一直在城市里蹒跚学步的希尔德，生命中第一次见到土豆、萝卜和豌豆在土地里生长的风光。随后，她"帮助"妈妈在公寓阳台上准备蔬菜，公寓的地址是赫尔戈兰海岸 5 号，位于横贯柏林市中心的施普雷河河畔。那段日子在希尔德的回忆里是甜滋滋的，她的妈妈紧紧搂着她聊天，还没走到烹饪锅边，就吃掉了好多豆子。

在那些艰苦的岁月里，每个人都因常年食不果腹而身体羸弱，孩子们的健康尤为受到重视。在乔之前有一个孩子流产了，而在乔和希尔德之间，还有几次流产。贝蒂认为自己能当母亲，不得不说是一桩幸事："一战"过后，即便妇女有幸结婚，也会产生许多生育问题。在抗生素尚未问世的时候，严重的健康问题才是切实的危机。我母亲还记得，7 岁的乔因踩到一根针而发生感染，后来那根针必须通过手术才得以切除。那时，乔患上了一种叫"血液中毒"的病症，必须把脚抬高，吃饭时也要有人哄着，过了好几周才痊愈。

尽管如此，母亲早期的童年经历仍然可以说是十分愉快的，

第二章　柏林和阿姆斯特丹

她仍然记得那个时期吟唱的儿歌。她的母亲和姨妈们教会她如何以艺术的方式来表达庆祝，她同样再传授给自己日后的女儿们。在希尔德3岁生日的时候，姨妈们举办了一场以猫为主题的化装舞会，不但有原创的时事讽刺剧，还穿插了音乐和歌舞。餐厅的推拉门把舞台和观众隔开，每个人都戴着面具和尾巴。明星希尔德尚不具备独立表演的能力，因此被塑造成一只可以随意喵喵叫的小猫。过生日固然令人兴奋，但趣味远不止于此，还有周日散步、野餐、室内游戏等活动，这其中，最不可或缺的就是音乐："小兔子，睡洞穴，为何不能跳起来？兔子兔子，你病了吗？"还有《韩塞尔与葛雷特》①里面的舞蹈——我从母亲那儿继承了这些歌曲。在特别的日子里，希尔德可以得到一杯盛在特制咖啡杯里的热巧克力，杯面是粉色的，里面镀了金，狮子的脚和金色尾巴做杯把。据她回忆，在那样的家庭里，特别的日子一点也不稀奇。

　　这些记忆里的身影来自我的外祖母和她的姐妹们，她们是希尔德最早接触到的女性社会团体。外祖父沃尔特则一年中一半时间都在国外出差。身为服装行业的代表，他要四处逛逛看

---

① 《韩塞尔与葛雷特》出自格林童话，故事讲述的是一对可怜的兄妹遭到了继母的抛弃，流落荒林，最后来到了一座糖屋，饥饿难忍的兄妹俩迫不及待地吃了起来。但是糖果屋的主人是一个吃人的女巫，她把兄妹俩抓了起来，想要把哥哥养得胖胖的，然后吃了哥哥。但兄妹俩凭借着自己的智慧战胜了女巫，并且找到了回家的路。

藏品，做做营销。20世纪20年代末，纽伦堡①附近发生了一起重大火车相撞事故，造成数十人死亡。沃尔特当时就在火车上。因背部受伤，他被送往疗养院医治。两个月后，他完全康复，精神焕发地回家了。我母亲如今好奇的是，在治疗期间，她的父亲是否和在社交生活中一样，因魅力四射而如鱼得水。外祖父常年外出，打交道的都是些时髦女性，要是发生什么不忠的行为，可是不会走漏风声的。不过，在母亲的记忆里，我的外祖父母虽然的确会为了钱不够而争吵，但生活中仍然充满了爱与和谐。

沃尔特深谙享受生活之道：剧院、红酒、旅行、美食，一样不能少。他工作效率很高，也够勤奋，但并不务实，天性不会拮据。无论努力的贝蒂已将业务经理的职务做到如何熟练的地步，她总还需要去赚点外快。举个例子，在沃尔特的火车出事后，贝蒂不得不去给一个有许多孩子的正统拉比②做秘书。她带着希尔德一起去拉比的房子里上班。即便希尔德当时才2岁，她也清晰地觉察到自己对那里的讨厌：不仅吵闹，还臭烘烘的，屋子里一团糟，孩子们的嘴巴上总是沾满了果酱。

从母亲对与她的父母早年一起生活的日子，以及对自身早期童年的叙述可以看出，她对彼时生活的洞察力并不深刻，因为她超凡的观察力被幸存者的罪恶感所阻挡，又被流逝的时间

---

① 纽伦堡是德国巴伐利亚州的中心城市。
② 拉比是犹太教经师或神职人员。

所冲淡。她对回忆很在行，以至于不得不保护自己免受这项天赋的伤害。从她身上，总有一份微妙的气质散发出来，不自觉地令人感到遥远和疏离。她常常对我说，当步履维艰时，她会筑起一道心墙。她的墙允许她去参加葬礼，或是谈论过去，但不可以在众人面前崩溃。然而，在梦境里，希尔德总会付出相应的代价。她对战争时期、阿姆斯特丹少女时代，以及更久远的柏林婴儿时代的记忆是深刻而详细的。她可以描述还在蹒跚学步时，吃过的一块蛋糕是多么干涩，可以讲出一位表亲特有的眼神，以及她住的第一间公寓里——"适合骑摩托车"的——长长的走廊，可能还有她听过的每一首歌。但她不记得吵架、怀疑，或是肮脏的事情。她回忆起的每件事，每一个细节都被仔细地检查过，犹如从沉船中找到珠宝后，裹卷在天鹅绒中一般，小心地收藏起来。那些来自柏林的故事——有关她父母如何相识，她和哥哥早年如何成长的情节——如同在每个幸福的家庭里一样，是最初的神话，是创世记，是家族的源起。后辈们在听到这些故事时，已然知道故事的结局了，因为他们就在这里。任何挫折或悲伤，无论曾经多么真实，都只不过是通往幸福大结局的喜剧性障碍而已。

然而，在母亲的生命里，有一段很短的日子，其间的歌曲她丝毫记不起来。1929年夏天，她还只是一个4岁的小孩。她的父母从柏林启程，搬家到阿姆斯特丹。这是他们在前一个冬天决定好的事。沃尔特计划在阿姆斯特丹建立自己的女装工厂，以期取得比在德国更好的收益。"一战"之后，德国的经济陷入持久恶性的通货膨胀，迟迟难以复苏。那一年，20世纪30年代的全球大萧条也开始有了苗头。15年来，他把一半的工作时间花在比利时和荷兰，早就在两国打通了人脉渠道，结识了荷兰所有大型百货公司和边远商店的采购方。在阿姆斯特丹建立自己的公司，似乎是一个风险合理的规划。

那段时期注定是繁忙而混乱的。沃尔特和贝蒂一致认为，如果孩子们在金德海姆夏令营中待上几个星期，大家都会好过一些。在距离柏林以南大约一百英里处的哈尔茨山脉上，有一座巴德哈尔茨堡，夏令营就在那里。希尔德是那里年纪最小的孩子，她不停地哭，这令她正玩得不亦乐乎的哥哥感到非常恼火。

当父母来探望时，希尔德盘算着："只要我哭得足够大声，爸妈就一定会带我走"。然而，不管她怎么追着车跑，也没有被带走。第三个星期结束后，孩子们被直接载去阿姆斯特丹。他们再也没见过柏林那幢熟悉的公寓。后来，又过了差不多十年，希尔德才同意离家过夜一晚。那时的她在托儿所工作，直到她后来向我讲述那里的故事时，她才意识到，儿时的自己原是患上了思乡症。

当你战胜逆境活下来的时候，是没有资格愤怒的。无论那个逆境是什么：抛弃、虐待，抑或死亡本身。你必须使自己一路走来的生命适应幸存下来的罪恶感。你必须迎合其他人的想法，就像我母亲最近所做的那样。近来，她幼年的伤口开始在年老时开裂流血,这令做女儿的我们感到惊讶。她说,她的父母在当时已经做到尽心尽力。但如今,她时而会嫉妒自己的丈夫获得了比自己更多的关注,时而会怨怼我们给予了子孙后代太多的爱,好似她在争夺某种有限的资源一般。在她 4 岁那年,父母任其在渐行渐远的车身后一边追赶一边哭泣,只顾自己开心的哥哥还不忘嘲笑她,熟悉的家人连一句再见也没有就离开了……我想象着这个场景。同时,我还好奇,当这个女孩前往荷兰时,是什么样的一种状态?或许,她从未在自己的父母那里得到过足够的关注,尽管希尔德对父母的记忆堪称完美,但他们的确无暇给予她足够的照顾。

寒冷,多雨,灰蒙蒙的,这就是阿姆斯特丹的秋天,想必来到这里的一家人看到这番景象,一定会大吃一惊。尽管如此,小希尔德还是比家中其他人更快地适应了喧闹的街头生活和荷兰语言。邻里的孩子们甚至开始教她游戏里叫嚣的俚语。乔就慢一些,在入学荷兰公共教育系统之前,他需要在一所专为德国孩童开设的学校里读上近一年的预科。

等到希尔德 5 岁,可以入学荷兰的全日制学前教育时,她的母亲贝蒂便开始带她一起去工作。沃尔特在市中心的一座老楼里建起一座简陋的工厂。在那里(据希尔德回忆),当她的母亲和雇员谈话时,她会担当翻译。

尽管希尔德是雅各布斯塔尔一家里适应最快的人,但她仍然觉得和周遭的荷兰人格格不入。开学第一天,老师让她用德语对全班同学讲点什么（25 年后，我在马萨诸塞州布鲁克林上学的第一天也发生了同样的事情）。这位老师无疑是想表现得和蔼可亲。我那不情愿的母亲一开口，全班孩子就哄堂大笑；而母亲讲荷兰语时，在他们听来似乎怪异而反常。

自那时起，世界越发融合了。毕竟，荷兰与德国接壤，如今的荷兰居民也习得多种语言，活得越发国际化了。然而，当时希尔德来到的世界，还是由一群头发蓬松、两腮有两朵"高原红"的孩子们组成的。这些娃娃们从来没有去过比海边更远的地方，也从来没听过其他语言。她黝黑的皮肤和卷发格外显眼，有时也会出现一两个来自荷兰东印度群岛的孩子，而所有肤色较黑的孩子都会遭到其他孩子们取笑；这种取笑不一定出于恶意，只是因为他们不太一样。

希尔德还有一处与众不同的标志。她的衣服都由父亲操刀设计，或从欧洲其他城市捎来，总会相当时髦。毕竟，把握时尚潮流是她父亲的本职工作。相比之下，班上其他女孩们的穿着乏善可陈，只谈得上蔽体罢了。每当希尔德参加生日聚会时，生日主角的母亲总会把她拉到一旁，仔细揣摩她身上飘逸的连衣裙。随之不久，五六个仿制品就会在附近涌现出来。"当然，它们没有那么精美，"母亲的声音里仍透出骄傲。她是玩伴中第一个穿长裤的女孩，这种玛琳·黛德丽①风格的水手装让我

---

① 玛琳·黛德丽，1901 年 12 月 27 日—1992 年 5 月 6 日，德裔美国演员兼歌手。

的假小子妈妈很高兴，却让邻居们觉得出格和震惊。虽说社会阶级是孩子们看不见的，但至少和外国国籍一样明显。其间的差异使她与住在同一街坊的那些朴素而粗糙的朋友们迥然不同。来阿姆斯特丹的前几年里，母亲一直住在那里。当我的母亲提起那些孩子们的父亲在做邮递员、警察和基层银行职员等工作时，她的猜想得到证实：阶级差别在那里的确存在。

几次搬家后，母亲一家落脚在斯洛斯特拉特，这是一片中产阶级的生活区。在多数荷兰的社区群体间，并不特别以宗教来划分属性；荷兰社会高度去宗教化。宗教和性取向一样，被认为是个人的选择，人们也从不谈论对上帝的信仰。即便如此，荷兰裔犹太人对这些来自德国的早期移民并没有表现出特别的热情和欢迎。这些荷兰犹太人的祖先早已在这片土地上生活了数百年。许多家庭在17世纪时从葡萄牙的宗教异端裁判所逃难过来，或是在18世纪从德国避难而来。如果一个荷兰犹太人真的信奉什么宗教，大概是东正教。否则，那便已和德国犹太人一样，被高度同化了。他们有时认为新移民富有而傲慢，尽管实际情况是，大多数德国犹太人移民到荷兰后，几乎没什么钱，特别是在20世纪30年代后，纳粹一发不可收拾地侵吞了移民们的全部家当。

当我的外祖父母试图加入阿姆斯特丹的一间犹太教堂时，障碍出现了。对方表示，他们的婚礼是在改革派的教堂中举办的，尽管仪式由赫赫有名的拉比利奥·贝克主持，但依然不被承认。他们的结合被视作骗局，生儿育女也不合法。正因受到了这般待遇，在德国移民者从涓涓细流汇聚为浩浩洪水之后，沃尔特下定决心，在阿姆斯特丹建立一座改革派/自由派①的犹太教堂。他是创始人之一。到 1933 年，奥托·弗兰克也加入创办者的行列。

母亲说，第一年搬过去的时候，家中没有玩具——意料之外的是，她想起搬过来的大批沉重的德国家具，便在缝纫机周围找到了纽扣和线轴，自娱自乐一番。她很喜欢去大楼地下室的公寓里，看望管理员一家。这一家姓"莫斯特"，谐音"胡子"②。他们住的地方舒适而整洁，用锃亮的木头制成内置橱柜和带红格窗帘的窗户，看起来有点像舷窗。笼子里养了两只鸽子，有时会放它们出来，自由飞一会儿。

然而，大萧条不可阻挡地到来了。此外，雅各布斯塔尔家还有一个首要的难题——他们刚搬来不久。一家人先是在老楼的一楼里租了间潮湿的公寓，位于阿姆斯特丹南部的诺德阿姆斯特兰——几年后，这片社区成了德国犹太人逃离希特勒的难民中心。没有中央暖气的屋子是如何经久寒冷，母亲至今记得。她卧室的墙壁与一个古老的车门相连，这是一扇曾用在马匹和马车边的宽门，到了冬天，上面氤氲着一层潮湿的水汽。他们

---

① 改革派或称自由派的犹太教认为，在众多现代派别中，自己是最进步的一派。

② 英语里，姓氏"莫斯特（Mosterd）"的发音类似"胡子（Mustard）"。

的家具使这样的小房间相形见绌,热水都成了宝贝。孩子们晚上把底裤带到床上,这样早上就可以尽可能在被窝里多待一阵儿。大人们抱怨风湿病,总有人流鼻涕或咳嗽。

莫斯特家的公寓环境可谓"过热",烧煤炉、源源不断供应的热巧克力,在小女孩眼中,说是天堂也不为过。当希尔德脚上的鞋子穿不下时,贝蒂不得不把脚趾部分剪下来,做成凉鞋,因为付不起一双新鞋的钱。但这一切,对他们来说,已成为最无关紧要的细枝末节。那时的希尔德还未去学校念书。若是到了学校,她的鞋子将会成为小社会中悲惨生活的写照。在所有的这一切事物里,最美好的莫过于莫斯特的儿子埃弗特。10 岁的他在这个小女孩眼里可真真是个小大人了。当她 5 岁开始学习骑两轮车时,埃弗特带着她,从她家门口出发,穿越拥挤的交通,骑到工厂。在推崇自行车的荷兰,学骑车是一项独立的标志,但这番举动可吓坏了希尔德的父母,如何既肯定埃弗特的行为,为他鼓掌,又同时阻止类似的冒险再次发生,可真是一件需要技巧的事。

在这样困难的日子里,孩子们的喜怒哀乐大概成了大人们喜闻乐见的调味剂,让大家暂时忘却忧愁。但贝蒂和别人不一样,她忍不住就会流泪。在柏林的时候,他们拥有蒂尔加滕大公园对面河畔的中央供暖公寓,在家人和朋友的陪伴下,享受轻奢的生活。但在这里,四周都是陌生的面孔,贝蒂甚至无法和他们交流,手里的钱少到给孩子买鞋也买不起。但好在,一家人适应得很快。1929年12月，他们效仿荷兰的邻居，庆祝了在这里的第一个圣尼古拉斯日①。没有像样的礼物，但希尔德想方设法给乔买了一支牙刷，这已经让她很是自豪了。

在潮湿的底层公寓住了近两年后，1931年，他们搬到了祖姆斯特莱特的第一间公寓，仍然在阿姆斯特丹南部，离学校仍然很近，步行就能到；1934年，有一间更大些的空房后，就搬到了街对面，一直在那里住到1938年。这个公寓楼有三层。此时，雅各布斯塔尔一家已经可以付得起更高层的公寓，租下第二层。居住在祖姆斯特莱特的这七年里，希尔德完全融入了社区中的孩子帮。她尤其记得第一套公寓，从餐厅走出去，有一个石头阳台，可以俯瞰到下面的街道。"那个阳台很棒，"她告诉我，"因为你可以站在那里，朝人们的头上吐口水。"她把钱包挂在绳子上，再扔到人行道上，让人们弯腰捡起来。这是她从街道那帮孩子们身上学到的恶作剧把戏。那段时期的照片中，母亲看起来总是精力充沛，衣服有点凌乱，膝盖上永远有结痂。而她的哥哥乔，比她年长4岁，面庞帅气而慵懒，不像是运动活跃的人。据妹妹的说法，乔对周围孩子的所作所为嗤之以鼻。但事实更可能是，乔没有融入这个集体，并因此伤心难过。他们之间的冲突随着日积月累而愈加尖锐了。

希尔德的记忆被持续的寒冷支配着。当贝蒂全职工作，家

---

① 每年的12月6日是欧洲传统的"圣·尼古拉斯日"，这是圣诞节的节日原型。

里的收入足够重新请得起女佣时（这在当时的时代和地域背景下是很少见的），大部分的家务活都围绕供暖展开，早上要开火炉，晚上要给床铺提供热水瓶。当他们搬到祖姆斯特莱特的第二间公寓时，希尔德拥有了一间楼上的大房间，从地板到天花板都有窗户，外面有一个砾石房顶，夏天时一家人可以坐在那里。她的父亲亲手将家具设计为现代的包豪斯风格①——搭配轻木材、管状金属腿，内置水槽和沙发。一切定为米色和绿色色调，这在当时是时尚色。希尔德在冬天的早晨醒来时，常看到床头柜上的水已经在夜里结冰了。女佣端来粥，在她离开床这个温暖的天堂前给她取暖。当冬季来临时，住在低地的人们可能会患上咽峡炎②而病入膏肓，英语国家的人称之为脓毒性咽喉炎，或者患上支气管炎和感染，伴随高烧，需要数周才能痊愈。每个人都得忍受轻微的瘟疫和冻疮的折磨，后背由于常年在潮湿地过度劳累，而过早地弯曲变形了。

　　由于贝蒂忙于工作，所以我的外祖父母需要请人来操持家务。这方面的人力资源很少，他们费了点功夫，终于找到了可以帮手的人。女佣或来自德国，或来自奥地利，身怀不同技能。一个维也纳女人能做出美味的糕点；另一个对孩子没有耐性。希尔德虽不喜欢被她们照看，但也承认保姆的不可或缺。后来，

---

① 包豪斯建筑学派是20世纪初德国建筑和设计的一种风格和流派，强调实用功能。

② 咽峡炎是特殊类型的咽炎。

沃尔特买了一辆汽车用于出差。由于曾在战争中受伤，他的左耳失聪，无法驾驶，不得不雇一个司机。1937年一个冰天雪地的夜晚，在回家的路上，司机从海牙和阿姆斯特丹之间的公路上滑离出来，直接开到了一条运河里。汽车没有完全泡在水里，司机设法打开车窗爬了出来。尽管天色已经很晚了，但他几乎立刻从路人那里寻求到了救援，合力把我长腿的外祖父从座位上拉了出来。沃尔特伤了背，可能还擦伤了几根肋骨。当他被送回到妻子身边时，他的妻子已经快吓疯了。此后的两三个星期里，外祖父都没有下过床。

但希尔德对这段康复过程的回忆却充满了温情，这是因为，这期间的家庭生活都围绕着父亲床边打转，这亦是有史以来第一次在白天有父亲陪伴。无论何时，车和父母的床，是希尔德最为牵挂的地方，她担心坐在上面的父母是否安危无虞。沃尔特周末也会用车。司机显然很喜欢带着雅各布斯塔尔一家去郊游。希尔德由于晕车，便坐在前座。在回家的路上，她摇摇晃晃地睡着了，头枕在司机的膝盖上。周末几乎没有什么仪式——周六从熟食店买来午餐；周日早餐时，全家人懒洋洋地躺在我外公外婆的床上，聊聊天，读读报，充满欢声笑语。

我试着想象，这家人是如何在令人愉快的日常生活中，经久忍耐情绪上的波动。尽管他们享受着珍贵的快乐，但第一次世界大战的灾难性损失和后果仍然笼罩着雅各布斯塔尔家族。曾经的阴影——还未走远！——盘旋在玩乐的时空之上。在那些星期天的早晨里,大家蜷缩在一张床上,沃尔特带着难以形容的满足的微笑,凝视着他的家人。"好嘞,我们又在一起了,四位同志。"大多数星期里,他都会讲这套说辞。"人人为我,我为人人。干杯!祝我们四位同志,地久天长!"随后,他举起咖啡杯和大家碰上一圈。

尽管多年来生活并不算富裕,但希尔德的父亲一如既往地快活。他身材高大,笑起来还有酒窝,在夏天的周日,开车去海滨胜地度假,摆出迷人的造型。两个孩子像他,知道如何玩转生活,即便在每天需要长时间工作的时候,也不例外。有几张照片记录了他在朋友的咖啡馆里,与小女儿开展模拟拳赛的情景,或者懒洋洋地,一只膝盖优雅地交叉在另一只上面,长长的烟斗从细长的手指间延伸出去。他比罗斯福年轻近十岁,但看上去有某种近似的气质。

工作上,沃尔特不但勤恳,还兼具创造力。他的女装品牌"达梅斯康菲克蒂·雅各布斯塔尔"的生意持续稳步增长。

但贝蒂对他们在这个世界上的生活,向来缺乏足够的安全感。我的外公外婆也从未停止过针对金钱的争执。沃尔特回家时,喜欢给她和孩子们带些奢华的礼物:钻戒、项链,或者干脆一场度假。我母亲记得,在这些场合,我的外祖母总会惊呼:"亲爱的沃尔特先生,你又花出去这么多钱!""黄金和珠宝是很好的投资。"沃尔特抗议道,但并不能拦住贝蒂把礼物退回去,这令他大失所望。

直到1938年,他们最后一次搬去斯洛斯特拉特时,这个家庭的积蓄才足够殷实,得以将46岁的贝蒂从全职工作中解放出来。他们的德国女佣早就不来了,一开始由当地妇女代替,随后转换为每周的清洁服务。衣物送到外面洗涤,也用得上中央暖气,生活终于开始变得舒适了。这是他们来到阿姆斯特丹的第九个年头。

第三章
母亲的成年

时间来到 1937 年，希尔德年满 12 岁。她的记忆不再像年幼时那样零散，而是开始形成系统的观察。这样的观察在今天看来，带有青春期和青年时期的独特视角。随着希尔德逐渐成长为一个法定意义上的大人，纳粹势力也逐步在德国达到顶峰。似乎，随着她的内心越发强大，外界恶魔的威胁也在日益加剧。从 1933 年开始，移民蜂拥而至，终如洪水般泛滥。母亲一边讲述，我一边想象，一波波的洪水是如何挤占了他们的私人生活，打翻了原有的平静，直至大浪翻涌而来，吞没了每一个人。

无论波涛如何像无情火山中的岩浆一样恐怖，它还是缓慢地向前翻滚，势不可当。希特勒从掌权德国，到命令纳粹入侵荷兰，花了七年；对荷兰犹太居民进行全面狂暴的袭击和毁灭，花了三年。然而，这些年的每一个月里，侮辱、迫害、限制和暴力都在与日俱增：又过了两年，战争结束。噩梦，共做了十二年。

母亲对希特勒强权迹象的第一道回忆是，当时家里的女佣被召回德国，参与投票。在兴登堡宣布希特勒为总理后，所有旅居海外的德国人都必须回国，参加1933年3月的国会选举。母亲说，这些返回者都是被迫投票的。那时，年仅8岁的希尔德清楚地记得，女佣回到阿姆斯特丹，讲起投票的经历时，整个人都是战战兢兢的，充满了恐惧和害怕。短短几个月内，纳粹网络就布满了德国。每个社区都是有组织的，一个街区配一名领导。当地居民在威胁的操纵下，无人敢投反对票。

没等女佣回来，雅各布斯塔尔一家就已获知希特勒当选的消息。她泪流满面地说，不但墙上画着反犹的标语，街上也高喊着类似的口号，受政治时局所迫，她不得不离开这个家庭。在女佣离开后不久，1935年《纽伦堡法案》颁布，德国犹太人的公民权等许多权利顷刻荡然无存。非犹太人为犹太人工作也被列入罪行。当然，法律在这一点上，只适用于仍留在德国的犹太人。

当年86岁的马克思·利伯曼是我外祖父的绘画导师，也是被纳粹攻击的第一批艺术家。1933年1月30日希特勒上台的时候，他时任柏林艺术学院院长。5月7日，马克思被迫辞职。在那个年代，他是德国最引人瞩目的犹太画家，但艺术界的非犹太人，没有一个站出来为他发声。在他去世两年之后，世人已忘却了他的存在，他的画作不再展出。就连葬礼，也只有三个"雅利安"艺术家参加。1943年，盖世太保拉着担架来驱逐马克思卧床不起的遗孀，但她服用了过量的安眠药，骗过了这些人。1933年3月，选举结束后没几天，达豪集中营建成；4月1日，针对犹太商人和工人的首次抵制开始。5月，有了第一次焚书事件。①

犹太人逐渐向阿姆斯特丹聚集，一开始是德国来的犹太人，后来奥地利的犹太人也过来了。新的社区团体开始在难民阵营里形成。外公外婆在荷兰的根基比新移民们扎实很多，应该在其中出了不少力去帮衬。同胞们随着逃离，也远离了改革派犹太会堂。外祖父认为，是时候建一座新的了。奥托·弗兰克一家就在1933年的移民队伍中，他和我外公雅各布斯塔尔一家是由于建立教会的工程走在一起的。该教会正式命名为阿姆斯特丹联合自由犹太教堂。

犹太教堂之所以诞生，是由于荷兰犹太人与德国新移民的宗教选择受到限制，众人心生不满后，便齐心协力建立了新教堂。范·佩尔斯一家（《安妮日记》中的范·丹恩②）也成了教会成员，但与雅各布斯塔尔一家只是点头之交，彼得除外。彼得是希尔德的希伯来语班上为数不多的男孩之一。希伯来语班几乎和教会在同一时间开设，每周三下午进行。希尔德从来都

---

① 1933年5月10日，德国将众多思想家的书籍付之一炬。
② 《安妮日记》中将真实人物化名。

没有对这项功课抱有太大的热情，因为在星期三，阿姆斯特丹的学校都只上半天课，当其他朋友都跑出去玩时，她不得不骑着脚踏车去上另一堂课。安妮的姐姐玛格特也在这个班里：这也是在1937年之后，两个人越发熟络的原因。

教堂成了母亲心中挥之不去的记忆。虽然存在的时间不长，但它自然演化成一个团体，在充满威胁的环境中，提供了强大有力的目标感，以及群体身份的认同感。在这块共有的能量磁石下，希尔德和弗兰克一家相互吸引，构筑了坚实的友谊。我的外祖父曾一度担任教会的主席，是圈子里活跃而受爱戴的人物。教堂使母亲即便在衰败的日子里，也保留了童年最美好的回忆——那些令人快慰的闲谈与温暖。此时，纳粹的脚步渐渐逼近。

奥托·弗兰克是法兰克福生人。当时，他做香料进出口生意，是"特拉维斯"公司的合伙人，销售果酱胶凝剂（一种使果酱含果胶的天然食品添加剂）。起初，奥托自己的公司"奥佩克塔"与"特拉维斯"虽有合作，且均在王子运河边上的同一栋楼里办公，但两家公司的业务是分开经营的。奥托的大多数同事都化名出现在安妮·弗兰克的日记中：特拉维斯公司合伙人赫尔曼·范·佩尔斯在书中是一起藏身的范·丹恩先生。战争期间，这两家公司合并成立了佩克塔康公司私人有限责任公司。战争结束后，非犹太管理者接管了这家公司，并打算物归原主。亨克·吉斯（《安妮日记》中的简）与乔纳斯·克莱曼、维克多·库格勒（日记中的科菲斯先生和克莱尔先生）一起组成了该公司的常务董事会。

20世纪30年代后期，两家的关系越发交好。奥托带着我母亲一家参观了几次公司场地。奥佩克塔离我外祖父的女装工厂只有一两个街区的路程。母亲仍然记得她对那里的向往和期待，因为她对肉桂和丁香的喜爱超过其他一切强烈的香味，办公室里的员工也格外友善：普·吉斯和埃莉（日记中的贝普）；米普的丈夫亨克；以及两个合伙人：克莱曼和库格勒。

20世纪30年代初，雅各布斯塔尔一家和亲戚们像来自德国的其他移民一样，仍可以在柏林和阿姆斯特丹间自由穿行。但希特勒入主后，再没有人可以返回德国。人群主要向荷兰涌入，大部分人要么留在荷兰，要么把荷兰作为离开德国的航程中转站。

作为新犹太教堂的领头羊，沃尔特自己已处于犹太人逃离德国这一运动旋涡的中心。难民们在去其他地方的途中，会在沃尔特那里逗留一天或一周，先是祖姆斯特莱特，随后是斯洛斯特拉特。最早到来的是先前被逮捕后又获释的犹太人和反纳粹者。这些人要么是艺术家、作家，要么是政治活动家。希尔德第一次目睹新政权下的身体暴力是在一个家庭朋友身上，他的指甲在柏林郊区的奥拉尼恩堡监狱受刑时被撕掉了。即使证据如此明显，雅各布斯塔尔一家仍觉得事情应该不会更糟了。他们热切地帮助那些从德国逃离迫害的人，但并没有把德国终会越境的可能性当回事。

日子一年年过去,沃尔特开始保留一份名为4711的档案,名字取自著名品牌科隆①,以纪念德国臭气熏天的局面。随着"案例"②不断涌入,档案簿也越来越厚,希尔德总不免要和陌生人共享卧室。日益增多的移民量,加之德国当局有计划地对犹太移民实施劫掠,人们对自己的处境越发绝望了。雅各布斯塔尔一家开始向来客供应衣服和食物;犹太教堂建起服装库,除了为旅人提供必需品,还会给他们一些建议。母亲记得,20世纪30年代末,她为从德国出发去英国的孩子们安排住处,然后去车站为旅客分发午餐。

当时,儿童移民的数量越来越多,但并未达到高峰。最大的高峰出现在1938年11月9日的"水晶之夜"③过后。世界上其他国家一改多年事不关己的冷漠态度,在短时间内做出了令人震惊的回应。特别是在正式宣战前的几个月里,英国接收了一万名德国犹太儿童。很多孩子所去的住所都是由安娜·弗洛伊德赞助的。她是西格蒙德·弗洛伊德的女儿,也是精神分

---

① 德国的科隆4711香水是世界上最早的古龙香水,因香水厂的门牌号是4711而得名。

② "案例"一词在原文中加了引号,为"case",隐含了"case"的另一层双关含义:"行李箱"。

③ 指1938年11月9日至10日凌晨,希特勒青年团、盖世太保和党卫军袭击德国和奥地利的犹太人的事件。当晚,许多犹太人的窗户被打破,破碎的玻璃在月光的照射下有如水晶般发光。所以,德国人讽刺地称之为"水晶之夜"。此事标志着纳粹对犹太人有组织的屠杀的开始。

析学的弟子。纳粹分子在入侵之初，没收了弗洛伊德的护照，此事引发国际上强烈的抗议。安娜随后独自从维也纳来到英国。战争结束后，她仍为难民营的年轻幸存者奔忙，做出了更多贡献。教友会组织捐助了一些交通工具。利奥·贝克和威尔弗里德·伊斯雷尔这样的带头人尽管受到公开邀请，可以去德国或美国安身避险，但他们为了护送孩子们安全渡过英吉利海峡，拒绝逃跑，留在了德国的犹太教区。

尽管移民交流越来越频繁，但直到1939年夏天，希尔德才效仿多数欧洲中产阶级的孩子，去英国参加了几个星期的交流项目，来学习英语。此前，在"世界友谊之旅"项目的资助下，一个英国女孩复活节时便定下要在这里住上几周。8月，希尔德动身前往伦敦东南郊的射手山（现在是伦敦格林威治区的一部分），寄宿在一个名叫斯塔克斯的家庭里。

斯塔克斯家有一个女儿，名叫简，年龄和14岁的希尔德一般大。那一年，伦敦已经进入备战状态，在重要建筑物周围设置了沙袋屏障。飞艇漂浮在城市上空，孩子们也在演练如何防御空袭，甚至戴上了防毒面具。希尔德乘火车回家，对未来充满了新的认知。她即将要面临的，或许是实打实的战斗。在旅途中，她听到德国入侵波兰的消息。

德国局势不断恶化，越来越多德国犹太人的信徒加入了阿姆斯特丹的这块小型自由社区，熟人圈层也在不断扩大和加深。1937年，在希尔德12岁的转折点上，安妮的姐姐玛格特·弗

乡关何处是：大屠杀下浴血成长

兰克和她成了密友。弗兰克一家住在梅尔韦德广场上,和雅各布斯塔尔一家同属阿姆斯特丹南部的片区。虽然玛格特念书的学校和希尔德不在同一所,但女孩们周三会结伴去听宗教课,再一同骑车回来,一路上有的畅聊。有时,安妮会不招人待见地跟过来,且总是在这两人谈到最严肃最起劲的时候,莽撞地冲过来。玛格特和希尔德只把她当作是一个不讨喜的小妹妹。当时,安妮只是一个8岁的小孩子,对于生活的重大问题,她又能知晓多少呢?安妮的成绩也并不十分出色。她之所以能入选一所竞争激烈的犹太学院,是因为校长并不清楚她的真实水平而姑且收录了她(她在日记的开头几页描述了这一点[①])。那年——已是1941年,也就是弗兰克一家躲藏起来的前一年——犹太教师想尽可能多地录取犹太学生。安妮的姐姐很聪慧,老师们都听说过她。单凭安妮的成绩,是不具备入学资格的。

母亲记得自己很欣赏玛格特·弗兰克,想必这是个魅力四射的姑娘。母亲谈起她的口吻和安妮在日记中的表述如出一辙:"她非常漂亮。有橄榄色的皮肤,闪亮的黑发,美丽的棕色眼睛,我总是希望我能长得和她像一些。"她还回忆道,玛格特的举止要得体很多;希尔德是调皮捣蛋的类型。不过显然,两人身上的共同点比希尔德想象中更多一些。她们都身材纤细,

---

[①] 安妮日记原文中这样写道:当"犹太小孩只能上犹太学校"的消息传来时,我们经过一番苦口婆心的劝说,才使得校长有条件地接受了我和丽茨(安妮的朋友)。

眼睛乌黑，因此常常被人弄混。玛格特的学校是一所一流女子高中，希尔德则上了更注重实践教育的女子公立高中（到了20世纪30年代时，希尔德和父母一致认为，如果大学不再对犹太人开放，学习现代语言和实用技能对犹太人而言将是更好的选择）。这两所学校的老师轮换教学，但他们总把女孩们的名字叫混。玛格特和希尔德几乎同岁：玛格特的生日是2月16日，希尔德的生日是2月18日。"正因如此，奥托在战后从不会忘记我的生日。"母亲说道。女孩的父亲也有点像对方，他们都很高，身材苗条，温文尔雅，因犹太教堂的工作而交情甚笃。

不过，两家人之间并没有太多往来。我母亲认为，原因主要归结于弗兰克夫人。最近，一些披露安妮母女之间关系维艰的言论出现，母亲对此并不感到奇怪。在她的印象里，弗兰克夫人寡言少语，态度冷淡；奥托和孩子们则相对更受欢迎。从另一方面看，伊迪丝·弗兰克对待生活的态度非常认真，我母亲对此感到钦佩。因为形成这样的性格一定需要付出比常人更多的决心，才能在东躲西藏的生活中经受住严酷的考验。

后来，安妮一家藏身于普林森拉赫特。牙医杜塞尔的到来使安妮·弗兰克不得不分享出自己的房间。他的存在招来安妮的极度厌恶。我母亲讲道，"安妮在日记中把杜塞尔描述成那个样子，我真替他感到难过，因为他其实是个蛮可爱的男人（不过，她认为很多男人都是'可爱的'），我想如果和杜塞尔同住一个房间的人是我，我应该不会这么看他。那时他几乎每天晚上都来我家做客。"

杜塞尔的真名叫弗里茨·普费弗。四五十岁的他对于一个少女而言，想必是过于老朽了。我外公和他同龄，也是老朋友，年轻时，他们在柏林加入过同一支划艇队。"他真的很英俊。"母亲怀着一种对男人特有的怜悯说道。这份怜悯并非因弗里茨·普费弗的最终命运而起，而是母亲在他身上觉察到了某种朦胧的感觉。

弗里茨·普费弗是位牙医。他还有个绰号，叫"胡椒博士"①，母亲笑着说，"他还给我补过牙齿呢，填料现在还在，不得不说，他有点笨手笨脚。"就像俄罗斯牙医移民到美国后，要重新获得从医资格一样，在普费弗还未拿到荷兰执业执照前，沃尔特把他介绍到一家办公室，暂时做牙医助理。《安妮日记》中的一个滑稽场景生动体现了普费弗的笨拙。杜塞尔为歇斯底里的范·达恩太太做检查，不小心把牙签卡在了她的一颗牙齿上。太太瞬间尖叫着跳起，杜塞尔则站在一旁，一言不发。安妮的描述可能有点尖刻了。在那间狭小的房屋里，这两位是最惹安妮恼火的两个人。

但我母亲回忆起他时，是充满柔情的。"他晚饭后总来家里喝咖啡，"母亲说，"他会按门铃，门开了，他就爬上公寓的

---

① 译者注："胡椒博士"是著名软饮品牌，"博士"一词的英文"Dr"也有"医生"之意。

楼梯。这时,他总会用德语说,'喂,嗯——有新闻吗'。当我们在晚上特定时刻听到门铃声,都会异口同声地回应,'嗨,你好——有什么新闻吗?'因为我们知道,这是弗里茨·普费弗来了。"有一个时刻倒是出乎意料的。一天晚上,希尔德下楼送他,他抚摸着她的脸,对她说:"你的脸蛋像水蜜桃一样。你真可爱。"母亲记得,她对此稍感不适:"我感觉挺奇怪的。他就是用这种方式说出这句话的。不过我蛮喜欢。这让我第一次感觉到自己是个女人。"

普费弗和他的非犹太伴侣洛特被《纽伦堡法案》判为种族通婚罪,二人不得不匆忙离开德国。他们的家庭不再受到德国政府的承认和保护。希尔德喜欢洛特·普费弗。洛特常常邀请希尔德放学后来家里喝茶,吃饼干——希尔德在荷兰时,习惯了这一套愉快的减压方式。当我们这些姑娘们长大后,母亲把这种方式也融进了新泽西的郊区生活中——洛特倾听别人说话时,会真心和你产生共情,是一个很好的陪伴者。当紧急情况发生时,她也能真诚友好地伸出援手。

希尔德在青春期早期阶段,有习惯性晕厥的病症,令周围人感到困惑不安。她常常讲起14岁时发生的一件事。当时,希尔德正准备骑自行车上学,却在她家附近的自行车车库里瘫倒了。负责看管设施的人发现了她。希尔德醒来后,已躺在看管室炉边的折叠床上。男人正焦急地给她搓着手。她还记得,当自己苏醒过来的时候,男人脸上露出了宽慰的神色。

据推测,昏厥发生的原因是:冰冷的金属车把影响了希尔德的血液循环。成年后,她必须小心保持手部温暖。在罗德岛州一个阳光明媚的冬日里,她因急于帮我们堆雪人而忘记戴手套,我便看到,她开始举止反常,头晕目眩。可能也有荷尔蒙的作用,因为她有时会在月经的第一天晕倒,同时伴有严重的抽筋。

在希尔德15岁时,就发生过一次这样的情况(一定是在德国入侵前的初春)。那天,洛特派了一辆出租车去接她放学,把她带回自己家中精心照料,直到贝蒂从工厂下班回家。我母亲说,她和洛特的关系特别好,还补充说,战争结束后,洛特曾希望奥托能娶她。但是,我从一开始就知道了结局——在奥托发表了安妮的日记后,洛特与奥托,以及我母亲之间的友谊便以悲剧收场了。

对母亲来说,对普费弗夫妇的记忆似乎与她性意识的萌发交织在一起。这些时刻从当年普遍的紧急事态中,如同浩瀚海洋中的火山岛,罕见地浮现出来。举例来说,1938年2月,希尔德刚满13岁。3月份,奥地利被德国吞并。八个月后的1939年11月9日,爆发了"水晶之夜",德国犹太人对恐怖有了更新一层的认知。危机之间的清晰时刻有时就散落在个别日子里,因此日期变得尤为重要。我发现,当我向她提问时,总会设置特定或微小的时间片段作为框架。这是之前还是之后的事?当时已经……了吗?哪个星期,什么日子,几点钟?你还记得吗?

外公外婆的卧室里聚集了许多难民,他们应该是从奥地利和德国逃来的。母亲把这些过客的情况和遭遇几乎都讲给了我听。而后,又有一座小火山岛耸现在这段回忆中,那件事来自1938年的夏末。1938年8月31日,为了庆祝威廉明娜女王的诞辰,希尔德参加了儿童装饰自行车的游行展示活动。她得奖了!当地一位摄影师把她的照片放大在橱窗中展示。当希尔德站在商店前端详照片时,一个年轻的水手走过来。她骄傲地指着,"那是我的照片!"随后,水手邀她一起去散步。当他们停步在运河旁边的一条偏僻小路上时,水手试图用胳膊环抱住她。母亲吓坏了,拔腿就跑。也许这不是一件大事,但的确会像一盏灯泡似的,敏锐地亮在女人脑海的潜意识里,在某一个时刻,猛然显现出来,无比清晰。在我看来,这种个人事件造成的恐慌实在不足以为母亲带来什么实质性的启示意义,一眨眼便淹没在周围的公共恐慌之中。

她对这类情愫的第三件回忆发生在纳粹入侵后的春天里。那时她仍在上课,离犹太儿童被驱逐的1941年6月还有几个月光景。承载了希尔德许多美好回忆的教学大楼由盖世太保接管,因此在那半个学期里,女子公立高中的女生们被调到了兄弟学校男子公立高中去上课。课程一连上一两个星期,男孩们早上去,女孩们下午去,随后调换日程,换女孩们早上去。没过多久,这些少年们就意识到,他们可以在书桌上共用的墨水池里为彼此留言。希尔德和一个叫本的男孩交流了一阵儿，最后他告诉了希尔德住址。希尔德也做着和他有关的浪漫白日梦，骑车经过他的房子，那是一个不如自己家精致的社区。

很快，他们约定放学后见面，一起骑车——荷兰的自行车赋予了孩子们很大的独立空间，尤其是在城市里。但希尔德失望了。本不是她梦寐以求的男孩，可以说平凡至极。尽管如此，他们还是见过两三次面，最后一次，她坦白了自己是犹太人的事。笔记和见面立刻就终止了。母亲说，在1941年以前，本是她亲历的第一个荷兰反犹主义者。无论后来发生了多少事，她永远记得这一点。

就在入侵前，一群犹太复国主义青年从德国前往巴勒斯坦，中途在荷兰落脚。他们的年龄不比希尔德大多少，第一步计划是在维林格梅尔垦区建立一个实践农场，这里是须德海改造而来的围垦区，可以耕种。他们中的一些人刚到荷兰时，在雅各布斯塔尔家住了几天。母亲说，她开始意识到，危墙之下，年轻人若离家出走，没有父母的庇护，将意味着什么。后来，这些德国青年被纳粹逮捕，没有一个活下来。

雅各布斯塔尔夫妇目送这群孩子踏上去英国的征程，也开始讨论自己一家将何去何从。此前不久，他们刚安顿希尔德的表亲玛丽恩住下，她是沃尔特姐姐的女儿，我的外婆曾在第一次世界大战中帮助过她们母女。当时，玛丽恩乘坐一辆儿童运输车从柏林赶来，在雅各布斯塔尔家待了一段时间后，也去了英国。她的父母,也就是我的姑姥姥和姑姥爷,后来被驱逐到东部,杳无音讯。

希尔德喜欢孩子,所以曾梦想学医,希望成为一名儿科医生。但当时的情况已不由她选择,她必须去尽力学习各类技能,多多益善,以求在随后的几年中谋求生存。贝蒂在家时,则尽可能多地言传身教,鼓励她学习语言和各项实用本领。贝蒂告诉她,必须在事情变得更糟之前,心灵手巧地把它拿下。说起来,当年从欧洲逃出的难民分散在世界各地,从不放过捕捉到的任何商机。那些曾在德国和奥地利受过高等教育的犹太人,最终成为手袋制造商、裁缝、甜品商、工厂工人及各行工匠,清一色地事业有成,兴旺发达。

希尔德一向是个勤奋而乐于工作的人,虽然她对没能受到大学前的正统教育而感到失望,但还是欣然接受了这一现实。她无法想象与父母分离的痛苦。1939年,14岁的希尔德和父母一起散步,当时的对白一字不漏地刻在希尔德的脑海里。"我希望永远不要和你们分开。你们两个是我直布罗陀岩山①,"她对她的母亲接着说道,"没有你我活不下去。"

母亲把希尔德拉过来,给了她一个微笑,"别担心,你不用和我们分开。无论发生什么事,咱们永远在一起。"每晚睡前,贝蒂都会来亲吻希尔德,跟她道晚安,并听她背圣经,这

---

① 直布罗陀岩山山位于地中海西南端西班牙南部直布罗陀港城附近的一处悬崖,象征十分安全或坚如磐石。

是所有犹太人都知道的简单祷文:"以色列啊,求你听。耶和华我们的神是独一的主。"1995年,《安妮日记》完整本的英译本问世时,1943年4月2日的那一篇日记着实让我母亲吃了一惊。那天,奥托未能来到床边陪安妮,她便拒绝在她的母亲面前祈祷。伊迪丝·弗兰克忍不住流着泪走开了。安妮虽然感到抱歉,但还是坚称自己没办法爱上母亲。在日记的第一个版本中,这一篇的大部分内容都被删减掉了。

"我睡觉前总要背诵圣经,要么跟爸爸背,要么跟妈妈背,但从来没有缺失过,显然安妮家也是一样。在那个时代,它似乎能给予我们绝对的保护,来对抗邪恶,就像是一句神奇的咒语,"我母亲说,"安妮对她母亲的感受如此强烈,与我对母亲的感情相距甚远。她日记中的这一部分印证了我在那段时期的直觉。那时我就感到,伊迪丝·弗兰克是一个相当冷淡的人,甚至对安妮也不例外——她本可以用一种更加轻松、温暖和幽默的方式,但那时他们当时处于躲藏状态,谁又能想象各自都承受着怎样的压力呢?"

与此同时,雅各布斯塔尔一家一如既往地帮助那些不得已偷偷溜出德意志帝国的德国人和奥地利人。其中最重要的一位是沃尔特的弟弟汉斯。1938年,他和妻子卢,以及儿子查理前往智利,途径荷兰。我对母亲讲过这样的话:你们从未在我面前揭开过有关汉斯的家族内情;我以前甚至不知道有他的存在。家里传言,他是匹害群之马,是个花花公子,还是赌徒;沃尔特偿清了他所有的债务，把他赶出了德国。我和母亲仔细端详一张他们在上船前的留影，一致认为，从照片上很难看出女人们到底钟意汉斯身上的什么地方。他一点也不英俊：矮小，秃顶，戴眼镜，也不再年轻。但也许，他那位迷人的哥哥身上的魅力在他身上也得到了部分展现。2009年，查尔斯·雅各布斯塔尔在智利去世，他的众多后代至今仍生活在那里。

希尔德的姨妈珍妮和姨夫保罗，以及他们的女儿薇拉最后一次来这里是在1940年春天。行李已经放在一艘停靠在鹿特丹港的船上，即将出发前往美国。但他们逗留时间过长，这艘船在德国入侵荷兰时遭到轰炸，卡塞尔一家不得不留在原地。我的外祖父母再次雪中送炭，准备好一套公寓和生活用品；他们不愧是出色的组织能手。

珍妮姨妈有一位表亲贝尔，两人虽从未谋面，但贝尔却乐于施恩，帮珍妮安排了逃亡美国的路线。贝尔住在纳什维尔，珍妮和贝蒂这对姐妹还给她寄过明信片，明信片上印有我母亲婴儿时期的照片，用古怪的英语写着打招呼的话。我猜想，为了争取美国的移民指标，贝尔一定拼命工作，才终于拿到了四份必要的宣誓书送到德国：三份给珍妮一家，一份给一位男性亲戚。母亲在回顾这几个月的细节时，又来了回首次披露。此前，她从未提到过这位男性亲戚，实际上，她也搞不清楚具体的亲缘关系，不知道他来自哪里。但母亲猜测，他可能来自我外婆的家乡波拉耶沃。无论如何，这个男人先珍妮一步抵达田纳西州，随后很快就患上了精神疾病。母亲说，这件事再也没有人提起过，所以他的名字以及为何崩溃的原因将永远像谜团一样，被埋在历史中。最糟糕的是，贝尔和她的丈夫需要对他的余生负责。之后，他们再也不敢为不认识的亲属提供宣誓书了，但谁又能责怪他们呢？珍妮、保罗和薇拉是这位慷慨的表亲所施恩惠的最后受益者。希尔德后来终于认识了贝尔，对这一点深有体会。

如果波拉耶沃的那位不知姓名的男子没出什么事的话，或许贝尔会再做同样的事。从日期上看，宣誓书是经过长久的努力才争取而来的，即使她想做更多，恐怕也心有余而力不足。移民资源渐渐枯竭，所有滞留在德意志帝国内的亲戚们都不得不承认——自己已身陷囹圄。保罗和珍妮离开后不久，唯一可以进入的边境只剩下孤零零的东方。妮蒂雅家的女人们总是头脑清醒，赫塔和葆拉在此时做了一个决定。

这一对姐妹都尚未成家，也是她们四个姐妹里最温柔、最善良的两个姑娘。她们维护了妮蒂雅氏族内部极其重要的女性地位，一辈子和平共处，工作勤恳。如果移民到纳什维尔的是她们，一定会有用武之地，且受人欢迎。然而，她们没有被选中，也没有别的出路。那天，她们关上了公寓的所有门窗，打开了煤气。尽管没有试过，但她们知道，这种毒气比奥斯威辛的老鼠毒药 Zyklon-B，或是拉文斯布吕克和特雷布林卡的一氧化碳，要更加仁慈一些。她们在自己的家里自杀了，保有衣服、头发和名字的尊严。煤气来自他们多年来做饭用的炉子,而不是难民营里焚烧人类用的工业炉。去世时,我的姨姥姥葆拉 50 岁,赫塔 44 岁。

第四章
入侵，阿姆斯特丹 1940

1940年5月4日是一个星期六，外公沃尔特庆祝了他50岁的生日。犹太教堂的教会非常重视这一天，因为沃尔特是一个重要人物，很受欢迎。我母亲有一张他的照片，不是在生日那天，而是在教堂举行落成典礼那天拍摄的。他坐在礼台上，一排男人穿着外套，打着领带。只有外公一人身穿燕尾服，但他却把衣服移到远处，两腿交叉，放松地坐着。按照德国改革派的规矩，大多数女人都需要戴帽子，男人却不戴，即便是拉比。外祖父的神情优雅而安详，从照片上你就可以看出他为什么会深受爱戴和尊敬。在他身上，看不到自视清高的一面，倒是有一种既不过分也不浮夸的温暖的幸福感；幽默，也保有一定的稳重。母亲记得，当他们穿过春日的暖阳，手牵手走回家时，她为有这样一位高大英俊的父亲而感到自豪。生日仪式结束后，

第四章 入侵，阿姆斯特丹1940

全社区的人都聚在一起，品咖啡，吃蛋糕。

接下来的那个星期五一早，即1940年5月10日，德军开始入侵荷兰。伞兵首先着陆于乡村和海滩。当时有一则奇怪的传言，说伞兵们打扮成修女，来避开人们的怀疑。我想象天空中满是修女，在降落的过程中，修女服像铃铛般轻轻摇摆；修女杀手像是蝴蝶逆生长的过程一样，在落地时翅膀掉落，现出德军蛹灰色的制服；如蝗灾一般，以成千上万朵"乌云"把夜空遮蔽得更加黑暗。我脑海中出现这样一幕场景：空旷的田野里突然挤满了午夜闲逛的修女，相互碰面时，便自动组成空军中队，开始踢正步；修女们在各条乡间小路上行进，最后却落脚在这个国家新教徒①的集中区。

当时其他被侵略国，特别是法国，也流传过这样的说法，但并不十分可信，目的或许只是为了引起恐慌。这一谣言很可能是德国欺骗世人，诱导投降的手段。入侵前一晚，德国空军首次飞越荷兰上空，导致荷兰军方误判为正在前往英国方向。然而，飞机在北海上空掉头回来，炸弹和飞行修女们整装待发。4点15分，人们被枪声惊醒。两天之内，荷兰空军就被歼灭了；而荷兰海军的大部分队伍甚至都未在港口驻守。尽管荷兰军方已经投降，但5月14日，德国飞机继续对鹿特丹进行轰炸；除了900名死伤者外，这次袭击还使7.8万人无家可归。那时，王室已动身前往英国，使民

---

① 在绝大部分的新教中是没有修女的，而在天主教中修女是很普遍的存在。

乡关何处是：大屠杀下浴血成长

众一下子为之惊惶，士气消沉。鹿特丹爆炸案发生一小时后，德国人宣布将对乌得勒①实施同样的计划。荷兰军队指挥官温克尔曼将军命令士兵们放下武器。入侵第五天后，荷兰停止了反抗。

与欧洲其他居民相比，荷兰人从未经受过战争的考验。和比利时不同，荷兰在第一次世界大战中保持中立，且这种中立得到了尊重。悲哀的是，他们的军事保障能力已被时代淘汰，政府中的许多官员都是和平主义者，倘若事态告急，他们会寄希望于国际联盟的支持。这片土地上的官员和市民喜欢把自己的国家，特别是大城市集中的西部地区称为"荷兰堡垒"，因为那里技艺娴熟的工程师懂得巧妙地利用洪水来进行工事防御。母亲提到荷兰人的思维方式，和所有历史学家所得出的结论如出一辙："荷兰人在16世纪与西班牙作战，赢得了独立。17世纪，他们也采用同样的方式与法国作战。荷军善于欺诈敌方，利用运河作战，能迅速克服一切困难，建造了塔楼和防御工事②。

---

① 乌得勒支是荷兰第四大城市和市镇，为荷兰乌得勒支省人口最多的城市，同时也是该省的省会。

② 此处"防御工事"作如下解释。荷兰城市大多一马平川，地势地平，无法像欧洲其他丘陵地带的城市那样修建高大的城堡来保护自己。16世纪开始的反对西班牙统治的80年独立战争中，聪明的荷兰人开始修建适合平原地带的星形堡垒，利用自己的地理特点建立防御体系，随时用淹没地势低洼的土地来保卫自己，把弱点变成优势。战争爆发时，被水环绕的要塞先实施放水源进行防卫，炮兵再利用炮台和堡垒进行还击。堡垒之间还有堤坝和堤防，构成完整的环状防线。控制水位尤为关键，如果水位太低，敌人可以步行过河；如果水位太高，敌人的战船就可以开过来。控制洪水水位主要靠运河上的水闸和水泵，荷兰人经过数百年的实践，积累了大量的经验，逐渐掌握了这套复杂的技术。到17世纪中期，荷兰水防线已经初步形成，大概85公里长，荷兰水防线建成后就在1672—1678年的法荷战争中起了重大作用，成功阻止了法国军队的前进。

荷兰人自认具有英雄精神,并有一种迷思:正直的弱者终会得胜。"当我读到这些记叙时,不断被这种虚妄的安全感所打动,尽管反面证据如此明显:任何一个士兵和坦克都可以如此轻易地进入荷兰一马平川的村落;或是看看周边国家的命运;纳粹野心昭昭,做好了颠覆性的准备。最令人痛心的是,荷兰领导人显然从来没有料到,陆地和海洋并不是德国人仅有的入侵途径,他们也可以从空中降落。

伟大的历史学家路易·德宗是荷兰犹太人,他从一开始就对荷兰人的诸多英勇抵抗行为赞不绝口。但遗憾的是,他承认,荷兰人在德国入侵期间太过自在,以至于没搞清楚局面和状况。普遍来说,荷兰犹太人所经受的伤害是施加到荷兰人身上的两倍之多。他写道,"面对这场残酷无情的大屠杀,落脚到荷兰的犹太人在一个以宽容著称的国家找到了庇护所,却又因自身的历史而受难。"

我的外祖父母并没有受困于这种错觉。当时没有人料想到希特勒会对犹太人实行"终极方案",但他们很清楚德国发生了什么。当听到清晨第一声枪响,德国士兵蜂拥而入,雅各布斯塔尔一家和所有犹太及非犹太的邻居们聚集在大楼的一楼公寓里。他们认为那里是躲避轰炸的安全位置。"这就到头了。"大家互相道别,希尔德第一次从父母脸上看到绝望。成千上万的犹太人逃到遭封锁和轰炸的艾默伊登港,但只有几百人成功离港;大多数人不得不再次返回家园,被困在这片霎时间由敌军侵占的国土。许多来自德国和奥地利的难民,对早前的经历产生恐惧,便自杀了。他们曾目睹过那些面孔的邪恶与可怕。

我怀疑,就连我的外祖父母也并不了解全盘的情况,因为他们早在希特勒接管德国之前就离开了德国。只是多年的救济工作使他们比荷兰的大多数犹太人更能清醒地意识到现实的危险,但显然比不上刚从"大帝国"逃来的难民。在那一刻,他们短暂地陷入了一个我和妹妹们也曾经历过的处境:脑海中挤满事实和图像,但尚未有直接面临迫害的经验。

然后——什么都没发生,至少开始几周是这样。德国人随处可见,德语电影取代了荷兰语电影,但除了荷兰纳粹党的崛起,国家社会主义运动①,直接受命于柏林且拥护过德奥合并的老兵阿瑟·赛斯·英夸特②就职外,最初的几周风平浪静。令人不安的是,大多数政府官员很快就遵从了新规则,不再效忠威廉明娜女王,转为效忠德国那位元首。他们迅速服从了纳粹的掌控(事实上,温克尔曼将军③的前任已在荷兰党卫军中得到重用)。在这个900万人口的国家,国家社会主义运动的规

---

① 荷兰国家社会主义运动,简称NSB,是一个荷兰的法西斯政治党派,并且随后发展成了一个纳粹主义的政党。

② 阿瑟·赛斯·英夸特,1940年5月18日被任命为德国驻荷兰占领区长官,希特勒死后任德国外交部长。赛斯·英夸特担任德国驻荷兰占领区总督期间,为镇压一切对德国占领的抵抗采取了残酷的恐怖手段。在战后的纽伦堡审判中,赛斯·英夸特被判处绞刑。

③ 温克尔曼将军,时任荷兰抗战指挥官。

模从未超过5万人之多，而当中的大批本地暴徒随即就被授予了权职。事实证明，入侵前几周，偷运到德国边境的荷兰军服数量突然增加，国家社会主义运动正是始作俑者。愚昧无知的荷兰边防警察虽然发现这一点很奇怪，但仍然一厢情愿地自以为坚不可摧。5月初，身着荷兰军装的德国士兵突然开火，打了他们个措手不及。然而，那些的的确确支持新政权的人又该怎么论断呢，以及后来的告密者，为了现金奖励而告发犹太人及其帮手的那些人呢？似乎有成百上千个这样的人，每一个大声疾呼的勇敢者背后就有一千个这样的人。

那些提出抗议的人常常因这份勇气而受难。荷兰有着悠久的言论自由的传统，公民们善于利用这一优势，却毫无伎俩和经验。因此，在占领初期的每个阶段，他们都直接站出来，让自己暴露在众目睽睽之下。有些人写信或请愿，有些在公共场合演讲，或发表文章和宣传册。有时，公民们会受到可怕的惩罚，然而有时，并没有任何的报复反击行动，这令人费解。早年有大批群体抗议入侵，比如荷兰高级官员、工会领袖、记者和一位未婚教授——莱顿大学的克利夫林加博士等，他们都在集中营里付出了长期服刑的代价，几乎没有幸存者。有种说法宣扬，抵抗是无须付出代价的，所谓这种说法当然不属实。

起初，德国人采取镇压的速度相对较慢，这一点不是因为他们尊重荷兰自治权，也并非因为他们对犹太人和刚刚占领的荷兰附属国，比对欧洲其他地区更加仁慈，而是由于西方和北方的一些国家和地区——荷兰、比利时，斯堪的纳维亚——均以包容著称，这导致纳粹犹豫不决，不过影响并不大。荷兰大多地区的公民和德国人在血统上具有同根性，可以追溯到"雅利安人"，但这种似是而非的种族关联并不能长久起到什么帮助。希特勒认为他们是"小国的垃圾"，他们的财富可以被攫取，无须考虑背后那些在他眼中微不足道的制度。纳粹认为，反犹主义在荷兰并不会像在波兰那样得到拥护，但事实是，在入侵之后，阿姆斯特丹市长召集犹太政要到市政厅，向他们保证，德国的军事指挥不会对荷兰犹太人构成威胁。纳粹在其他国家习得的经验是，人们非常乐意在最可怕的恐惧中放松警惕，于是便利用这种"不愿意相信"的麻痹心理作为宣传的武器。历史学家雅各布·普雷瑟偶然发现，纳粹在 1940 年 7 月 19 日发表在杂志上的一篇文章更准确地表达了他们的真实意图："我们正在等待命令……便发起突袭。"

当占领者看到绝大多数人都温顺地躲起来，并将头转向背后时，他们就开始进攻了。德国人计划把荷兰作为后续入侵英国的基地。当残暴好斗的军队踏着长筒靴，在大城市的街道上行进时，唱的最常见的歌是"我们在向英格兰航行"。到 1940 年秋天时，北海海岸被封锁，攻击线开始面向德国犹太人，随后连荷兰人也不放过。这意味着空军对荷兰的轰炸从未间断。荷兰人再也不能装睡，假装战争会绕过自己了。

这场入侵中的幸存者后来把 1940 年的夏天形容为"屏住气

息的一口漫长呼吸"。几周内的持续平静使人感到不真实。时不时会有一些小的变化，但并没有什么彻底影响了生活状态。荷兰媒体在投降后的几天内便将控制权让给了纳粹；这是一个重要的变故，但其影响尚不显著。街上几乎看不到士兵，天气和美，犹太人没有受到任何限制。母亲说，由于这些原因，人们产生了一种错误的安全感，开始幻想危机很快就会烟消云散。

一些重大事件此时此刻正降临在其他国家。有人说战争很快就会结束，但所有的证据都指向相反的方向。5月份，就在德国入侵荷兰之后不久，敦刻尔克发生大撤退；6月，法国投降；8月，英国战役打响。一些反犹措施立即生效：7月1日须将犹太人逐出荷兰空袭部队，7月31日禁止祭祀宰杀。虽说这些法令对大部分犹太人并无影响，但从德意志帝国逃来的难民提醒同胞，废除犹太教规下的洁净肉也曾是纳粹在德国强加的第一道法令。想来我的外祖父母一定对7月20日荷兰工会联合会副主席西蒙·德拉贝拉被捕一事感到不解。这位社会主义支持者在德国人找到他之前，就设法把联邦基金转移到了英国。但工会中还有很多社会主义领导人未遭逮捕。会因为是犹太人才被单单挑出来吗？社会事务部秘书长提出抗议，但几周内被免职；德拉贝拉被发配到达豪集中营，1942年7月11日身亡。

1940年夏天，母亲15岁，是学校女子划艇队的成员，这个身份一直在记忆中发光发亮。她在前一年加入组织，当时的她并不知晓，1940年的春天将会是她最后一次与划艇队聚在一起的时光。我们小时候，总是听她讲起和朋友在水上的曼妙时光。成年后，她再也没开展过这项运动。毕竟，对20世纪五六十年代的女性来说，几乎没有条件做这件事。每每想起1939年和1940年的短暂时光，她仍感叹不已。

那一年夏天，家人不敢去度假。到了7月下旬，划船队一个叫简·霍克的女孩邀请希尔德到希尔弗苏姆斯海德划船。她兴奋极了。那是一个小乡村，距离阿姆斯特丹大约一小时车程。霍克一家在一间小农舍里租房居住。父母睡在一个房间里，孩子们睡在另一个房间，和农夫一家共用厨房。霍克一家人整天都在荒野上散步，4点钟左右回家吃豌豆汤或牛奶米饭，晚上玩游戏。在希尔德看来，这段假期堪称美妙。

这是母亲童年时光里最快活明亮的记忆之一，她意识到自己有意压制这段记忆，和其他记忆一样，受最近和我们之间的谈话驱动，才重新浮出水面。她说，两个家庭在1942年夏天一直以某种形式存续的联系很快就被打破了。霍克一家对政治不感兴趣：父亲是邮递员，母亲是家庭主妇。"当局势愈发恶劣，我们失联了。他们一定是觉得太危险了。我敢肯定我们是他们认识的唯一一家犹太人。"

夏末秋初，9月份的时候，纳粹官僚机构一发不可收拾地展开残酷行动。他们最先针对居住在荷兰的德国犹太人颁布了一系列规定：必须离开海牙和沿海地区，来自德国的犹太难民需向外侨部报告。总的来说，荷兰犹太人对这个消息漠不关心，因为受影响的人"还没到荷兰人"。这项法令一定波及了我的外祖父母,因为他们尚未转成公民。两人试图加快进度,但拿到公民身份是一个缓慢的进程,申请人须在荷兰住满十年。雅各布斯塔尔夫妇于1929年秋天抵达阿姆斯特丹,到1939年秋天为止,已满足居住要求。当时,德国移民已经泛滥。我能想象到,外祖父母竭尽所能地早早递出了申请,但申请却在超负荷的办公室的洪水旋涡里打转,直到德国入侵,这种混乱的局面才停止。我的外祖父母在直面历史时,常常走背运。

更大面积的反犹太法令在1940年秋季蔓延开来。学校"不得任命、选举或提拔任何有犹太血统的人,即任何祖父辈有犹太人的人"。和大多数欧洲国家一样,教师这项职业在荷兰是公民的合法职业,于是荷兰官员抗议这一法令违反了荷兰宪法对各类宗教下公民权利的充分保证。但德国人警示他们,需以种族而非宗教来定义人群,官员们立刻服从,同意把1935年的《纽伦堡法案》当作范本。

10月18日,雅利安公务员认证表格公布;雅利安人按命令填写表格A,表格B则是给非雅利安人准备的。包括阿姆斯特丹学院等一些学校的全体教职员工起初都拒绝遵行,但在最终签署时,基本也没出现什么抗议。身为荷兰犹太人的历史学家A. J. 赫茨伯格在谈到这一措施时写道,"每个人都签署了自己的死亡令,尽管当时很少有人意识到这一点。"抗议有时以个人的方式崭露出头角,但很少形成组织。保罗·斯科尔特教授是一名做研究的律师，他向赛斯·英夸特先生递交了一份包含1700个签名的请愿书。请愿书中写道："荷兰不存在犹太人问题，一个学者是否是犹太人，是无关紧要的事。"皮埃尔·弗尔斯泰中校为了躲避在认证表格上签字，辞去了军中职务；后来，他加入抵抗军，遭到枪杀。青年服务组织领导人H. 德格拉夫也辞职了，年轻的神学家J. 库普曼博士出版了一万本小册子，呼吁国民们为犹太人提供庇护。

1940年11月4日，另一道法令出台——解雇犹太官员（包括大学教授）。代尔夫特大学发动了学生示威和罢工。这场运动由学生领袖弗兰斯·范·哈塞尔特领导。1941年夏天，此人被捕，1942年丧命于布痕瓦尔德集中营。莱顿大学的教授群体也表示反对。在发表反对这项措施的公开讲话时，克利夫林加教授被捕入狱八个月，他们背后的两所大学——代尔夫特和莱顿在占领期间遭到关闭。在荷兰共20万名公务员群体中，把所有教师、教授和武装部队成员都算在内，犹太人占不到1%。其中一位名叫利奥·波拉克，是北部格罗宁根大学的哲学教授。他在给大学副校长的一封信中，宣称自己拒绝被解雇。副校长把信交给了德国人。波拉克教授于1941年2月15日被捕。彼时，纳粹早期对犹太人的暴力已臭名昭著，人尽皆知。他于1941年12月9日被送到达豪，从此再无音讯。

随着公务员队伍中"犹太人的影响"逐渐被破坏，占领者开始攻击犹太人的其他生存来源。10月，由犹太人独资或部分出资、持股的企业需向官方报备。12月，当局宣布犹太人雇主无权雇佣非犹太人。1941年初，所有犹太人统一要在表格上登记，一式五份，登记人相应得到一张黄色身份证。登记处日夜开放，以便能在最后期限前完成。德国人宣布，他们非常满意荷兰政府面对挑战时的效率。

荷兰政府对身份证的细节设计很考究，使得伪造无从下手。他们在文件的不同位置，分别盖了两个黑色J的印章。因为一个原因，我还保留着母亲的照片；照相的人必须露出左耳，这样做的目的无非是为了认定种族身份，这是德国优生学者①喜欢干的事。1941年9月5日，人口普查局提交的数据显示，共有160820人登记。其中，140552人是犹太人，他们的身份证上需要印上黑J；14549人有一半的犹太血统，需贴上BⅠ的标签，表示祖父母均为犹太人；5719人被认为是四分之一犹太人，标签是BⅡ，表示祖父母中其中一人为犹太人。与德国相比，荷兰的"混血儿"如此之少，纳粹对这一点感到很高兴。

1941年1月，犹太人失去了进入电影院的权利，而电影院无论如何都要放映《犹太人苏斯》等德国反犹电影。许多非犹太人一度对电影院发起抵制，但没有坚持太久。荷兰各地的市议会拒绝履行德国当局同月的要求，比如，将有犹太人的企业贴上标签，也拒绝张挂种族隔离的告示。在大多数地区，德国

---

① 优生学是专门研究人类遗传，改进人种的一门科学，目的是提高人口质量。

人和荷兰纳粹仍需自己动手。

暴力始于 1941 年 2 月。一天晚上，外公带着肿胀的脸回家，一进前门就瘫倒了。一伙荷兰纳粹分子和支持者把他从电车上拖下来殴打。当时家人不得而知的是，纳粹党卫军在荷兰的头目 H. A. 劳特精心策划了一场恐怖活动，这不过是其中一件。黑帮奉命只进行随机殴打和蓄意破坏，荷兰警方则被告知不得干预。劳特希望激起犹太人的反抗，他也几乎立刻如愿了。荷兰纳粹亨德里克·库特和贫穷的犹太人生活在一个街区。在街头打斗中，他受了伤，不久就死去了。劳特本人在荷兰纳粹周刊《人与国家》上写了一篇关于库特之死的文章，在文章中直言，"一名犹太人用牙齿撕开了受害者的动脉，吸出了他的血液。"

以此为借口，这片位于阿姆斯特丹市中心的古老而狭小的犹太区于 1941 年 2 月 12 日被封锁，出现了荷兰历史上第一个真正意义上的犹太人聚居区。同一天，纳粹政府传唤犹太社区的领导人，指示他们成立一个新的实体，即犹太委员会，该委员会此后将成为犹太人和纳粹之间的正式谈判机构。传唤而来的领导人包括：荷兰大犹太教堂理事会主席 A. 阿斯切，被纳粹称作"商人阿斯切"；阿姆斯特丹德国犹太教堂、西班牙犹太教堂和荷兰犹太教堂中的各位拉比（其中两人拒绝出席）；以及大卫·科恩教授。科恩教授没有参加首次会议，但是与阿斯切共同担任会长。科恩教授曾任成立于 1933 年的犹太难民委员会主席，但委员会在纳粹的袭击下很快就解散了；经由做这项工作，或通过自由派犹太教堂，他一定对我外公非常了解。那些愿意在历史意义重大的2月天里出任的领导人，或许认为，他们可以凭自己的力量扭转不可能的局面，但在随后的两年半里，却正因要效力的角色而受到致命的伤害。母亲认为，也曾有人找到过外公，希望他出面任职，但他拒绝了。委员会在最终建立时，一名德国犹太人也没有。尽管如此，鲍勃·摩尔的研究表明，委员会为德国犹太人提供的庇护比想象中要多。荷兰工人阶级的犹太人也没有出任。难民们意识到自己再次站在了纳粹恐怖主义前线。

他们并没有等太久。2月19日，希尔德在前一天刚过完16岁生日。就在阿姆斯特丹南部——雅各布斯塔尔一家居住的犹太聚居区那里，发生了第二次事件。两名德国犹太伙伴阿尔弗雷德·科恩和恩斯特·卡恩经营的两家冰激凌店（店名均为"可可"）曾数次被流氓恶棍故意袭击。一群顾客试图组织临时自卫队来支援。当时，一支德国警察巡逻队闯入其中一家店铺，顾客们进行了反击。两名协助者当场被枪杀，店主被捕。卡恩虽受酷刑，却始终不肯向纳粹者透露这一场小规模抵抗行动背后的责任人是谁。1941年3月3日，他被执行枪决。在荷兰，这是第一名死在德国人手里的犹太人。

乡关何处是：大屠杀下浴血成长

2月22日星期六——安息日①——纳粹突袭了犹太区，并于2月23日星期日再次发起攻击。在犹太区中心点乔纳斯·丹尼尔·迈耶广场，400名犹太人作为人质被逮捕，年龄在20岁至35岁之间。值得称道的是，对此感到惊骇的荷兰警方甚至设法将几个人秘密转移到安全地带，但由于德国人对突袭行动进行拍摄，他们无能为力。星期天到处有游客，有些人来自该市其他地区。他们来到这片"风景如画、古色古香"的新犹太聚居区后，目瞪口呆，目睹了极其残酷的逮捕行动。这批犹太囚犯先是被送到布痕瓦尔德集中营，后又被转送到毛特豪森集中营，据说是去当苦工。只有三个年轻人幸存了下来，其中一位是由于被党卫军选中做"死亡医生"汉斯·艾斯勒的实验对象，而留在了布痕瓦尔德集中营，随后被其他囚犯所营救，一直躲藏到1945年。其余的荷兰人在被驱逐出境后的几个月后，无一幸免于难。

2月25日和26日发生在乔纳斯·丹尼尔·迈耶广场的逮捕事件终于激起荷兰全体公民的愤怒，他们将愤慨转化为行动，发起了著名的大罢工。这场运动始于阿姆斯特丹港的码头工人，在整场战争中，（除去丹麦的支援②外）这是唯一一次非犹太人

---

① 安息日，与基督教的安息日为星期日不同，犹太教定为星期六。
② 此处"丹麦的支援"指，1943年9月下旬，成百上千的普通丹麦人在得知纳粹打算消灭丹麦犹太人的消息后，仅数小时内，倾举国之力，几乎将国内所有犹太人都藏起来了。随后几天内，他们逐渐将国内犹太人偷偷转移出去，送往丹麦海岸，进入拥挤的小渔船，逃往中立的瑞典。丹麦民众的这一举动，在战争期间堪称壮举，超过90%的丹麦犹太人奇迹般获救。

代表全体犹太人的大规模抗议活动。但是纳粹党已经成立了犹太人委员会来处理此类紧急状况。他们恶意假装这场罢工是由犹太人煽动和领导的，并通知议会，若第二天罢工不停止，将逮捕300名犹太人。如果再持续多一天，就会射杀500名犹太人。犹太委员会的领导人慌忙找到罢工者传达这一通牒，罢工随即告终。于是，德国人了解到，威胁对荷兰人是有效的，恐怖活动愈演愈烈。

我有点偏离了自己家庭的故事，但若不立足于纳粹侵略这一更宏大的故事背景，讲故事是没有意义的。另外还有一点：在能力范围之内，我希望尽可能多地列举那些明知历史车轮会不可阻挡地滚滚向前，仍负隅顽抗的人。历史吞没了太多人；在我对占领事件做综述的过程中，仰仗雅各布·普雷瑟、路易·德容、A. J. 赫兹伯格、沃尔特·马斯和鲍勃·摩尔等历史学家的帮助，我们得以记起那些使人类得以继续生而为人的平民英雄。1940年10月，"雅利安认证"这一可怕的策略要对犹太人的成分比例做登记，人们则以英勇的行为做出回应，恰恰见证了勇气、善良和人格。在蛊惑民心的政客将语言和思想颠倒黑白的时刻，这是唯一的解药。

纳粹主义最具破坏性的后遗症之一，是对大众日常语言的破坏，对人类通用经验的重新划分。因为纳粹总是提及"犹太人"一词，导致犹太人发现自己争先恐后、迫不及待地变成了一个孤单的、无任何个性特征的群体，他们变成了"犹太头子""犹太委员会""犹太社区",而不再是邻里间那些从前生气勃勃、争吵不休,有时充满爱心,有时又令人讨厌的松散的群体了。他们尽力与非犹太邻居看起来完全一致。突然间,这个世界根据伪造出的种族分类法被重新定义,变成了一个虚假的世界,内核就是假的。噩梦般的语言在影响上如此恶毒,以至于破坏了共同的言语体面性。乔治·奥威尔对这套说辞可谓有切身体会,理解深刻。那些集中营的幸存者不得不学会这一套言辞,却无论如何也讲不出口。它永远玷污了我们。如若希特勒和斯大林没有在全世界面前表演言行不一的行径,不知美国和其他国家的政府是否还会如法炮制——例如,用燃烧弹来对越南村庄"维持秩序",或在萨尔瓦多通过杀害印第安村民来"打击共产主义",又或者,再往近说一点,通过实行"非常规引渡"来折磨囚犯。时间到了1941年4月,德国人坚持要求犹太委员会发行一份傀儡报纸《犹太周刊》,取代当地的犹太报纸,并成为未来所有法令和公告的官方公告栏。这样的一张纸使犹太人与周围更加隔绝。报纸持续办到1943年秋,直到委员会成员自己也被驱逐出境,连一个能留下来进行发表工作的人也没了。1941年4月,犹太人被没收了收音机,不可以搬家、参加管弦乐队、去证券交易所,不得聚集工作;在接下来的几个月里,《犹太周刊》告诉他们,即便是拥有技能的犹太人,也不能再被非犹太人聘用。犹太人无权拥有农场,不可进入游泳池、公园、酒店以及参与赛马。夏天,犹太人的财产和生意开始被侵占。1941年6月4日，犹太抵抗军发动了炸弹袭击，随后又被突袭，300名德国犹太少年在维林格梅尔垦区被捕。雅各布斯塔尔夫妇在这些少年在刚到达荷兰时，还帮助过他们。少年们被发往毛特豪森集中营，无一生还。

1941年8月29日，犹太儿童的学校要与非犹太人分开。到1941年9月25日，犹太人禁止出入动物园、咖啡馆或餐馆，也不能在火车上使用卧铺或自助餐车。此外，以下场所也禁入：夜总会、剧院、电影院（1月已禁）、运动场、海滩、艺术展览、音乐会、图书馆、博物馆和拍卖会。1941年9月13日，又有100名来自东部城市恩斯赫德的犹太年轻人被驱赶到毛特豪森集中营。犹太委员会的阿斯切和科恩对此发表抗议，纳粹承诺"调查此事"，毕竟动嘴皮子没什么成本。荷兰改革派牧师纳恩·兹维普拜访了与此事相关的纳粹指挥官克里斯蒂安森将军，附上一封当地所有教堂联名上书的抗议信。在兹维普看来，克里斯蒂安森的回应可谓"极其好心"。然而，到了也没有一位犹太人获释。六个月后，兹维普自己也被送到达豪，看到结局的他一定无比惊讶，没能撑过1942年年底，看到结局的他一定讶异无比。

1941年秋，纳粹继续袭击居住在荷兰的德国犹太人。11月25日，海外的德国犹太人被剥夺国籍，个人货品被归为德意志帝国的财产。这一切还被冠上一个逻辑：被征用的财产所获得的收入将用于"解决犹太人问题"。12月5日，所有德国犹太

乡关何处是：大屠杀下浴血成长

人必须向犹太移民中心总署报备。1942年1月，犹太人开始被驱逐，失业的犹太人来到乡下的难民营工作。那年秋天出台了不计其数的规定，目的无非是把所有犹太人都从有报酬的雇佣体系中剥离出去。1941年春末，大规模屠杀从东欧开始蔓延；纳粹占领者心知肚明，他们背后的帝国已不在意犹太人往哪里迁移，而是直接消灭。1941年夏天还没有"终极方案"这个说法，莱因哈德·海德里希①和阿道夫·艾希曼②开始启用"疏散"一词，作为谋杀的代称。与此同时，我的外祖父母和朋友们竭尽全力地坚持着。1942年4月22日，新法规出台了，强制犹太人将自己的生意全部移交给"雅利安人"掌管。一名德国看守人被指派给外祖父，按照条款的说法，叫作"（财产）受托管理人"，他的名字是威廉·格林。奇怪的是，这个名字并没有出现在当时的官方文件上。背后的原因或许无从得知了。

  历史学家们在荷兰战争文献研究所对战争、大屠杀和种族灭绝开展研究，荷兰公共电视台也在准备一档有关我母亲的节目，因而，许多我的外祖父母在德占时期的经历逐渐公之于众。这些研究，尤其是R.C.波坦普和杰拉德·尼森的研究，多围绕战争后期及其后果展开，但格林先生仍然是个谜。据称，格

---

  ① 莱因哈德·海德里希，德国纳粹党党卫队的重要成员之一，希特勒有意培养海德里希为自己的接班人。

  ② 阿道夫·艾希曼，纳粹德国的高官，也是在犹太人大屠杀中执行"最终方案"的主要负责者。被称为"死刑执行者"。

第四章 入侵，阿姆斯特丹1940

林工作日住在阿姆斯特丹的一家酒店，周末回德探亲。沃尔特丢掉了亲手创办的公司的主权，并继续以其间一名雇员的身份，尽量像往常一样每日通勤。也正因他的私家车在德国入侵之初就被征用了，也就发生了在他乘坐电车时，遭遇暴徒袭击的一幕。

1940年秋，希尔德回到女子公立高中——她12岁起读书的地方。那座美丽的老房子坐落在欧忒耳佩斯特拉特，里面始终萦绕着亲切慈善的氛围，她一直都很喜欢那里。11月30日，她参加了唱诗班，并在当地基督教青年会的演出中表演。此后，这就成了我母亲的保留节目。当年那场综艺秀由一群邻近学校的男孩女孩们组队，花了好一番心思筹划。合唱团演唱了许多选曲，包括荷兰爱国歌曲、民歌，中间穿插表演17世纪荷兰伟大剧作家乔斯特·范·登·冯德尔的《流放中的亚当》第四幕、莫里哀的《厌世者》的片段、莎士比亚《终成眷属》的第四幕第二场。演出结束后不久，德国人就征用了这所学校。也就在这个当口，女孩们转到了男子高中，实行两班制。女子学校成了盖世太保的总部，那里承载着如此多的苦难，以至于以演奏长笛的缪斯女神命名的"欧忒耳佩斯特拉特"①，居然成了恐怖的象征。战后，荷兰人以反抗英雄的名字重新命名了这

---

① 欧忒耳佩（Euterpe）是掌管音乐、歌曲和忧郁诗歌的缪斯，总拿着一对长笛——阿夫洛斯管。她的名字有"欢愉"的意思，因此作者觉得在时代背景下有讽刺意味。

条街道。英雄在突袭德国军事设施的行动中受伤瘫痪,被担架抬去执行死刑时,坚持要别人将他扶起,直立起身子面对行刑队。

1941年春天,希尔德的名字被女子划艇队剔除。对划艇情有独钟的她央求父亲买一条小船,给她2月份的生日做礼物。在这样的光景下,沃尔特无法允诺她的要求,便建议希尔德自己想办法去赚点钱。希尔德得知,荷兰领军报刊《电视报》的儿童版上会刊登一些故事,且支付稿酬。令她没有想到的是,第一次投稿便中了,随后的几篇故事也被报社接纳了。她毫无障碍地署上了自己的真实姓名,或许是由于该名字从未出现在印刷作品上。那些故事大多是童话,就像安妮·弗兰克在日记中小试牛刀,写过的那些童话一样。

有了钱,希尔德买了一艘二手皮划艇。她找了哥哥和几个朋友大为整修了一番。按规定,独木舟必须在港口管理员办公室登记,这样才能停泊在城市的水道上。但当时,犹太人没有购置和登记船只的资格;于是希尔德的朋友简·霍克伸出援手(看来在一起度假一年之后,两人仍保持联系)。如今,登记证被我收纳在一个装零碎物的文件夹里。一艘英文名为"白日梦"的皮划艇于1941年6月30日注册,缴纳了75荷兰盾的港口税。战争过去几年后,母亲在一张照片旁写道——在水上,我真快乐。照片中的天气看起来可爱怡人,母亲坐在皮划艇上(事实上,看起来像是一艘独木舟),绽放出招牌的灿烂笑容。

第四章 入侵，阿姆斯特丹1940

9月份，犹太人连下水也不能了，但母亲想方设法做到了。一年后，一群人站在阳光下，佩戴着犹太之星（强制办理于1942年5月3日）。那时，年少的乔有了一位女朋友和一把吉他。有时，他会假装热情似火地为她唱首小夜曲，有时故意用吉他打妹妹的头，大家都忍不住咯咯笑起来。乔长到21岁时，非常形似他的父亲。我母亲印象很深——乔拒绝佩戴星星。照片中，他肩上优雅披着意大利风的夹克，看不到星星章。年轻人漫不经心地违反了许多德国的规定，他们知道为此会受到的惩罚。但即便受到威胁，也不愿轻易放弃阳光和欢笑。再过一个月，乔就会消失在地下，希尔德一年多都看不到他的踪影。

一家人开始没完没了地讨论下一步该怎么办。20世纪30年代末，外公外婆曾在犹太救济组织做过志愿者，但并未寻求过移民去美国或英国的途径，这在当时仍然是一种可能性。此刻，他们被困在荷兰。逾越节①时，他们把传统逾越节家宴结束时的愿望——"明年在耶路撒冷"改为"明年在纽约"，但并不奢求任何一个愿望有可能成真。"如何藏身"这个问题已迫在眉睫，但尚未经过认真考量。沃尔特的高个子尤为引人注目，以至于他自己觉得，如果有谁为他提供庇护，就会给对方带来危险。（或者这是他们讲给我母亲的说法；但这种说法对我而言是没有说服力的，毕竟这个民族的男人普遍拥有世界上

---

① 逾越节，犹太人宗教节日。

最高的身材。且说实在的，是我的外公外婆忍受不了被关禁闭的想法。)

他们曾努力寻找一处藏身之地。1943年春，一个地方浮现出来，位于阿姆斯特丹港对面的IJ工业区——是福克飞机工厂和阿姆斯特丹北部造船厂的所在地——但在一次盟军轰炸的突袭中被摧毁。我猜测这件事另有隐情，但母亲并不知晓；这也许是一个空洞的庇护承诺。到最后，选择已十分局限。外祖父母的焦虑主要集中于孩子们身上，毕竟他们的未来或许还有希望，至少当时看来是这样，孩子们也开始焦躁不安。每一点转折都被大家喋喋不休地议论，真是令人沮丧。1942年6月底，德国人对犹太人实行了从黄昏到黎明的宵禁，家庭里紧张的氛围更加沉重，似让人无法逃离。

1941年夏天，一家子开始预测：早晚有一天，犹太儿童将被学校彻底开除。于是希尔德着手研学日托护理工作。如果当不了儿科医生，就以此作为第二梦想吧。去年还在欧忒耳佩斯特拉特女子公立高中的时候，希尔德在冯德尔斯特拉特的一家日托中心做过志愿者，离家不远。那时，她告诉父母，自己想成为一名医生，还想拥有一所让"所有的小女孩都穿上短裤和裤子"的孤儿院，流露出一个15岁年纪的孩子所怀满的信心。和孩子们一起工作，做积极有益的事，是让母亲最为开心的。此外，她就要念完中学的第一阶段，通过在家做些练习，她自信能够通过考试。有一个事实是，自从1941年10月1日

(阿姆斯特丹)颁布"犹太人只能上犹太学校的法令"后,她的一些非犹太教师打破了纳粹的规定,来到家里帮助她学习,准备期末考试。这是当时支持大批犹太学生的典型方式。

1941年秋,经过严格的面试和测试,希尔德正式接受训练。虽然她年仅16岁,还不满18岁,但当前的紧急情况使一些政策得以放宽;不过,像希尔德这般年纪的女孩确实很少。大多数犹太学生一被驱逐出公立学校,便转去新建或扩建的犹太学校,就像弗兰克姐妹那样。护理课程一向艰苦。由于学生和教授间均实行种族隔离政策,课程开始由犹太医生和护士代授,他们都是从医院里被赶出来的。尽管在新的强度下,培训被压缩至两年,但仍然相当于一个完整的护理学位,并额外集中学习了所谓美国幼儿早教的内容。第一年主要参与课程、讲座和实验室,实验室现由医学教授而非护理讲师管理。第二年在日托中心,或者说托儿所做学徒。

起初,该中心对所有种族背景的儿童开放,位于工人阶层地区,为上班的母亲们提供后方支持。孩子们常常需要医疗陪护和教育。年轻的职员们每天都为孩子们检查头虱(那时头虱还未成为富裕人家的烦恼)及一些严重的疾病,如白喉和肺结核,以及其他危害性不强的儿童疾病。然而,随着纳粹种族隔离制度的生效,非犹太儿童一个个退学,只剩下犹太儿童。繁重的课程和实习工作使希尔德整天在外忙得不可开交,考虑到家里的生活状态,这算得上是一件好事。

乡关何处是：大屠杀下浴血成长

1942年上半年，对犹太人的约束开始蔓延到食品和交通权利。犹太人只能从犹太店主那里购买蔬菜、鱼和肉，而这些犹太店主自身也不得进入常规批发市场。只有在下午3点到5点之间，犹太人才可以去各色商店里购物。这也就意味着，在一天快结束时，最好的商品已经被挑走，人群在高峰时间一窝蜂挤进商店。犹太人还无法乘坐公共交通工具；很快，连自行车也要上缴。那时刚工作不久的希尔德不得不步行通勤，从家走到犹太区边缘的日托中心，单程就要花上45分钟到1小时。

母亲说，"制限和侮辱，与后来的暴力相比，不过是开胃菜。"当雅各布斯塔尔一家在做无穷无尽的斗争时，朋友、有时是陌生人的善意常使他们免于绝望。邻居们主动帮忙去商店采购食物，寻找藏身之所，在犹太人被迫将所有财物交给纳粹时，他们还愿意帮忙保存贵重物品。譬如，克洛泽家族的一家之主是位银行家，在我外公刚从柏林过来时，便帮他重建事业，后来还屡次助外公躲过德国人的逮捕。战争期间，雅各布斯塔尔一家将家具和银器托付给这个家庭。战争后，他们完璧归赵，还给了乔。当然，最关键的在于恰好碰到了有仁善之心的外邦人（非犹太人）。有些友情随着日积月累，像亲情一样亲密。话虽这么说，但阿姆斯特丹的犹太人不可避免地发觉自己的小团体越发孤立，只有相互依赖，才能获取实际的支持和安慰。只要有机会，他们就会常常光顾少数几个由犹太人经营且仍对犹太人开放的场所：譬如安妮·弗兰克在日记前几页里提到的冰激凌店"德尔菲"和"绿洲",以及由雅各布斯塔尔教会经营的迪莉西娅餐厅。餐厅位于贝多芬大街上,其所在的阿姆斯特丹南区有很多以音乐家命名的街道,就分布在希尔德学校(已征用为盖世太保总部)周边的角落上。对于和雅各布斯塔尔、弗兰克两家一样,居住在阿姆斯特丹南部里维埃布尔特区的大部分德国犹太人而言,自由犹太教堂也是一处聚会场地。1941年秋,那里举办了圣日仪式①。我母亲还保留着那时的入场票。盖世太保很快就把所有会众赶出了会堂,没有人知道只有他们最后还留在那座大楼里。到了1942年7月,对犹太人的驱逐开始不遗余力,直到1943年9月结束时,坊间说,荷兰已无犹太人。

尽管周围世界的恐怖色彩越发浓厚,但犹太人的生活,仍令人难以置信地继续着。1942年12月6日,教堂举办了光明节礼拜仪式,在相关的零碎文件夹中,我找到了一张复印版节目单。据我推测,那时教会的成员应该已经在出租屋或者同伴的家中聚会过一段时间了。但尽管如此,仪式上还是展现了一首又一首由合唱团和独唱家演唱的歌曲。我试着想象,他们在长笛、大提琴和钢琴的三重奏伴奏下,唱着欢乐、感恩和免于

---

① 圣日,也叫犹太教赎罪日。这一天是犹太人一年中最庄严、最神圣的日子。对于虔诚的犹太人教徒而言,还是个"禁食日"。在这一天完全不吃、不喝、不工作,并到犹太会堂祈祷,以期赎回他们在过去一年中所犯的或可能犯下的罪过。

迫害的歌。与此同时，队伍渐渐稀疏。年轻的拉比 L. J. 迈勒做了一个关于英雄主义的布道。拉比最终死于伯根-贝尔森集中营。我希望母亲没有忘却他在布道时的发言。值得一提的是，布道围绕光明节的传统主题进行。这一象征自由和解放的节日旨在庆祝公元前 165 年，犹太人在马加比家族的带领下，向当时占领以色列的希腊化叙利亚人进行反抗的故事。在这场特别的布道前，时代的境遇想必已经压得人人喘不过气了。就像马加比家族在度过第一个光明节时，还不知道自己将会是最终的胜利者。

拉比迈勒在教会的年轻人中很受欢迎。在正规的希伯来语学校被关闭后，他在家里为大家组织了周日上午的讨论小组，让年轻人们能够畅所欲言。正是在这个小组的会议上，母亲和玛格特·弗兰克成了更加亲密的朋友。也是在那里，母亲后来第一次听到弗兰克一家"已安全移民到瑞士"的传言。这个精心编织的逃跑谣言在犹太社区不胫而走。然而真相是，他们已经躲进了秘密的附楼中。人们逐渐习惯朋友和邻居突然消失。德国死亡官僚机构的无底洞吞噬了大多数人，其余的人消失在离开荷兰的平安路上。7 月 12 日，星期天，玛格特没有再露面，同学们和拉比都为她感到高兴，认为她已在去往巴塞尔表亲家的路上。1941 年 6 月，就在法兰克夫妇失踪的前一年，一直保护他们的梅普嫁给了简·吉斯。一本名为《安妮·弗兰克：日记背后》的书中有一张奥托和女儿们兴高采烈地走向婚

第四章 入侵、阿姆斯特丹1940

礼的照片。母亲说，梅普那天很高兴，这不仅是因为要嫁给爱情，也因为她终于可以将讨厌的奥地利国籍更换为荷兰国籍。凭我对《安妮日记》及其中人物长年积累下来的熟稔，我一直认为梅普是荷兰人。母亲告诉我，在"一战"刚结束的时候，梅普就被贫穷的父母从奥地利送到这里。那时的她还只是个小孩子，其父母已无力抚养。当时有一项规定，允许荷兰养父母收养来自欧洲战败国的贫困孩童或孤儿。梅普的经历[1]引发了我很多思考。作为一个历经苦难的难民，她本可避开这一切，藏匿在她曾热切渴望的安全的新身份之中。但流淌在身体里的某些东西，让她和这些新难民、朋友、雇主站在一起，活成了第二个身怀英雄主义的拉比迈勒。1995年，在这本日记的最新美国译本发布时，我和她短暂碰过面。她的坦率和谦虚给我留下了深刻印象。

1942年，非犹太人和犹太人之间公开敌对。犹太人的数量也开始缩减。在1942年12月的光明节仪式上，不少教会成员已被驱逐到东欧，弗兰克一家也已经六个月没露面了。安妮在日记中说明，计划赶不上变化，他们一家早在1942年7月8日，

---

[1] 梅普·吉斯（1909年2月15日—2010年1月11日），荷兰籍奥地利人。她在"二战"期间曾联同丈夫与其他四人，协助安妮·弗兰克等八位犹太人的藏匿，以躲避纳粹迫害。后来安妮等人被捕后，梅普妥善保存安妮于躲藏期间所写的日记，并于战后交还给安妮的父亲，整理出版成《安妮日记》。晚年为了驳斥认为《安妮日记》是造假的质疑，梅普到处谈论她亲身经历过的与安妮之间的故事，致力于维护弗兰克家族遭遇的真相。

玛格特接到盖世太保的电话通知时就紧急躲藏起来了；第一批通知从 7 月 4 日开始发出。安妮可能是第一批被计划驱逐到东部的人之一。第一批被驱逐的人几乎全部是德国犹太人。犹太委员会依照和平时期失业管理处常见的原则人为挑选：后进先出。（然而，一些证据表明，犹太委员会的德国犹太员工可能在一定程度上保护了其他德国犹太人。）非犹太人也收到了这些通知。荷兰青年常常在街上走着走着就被带走，直接押送到火车站。

对于德国犹太人这一群体，纳粹特别青睐 15 岁以上的女孩。希尔德也收到了通知，但考虑到她的工作是一名护士，她又被告知延迟出发；当这些不合理的区别对待发生时，没有人提出质疑。这一时期重要的编年史家之一雅各布·普雷瑟描述了他在阿姆斯特丹学院的毕业典礼。16 岁的学生在毕业典礼上拿到毕业证书时，内心清楚第二天就必须到中央车站报到了，然后被载往韦斯特博克——纳粹关押犹太人的荷兰中转营。随后，再被送上运畜拖车。典礼上，一个 17 岁的女孩站在父母面前，问自己应该怎么办。"别去！"人们大声喊道，但一些家长的确让孩子去了，他们担心如果不按要求放走孩子，一家人的命运只会更糟。毕竟，数百名男青年和男孩在毛特豪森集中营中丧命的消息已经传开。

在这种情况下，很多人都成了消失在地下的"潜水员"，或者压根从未露过面。基于这种现实，不久后，盖世太保不再通过邮件的方式来通知人员运输，而是在深夜直接向居民区发

第四章 入侵，阿姆斯特丹 1940

起突袭。对于突袭，纳粹还起了一个听起来就很恐怖的名号：大搜捕。1942年夏末，在日托中心工作的希尔德在少有的工作结束的间隙，往返家和单位。她对于如何躲避大搜捕已有一套。富有同情心的路人瞥见她身上佩戴的犹太星章时，会低声提醒和建议她，走哪条路可以绕开搜捕。有时为了离逮捕的声音远一点，她溜进了有遮顶的门口或小巷子。在独自一人走路时，她从未被拦下过，或许是从头到脚一身白的护士制服救了她。她说，德国人总是很尊重制服。1941—1942年的严冬，运河结冰，她和朋友在上下班时，搭伙儿溜着冰去，宛若飞来一阵年轻的白天鹅；她们可以在运动、速度和新鲜空气里，稍作喘息，且不需受到质询。这是她记忆中为数不多的几处亮点之一，比如在勃鲁盖尔风景区的池塘里，一群大孩子们在滑冰，而在冰面的边缘，对新生儿的屠杀从未休止。

希尔德的工作对体力要求很高。这些女人们连上两周朝八晚六的白班后，还要上一周的夜班，才能换来两天休假。在驱逐行动正式开始后，她们干脆在这里过夜，并参与救援工作，托儿所也由此为人所知。值得一提的是，这家托儿所坚持发放文凭一直到1943年春，希尔德就是在那个时候收到了自己的结业证。主管亨丽埃特·皮门特尔是一位60岁左右的妇女，来自一个著名的西班牙系犹太家族。西班牙系犹太人是最后一批被驱逐出境的人，因为他们社区的领导人设法用一个古怪的观点说服了纳粹，即他们的身份实际是中立国葡萄牙的公民。然而，1943年9

乡关何处是：大屠杀下浴血成长

月17日，皮门特尔小姐还是被驱逐到了奥斯威辛。托儿所随后继续开放了一个月，用来处理最后一批被驱逐者，在1943年10月永久关闭。皮门特尔小姐原先的助手是一位40多岁的非犹太妇女伯古特小姐，但后来犹太人不能再和非犹太人一起工作。

托儿所由婴幼儿保育联合组织负责管理。从名称里看不出来该组织的建立者其实是犹太人，在吸纳人员和发展方面，亦不论宗教背景。负责人是一位有争议的人物，名叫沃尔特·苏斯金德，也是犹太委员会的成员。希尔德和同事们对这位负责人的感情很复杂。他成功为托儿所建立了一套有一定自由度的管理模式，这对托儿所在1942年7月到1943年夏末的命运有着深刻影响。但是，日托中心的年轻护士们，以及他一生中的许多相识，都认为他是叛徒、亲敌者，这种看法甚至在托儿所成为实行反抗的大本营时，也没有改变。

母亲自述，"我为孩子们工作时太投入了。但我发现他会邪恶地盯着年轻的姑娘看，眼神让人很不舒服，似乎他也是厮混在敌军内部的权势人马之一。"苏斯金德在犹太委员会中"负责"驱逐事宜时，纳粹把他的妻子和女儿关押在韦斯特博克中转营，胁迫他保持统一战线。这么说来，他也是纳粹的受害者。在救援①开展的过程中，他表面上亲切和蔼地与德国军

---

① 此处的"救援"活动指，沃尔特·苏斯金德和亨丽爱特·皮门特尔、范·赫尔斯特，长期将德军扣押在托儿所的儿童偷运出去。苏斯金德用流利的德语与党卫军的纳粹官员弗迪南德攀谈，并提供雪茄和杜松子酒，以掩护营救计划的实施。

官搭讪，以分散对方的注意力。然而结局是，他们一家人都丧命于奥斯威辛集中营。苏斯金德本人可能被当成亲德的奸细，而死于其他囚犯之手。

得益于他与纳粹的成功交流，许多生命得以挽救。最近，社会恢复了他的名誉，追认他为英雄。从1982年起，来自波士顿的荷兰犹太难民夫妇——莫里斯和内蒂·范德波尔就开始呼吁人们关注苏斯金德的贡献与成就。范德波尔夫妇游说蒂姆·摩士和格伦·摩士拍摄了一部纪录片《秘密的勇气：沃尔特·苏斯金德的故事》(Secret Courage: The Walter Suskind Story)，该片于2005年首映，其中还收录了对我母亲的采访。希尔德起初对有关苏斯金德的颂扬感到惊讶。因为她从不知晓他曾在历史上扮演过如此重要的角色。

"那时候，我们年轻而不耐烦，"母亲说道，"不理解什么叫作妥协。"1990年《波士顿环球报》刊登的一张托儿所照片的背景里，能看到母亲的围裙和双腿；每个人都在微笑地看着一个小男孩，他在便盆上睡着了，短裤还挂在脚踝上。母亲也留存着同一张照片。

日托中心位于一条名为中甸种植园的街道上，对面是犹太城堡剧院。这家剧院在占领初期被重新划分为犹太人剧院，后来演出停止，又被列为韦斯特博克中转营的驱逐集合点，在历史上遗臭万年。母亲说，大搜捕时期逮捕的所有犹太人都被带到了中甸种植园街上的这个地方。母亲说，不同的家庭挤在这里，有时得待上好多天，要么睡在戏院的座位上，要么在拥挤的庭院里徘徊。

沃尔特·苏斯金德在潜伏中悉心部署，使托儿所的护士们得以自由进出剧院，但护士们并不知晓这一切背后的真相。她们可以随心所欲地进进出出，从警卫眼皮子底下悄悄走过，将人员带去又带走，有时会用一辆经过的电车作为掩护。通常，婴儿被放在洗衣篮中。因绝望而不惜孤注一掷的母亲们把孩子交托给护士们，低声求她们护孩子周全，泪水忍不住就要落下的时候，母亲转身离开。很多母亲在有机会这样做时，不忍心将孩子放手，最终导致孩子免不了被驱逐出境的命运。

这群年轻的姑娘们携带着信息和金钱，在剧院和墙外的世界来回穿梭。她们甚至设法成功带出了成年人：姑娘们牢牢抓住人们的手臂，一起穿过街道。比如，哺乳期的母亲，默认是可以和婴儿一起离开剧院的。母亲和婴儿来到托儿所后，真正的悲痛就降临了：这些母亲是该把孩子忍痛放手给工作人员，还是应该将孩子拴在自己身边，无论前方等待他们的命运为何，至少知道自己此刻和孩子相依在一起？警卫很少质疑护士的行为，这个地方的小职员们想当然地认为这些年轻姑娘们的行为已然得到了许可。毕竟，不符常理的例外和偏心本就是规则的一部分。

这些活动改变了托儿所的工作性质。恐怖主义和驱逐的阴云相继笼罩过来，年轻的姑娘们夜以继日地照料从剧院转来的

第四章 入侵，阿姆斯特丹 1940

孩子。"有时孩子们会和我们同住一两个星期，"母亲说，"接收的孩子从最小的婴儿到 12 岁都有。有时一推开门，就看到小孩子被放在门阶上。"据历史学家和电视导演马蒂耶斯·凯茨的说法，那些年来，弃婴数量急剧增加，想来都是犹太人的子孙吧。

其中一名弃婴被工作人员取名为雷米·范·杜因维克（荷兰语姓名中的"范"字表示"来自"）。他的姓氏是他被发现时的地名，那是哈勒姆附近的一个小镇；他的名字来自当时荷兰一本畅销的儿童读物，讲述一个被遗弃的小男孩孤独生活在世界上的故事。我母亲也有一张他的照片。被发现时，小男孩只有六七个月大。在希尔德离开后的 1943 年夏天，纳粹对托儿所发动最后一场突袭。小男孩被驱逐时可能只刚满十个月。他笑起来特别迷人，会将拇指塞进嘴里。然而，据母亲回忆，大家完全没有机会将这个孩子救出，因为负责剧院的党卫军军官弗迪南德·弗滕把他当作特别的宠儿，每天至少来看他一次，且每晚都会点名把他带走。这种偏袒意味着，党卫军在一段时间内，会更加睁一只眼闭一只眼地放任护士的行动自由，但对拯救孩子们没什么实际帮助。说实话，官员对某名婴儿的感情只会使死刑更加不可避免地降临在其身上。雷米也和其他孤儿一样，被塞进了铁路车厢。

时间走到 1942—1943 年冬天，希尔德大多数时候都留宿在托儿所。托儿所的日程安排通常十分紧凑，常有紧急的事情，压力也比较大。如果再有点别的什么插曲，比如党卫军来检查孩子们是否如数在场时，就更折腾了。党卫军只查人头数，但并不知晓每个人的具体名字。在新成立的荷兰地下组织的协助下，年轻姑娘们找到了可以从党卫军的魔爪下救出这些儿童的方法。在另一个党卫军从后门造访的夜晚，姑娘们把孩子们转交给接应的人，带到安全之地。受托人大部分为荷兰农民。随后，空床上被塞满泰迪熊和毛毯，制造出有人的假象。德国还突袭了孤儿院，把孩子们掳到犹太人剧院。在姑娘们照顾了几天后，孩子们就消失不见了。譬如，精神病儿童之家——情感和智力障碍孩童的归宿—— 一批儿童囚犯于1943年早春到达这里——随后就被清空，再也没有回来。

希尔德坚持从事这项工作，从来没有一丝一毫的怀疑。她知道以一己之力对抗党卫军是以卵击石。每当有一个孩子获救，一位哺乳母亲被护送出门，都意味着一场小小的胜利，尽管是暂时性的。即便是现在，当她谈及那些小生命时，声音也会变得温暖，充盈着爱与悲伤。在希尔德看来，这些孩子能够曾经拥有一些关爱，总比什么都没有来得要好。在她保存的那六张昔日的照片里，我看到了一间布置精美、井然有序的托儿所，每一位有工作在身的父母都会愿意将孩子托付于此。工作人员完备，玩具多种多样，木制家具依照儿童尺寸设计，大大的阳台上摆放着植物，阳光从中间缓缓倾泻而出，典型的荷兰风。圆圆胖胖的孩子们睁着大大的眼睛张望，像是刚刚被人抱过放

第四章 入侵，阿姆斯特丹 1940

下来。我想听听他们学生时代的故事，了解他们的爱人和子孙，但他们当中的每一个都还未来得及上幼儿园，就离开了这个世界。也有极少数幸存者，要么被荷兰抵抗军成功带离，要么既没有被邻居恶意出卖，也没有在混乱的战争中走失。战争时期，托儿所接收过的儿童达五六千名，最终被成功隐藏起来的大约有500名至700名。

对那时的雅各布斯塔尔一家而言，日常的快乐已不复存在，只剩下坚定的目标。生活困难重重，在彻夜难眠和幸免于难间左右摇摆。随着乔的离开，在IJ工业区藏身的机会因一次直接的爆炸袭击顷刻化为乌有。沃尔特和贝蒂将精力集中在维护女儿们的安全上。就在那段时间，楼下科恩家的租客——一名30多岁的男子突然被盖世太保处决。显然，他曾秘密参与过抵抗军行动。我的外祖父母联想到他们的儿子乔，一定会感到万分悲痛。

我的舅舅乔去世于2005年。生前，他告诉我们，他第一次和家人一起被捕，可能是在1942年春天。当时，财产受托管理人把他从剧院里救了出来。格林先生去做受托管理人不是其父的决定，而是占领军政府派去的（奇怪的是，阿姆斯特丹记录了一个不同的名字，是一个叫J. 蒂森的人。但荷兰战争文献研究所的历史学家说，据多方考证，这些记录是非常不准确的，或许是录音员把两个名字搞混了，也可能是笔误）。并非纳粹的他曾经多次拯救过这一家子。在舅舅乔和母亲的回忆里，格林先生处理这件事情的方式很简单：来到剧院，告诉卫兵，沃尔特·雅各布斯塔尔是一名重要雇员,而希尔德·雅各布斯塔尔则是剧院本身不可或缺的一名护士。这一策略多次奏效。

在那次险些被逮捕之后,乔决定是时候消失了。他加入了比利时地下组织。乔曾在一家小服装店做学徒,那家店为他牵了线。原先的犹太店主被勒令驱逐了,业务主要交由另外两个非犹太合伙人蒂努斯和德克·博尔特经营。博尔特夫妇与合伙人在阿尔伯特库普斯特拉特有一个作坊,就建在至今仍在运转的交易市场里。他们在市场上买入二手男士帽子和其他毛毡制品,重新制作成女士的帽子,随后走私过境到比利时。显然,买卖很畅销。这位比利时走私者是佛兰芒人①,除了这份危险的职业,他还是比利时地下组织的一分子。也正是通过他,乔得以进入比利时,并将自己安插进地下网。

阿姆斯特丹的逮捕行动加快了。1942年和1943年初,希尔德像帮助许多陌生人一样,将自己的父母从剧院里一并带出,前往街对面的日托中心。皮门特尔小姐倒茶水招待,安安静静地表示庆祝。随后,他们便汇入了街上的人流之中。

1943年春天,一件幸运的事降临在希尔德身上。她患了白喉②。这通常是致命的。疾病让一家人被隔离了六个星期。洛佩兹·卡多佐是葡萄牙裔犹太家庭医生,他从希尔德身上提取了细菌培养物,并壮着胆子,用这些培养物尽可能多地为他的

---

① 佛兰芒人,比利时两大主要民族之一,使用佛兰芒语。
② 白喉是一种急性传染病,主要影响呼吸道。

第四章 入侵、阿姆斯特丹1940

病人伪造了实验室体检。在混乱的世道里,传染病已成为一种宝贵的资源。当我们再次聊起有关逮捕的事情时,母亲让我想起护士制服的力量。小小的制服曾多次保护了她。每当盖世太保敲门,如果希尔德碰巧在那里,她都会先穿上制服才应声。门外的人往往很年轻,有时是德国人,有时是荷兰人。当她用隔离期问题做出威吓时,对方明显畏缩了。在白喉面前,犹太人和德国人,平民和党卫军没什么区别,希尔德这样告诉他们。

"你真是这么讲的吗?"我发现自己又忍不住问了一遍。"不止一次这么说过,"她补充道,"有一次,我赶过去的时候,你外公外婆已经在卡车上了,我把他们拉了下来。"我想象着希尔德穿着制服站在那里,午夜时分,帽檐上的白色翅膀沿着她深色的卷发飞下来,眼睛如同胜利女神尼姬①那样炯炯有神,或者就像女神海吉亚②本人。她得了传染病,穿着传播健康的衣服。身为犹太人的她是一个年轻而散发异国风情的姑娘。按纳粹主义的说法,她是一只行走的病原体。在那些时刻,希尔德肩负沉重的使命,尽力将企图压垮她家庭的邪恶社会机器弄出故障。我不确定一切是否真如她所说。十几岁的希尔德有一种近乎滑稽的自信。许多和她一样的年轻人在战争时期也具备同样的品格。我的妹妹多萝西在很久以前做记者时,录音采访

---

① 尼姬是胜利的化身。她的罗马名字叫维多利亚。她的形象是长着一对翅膀,身材健美,像从天徜徉而下,衣袂飘然。她所到之处胜利也紧跟到来。

② 海吉亚,希腊健康女神。

过我母亲关于雅各布斯塔尔家族八次得救的事。能听出多萝西的声音里充满了难以置信:"没有人能逃脱那种困境"。但母亲坚持"曾八次得救"这一说法。每次讨论时,母亲的记忆都十分清晰而精确,没有历史学家对此提出过质疑。随着你对战争了解越多,就越发会感到这到底有多么不可思议。

"关于荷兰纳粹军,咱们不是已经聊过很多次了吗?"母亲抱怨道,好像希望弄懂我在想什么。那些从她口中讲出的故事,我从未在其他地方听到过,分不清这究竟是她的梦境,还是现实。她说,一天晚上,盖世太保在一个年轻的荷兰纳粹的陪同下叩响了家门。这个年轻人并没有身边的同伴那么麻木冷酷。令人吃惊的是,我外公邀请他们进客厅就座。荷兰小伙儿当众表示,他想同希尔德出去约会。他告诉沃尔特,希尔德出来时可以不用佩戴星星。他可以带她去跳舞或者喝咖啡,且一定会护送她安全回家。希尔德听到这个提议吓了一跳。沃尔特努力使声音保持镇定,答复那个年轻人,说女儿还太小,不到约会的年纪。然而,有些问题或许可以因此迎刃而解。沃尔特像当初在和平年代时,温文尔雅地给餐厅领班小费一样,把一些钱趁人不注意偷偷塞到了年轻人手里。总之后来,这群人像是得到了安抚,就离开了。

从那以后,雅各布斯塔尔认定希尔德待在家里实在太危险了。6月份,为期六周的白喉隔离期结束,这一家人的保护罩也用光了。无论是走在街道上,还是在突袭行动发生的夜里,

第四章 入侵，阿姆斯特丹1940

逮捕都成了家常便饭。托儿所的工作对于希尔德来说已经不安全了，她去了一个不那么正式的藏身之处——洛佩兹·卡多佐医生家，甚至有时夜晚也在那里度过，顺便帮手做一些实践性的工作。洛佩斯·卡多佐不止一次地救过希尔德，但她却开始对这个人感到不安。一次，洛佩斯对希尔德做出不轨的举动，希尔德便换了户人家避难。

有一个家庭的关系和雅各布斯塔尔一家尤为亲密。乔·斯科尔特来自鹿特丹，他的妻子祖斯经营一家烟草店。战争开始时，乔在阿姆斯特丹找了份工作，希望能带着妻子和三个孩子蒂尼、琪琪和基斯搬到那里，以求躲开接连受到轰炸的港口城市。起初，他和邻居科恩先生一起工作。那时，曾在科恩家里寄宿的人已经被处决。科恩先生是犹太人，但他的妻子不是。最终科恩先生不得不放弃生意，离开这里，留下妻子住在舒适的公寓里；最终，妻子和女儿玛丽恩在战争中幸存下来。

随着科恩先生的公司倒闭，乔·斯科尔特也失业了。大约在同一时间（1943年3月），祖斯在鹿特丹的店铺，连同他们在店铺楼上的公寓，均在皇家空军的突袭中遭到精准攻击。爆炸造成的创伤让当时7岁的琪琪印象深刻——他们瞬间无家可归了。琪琪在荷兰的家离卑尔根不远，她从那儿打电话给我："英国人当时想轰炸港口，却袭击了市中心。"琪琪记得当时自己非常害怕，以至于不停地在街上跑来跑去，直到祖斯找到了她。斯科尔特夫妇一家和祖斯的妹妹——一个农场主的妻子，在琪琪现居的那片地区避难。而乔则在阿姆斯特丹寻找住所，在布满炸弹的恐怖天空下来回穿梭，有如鱼游沸釜。

我的外祖父母在亨泽斯特拉特为斯科尔特一家找到了间公寓。我儿时认识他们时，一家人仍然住在那里。公司花费了整整一天时间，为这个家庭生产亚麻布、窗帘和衣服。至于外公如何在一家已经不属于他的公司里操作了这项业务，或者如何在他已无权租售的情况下仍然找到了地产，我讲不出来，但事情的确是以某种方式实现了，所有人都对故事的版本没有异议。1942年的事件表明，与收集童话故事的兄弟同名的格林先生，本身也确实是一位童话教父。他不想剥夺我祖父的权利，也无意伤害他的尊严。这样一来，或许沃尔特在这样特殊的社会背景下，仍可保有一部分权利，并以此援助了斯科尔特一家。外公对旁人有着一种极为罕见的吸引力，即使在纳粹统治时期，他管理事务的能力也如鱼得水。荷兰战争文献研究所的历史学家雷尼克进一步证明了，沃尔特有能力挫败纳粹，但他的论文仍然无法解释沃尔特是如何办到的。在他被捕后，纳粹从他身上夺不走任何东西——生意或银行账户上没有任何资产，这一点最为神秘。可能性最大的猜测是，沃尔特已事先安排好了一切，以免任何东西落入党卫军的魔爪。

雅各布斯塔尔一家在紧张的时局下散播出的温暖，进一步拉紧了两个家族之间的纽带。家中的贵重物资也交托给斯科尔特一家保管。1943年初夏，当家中和街道都极不安全的时候，希尔德也会在斯科尔特的公寓里住上一段日子。乔和祖斯·斯科尔特是什么样的人呢？他们从来不考虑会面临什么风险，或是在何为道义的问题上纠结。尽管一个犹太家庭的命运使自身陷于危险境地，但他们从来不会花时间去琢磨这些是是非非。他们并未正式加入任何地下党组织（尽管我确定乔·斯科尔特扎根其中，只是从未向希尔德提及）。即便如此，他们知道如何联络能帮上忙的人，如何为他人争取到额外的配给证。在帮助逃犯时，他们毫不犹豫。在希尔德之前，他们很可能也曾帮助过她的哥哥。就在希尔德内外交困的时候，他们欣然伸出了援手。

随着逮捕行动在1943年春季和初夏日益加剧，为希尔德找藏身之地的希望愈发渺茫起来。4月份，希尔德在剧院发现她的表亲薇拉·卡塞尔也被带到那里。卡塞尔一家——也就是希尔德的姨妈珍妮、姨夫保罗和女儿薇拉——1940年，发现被困在荷兰出不去了。薇拉曾找过工作。那段时间，她在一个姓卢夫特的人家里做保姆。后来，和雇主一起被逮捕时，年仅20岁。希尔德本想像救出许多其他同胞一样，将薇拉从剧院里带出来，这样薇拉就可以潜到地下，获得一次自救的机会。逃跑对薇拉来说其实很容易，因为她本就有一件和希尔德一样的护士外套，但是她拒绝了。在她的生命中，就这么一次，她非常任性地固执己见。打那开始，我母亲就在想，受尽欺压的薇拉是否也在内心隐秘渴望着卸下生活的重担；她的童年是否比想

乡关何处是：大屠杀下浴血成长

象中还要不幸。母亲在文档资料中保存着薇拉从韦斯特伯格中转营寄给其父母的明信片。明信片是用铅笔潦草写成的。明信片得以重见天日，要么是被心软的警卫偷偷带出了集中营，要么则是像通常的情况一样，随手从火车上丢了下来，躺在铁轨上几天后，被人问津。落款日期为 1943 年 4 月 26 日，邮戳日期为 1943 年 5 月 1 日，这中间的时间跨度证明了后者的可能性。自那以后，再也没有薇拉的消息。几个月后，她的父母也被逮捕。在那张明信片上，薇拉写道：

Geliebte Eltern!

Heute werde ich nun wohl weggehen. Ich kann Euch nur ein Ding sagen: ich bin ruhig und gefasst, ich bin jung und kann das Leben meistern. Ihr braucht keine Angst um mich zu haben. Ihr braucht auch nicht zu weinen, denn wo ich auch bin Entfernungen können nicht trennen. Mut halten ausserdem bin ich nicht allein. Nun noch etwas Lufts ihr wisst wohl wer das ist, waren goldig zu mir, ebenso Frau Bannas, wenn Ihr es möglich machen konnt beiden immer zu schreiben u. wenn es geht ersteren Pakete zuschicken wäre ich Euch sehr sehr dankbar. Noch einmal alles alles Gute viele, viele 1000 Küsse fur immer. Grüsst und küsst alle von mir, Eure Vera.

另一面的底部还有一句：

Liebe Cassels, Trotz viele Bemühungen ist uns leider nicht...
(illegible) Gruss, Margot

翻译过来是这样的:

亲爱的父母!

今天我真的要走了。我可以肯定地告诉你们一件事,我十分冷静和泰然。我还年轻,可以处理好自己的生活。你们不必担心,也不必哭,因为无论我在哪里,距离都不能把我们分开。乐观些,再说我也并不孤单。说到卢夫特一家,你知道我指的谁,他们对我和班纳斯夫人都很好,如果你们能一直写信给我,或是能寄几个包裹的话,我会非常感激。再次献上最好的祝愿,永远吻你们。替我拥抱亲吻每个人,你的薇拉。

另一面的话:

亲爱的卡塞尔家人,不幸的事情在于,尽管我们多番努力过,但还是没有……祝好,玛格特。

这年七月,一对刚搬进雅各布斯塔尔家那栋楼的夫妇说,他们可能为希尔德找到了一个藏身之处。乡下有一个医生家庭,那里德国兵不多,需要一个年轻的姑娘来帮手照料孩子。他们似乎乐于收留从阿姆斯特丹逃离的人,无条件地接收。分离瞬间迫在眉睫。希尔德不愿意去,和父母吵了起来。但她的父母没有妥协,并提醒她:他们所剩的钱款和资源连隐藏自己都不够了,且绝不能忍受年纪轻轻又灵活的希尔德白白放走这样一个机会。于是,1943年7月23日,她在这对年轻夫妇的护送下,心神不宁地离开了。和希尔德同行的人没有一个是她认识的,这使得她对当下的处境更加不信任。"我一向不愿意去看这些藏身地,"我母亲说,"这一次也没什么好感。我一直在问你外公外婆,难道大家不能一起躲在某个地方吗?"我母亲满怀期望地认为这次的机会也将不了了之,所以还对我的外祖父母讲,第二天她就会回来,分享下旅途见闻。而那日,是她与他们的最后一面。

为希尔德藏身的医生家待人严苛,难以忍受。7月24日一早,希尔德便偷偷跑回阿姆斯特丹。而那时,父母已经不见了。震惊和绝望之中,她来到了位于亨泽斯特拉特的斯科尔特一家的公寓里,那里是阿姆斯特丹南部,离她父母在同一区的房子不到一英里。当时天色尚早,但祖斯马上开了门。"她一看到我,就哭了。"我母亲说。接下来,母亲用对话的方式讲述了这个故事,就像她记得其中的每个字一样。祖斯说:"你回去你父母那里了吗?"当希尔德做出肯定的回答后,祖斯告诉她,"昨晚是有史以来最大的一次突袭。好像每个人都被抓起来了。城里几乎没有犹太人了。"希尔德也哭了出来,"这次我没有在家。每一次我都能把他们救出来,而这次我没有在家。我必须去追上他们。"

但祖斯提醒她,德国人不再把囚犯带到剧院;而是直接把他们运往韦斯特伯格中转营。当希尔德继续抗争时,斯科尔特夫妇锁上了公寓的门,不让她外出。我的外祖父母很早就交待过,如果他们被逮捕,请帮忙照顾希尔德,而乔和祖斯也知道,希尔德是那种会自己径直走向党卫军怀抱的人。祖斯看到希尔德的绝望也很哀痛,但态度也很坚决,她的父母绝不会希望希尔德追随他们而去。

斯科尔特家里的四个房间并没有可以藏身的地方。蒂尼和琪琪这两个女孩的卧室放下一张折叠床后,已容不下其他家具;5 岁的男孩基斯睡在客厅的沙发上。餐厅里有一张客用折叠床,大约八英尺见方。没有多余的空间,也没有隐私,甚至连食物也不充裕。就目前而言,希尔德将不得不分食斯科尔特夫妇有限的口粮。暖气和燃料再也用不上。客厅里有一个小小的燃木炉,斯科尔特夫妇学会暂且把面包放在炉子顶部烤热。庇护希尔德是一件危险的事。这间狭小的公寓里有很多窗户,因此每一次交谈都要小心翼翼。尽管困难重重,但那几周里,希尔德感受到了斯科尔特夫妇注入她内心的温暖,这种温暖一直延续到了下一代人。他们尽力安慰她,甚至有一两次,成功把她逗笑了,她也找到了继续前进的力量。乔和祖斯是这个世上,让希尔德感到离父母最近的一种联结。可惜,这对夫妇英年早逝。

乡关何处是：大屠杀下浴血成长

50年代乔过世，60年代祖斯也随之而去。母亲常常感念夫妇二人留宿她的勇气。"随时可能被发现，等待他们的将会是监狱、集中营，或是枪杀。他们知道这一切风险，却还是毫不犹豫地接纳了我。"

孩子们尚且年幼，将希尔德的真实身份交代清楚并不稳妥。斯科尔特夫妇敲定了一个最安全的办法——把她化身为乡下的侄女，说是来这里帮祖斯打理一段时间的家务。这一说辞也一并解释了为何希尔德从不出门，孩子们也可以和外人提起她。斯科尔特期望，不要招致好奇的邻居们怀疑就好。希尔德的脸在大街上并不算是新面孔，因为她从前也常来串门，但那不是一张"雅利安人"①的脸，让她成为一个血亲似乎是最好的主意。琪琪对那一时刻的记忆很清晰："她和我们住在一起看起来是一件很平常的事……不必偷偷摸摸。"琪琪记得，孩子们称呼时年刚满18岁的希尔德为伊娜姑妈。

斯科尔特夫妇除了要为隐藏希尔德承担巨大的风险之外，一开始，还不得不应付希尔德的眼泪和恳求。盖世太保来的时候，希尔德不在家，悲痛和内疚使她心烦意乱，她深信自己可以像以前那样救出父母。母亲说，第二天她便找到了溜出斯科尔特家的办法（我也不知道这个神秘的办法是什么）。她回到自己家，希望能救回一些物件。这次冒险也是危险重重，因为

---

① 20世纪初，纳粹德国把优等民族称为雅利安人。他们认为德国人是血统最纯正的北欧民族之一，而对其他种族实行歧视、征服和灭绝策略。

第四章 入侵，阿姆斯特丹1940

德国人通常会派出荷兰公司普尔斯旗下的货车到处巡走，专门去没收被捕家庭来不及带走的战利品。希尔德走了后门的路线，说动了那些富有同情心的邻居放她进来，再从公共阳台上跳进父母的公寓。她悄悄拿走了所有能带的东西：几本相册、相框照片和一些文件。"我也不知道当时为什么没把父亲的素描本带走，"母亲回忆道，"但我必须马不停蹄，因为四周太危险了。"这些物品后来留在了斯科尔特夫妇那里。他们还一并协助保管着一些银器和珠宝，希尔德帮父亲挑选给母亲的彩绘眼镜，以及早前就托付过的罗森塔尔花瓶。战后，这些物件在经过严密的保存后，均毫发无伤地交还给了希尔德。

逮捕发生的几天后，希尔德收到一张来自母亲的明信片。就像两个月前薇拉那张明信片的命运一样，可能是从驱逐犹太人的车厢上扔下的，也可能是被好心的警卫邮寄过来的。这封信是写给斯科尔特夫妇的，内容很简单："请告诉希尔德，我们已在路上，无论她做什么，都不要试图加入我们。"希尔德明白，有些话她的父母虽未说出口，但心照不宣。希尔德认真听从了他们最后的指示。在找到一处更为安全的避难所之前，她不再试图抗拒斯科尔特夫妇让她留在原地的建议。

8月初，乔·斯科尔特设法与另一个乔，也就是希尔德的哥哥取得了联系，并告知他的父母已被捕。按照计划，我的舅舅乔会把希尔德偷偷带进比利时。她和乔·斯科尔特乘火车前往马斯特里赫特,这座小镇后来以欧盟成立地而闻名。小镇位于边界南边延伸出的一块环形区域上,那里有条马斯河,法语名字叫墨兹河,将荷兰和比利时分离开来。这是希尔德第二次没有佩戴犹太星章的旅程。乔·斯科尔特冒着被遣送到集中营或被枪杀的生命危险陪伴左右。他下定决心,在希尔德见到胞兄之前,坚决不离开她半步。

似乎这一切危险还不够似的,火车被头顶的英国轰炸机震得嗡嗡响,乔和希尔德觉得自己随时会被击中,从车厢纵身跳进路边的沟里。最终,他们还是安全抵达了马斯特里赫特。按照约定,乔·斯科尔特带着希尔德同乔·雅各布斯塔尔在酒店大堂会合。随后,乔·斯科尔特乘火车返回阿姆斯特丹,留下雅各布斯塔尔家兄妹两人继续潜逃。那是1943年8月4日,我舅舅22岁生日的前一天。

希尔德和哥哥在马斯特里赫特小心翼翼地周旋了几个小时,随后漫步到一片荒芜的河岸。到午夜时分,将会有偷渡的划艇来这里接走他们。从前,乔的部队掩护盟军飞行员离开荷兰时,曾多次实践过这样的做法。但乔对具体方位不太确定,他并未直接接触过确切的偷渡地点——在"荷兰巴黎"① 这个组织中服务时,乔更多时候在引导人们前往法国和西班牙的路线——不过,有一点他是通晓的,负责岸边巡逻的党卫军和警犬相对

---

① "荷兰巴黎"是地下抵抗组织著名的分支。乔在其中的主要工作任务是协助掉落下来的盟军飞行员从荷兰安全前往葡萄牙。

较少涉足这一河段。乔的方向感一塌糊涂。他会在自己住过几十年的地方迷路。地形逐渐陌生起来，乔开始感到绝望。母亲告诉我，乔曾经成功带领人们走出过如此漫长而复杂的路线，对此我感到难以置信，不明白他是如何抵达比利牛斯山①的，因为据我所知，即便在他自己居住的城市里，乔也无法摸清从城市一头到另一头的道路。

乔在当天早些时候从比利时过境来接妹妹时，曾被送达那个指定地点。但他的导航能力实在堪忧，午夜来了又走，他们也未曾见到船只的踪影。母亲回忆道，"我们朝一个方向走了几英里，又朝另一个方向走去，但始终没有船出现。"出奇幸运的地方在于，有猎犬和探照灯傍身的党卫军也没有现身，不过，这是迟早的事。仓促之间，乔做了决定：游到对岸去。

于是他们把希尔德带来的小箱子藏起来，把衣服捆扎在雨衣里。幸运的是，她随身带着一套泳衣——毕竟是夏天，"荷兰人夏天总是带一套，以防万一。"母亲说。乔脱得只剩一条短裤，他们就出发了。位于马斯特里赫特的马斯河至少有半英里宽，水流湍急。希尔德尽力在游向对岸的过程中，使背上的衣服高出水面。起初一切都很顺利，但游到一半时，乔的脚抽筋了。在一段时间内，希尔德不得不用右手使劲拽住乔，同时努力用举起左手，使衣服保持干燥。她使尽力气让乔处于飘浮

---

① 比利牛斯山位于欧洲西南部，是法国与西班牙的天然国界。

状态，并保持头脑清醒，撑到乔的抽筋停下为止。兄妹二人很快意识到，水流虽然刚在中游折磨了他们一番，但当下正在帮助他们；顺着水流，就能被捎到比利时。

随后，奇迹出现了，他们真的来到了比利时，虽说又累又害怕，但暂时安全无虞。一路上噼里啪啦的拍水声，并未暴露什么。上了岸后，他们在长草丛里休息了一会儿，任夏日的暖风把身上吹干；再换上干净衣服，也不知道希尔德是如何保护衣服免于浸水的。希尔德后来发现，她那件浅色雨衣的后背处有一个大大的脚印，这是她在黑暗中不小心踩上的。幸运的是，起初几个夜里，天气都很晴朗，她不需要穿上它。

他们一直走，来到一间农舍跟前。当时是凌晨三点，屋里的灯还亮着。乔坚持要停下来问一问路。农场主向他们介绍了这座村庄的位置，并告诉他们前往目的地的路线。林堡省①的居民都讲佛兰芒语。农夫和他的妻子似乎很害怕在半夜收留两个衣衫褴褛的陌生人。农夫妻子为他们准备了过夜的床。几小时后，两人醒来，这家人准备了早餐，并拒绝收钱。希尔德和乔后来听说，这位妻子告诉了全村人，有两名英国伞兵来到家门口，其中一名男子穿着女人的衣服。这是乔典型的行事风格：既有勇气，又爱逗趣，混合着真正的英雄主义和花里胡哨的笨拙卖弄，使他既引人注意又受欢迎，虽然有时会给行事带来

---

① 林堡省是比利时十省之一，位于比利时弗拉芒大区东部。

麻烦。

两人所打听的村子叫拉纳肯,据他们所在的位置只有五公里,也就是大约三英里。船的确出现在了正确的会合点,本可以把两人直接带到目的地。然而,一旦乔走上了正确的路线,就不再犯错误了。母亲感受到了一种久违的,甚至是有点不习惯的自由。她情绪高涨,暂时不再顾及悲伤与危险。"那是一个美丽的早晨,我们很早就出发了。阳光明媚,鸟儿在歌唱,我们走啊走啊。"母亲说起这段场景,欢脱的声音就像小女孩一样。即便她所讲述的故事已经过去了好几十年,但看得出,这一切对她而言,仍如童话一场。

原来,收留他们的那户人家已经先行一步打了电话。乔在拉纳肯的联系人(到 2013 年,拉纳肯是一个约 24000 人的城镇)已经听说了英国伞兵降落后前往农场的传言:乡下的人家都遵从当局的政党路线,这个故事很可能已经被电话接线员传开了。乔造成了如此明显的安全纰漏,同事们对此感到恼怒。他不应该提及具体的姓名或地址;不对,他根本不该打听任何问题。

希尔德并没有参与到农场那群人对未来计划的讨论之中,而是遵从安排,在果园里休息。此情此景的一幕在她心里是如此清晰而生动:"果园里的李子树长熟了。他们告诉我想摘多少就摘多少。我可有好一阵儿没吃到新鲜水果了。所有这些小事都显得意义非凡。果园的香气,李子的味道,就在那里——

你永远不会忘记。"

近两周以来精神和身体上的紧张和压力都在那一刻达到顶峰。我不知道那一刻的情绪是否塑造和影响了母亲今日的人格。或许我终生也只见到过母亲这一种人格。但也许，在那一刻之前，她的个性曾有微妙的不同。在那个晴朗的夏日，尽管死神随时可能接踵而至，但她仍然让自己体味活着的快乐，就像万物生长的快乐那般简单。父母被捕的悲痛不致使她沦陷，她也不曾纠结于父母命运未知的恐惧。她压根不留给自己感受或思考的机会。她还活着，正在热气腾腾的蓝天下享用一颗李子。至少在这一刻，她很安全。

第五章
在阿登*，1943

希尔德的李子还没品够，就又要启程了。我粗心的舅舅乔泄露了安全屋的位置，致使这里已不再安全。几个小时的果园生活愉快而恬静，时间虽短，但带来的生活体验如此炽烈，以至于母亲多年来都不曾忘怀。这一场景也定下了她在比利时生活的基调，短短18个月里充满了冒险、危机，个性鲜明的人物角色。其实，用母亲的话说，那个夏天的心情直接奠定了她随后的人生心境。在多年暗无天日的疲累躲藏之后，想必母亲感

---

* 阿登是位于比利时和卢森堡交界的一片森林覆盖的丘陵地带，并一直延伸到德国和法国境内。1940年5月13日，德国A集团军通过法国防守力量薄弱的阿登，绕过马奇诺防线进入法国，盟军在阿登山地因为德军的奇袭完全无法组织有效的抵抗。1944年12月16日，由于战局对德国逐渐不利，以及东线红军的压迫，希特勒遂下令发动"守望莱茵"（美方称之为突出部之役）之战，战争的发生地就在阿登。

到自己就像一只被放归野外的生物。她对那段时空的描述绚烂而缤纷，使我脑海里仿佛映现出了佛兰芒静物画，耳畔响起了贝多芬田园交响曲。从那一刻起，置身于温暖乡村里的她突然进入了真正的自由，对生活的认知由此也生动多彩起来。

比利时几乎不再是安全的避风港。荷兰遭到侵占的同月，它也未能幸免于难。1944年初夏，一直留在比利时的利奥波德国王及其皇室成员被捕，而合法政府早已流亡英国。① 在战争最后的几个月里，王室成员被囚禁于奥地利，后由美军解放。不只是其他国家，乃至于许多比利时本国民众都对王室的做法和立场持怀疑态度。毕竟，比利时有一个奉行合作主义的政府，一群比利时纳粹分子与德国士兵一同在东线服役。但无论如何，在某种意义上，比利时的确是不受控的，这也使我母亲和她的哥哥在那里求生成为可能。

德国一开始入侵，比利时便顷刻间爆发了抵抗运动。因"一战"而发展起来的基础设施和技术很快就恢复了使用。法语和佛兰芒语之间的语言鸿沟②则恰好可以用来制造混乱。较之荷兰，比利时的民族多样性更加丰富。南部讲法语的瓦隆通

---

① 此处指利奥波德三世，1934—1951年担任比利时国王。1940年5月24日，比利时政府经过讨论决定迁往英国，但国王抱定联军已经彻底失败的看法，坚决不愿和他们一起走，并且在这一天的谈话中明确表示了单独投降的想法。首相赫伯特·皮埃洛特指出，投降是只有政府才能做出的决定，国王无权决定投降。一番争论之后，抱定与政府决裂决心的利奥波德三世和他的参谋部、军队留了下来。

② 比利时北部使用佛兰芒语，南部使用法语。

常头发乌黑,外国人很容易混在其间而不被发觉,这是大多数长着一头金发的荷兰人所企及不了的地方。再者,与荷兰人相比,比利时人一般不太会关注人们容貌上的区别。比利时与法国地下组织近在咫尺,语言相通,可以说有着天然的联系。拿我身边的人来举例,舅舅乔护送掉落在地的盟军飞行员穿越比利时,前往法国的一路上,几乎可以不加掩饰地伪装成一个讲英文的荷兰人杰里·斯塔尔。令我惊讶的是,他竟然无须采取任何措施来保护自己的身份。拯救他的是并非外表,而是自信,毕竟从相貌来看,他是典型的犹太人。然而,即便盖世太保逮捕了他,也从未觉察其犹太人的身份。乔不愧是个狡猾诡诈的好演员。

在抵抗方面,比利时人比荷兰人聪明得多。母亲分析,这是由于比利时曾经遭受过侵略的缘故。有以下这么几件事。一来,比利时人专门开设邮局进行地下工作,这个事我从别的渠道也有所耳闻。他们拆开德占方发出的官方通知,将迫在眉睫的大驱逐信报传达给了犹太人及抵抗军成员;医务人员则学会伪造 X 光片,以拯救孤儿院的儿童和医院里的病人。为各种目的而捏造文件几乎成了一项特长。在这期间,无论是佛兰芒语省份的荷兰改革派教堂,还是法语地区的罗马天主教教堂,无不有一份光,发一份热。自然,逮捕、处决和驱逐无时无刻不在上演,但身在比利时的犹太人,比身在荷兰的同胞们的处境要好上许多。欧洲各国中,荷兰犹太人的生存概率可谓最低,

14万人中只有3.4万人才能见到战后的太阳。

地下组织有一个分支叫"荷兰巴黎",名声很大。乔就是其中一员。乔在参加抵抗战斗时主要的工作任务,是协助掉落下来的盟军飞行员从荷兰安全前往葡萄牙。抵葡后,飞行员可以乘船前往英国。有时,乔也会帮助转移犹太人和政治难民,不过,人数并没有飞行员多,航程则更为艰险。

乔的语言能力格外受到组织器重,希尔德及其他荷兰抵抗运动成员也是如此。飞行员大多讲英语,乔可以与之无障碍地交流,也可以和其他前往西班牙的人们自如沟通。抵抗军成员除了自身的直系小组以外,几乎不认识任何人,因此即便被捕,纳粹也很难顺藤摸瓜。毕竟,逮捕已成家常便饭,如果某个对组织网络了如指掌的人经不住酷刑,可怕的后果不言而喻。

赫伯特·福特有一本书,叫《逃离逮捕》①,主角约翰·亨利·魏德纳便是"荷兰巴黎"的领导人之一,亦是法国基督复临安息日会的教徒。此书虽在细节方面不够饱满,却揭示了小组工作的状态和蕴藏其中的危险。我的舅舅和魏德纳算是同事,对他也比较熟悉。该组织的许多成员都笃信宗教。在母亲看来,正得益于"荷兰巴黎"与荷兰改革教会之间的联系网,她才获得了在比利时的第一份工作。

---

① 《逃离逮捕》是关于约翰·亨利·魏德纳的传记故事。他是历史上最伟大的大屠杀时期的英雄之一,拯救了800名犹太人、100多名盟军飞行员和许多其他逃离纳粹主义者的生命。

第五章 在阿登，1943

母亲的身份发生了从犹太人到非犹太人的转变，虽然内心戏码的变化才是我感兴趣的重点，但这一切转变终究还是要借助外力下的紧急措施才能实现。8月的那个下午，离开李子园的她仍旧是18岁的希尔德·雅各布斯塔尔。哥哥乔带她搭上长途电车来到布鲁塞尔，前往一家看起来可以藏身的寄宿旅馆。在大都市里，寄宿旅馆可谓理想的藏身之地，因为住在那里的年轻人要么像学生，要么像年轻的工人。高人流量也不会引起附近居民的怀疑。希尔德在这里与一个女人共度了一周。这个女人一边反对占领，一边打工赚些外快。食物必须仰赖同住此地的荷兰年轻男性才能带进来。这些男人不堪忍受德国人强制苦役的魔爪，逃了出来，借助假身份证件，在这里可以随处走动。到了那个星期的周末，母亲已摇身一变，成为一名荷兰护士：希尔德·斯塔尔，据说因不想为德国强制服劳役，而来到这里。她的年龄改老了6岁，头发也染成了黑色卷发，正式加入荷兰改革派教会。护照显示她24岁，这使人们想当然地认为，她对这个世界已具备一定的经验。她不得不把内心的天真掩埋起来，任由人们对自己做出各种各样的猜测。有一次，她被一个法国口音唤作"埃尔达"。

荷兰改革派教堂的联络人帮她在阿登的一个叫吕斯坦-站的村子里找了份照料儿童的工作。吕斯坦本身位于梅兹河的一个弯道上，差不多在南边迪南特镇和北边纳穆尔镇之间；而吕斯坦-站，顾名思义，包含了当地的火车站。这家儿童机构的名称听起来像英文的说法——障碍儿童之家。这是一家简易的夏令营，专门收容来自列日①的儿童。这些孩子们身体羸弱，在贫困线上挣扎。德国人入侵后，行经比利时的乡村时，大肆掠夺食物，一路哀鸿遍野。同样的场景也曾在荷兰上演。后来，农场主们想出应对的策略，即偷偷地收割一小部分庄稼，剩下的直接烧掉，以免被德军抢了去。年轻人、老年人和穷人一贯是受害最深的群体，当地的荷兰改革教会也竭尽所能地济困扶危。

希尔德独自一人坐火车去了吕斯坦-站，又跋涉了一段又热又长的山路，才抵达儿童之家。院长看起来是一位可以信赖的荷兰女人，她正在等待希尔德的到来。希尔德曾接受过职业训练，因而她先前得到的消息是，来这里要么担任督导员，要么做指导老师。不料，到后才知，这里所有的职位已满员。如果愿意，她可以去厨房帮手。

种满热玉米地的乡村风景优美，但就是工作太过辛苦。阁楼房里住着希尔德和另外五个女人。她和一个70岁左右的农妇睡在一张床上，农妇负责为大家做饭，操着一口我母亲难以理解的方言。那里没有自来水，妇女们用一个木桶当夜壶。大家每天早上5点醒来。那时，希尔德已坐在外面，剥下大批的土豆和蔬菜，为中午的汤食做准备。她每天的日常任务之一是清理户外厕所——那是一个需要站在洞口上方的老式厕所——她

---

① 列日，位于比利时东部默兹河与乌尔特河交会处、邻近比利时与荷兰的边境，是该国重要城市之一。

用水管从远处清理，因为"如果你能避开它，就绝不想靠近"。清晨，孩子们还没吃完粥，社区就开始聚在一起，开展祈祷会，唱诵赞美诗。希尔德深深沉浸在唱歌的环节中。每顿饭前都有谢恩祈祷，员工们在睡前也会进行祝祷仪式。由于工作实在疲惫，每当到了那个点，希尔德几乎连眼睛也睁不开。

家务活源源不断地涌来，好在生活的氛围还是令人振奋愉快。除了和希尔德共枕的那位老太太，其他工作人员都是年轻人，大家都很友善。孩子们的年龄大多在8—14岁之间，这令喜欢孩子的希尔德非常开心。偶尔，如果工作不多，工作人员可以和孩子们一起去远足和唱歌。当然，重点在于——那里食物像样，空气新鲜。希尔德在荷兰过够了营养不良的日子，自己也是个刚刚脱离童年没多久的大孩子，对食物的欢欣是按捺不住的。那些日子里，让她最记忆犹新的食物莫过于拌着金色糖浆的燕麦片。孩子们回到宿舍午休后，4点左右再出来加餐，这顿饭包含牛奶、面包、果酱或蜂蜜。那是一段自由的、孩子们和工作人员短暂交集的时光。

日间休息室里，摆放着一架钢琴。一天下午，希尔德听到一首熟悉的曲子《希望》，这首歌后来成为以色列的国歌。一个叫米里亚姆的漂亮小姑娘正在琴键上指认音阶。希尔德走过去对她说："我知道那首曲子。"米里亚姆看着她。"你也是犹太人吗？"小孩子问道。她告诉希尔德，父母把她留在这里，就是为了即使自己遭遇不幸，也能让孩子有个安全的居所。女孩不知道夏天结束时，将会发生什么。希尔德在儿童之家待了近一个月，在这段时间里，她一直照看米里亚姆，并跟她强调，以后再也不要弹这种曲子；下一个认出这首曲子的可能就是坏人。

后来发现，这个警告比希尔德预想的更为必要。希尔德到这里两周了，哥哥乔突然带上一个朋友前来造访，打破了一切相安无事的局面。哥哥乔声称自己是荷兰改革大臣的信使，说希尔德能来儿童之家就是这位大臣帮忙说了好话，且大臣还来视察过他妹妹的情况。由于乔实在太过引人注目，院长和其他人一样，都注意到了这名来客，并开始怀疑他的身份。院长盘问希尔德，这位不速之客是谁？为什么希尔德不承认他和地下组织有联系？希尔德表示自己对这些事一无所知。只是说，他叫杰里，在布鲁塞尔工作，仅此而已。他前来看望，只因为他们是一家人。然而，希尔德是儿童之家里唯一一个外国人，院长并不相信她的说辞。希尔德并不完全理解院长为何咄咄逼人，但那些追问一直在她心头阴云不散。直到有一次，她做家务时和农场主聊天，才弄明白了原因。希尔德的工作之一是拉着一辆木车在周围的农场走动，为孩子们收集牛奶。这项工作需要从早晨5点开始。收集了一阵子后，希尔德的法语水平有所提高，开始能和农场主们对话聊天。这些农场主长期遭受德国侵占者的欺压，被勒令交出粮食时，他们同样没有顺从，而是直接烧毁自己的田地。后来，农场主们遭到了可怕的报复，进而成为抵抗运动的一分子,这一点倒没什么奇怪。希尔德的法语并不算流利,所以农场主们常问她是谁,从哪里来。她尽量避开详细具体的回应,除非在熟识的、可以信赖的农场主面前。希尔德向他们讲述了一个虚假的故事版本——她是一名从德国人手下逃出的荷兰护士。众人听后,大为吃惊。"所以你是躲在那个地方?你不知道院长的丈夫在布鲁塞尔和盖世太保一起工作吗?"希尔德坦白,这个女人确实不停地在盘问她一些棘手的问题,令她忧心忡忡。某个农场主在警醒她后做出允诺,马上四处为她谋求一个更好的地方。"你最好尽快逃走,"他说,"你现在一点都不安全。"

次日夜晚,院长再次把希尔德叫进她的房间。她40多岁,长相硬朗,身材魁梧但不显胖,一头泛红的金发齐肩内扣着。她的丈夫在盖世太保那里担任一个级别不高的军官,大概是一个上尉。母亲认为,这位院长已看出乔是一名犹太人,从而也看穿了希尔德的伪装。作为一名纳粹军官的妻子,她了解实情——德国人并没有在荷兰围捕什么护士,而且,想必她也在希尔德高挺的鼻子上,侦察出了犹太人特有的弧度。

这次院长干脆不绕弯子,径直说道,"我想听你讲讲你哥哥的活动。我知道他是地下工作者,如果你现在不交代,我丈夫两天后就要从布鲁塞尔回来。他为盖世太保做活儿,有的是办法让你开口。"母亲常常讲起这一片段,每次我们都忍不住笑起来。这个女人听起来像是糟糕喜剧里的角色。她真的会这

乡关何处是：大屠杀下浴血成长

样讲话吗？发生在比利时的那些故事里，很多成分连我母亲都觉得滑稽，仿佛整个国家不过是为一部轻歌剧①搭建的舞台。但这确实是一个令人恐惧而又戏剧性的时刻。希尔德，作为一名舞台经验丰富的逃跑艺术家，下定决心即刻跑路。

希尔德决定向一个（和她真实年龄）同龄的，来自列日的女孩子透露这个秘密。她计划次日夜晚逃走。希尔德和农场主一致相信，这位列日的姑娘不会透露任何有关希尔德消失的只言片语。希尔德被院长问话后的次日清晨，按例去农场挤奶，告诉了农夫昨晚发生的事情。农夫已经和地下党的地方头目杜普伊斯先生谈妥，对方答应会将希尔德带进组织。他给希尔德指了路：如果可以，当晚就在农场会合。在列日那位年轻姑娘的帮助下，希尔德等到所有人都睡着了——这并不难，因为那里的每个人都睡得很死——便从窗户溜走了。幸运的是，大楼的屋顶是倾斜的，这样她就可以从一个楼顶爬到另一个，还可以下到地面。那是1943年9月3日，希尔德刚到比利时不到一个月。这一次，她唯一的财产是她穿过黑夜，走到农场主后门时，身上穿的那件衣服。

天一亮，农场主带上希尔德前往不到几英里外的吕斯坦河，这是吕斯坦的一座主要村庄，就坐落于马斯河上，这部分流域又被叫作梅兹河。要过河，必须要搭乘小型轮渡。在下岸的码

---

① 轻歌剧出现于19世纪，也称配乐喜歌剧，是娱乐性较强的一类歌剧。其结构短小，音乐风格轻松活泼，情节多取自于现实生活，偏重讽刺揭露。

头的附近，母亲留意到一个漂亮的菜园子，里面栽种着品种丰富的水果和鲜花。这些是杜普伊斯先生家的，杜普伊斯就站在门口迎接他们。他告诉希尔德，由于地下工作的危险性，目前很难找到家务帮工。他和妻子——杜普伊斯夫人有两个女儿，年龄分别为14岁和16岁。如果希尔德成为管家，她的多语言能力也会为抵抗运动添砖加瓦。希尔德满怀感激地同意了，在感谢过农场主的援助之后，她跟随杜普伊斯先生进入新的避难所。

在我打电话向母亲询问当中的一些细节时，我能感觉到，这段情节底部源源不断涌动着逆流，拖拽着我。到此刻为止，我的母亲，故事的女主角，已经进入她人生中冒险的主流阶段，似乎她又一次蹚入了马斯河。那条河流，随着它在不同流域的名称的变换，以其湍急的水流，裹挟着我的母亲，在更换了身份及语言的日子里向前奔流。故事已经走到大家往往很感兴趣的部分。在童年，我可以仅凭讲这个故事，便能保证自己收获一票张大嘴巴的听众。就让情节承载着我的讲述向前行进，正如河流承托着我的母亲一样。

但我暂时忍住继续叙述的冲动，因为杜普伊斯的花园比任何一个地方都适合休憩，母亲显然也很钟意比利时的花园。她留恋繁花似锦、蝶舞蜂鸣的乡野风光。母亲总是善于捕捉美好的日子，正如前面我说过的，她会留住这个夏日的温暖，留到她在比利时度过的两段萧瑟阴郁的寒冬，再从中取暖。不过，她记忆尤为深刻的一个日子是1943年9月晚些时候的一天，在那个美丽的日子里,她第一次擦亮了眼睛,看清了真相。"我到底都经历了什么?"她这样想着,"在这个世界上,我完完全全是孤身一人了。"

这不单单指她一直在危险中独自行动,虽然这是故事扣人心弦的环节。这一次,她又变成了另外一个人。在她到后不久,杜普伊斯先生很快为她安排了一张新身份证。不变的是,她仍然是一个染着金发的24岁荷兰护士,但现在叫作科莱特·范·登·伯格,一个天主教徒。宗教上的转变在逻辑上完整地解释了她为何会从纳粹上尉夫人的眼皮子底下消失。毕竟,她只搬走了两英里远,严格意义上讲,连村子都没出。藏在法语天主教的群体中,无异于藏匿在众目睽睽之下,她就这样落脚在一个好人家里。好在,荷兰改革派教会的任何一个成员都无法渗透进这里的层层传统和特权。因而,在蜡烛、焚香和对圣灵的崇拜里,母亲获得了暂时的安全。直到今天,她对这两种宗教都具备了普世性的综合认知。在我小时候,她会用法语背诵(天主教版本的)主祷文,知晓圣徒日,还会唱一些新教诗歌。

希尔德在六周内历经了三次蜕变,"沦为"一名逃犯;两度更换姓名和教派,甚至连自身原有的语言也被夺走。在那样的环境里,她不能讲荷兰语,只能学着把法语说得流利些。幸运的是,她和哥哥几乎不费吹灰之力地学会了新语言。他们从交换生项目开始,就掌握了一口流利的英文。没过多久,人们便以为希尔德就是比利时人,其实法语只能算她的第四语言。

我所想探究的其身份上的改变并非局限于表面这些。所有日新月异的变化都要求她具备快速适应的能力。毫无疑问,这些变化加深了她的孤独;尽管这些改变对希尔德的未来产生了深远的影响,但它们仍旧是来自外部的变化。我想知道的是,在她的内心深处,是否仍然认为自己是希尔德·雅各布斯塔尔,那个仍在寻找失踪父母的年轻犹太女孩。

我想,这个问题的答案是否定的。在我看来,果园里的那个时刻,及随之而来的事件,彻头彻尾地改变了希尔德。这个后来生下我们姐妹几个的女人,和那个从小在荷兰长大的平凡女孩,已判若两人。这个不同并非显而易见的变化,比如:和谁结婚,往哪里去,这些不过是机缘巧合下的选择。我所指的是母亲筑起心墙的习惯,这一习惯在犹太日托中心时开始形成,随后又在离开阿姆斯特丹的途中得到加固,演变为她性格特征的主要部分。她永远咧着嘴,露出满满的开心,这让人感到奇怪——即便在最黑暗的日子里,她也会呈现出这样的愉悦。这些开心承载于她对歌曲、阳光、玩耍和食物的回忆里——然而,这已经在相当程度上影响了她的人际关系。她对别人的容忍甚至到了纵容对方缺点的地步。但有时,我认为藏匿在这种表象背后的原因是,希尔德在内心深处——某个比爱更深的情感层次里,与他人是完全疏离的,即便面对自己的孩子、丈夫,也是如此。毫无疑问,她是爱我们的,但在她的爱下面,有一块任谁也无法触及的禁锢之地。

乡关何处是：大屠杀下浴血成长

据说，人们之所以能从猛然的重挫中恢复过来，是因为他们能够活到事后，向你讲述那些过往。因为讲述首先是一副镇痛剂，随后形成一块疤痕组织，再后来，是一台整形手术，一下子抚平了伤口。但这个比喻的内里，包含着喋喋不休的过往痛苦的真相；它不过是另一种伪装，一个假冒的身份。就好像连我，我母亲的女儿，也完全无法放下科莱特·范·登·伯格这一角色。希尔德·雅各布斯塔尔这个人于我而言，已经埋藏得太深。也许这么多年以来，她早就死去了。也许当她看到父母家门上的纳粹印章时，就已经被吓死了。

我母亲不希望她自身的经历总对我们的生活产生什么主导和影响。她不愿意被人同情，也不想成为他人伤感情绪的源头。也许在这种不情愿里，还有一些微妙的东西。终其一生，她的经历都在决定着她的生活，也同样决定了我们。如今，我可以从她的故事中汲取到解脱的力量。如果我没有听到这些故事，我并不会具备这样的力量。倾听过后，就像有了一个沉重的负担。现如今，它可怕的重量就像一架冒起蒸汽的火车头一样，牵引着我，和我们，继续向前。

我不知道如何处理这段历史。它比我自身生活中的任何故事都更加曲折，可以说使我不知所措。或许，母亲比我想象中更为依赖这种状态。按约瑟夫·康拉德[①]的话说，母亲身上的

[①] 约瑟夫·康拉德，英国作家，1857年12月3日生于波兰。

历史散发着诱惑，这是一种催眠的魔法，不仅震慑了她的后代，也震慑了她自己。或许如今在她看来，她的故事正从自己身上一点点剥离开去，其中邪恶的魔力也终将在束缚了几代人之后，在对峙中消散。如果我在重述她的故事时，加入了任何自己的技巧或艺术加工，她都不会认同。她更希望我像一个透明的玻璃杯一样，装好她的故事，分发给全世界。我无法保证，她会无条件地满意这种叙述呈现出的效果。对我们俩来说，这是深深印刻在彼此内心深处的角色问题。也许，所有的孩子都会特别要求父母给予力不能及的回应。我们大概就像天窗外的那窝麻雀一般，无论多老，都要把贪婪的嘴巴粘在父母的脸上。我的母亲，从来没有机会向她的父母发火，或是贪婪地索取些什么；也许这就是为什么，在她的内心深处，总有一抹疏离。

所以，我将视角再次转回杜普伊斯家的花园。年轻时候的妈妈这会儿还定格在那里，等我将她解放到新的生存状态之中呢。尽管那里并不绝对安全，但世界上没有哪个避难所能比得上这里愉快和好玩了。母亲再次开启回忆的闸门，仍然从食物开始。那是荷兰经历过饥荒后的第一年。即使在儿童之家工作时，食物的分量也并不宽裕，充其量只是果腹，谈不上健康。

杜普伊斯一家慷慨大方的一个证明是，他们欣然邀请希尔德到餐桌前用餐。希尔德到的时候，一家人刚刚吃过午饭，正在等待她的到来。虽然尚未谋面，他们还没有决定是否要冒险提供庇佑，但还是为她留好了一份伙食。希尔德那时不知道一切未是定数，只是简单地以为，这就是她下一站的安全屋。

  这顿饭烹饪了比利时兔①，这是那里的国菜。母亲一直干巴巴地称之为兔肉，实际上是用奶油和葡萄酒精心烹制而成的佳肴，旁边还佐以苹果酱和蔬菜。我了解这个，是因为在战后，每次我们拜访这一家人时，他们都会按照老规矩，用这道菜欢迎我们。在一阵欢笑和怀旧声中，它被得意洋洋地端上餐桌："希尔德，还记得你和我们吃的第一顿饭吗？"

  1967年，18岁的我在父母和姐妹们的陪伴下，拜访了杜普伊斯在根特②的家。佛兰芒人聚集的市中心对讲法语的家庭并不友善。我不太清楚他们为何落脚于这样一个偏僻的地方；看上去，就像鱼离开了水一般不自在。这顿例行的饭比我之前吃过的任何食物都要美味，甚至让人感到罪过。而这仅仅是一个开始，接下来的一段时间里，每道菜都会包含一品脱那么多的奶油。菜样如此繁多，不吃是不可能的；否则这些亲爱的老朋友一定会感到严重的冒犯。出于礼貌的过度饮食几乎要了我们的命。

  杜普伊斯夫妇后来告诉希尔德，当他们第一次在梅兹河畔的花园里见到她时，就敞开心扉接纳了她，于是便告诉农场主，

---

① 比利时兔是由比利时贝韦伦的野生穴兔改良而成，故也称比利时野兔。该兔最大的特点是体型大，体质健壮，增重快，屠宰率高，尤以肉味鲜美和皮质好而闻名于世。

② 根特是比利时弗拉芒大区的一个自治市。

这个姑娘可以留下，还邀请希尔德共进午餐。希尔德的哥哥曾留给她一串布鲁塞尔的号码，告诉她有需要可以打过去。杜普伊斯一家和地下党其他成员一样，认识她这个化名为杰里·斯塔尔的哥哥。于是，在她拨通那个号码后，她进一步被家庭确认为可以信赖的一分子。

在这个片区，杜普伊斯先生算得上一位重要人物。他所经营的水泥厂是这个村庄的主要经济来源。其夫人则出身于上流社会，或者说比利时的小贵族阶层，社会地位更在他之上。但要我说，"其实你在比利时遇见的每个人看起来都像是小贵族。"母亲承认，阿登这片土地上的人看起来都是一副很有钱的派头，但其实他们中的大多数都是穷人。

话说回来，杜普伊斯家的繁荣景气并非虚有其表。当地地下党头子这一身份加持了先生的社会地位。他身材矮小，让比利时料理滋养得倒也敦实。尽管家境富裕，他的夫人居家仍然勤勤恳恳。要打理三层楼高的豪宅，保证一日三餐精致的供应，需要家中全体女性在背后齐心推动。杜普伊斯夫人就和这些仆人们一同身体力行地受役于无情的日常生活。而当她出门时，哪怕只是做个头发，也有一辆车和司机在门口守候。这些场景大多都是19世纪生活的写照。我父亲一直说，杜普伊斯的家居装饰让他想起司汤达①笔下的文字。深色厚重的家具间，挂满

---

① 司汤达是19世纪法国作家，曾跟随拿破仑南征北战。作品中崇拜拿破仑的色彩非常明显。

了拿破仑的画像。波拿巴王朝的金色蜜蜂国徽,甚至被涂漆在了摄政时代①的小咖啡杯上。②

　　杜普伊斯夫妇是因为爱情走到一起的。母亲来到这个家时,夫人还不到40岁。她五官精致,脸颊上看不出皱纹,头发却早早花白了。夫人的体型严重超标,但任何一个在这个家生活过的人便不会觉得有什么奇怪。他们对蒂蒂和爱丽丝这两个女儿实行家庭教育,因为担心若将两个女孩子送到学校,暴露在一群男生面前,指不定会惹出什么事。家中总充斥着性焦虑和身体紧张,在日常生活包袱的压制下,无处伸张和释放。希尔德得到了家中所有人的信任。毕竟,在他们眼里,这是位见过世面的护士。面对家里人的每一次疼痛,她都给予抚慰,并能推荐合适的疗法。对蒂蒂和爱丽丝而言,她更像是一个大姐姐。希尔德在清晨把早餐——楼下厨房里新鲜出炉的奶油干酪和热巧克力——端到她们床上,二人会和希尔德畅聊一切心事。母亲对杜普伊斯一家抱有无穷无尽的感激。他们尽心竭力地,用所有可能的方式播撒着勇气与善良。但蒂蒂和爱丽丝认为,希尔德自己也为这个家庭贡献了新鲜的力量。希尔德的到来就像

---

①　摄政时代是指1811年至1820年间,在位的英国国王乔治三世因精神状态不适于统治,因而他的长子,当时的威尔士亲王,即之后的乔治四世被任命为他的代理人而作为摄政王的时期。

②　摄政风格深受当时法国拿破仑帝政风格影响,广泛使用外来的深色木料和饰面,制造出厚重的家具,表现出对希腊、罗马古代艺术的浓厚兴趣。这种风格是拿破仑辉煌胜利和政治雄心的产物,他想把自己的帝国和古罗马联想在一起。

一股新鲜的空气,使幽闭的乡间生活不再那么令人恐惧。

杜普伊斯一家不仅富裕,还广受尊敬和爱戴。他们从不把既有的便利和特权利益视作理所当然。正是由于杜普伊斯夫人是地主贵族的女儿,这一家人在德占期的野蛮行径下,仍能维持舒适的生活。她的亲戚里有许多佃户,在这样特殊的紧张时期,那些佃农常常用货代款来交租。用来支付的粮食、肉类、山羊和猪肉也成了厨房里的常菜。杜普伊斯家里养了鸡,还种着蔬菜和水果。希尔德来的时候,正是收获的季节。温暖的天气里,她在户外用铜壶制作苹果黄油时,有生以来第一次目睹屠宰的场景。后来,她还帮忙做了香肠。在城市里长大的她,看到这些事,感到既新鲜又神秘。

在为杜普伊斯一家做管家时,希尔德勤恳卖力,就像先前在儿童之家一样。不过,两份工作还是有很大区别:这个家里的女性成员在完全平等的条件下,与她一同分担劳力。这样工作场景下的社会人类学案例在如今的世界已不复存在。每个月的其中一个星期一,专门用来洗衣服。妇女们凌晨4点开始工作,在地下室里烧好大桶水。洗衣服是个繁重的苦力活儿,烧水、搅拌、漂白、上浆①、烘干,再将衣服、桌布、床单和毛巾从地下室运到室外去晾干。如果天气恶劣,就搬运到阁楼上。每个星期二专门用来熨衣服,星期三用来修补;家务活无非是

---

① 上浆:使衣服硬挺。

洗洗涮涮和柴米油盐。星期六来了，要清洗这座三层府邸的楼梯、阁楼和地下室，就得俯下膝盖和手，一层层向下清洗。家里有一台吸尘器，但大部分时间还是要靠人工来完成。灰尘是永远掸不完的，可以说没有休息时间。

说起每个星期的日常工作，希尔德通常是这样度过的——五点半起床，将家中所有人的鞋子排列在地下室的台阶上，在点燃厨房的柴火后，开始擦鞋。星期五，杜普伊斯一家会进行烘焙。一家人用地下室的高级大型烤箱做足一周食用的面包条馅饼，还会烤制出面包卷作为女人们当日食用的午餐。作为奖赏，妇女们可以拿到一个鸡蛋，可以用她们喜欢的任何方式来烹调。

随着学习烘焙以及准备午餐汤和各色菜肴，希尔德的厨艺精进了不少。做汤有一个诀窍，放入由鸡肉、牛肉、蔬菜和香草熬制成的法式马麦酱，就会增色不少。母亲将这个手艺传给了我，现在成了我儿子的心头好。无论在希尔德搅拌大锅，准备晚饭，还是贮存保鲜时令物品时，她总能听到流传在这个家里的迷信和禁忌。据说，女性身上有种致命的力量。譬如，经期妇女不得触碰面包，否则面团就无法醒发。如果不小心碰到，还要在放入烤箱之前，在面包上画十字记号。

在这个自给自足的小世界里，社交生活是更为有趣的一面。每个礼拜天，希尔德都去做弥撒，和其他女人一起诵念珠。一天，杜普伊斯夫人在削土豆皮时，发现一枚钻戒不见了。全家人为了搜寻那枚戒指，把家里翻了个底儿朝天。夫人则请希尔德陪她一起到那慕尔的一座修道院里去。夫人找到曾经帮助过她的通灵神父。几年前，一位客人来家里拜访时，弄丢了一支金色机械铅笔。他们找神父帮忙时是冬天，神父说要待到冰雪消融后，在网球场上逐一检查每一片树叶。后来，果真给找到了。这一次，希尔德看着神父端起链子上的一个小金十字架，请杜普伊斯夫人按要求念出祷词，意识则尽可能专注在那枚戒指上；然后他闭上眼睛，眉头皱起，告诉她去看看地窖里储藏的土豆。作为报答，杜普伊斯夫人向教堂捐了款。她和希尔德回家了。果然，所言非虚，戒指就混在土豆之中。

杜普伊斯夫人和她的两个女儿一样，喜欢向希尔德袒露心事，也和其他人一样，认同希尔德的成熟与生活经验远在其年龄之上。希尔德从这些心事里听到，杜普伊斯先生可能在很多方面都没把持住自己的老爷做派。他把为权势效力的所有年轻女孩都当作可以嘲弄的对象，并企图勾引她们，这让人非常心痛。母亲对我交代过，不要把这件事写下来，也不要把后续相关的任何一段故事记录下来；她不想让任何事情玷污她对恩人的记忆。在写下她心里的这些秘密时，我感到一阵强烈的背叛感，但不知怎的，我怀疑杜普伊斯夫妇是否真的会介意这件事。他们的弱点不能湮灭自身的英雄主义和善良品德。这些事只能使他们看起来更像是普通的人类，而非超人罢了。且不管怎样，这番披露也不太可能激起人们的惊奇。这些事，不过是在封闭的社会背景下,两性之间悲喜交织的试探罢了,不过是因由外部战争愈演愈烈,才被反衬得异乎寻常。

希尔德很感激夫人对她坦白过那些话,因为杜普伊斯先生曾出现在她阁楼小房间的门口。那是在早上,杜普伊斯先生自作主张地上来叫希尔德起床。表面上的说法是,不想让她使用闹钟。他甚至为希尔德单独安装了一个冷水水槽,这样她就不必爬下楼去挤公共浴室了。这件事是前所未有的,其他工人告诉她,这证明了先生对她的尊敬。先生让希尔德享用自己独有的水源,一部分是出于私心,一部分也是出于由衷的敬佩和信任。希尔德是他在地下工作中的拍档。这段时间,地下组织的工作有增无减。杜普伊斯先生习惯了封建制度下缺少文化的女佣姑娘们在得到户主的格外关切时,会露怯,甚至会受宠若惊,而出身中产阶级的希尔德,却让他对生活产生了性冒险的幻想。

一场争吵爆发了。一天,希尔德睡意蒙眬地从床上爬起,发现杜普伊斯先生竟站在门口,问是否可以在被窝里暖一下身子。最后没办法,希尔德使出了终极武器,威胁要告诉夫人。她从不担心杜普伊斯先生会因为愤恨而侵害她,终归,他是位值得尊敬的人,除了口头上的劝诱之外,未有其他逾距的行为。他只是无法相信,一名这个年纪、具备丰富阅历的女人怎么会还是个处女,怎么会反对他的关注。然而,杜普伊斯先生并没有放弃。母亲也想到了一个外交策略,请杜普伊斯夫人来叫她起床。她确信夫人十分清楚当中的缘由。生活又恢复了正轨。

第五章 在阿登，1943

正轨，对那时的生活而言，取决于你从什么视角看待。希尔德的夜晚常常比白天更加忙碌。白天，杜普伊斯先生是水泥厂的老板兼首席执行官，和其他商人一样，朝九晚五地上班。晚上，他协助护送掉落的盟军飞行员到安全地带，还要照顾其他难民。此外，先生为犹太人和政治逃犯提供藏身之处。地下组织的成员穿过希尔德曾经逗留过的那所后花园，不停地来来往往，夜深后才离去。

希尔德常在晚上接到任务。她是一名邮递员，就像边境对面法国地下党的许多年轻女性一样，任务是把假证件送到掉落的飞行员和其他逃犯手中，而这些人正躲在阿登山区。东西通常藏在她的衣服里，假使被拦住，也不可能脱衣搜查。当时的看法是，在路遇德国巡逻队时，年轻女性引起的怀疑通常比男性要少。但又有数据表明，执行此任务的女性常常受到折磨和杀害，所以这种说法顶多是理论上的。不过，分布在阿登的德国士兵比国内其他地方少一些，除非有特定任务需要执行。不过那时，地下组织的情报渠道一般足以预先了解清楚路面的状况。此外，希尔德常常担任翻译，毕竟当地人几乎不会讲英语。有时，她对文件做一些英法互译，更多时候，需在逃犯和自己人之间进行沟通。

我经常问母亲，夜晚独自一人奔波在陌生的乡间，施行这样危险的工作，是什么样的感受？她回答说："我觉得自己的生命一点也不重要。我没什么牵绊了，我都不知道父母究竟发生了什么事，还非要一直冒充其他人的身份。我已经不在乎生死了，根本无所顾忌。"

这一切动荡在表面上看起来云淡风轻。生活中，体力劳动的强度极高，还伴有语言上的不习惯和情感上的剧烈波动。无论今天是阳光明媚，还是严霜难捱，都是从敌人手里夺来的一天。然而，这一切表面下暗流涌动的是一股子悲伤，这种悲伤并不完全是一种沮丧的情绪，因为希尔德反而用她的活力和热情感染了周围的人。说到底，是父母的离去在生活中撞开了一个火山口，悲伤盘旋在那里，久久不散。希尔德告诉自己，至少自己是有用的人。至少，在晚上，她可以帮助杜普伊斯一家和讲英语的飞行员进行交流。在荷兰和比利时被占领的过程中，数千名飞行员被击落，在大家的带领下，通过阿登海峡潜入法国。路易斯·德容表示，仅荷兰一个国家，就有3000名盟军军官、逃亡战俘和飞行员被转送到西班牙；还有些人从比利时战区徒步出发，或是从德国逃来比利时。对于所有人来说，比利时都是必经之路。

希尔德的哥哥乔自从逃到比利时，就开始从事这项工作，危险系数极高。乔偶尔过来探访，带着一身洗不掉的浮夸。一个朋友常陪他一起。母亲记得有一次，他深夜穿越梅兹河过来。乔本可以采用抵抗部队的常用做法——越过上游的船闸，来避开注意，但他却叫醒了船主。他穿成制服样，一到就急忙敲响杜普伊斯家的前门。大家以为是盖世太保，人人都吓坏了。村子里的骚动更大。第二天，镇上有人议论说，一个高个子陌生人来到了杜普伊斯先生的家中。谁曾想这一家子并不想受到这样的关注。

1944年2月，希尔德在杜普伊斯家庆祝了她19岁的生日——我猜是她唱了首《生日快乐》歌送给自己，毕竟没有人知晓她真实的生日和年龄——不久后，她通过地下联络网得知一条消息，她的哥哥和其他成员在布鲁塞尔被捕。当时乔的口袋里有一张照片和一封信，这违反了地下工作最基本的规则。收到这则警告消息的希尔德是幸运的，就连在监狱集中营的反德警卫也放出了相关情报。还没等到德国人找到希尔德，消息就传到了她的耳朵里。

杜普伊斯先生安排希尔德去杜普伊斯夫人姨妈家开的农场。这位姨妈来自大地主阶层，一向乐于助人，同时也是夫人的教母。希尔德在圣诞节带姑娘们前去拜访时，曾与她见过面。她们一起在午夜做弥撒，相处得很愉快。母亲记得，这位姨妈在所有人的床上都特意放上法兰绒睡袍，确保没有人挨冻。

杜普伊斯先生认为，希尔德等不及地下组织通知下一处安全屋的地址了，她必须立即动身，前往农场：风险太大，不能犹豫。她被关进一辆专门用来藏人的卡车里。车后部有一个凹陷的壁龛，上面覆盖着干草和蔬菜。路上遇到了德国警卫，车被拦了下来，但他们并没有发现母亲。那天晚上，她安全赶到了农场，只待了一天，就被告知要坐火车赶往距那慕尔以北十英里的让布卢镇。希尔德后来得知——与此同时,盖世太保来到杜普伊斯家,要求见她。这家人自称毫不知情,演技娴熟到令盖世太保相安无事地走开了。他们不会猜到,希尔德曾在此足足待了五个月,直到前一天才离开。

这一次,接待她的是卡尔顿·德·图尔奈家,这家人豪宅的气派比杜普伊斯家还要富丽堂皇许多。"让我猜猜,"我接话道,"他们又是比利时的贵族。"

妈妈说,当然,他们是反德派;这一家的男主人在"一战"时与德军战斗而牺牲。遗孀卡尔顿·德·图尔奈夫人与两个女儿格尔曼和贝朗埃一起生活。尽管在战争年代,也仍然保留着奢华的生活方式。庄园宅第坐落于村庄的主干道上,周围环绕着一圈瑰丽的花园。穿着整齐制服的女佣正在准备丰盛的菜肴。庄园里还有专门的养狗场。就在36个小时前,希尔德还在一辆装满卷心菜的卡车里颠簸。此刻,她就像一个周末来乡村做客的客人一样受到接待。这种局面令她很不舒服,尤其是在她按照地下组织的指示,告诉这些女人,她是杰里的妹妹之后,女人们开始用奇怪的眼光打量她。不明所以的希尔德沉默了,直到那天晚饭后,大家端着咖啡杯围坐在炉火前……

在众人不断盘问之下,希尔德讲述了她和乔逃跑的经过,以及许多背景讯息。当然,她从来不曾提及自己是犹太人的真相——甚至连杜普伊斯一家也不知道这一点。人们脸上的疑惑让希尔德终于忍不住质问道,"怎么了?你们不相信我吗?难道你们觉得我不是他妹妹，而是一个间谍吗？"

这个想法使还在紧张的希尔德发笑起来。她知道自己根本不是干双重间谍的料。她一笑，这些女人就看出他们兄妹间的相似之处了，她的哥哥也会同样咧起嘴笑。这些女人告诉希尔德，杰里曾告诉她们，将来会见到他的女朋友，可没有说来的人会是他妹妹。不过尽管如此，两个人的故事还是能在细节上匹配到一起的。当然，她们也认为，希尔德不过是曾听说过故事当中的一些片段，而并未听过女孩与杰里的关系这一关键性的细节。从这些不一致的说法中，她们得出结论，希尔德是一个冒名顶替的骗子。事实上，希尔德的哥哥不过是对故事做了添枝加叶的美化，因为坦诚相告从来不是他的本性。但由于舅舅乔深得周围人的信任，女人们断定，乔那样讲一定有自己的理由，便不再说什么了。

希尔德在卡尔顿·德·图尔奈母女们的屋檐下做了十天的房客。她们待人和善，却又保持距离；接应希尔德就像履行一项责任一样，让她一个人待着。她在家里无事可做，很感激，但是不安。希尔德自身家庭成员的命运前途未卜，她生命里无时无刻不挤满了阴郁的乌云。在那几天里，她认识了家族财产的继承人，也就是格尔曼和贝朗埃的哥哥。母亲告诉我，这位小卡尔顿·德·图尔奈先生住在让布卢的一所城堡，城堡里围建着塔壕沟。他结婚了，有两个小女儿。他的堂弟弗朗索瓦·泽维尔·杰拉德和他们住在一起。由于希尔德渴望在她不定何时结束的逗留期间里做点什么，于是这位卡尔顿·德·图尔奈先生便让希尔德教自己家里的所有人学英语。

但一家人担心希尔德的安全问题。毫无疑问，他们也担心自身的安全。1940年，德国入侵比利时和法国，一场主要战役①就发生在让布卢镇。小镇恰好位于占领军往来德国运送武器、物资和士兵的铁路上。卡尔顿·德·图尔奈一家对抵抗军的支持已成为公开的秘密，当地的盖世太保和纳粹盟军对他们有所芥蒂。时间从2月走到3月，1944年的春天就要到了。弗朗索瓦·泽维尔和家里其他人一样，都是地下组织的一分子，他想出了一个主意。他有一个姐姐住在沙勒罗瓦②南部法国边境附近的库万③，希尔德可以去给她做帮手。弗朗索瓦·泽维尔的姐夫在这个小镇做工程师，姐姐家里可谓困难重重。这位卡尔顿夫人有三个小孩，两个男孩和一个女孩。2岁的小女孩刚刚由于猩红热过世。如今再怀身孕的妈妈深陷抑郁症的泥沼，一家人急需帮助。这正是希尔德技能的有用武之地，她很高兴能有这样一个机会。

弗朗索瓦·泽维尔带她坐上去库万的火车。在路上，他向她表白了，并问希尔德是否也会芳心相许。他朗诵了魏尔伦的

---

① 让布卢战役是"二战"中爆发于1940年5月的战役，由法军与德军交战。法国战术上胜利。
② 沙勒罗瓦是位于比利时南部埃诺省的一座城市。
③ 库万是位于比利时那慕尔省的一座城市。

情诗，还唱歌给她听。年近30岁的弗朗索瓦·泽维尔比希尔德年长10岁左右。尽管希尔德从未，或是不能够对他的爱意做出什么回应，但她发现，弗朗索瓦的感情还是给了她些许安慰。就在那一刻，她把注意力转向了即将进入的新世界。适应是需要耗费精力的。在那样暗无天日的危机下，她早已习惯压抑内心深处的声音。

库万的卡尔顿·德·图尔奈一家的状况比希尔德预料中的还要糟糕许多。妻子已经连续几个星期没有下床了。丈夫连最简单的家务活也不知道怎样操持，年轻的农家女佣无论是对做饭还是清洁，都一窍不通。

在网上稍加搜索就能发现，这一家还有一个长子叫博诺伊特，当时应该有6岁。母亲虽然记得这个名字，却忘记了这样一个人的存在。要么就是，他那一阵子不在家。母亲告诉我，幸存下来的4岁的皮埃尔和1岁多点的弗朗索瓦·泽维尔（大概是以他舅舅的名字命名的）整天坐在高背椅子上。两个小男孩成长缺失，显得过于幼稚，也没有换洗衣物的习惯，4岁大的孩子还裹在尿布里。母亲说，她来到这里后，任务非常明确，每天工作16个小时——打扫房子，洗衣服，以及照顾孩子。19岁的希尔德一定是个精力充沛的人。举个杜普伊斯夫妇还记得的一件事，母亲曾主动提出装饰圣诞树的想法——我的犹太妈妈，在柏林学过装点圣诞树的手艺——他们一齐从罐头盒的顶部剪下星星，挂在树枝上。到了库万，她付出的精力相当迅速地收到成效。她把卡尔顿·德·图尔奈夫人从床上扶起来,邀请邻居们过来做客,和当地年轻的牧师成了朋友。6月,"计划行动开始日"① 的消息为每个人带来了美好殷切的希望。那时,两个男孩已经养成换洗衣物和到户外玩耍的习惯,走路和说话的状态也达到了那个年纪的该有的水平。希尔德带他们去野餐,把远足也安排上。

希尔德和当地医生的关系密切。医生的儿女和她的真实年纪相仿。希尔德每周有一个下午的休息时间。如果天气不错,她会和医生家的女儿们以及她们各自的朋友一起外出野餐,或是计划其他游玩活动。女孩们的心地格外善良温和,她们还为彼此起了绰号,给希尔德的名字是"温柔的母鹿",因为她的眼睛是黑色的,目光柔和。当然,那双眼睛曾看到过的事情,比那个地区的人们了解到的还要多。这些年轻姑娘是欧洲女童子军队员。这个组织即便在战争时期,也坚持鼓动积极的理想主义思想。早春和初夏时,女孩们常聚在一起办篝火,谈天说地。希尔德很享受融入其中的感觉,但她总摆脱不了内心的惶惑,急切想知道父母的境遇。

我想象着,母亲独自担起整个家庭的家务,活在一个没得选择的身份里,在同龄的年轻人之间茕茕孑立。想来,她一定

---

① 此处指1944年6月6日,第二次世界大战期间,英美及其他国家的军队在法国北部海滩登陆,登陆诺曼底的行动。行动开始了对德国占领的法国的解放,并为盟军在西线取得胜利奠定了基础。该行动的计划始于1943年。

很高兴能交到像医生子女那样亲切友爱的朋友。医生除了晚上要进行地下组织的工作外,白天也要照顾病人。母亲对他的尊敬油然而生。他的任务是进入阿登山林,治疗游击队的伤员。这支地下部队是抵抗运动中的武装力量。母亲先是做助手,跟着学到了很多东西。也是从此刻起,母亲的生活开始听起来像是一部小说。其间,没有人休憩或停留,有的只是情节跌宕起伏。既要照顾家庭,又要去篝火聚会,还要医治游击队战士,母亲会睡觉吗?如果会,哪里有时间呢?

夏天,医生给卡尔顿·德·图尔奈夫人接生了一个女儿。这一定就是出生于1944年8月5日的布里吉特了。由于医院条件不达标,大夫来家里接生,希尔德在一旁助产。新生儿问世的乐趣,加之盟军胜利的消息传来,这一家人又恢复了往日的快活;村民们都希望这一次,战争真的可以终结。

卡尔顿·德·图尔奈的奶水不够,希尔德不得不为她寻找乳母。她在当地报纸上刊登了一则广告,奶水充足的新妈妈们纷纷回应。由于没有冰箱,希尔德从医生家买来一辆旧自行车,每天五次下乡,轮流去各家农舍拜访乳母。由于每周五希尔德都会和医生家的一个女儿开车到乡下采集牛奶、黄油、鸡蛋、面粉和新鲜蔬菜,所以农民当中的很多人她都认识。医生在大家眼里是很受欢迎的人物,农民们坚持要把这些食材当作礼物送给他。就在这样的盛夏时节,希尔德随身携带一个吸奶器,把牛奶直接带回,喂给布里吉特。牛奶没有坏掉,希尔德也没有倒下。她总结道："问题解决了，我们成功了。"多年过去，还是能从她的声音里听出难以置信的意味。此外，希尔德还要继续照应家中的其他人。取到面粉后，希尔德会去面包师那里，为卡尔顿·德·图尔奈夫人特制一块白面包，因为她需要额外的营养补给。

到了布里吉特该受洗的时候。家里人问科莱特（希尔德的化名）是否愿意当教母。希尔德告诉这家人，她是荷兰改革派教徒，无法履行天主教会的仪式和责任，从而躲过了这一关。这一说法让她的追求者弗朗索瓦·泽维尔也把她当成了新教徒。由此引发的一件事让她更认真地开始思考弗朗索瓦在自己生活中扮演的角色。母亲谈论起他的方式逗乐了我。很明显，她一点也没有动感情，但凡有一点感觉，她嘴中的他也不会显得那么麻烦了。

在希尔德眼中，来自弗朗索瓦·泽维尔的关心只会令人恼火。他不停地来看她，为她写诗。当他求婚时，希尔德的确受到了诱惑。但她很确定，自己不爱这个男人，虽然她自己到后来也没想明白到底什么是爱。如果命里终须有，那么爱情迟早会来，如果没有，那就孑然一身活在这世上吧。但弗朗索瓦·泽维尔不了解她的背景，甚至连她的真实姓名也不知道。希尔德认为，真相可能会是一颗绊脚石。

弗朗索瓦·泽维尔很希望他和希尔德的后代成为一名天主教徒，因此提出让希尔德也皈依天主教，作为成婚的前提。让

第五章 在阿登，1943

弗朗索瓦·泽维尔满意的是，我的母亲和当地牧师交流得很愉快，毕竟两人已是要好的朋友，且均为地下组织成员。她与牧师多次正式会面，探讨皈依的可能。最后，希尔德得出结论，自己永远无法成为天主教徒。她不能接受天主教的信仰行为——天主教的基本教义认为，耶稣是"无原罪的圣母受孕"的结果，指的是处女玛利亚诞下了耶稣，耶稣是上帝的儿子。在这个问题上①，她不能对她的朋友牧师不诚实，尽管她仍然每个星期天都去参加礼拜，并试图在其他方面迎合弗朗索瓦·泽维尔的愿望。

早先之前，在尚未出发横渡马斯河的时候，哥哥就警告过希尔德，在任何情况下，都不能透露自己犹太人的身份。对于恩人，可以袒露所有事，除了这一件。因为，庇护一个犹太人的风险要比其他任何秘密活动都大得多。如果是保护被击落的飞行员，或是地下工作者，或许还可以躲过监禁，但保护犹太人一旦被发现，几乎没有脱身的可能，等待在前方的命运只有受尽折磨，随后被发配到集中营。如今，乔也被逮捕了。希尔德心里清楚，尽管乔在外貌上是典型的犹太人，但他绝不会承认这一点。她不知道如今哥哥是否还活着，但在内心祈祷，哥哥的身份永远不会被拆穿。在每一个比利时的朋友面前，希

---

① 实际上，作者的母亲信奉犹太教改革派，既非荷兰改革派新教，也不同于天主教。前者和后两者的主要区别在于：犹太教不承认耶稣基督的神性，不承认人能通过耶稣得救，也不承认原罪。

德都用假身份遮盖了那个真实的自己；现在她发现，自己处于一种怪异的立场上：要刻意伪装出对天主教的忌惮，而身为事实上的犹太人，天主教对希尔德而言是悖理而荒谬的。

在处理与弗朗索瓦·泽维尔的关系时，希尔德年少稚嫩的一面就表露出来了。她感到手足无措，虽然渴望拥有爱情，但不是来自他的爱，而弗朗索瓦所爱的那个女人也并非希尔德内心真实的自己。希尔德看不清未来，何时才可以告诉这个男人事情的真相。

与此同时，解放部队的步伐越来越近。个人困境在大规模战争的现实面前，一如既往地灰飞烟灭了。东部慢慢传回关于死亡集中营的消息。希尔德第一次听到此类消息，还是在杜普伊斯家的时候，时间大概在1943年秋末或1944年冬初。一天，希尔德正和夫人一起在厨房做活，杜普伊斯先生走了进来。他说道，德国人向火车车厢里注入毒气，直接杀死了里面的犹太人。寄宿主人们都不知道我母亲就是犹太人。在这种场景下，希尔德既要表现出恐惧，又要竭力控制它。她无法忍受顺着往下，就会想到这可能正是她父母的命运，所以只好像她常提起的那样，面对新闻"筑起一堵心墙"，将这个消息埋藏在自己身上某个将会被遗忘掉的角落里。1944年夏天，盟军从南方逐步靠拢，库万的天空上飞满了更多谣言。随着希尔德和弗朗索瓦·泽维尔的关系越走越近，母亲告诉他，自己不能答应他的求婚。她目前首要做的事，就是回到荷兰，弄明白家里到底发

第五章 在阿登，1943

生了什么。

日子的发展越来越出人意料。8月下旬和9月初，德国士兵撤退时穿过库万。如果这些人恰好是党卫军，而非正规军，就会在返回德国边境的路上，做出各种各样的恶行：向行人开枪，炸毁桥梁，在街道和田间埋雷。这就是希特勒制定的所谓焦土政策①：希特勒命令士兵们在返回德国的途中，摧毁路上的一切。显然，在盟军到达之前，摧毁德国也是其计划的一部分。希特勒曾在纳粹党报《人民观察家报》中施号发令："要确保，没有一杆德国小麦落入敌人口中，没有一张德国人的嘴向他们告密，没有一只德国人的手为他们提供支援。他们会发现，每一座桥都被炸毁，每一条路都被封锁——所见之处只有死亡、毁灭和仇恨。"

让希尔德惊恐的是，她不得不和一群德国士兵共住几日。这些士兵并非党卫军，而是步兵。众所周知，战争中一部分最严重的伤亡往往就发生在那个关口，发生在军方撤退的世界末日里。轰炸机从头顶飞旋而过，整个世界似乎都要在顷刻间爆炸。平民被困在双方的交战中，大部分时间只好躲进自家房子的地窖里。希尔德默默念叨，"这么多年我都活下来了，要解放了，却要死。"

尽管历经磨难，日日目睹残酷的现实，但希尔德和其他村

---

① 焦土政策一词来自英语，是一种军事战略。英语字面意思是毁坏地面上所有的一切，包含农作物、工厂和城市，破坏任何可能对敌人有用的东西。

民仍然忍不住对一些撤退的士兵们抱以同情。他们过来了，有的步行，有的乘马车；一个个衣衫褴褛，精疲力竭。大多数步兵已数周未歇过脚。卡尔顿·德·图尔奈家收留了他们一晚。这一夜，家里人尽力回避与他们交流。希尔德干脆躲了起来，担心若真实身份暴露，后果将不堪设想。但卡尔顿一家挡不住的是，这群人是多么渴望看到小男孩和新生儿啊。他们自顾自地聊起对家中孩子的无尽思念，尽管没人应声。"他们内心害怕，又累又饿，想和家人团聚，"母亲说，"很多人都老了，因为征兵时，连老人和男孩也动员了。这种感情很奇怪，我曾憎恨他们，却也同情他们。其实，他们并不都是杀人犯，大多只是普通人罢了。"

远方传来坦克前进的声音，这是美国第一军即将抵达的第一个信号。伦敦BBC广播成为人们把握时政动态的信息源。希尔德开始提醒卡尔顿·德·图尔奈一家，待村子一解放，她就要动身出发。大家明白，她要去寻找自己入狱的哥哥。在盟军到来的前几天，她做了糕点——用鲜奶油填充的经典法国天鹅——这样，当部队来到家门口时，也能有一些特别的东西用于招待。

1944年9月3日——从希尔德进入梅兹河畔的杜普伊斯家花园算起，是整满一年的日子——就在这一天，居民们围站在镇子边界，注视着美国坦克穿越库万周边的山脊，朝镇子驶来。起先，前几日熟悉的轰鸣声越来越大，随后，美国人现身在山头上方,坦克的枪炮和炮塔也冒出头来,侧面印着五角星标志。坦克里探出了身子,靠在车的两侧,微笑挥手致意,头盔下满面尘土,第一批美国大兵就这样到来了。第九步兵团和第三装甲旅曾抵达过这个地方,或许这些士兵就是其中一员。行进的队伍里还有更多的身份;除了越来越多的美国大兵外,四年来一直潜伏的游击队年轻战士们也得以重见天日。他们穿着制服和用粗棉布做成的束带连身裤,不时举起步枪欢腾庆祝。士兵们一踏入村子,镇上的居民便欢呼起来,径直走到他们身边,邀请到家里坐一坐,喝上一杯。

希尔德在游击队的线人告诉她,如果想和队伍一起出发,第二天就来会合。游击队员们从医生口中了解到,希尔德打算寻找自己被囚禁的哥哥,而他们正计划跟随美国军队前往布鲁塞尔,将通敌者清扫干净。希尔德收到了一身制服,以及人生中的第一把枪,虽然她觉得自己用不到。组织征用了汽车和卡车,过程中并没有发生抢夺,按母亲的说法,人们都欢天喜地地将自己的车交给抵抗军战士。9月4日,希尔德告别了修缮了六个月的家庭,和年轻的游击队员一起爬上卡车的那一瞬间,她的人生也掀开了新的篇章。

我留意到,尽管母亲着实怜悯这一家的夫人,也喜欢他们的孩子,但是在谈论起他们时,并没有说起杜普伊斯一家时的那种温暖。她想不起这一家所有人的名字。我也不知道这家人对希尔德的看法。她真的如自己所想,在修复家庭的过程中,功不可没吗？而这一家人又是否全然意识到收留希尔德的风险呢（如果是的话，的确勇气可嘉）？贝亚特丽斯和艾蒂安在希尔德到来后，相继又生了五个孩子，这个家里的孩子算起来总共有九个，但战后的两名女孩在婴儿期就夭折了。

虽然贝亚特丽斯失去了孩子，但母亲几乎失去了所有亲人，还无法表露出任何情绪。我问母亲，当她再面对贝亚特丽斯的悲痛时，会有什么感受？母亲回答，失去一个孩子似乎是种令人无法忍受的残忍，以至于她对贝亚特丽斯只有同情。这项工作虽有满足感，却太过劳累：她在混乱之中将一切安排得井然有序，照顾到家庭里每个人的生活，并不期望对方会对自己投射多少关心。与两个女童子军的友谊令她洋溢着青春活力，支撑着她度过了那段岁月。如今，她迫不及待地想出发去寻找自己的家人，渴望重新放飞自由。

一路上，这群年轻人目睹了近日来战斗造成的满地废墟：倒塌的房屋，死亡的马匹，烧毁的坦克，以及乘坐马车撤退的德国人。一旁，还有战俘列队经过。在城市里，那些与敌军士兵厮混过的妇女们受到公开折磨。她们的衣服被剥光，头发也被剃掉。有些人是职业妓女，有些人，用市民们的话说，利用与德国士兵交往来卖淫。"这样的人有很多，"母亲说，"场景太可怕了。"游击队小组率先驶入那慕尔，随后依然受到了和途中一样热烈的欢迎；另一边，部队从法国向北大模大样地跨进了比利时，随后东入德国。最后，年轻人齐聚集在具有城市特色的当地酒馆里。

1944年9月3日这一天,英军解放了布鲁塞尔。同一天,美军解放了库万。希尔德和战友们抵达布鲁塞尔后,遇到了40岁左右的雅克·格雷尼兹。原来他和乔一起被监禁在这里,但他先一步获释。舅舅乔如今身在瑞士,我向他电话了解了这一经过。9月3日,盟军抵达布鲁塞尔时,他仍在监狱里。狱友雅克·格雷内兹曾因轻微罪行被捕,当时已获释。他在为一名空降到花园里的盟军飞行员提供庇护时,和雅克一同被德国人抓捕。

希尔德原本对乔还活着这件事几乎不抱希望了。她知道,当发生类似的所有人一起被逮捕的案例时,地下牢房里有一种惯用的伎俩:只要一个人主动自杀,其他被审讯的人都可以说,情报只有那个死去的人知道,且他从来不信任其他任何人(《逃离逮捕》中就描述了大卫·韦洛普的例子,他为了避免危及战友而从楼梯上滚了下来)。

不过,雅克·格雷尼兹给她带来一个好消息:乔几周前还活着。他主动帮希尔德在布鲁塞尔找了落脚的地方,以便她进一步寻亲。希尔德没有钱,先前在比利时家庭里帮工时,为了换取对方的庇护,从未索取分文。雅克·格雷尼兹资助了她足够的费用,帮她渡过难关,并告诉她,不着急还,等到方便时再说。母亲感慨,在那些混乱的时日里,人们常常在经济上互相支撑。战争结束后,希尔德很快还上了借款。

乡关何处是：大屠杀下浴血成长

雅克·格雷尼兹给了希尔德一处旅店的名字，那是乔在被捕前一直居住的地方。据乔的说法，当时所有的住客都被抓走了，包括几名在那里避难的盟军飞行员，及乔直属小组的几名成员。经营这家店的中年姐妹被羁押到拉文斯布鲁克集中营，再也没有回来。当我和乔聊起这件事时，他已经年届76岁，形容这对姐妹为"45或50左右的老太太"，这种没有添枝加叶的表达让我知道，她们一直留存在乔的记忆里没有褪色，仍然保留着乔在23岁认识她们时的模样。

母亲对抓捕时的背景细节做了一些补充。在她看来，这批人很不幸，大概有150个人均因出现在苏西·克莱的通讯录上而遭逮捕。苏西·克莱是一名在"荷兰巴黎"组织里工作的年轻姑娘，就在乔被捕前不久，她被法国警方带走，押送到巴黎，受到盖世太保的严刑。赫伯特·福特在《逃离逮捕》中专门为她写了一章。苏西·克莱意识到，自己不该随身携带这样一份文件，于是在去警局的路上，尝试甩掉这个东西。但是，她没有成功，阻碍她的说不清楚是一场居心叵测，还是法国人的礼貌修养，只听一个过路人对她说："小姐好像掉了什么东西。"然后，把这个惹是生非的笔记本递给了她。此事直接导致40人葬身于集中营。

当时的希尔德还不知道，自己的哥哥也被这场天灾人祸卷走了。希尔德如今脑子里只有一个想法——必须找到他。她先去红十字会求助，再到荷兰领事馆。在领事馆，她遇到了一群和她一样曾参与地下工作的荷兰年轻人。许多人是来自医学院的学生和护士。最终,这里成了英国圣约翰救护机构和英国红十字会在一段时期里的核心合作单位。

希尔德的问询见到了成效,给她带来难以言说的欣慰。她从红十字会获悉,哥哥被关押在佛兰芒的利奥波德斯布尔格监狱,距安特卫普以东约40英里,就在他们第一次进入比利时的方位附近。这座监狱以集中营的模式管理运转,专门收容政治罪犯。希尔德立刻明白了,乔并未以犹太人的身份被捕,也没有受到犹太人的"特殊待遇"。也许,这就是乔还活着的原因。从七个月前得知他被捕的那一天起,希尔德就再也没听到过关于乔的任何消息。从雅克·格雷内兹口中得知他最近还见过乔,希尔德又燃起了希望。

一段时间过后,消息传来,利奥波德斯布尔格的囚犯均已得到释放,而乔也得知希尔德来到了布鲁塞尔。然而,日子眼巴巴过去了几天,乔都没有现身。希尔德再一次猜想,他会不会已经死去了;盖世太保抓走的囚犯,几乎没有一个回来的。又等了些日子,乔出现在布鲁塞尔,样子虚弱而消瘦。他告诉希尔德,解放期间,自己一直待在英军的战区里,还差一周就要被执行处决的时候,英军接管了集中营。

20世纪90年代末,舅舅在几通长途电话里向我们详细讲述了被捕入狱时的情景。他的声音听起来有军人的英武和冷淡。

我甚至可以想象，他帮助皇家空军飞行员横渡比利时边境时，与对方交谈的语气。乔自然学会了他们的行话：在他流利的英语中，20世纪40年代的军事俚语会突然闪现出来；和我母亲一样，他在不同语种间可以行云流水地自如切换。一阵"故弄玄虚"之后，他谈到了战后生活。在我们这些孩子还没长大的时候，他经常说"快点、快点"来催促我们做事，当他在电话里让我们"给他来点叮当响"① 时，我们禁不住笑得前仰后合。

乔讲述道，"战争期间，我隐身在德国的监狱里。被逮捕的时候，名义是让·保罗·兰伯特。由于假比利时证件过硬，他们从来没有拷打过我。布鲁塞尔路易斯大街盖世太保总部的地下室里专设了审讯房，从那儿回来的人看得出都挨过打。开始我寻思着，得假装自己不懂德语。于是我装作是荷兰人，在荷兰西印度群岛那边的苏里南首府帕拉马里博出生长大。我心知肚明，他们根本无法核查这个故事的真相。"

"我'招供'的要点有：告诉德国人我是一名荷兰人，用的是假比利时证件。后来，我从路易斯大街转移到布鲁塞尔的圣吉尔监狱，再后来，又被调到了利奥波德斯布尔格，那里曾经是比利时军队的训练营，当时已成为德国的集中营。这里可不是养生休闲山庄，不过也没受到什么虐待。我们用随身带的一块剃须刀刀片，把肉切成非常薄、几乎透明的薄片，这样每

---

① 英文中表示"快点、快点"的"chop chop"发音很像叮当作响。

个人白天都可以咀嚼些东西。虽然营养不良，但也算不上挨饿。我还有一本集中营专用食谱。里面记载了如何用40升水烹煮马头——这是解放后在营里自由活动时，我捡到的东西。在军营里，我们受1929年《日内瓦公约》的'保护'，被当作士兵对待。军营里有一家剧团，一些有易装癖的人就来担当女人的戏份。红十字会还会额外提供一些食物——特别期待每周一次的意大利面或通心粉——一些老囚犯还养了宠物。到了末期，食物质量变得非常糟糕，宠物开始失踪不见。这时候，你就能看到集中营公告栏上张贴的告示：'吃了我兔八哥的混蛋：我祝你中毒，肠子烂掉！'"

虽然乔后来声称，利奥波德斯布尔格集中营的生存状况并没有其他集中营那么恶劣，但希尔德对于能见到哥哥平安归来，还是深感震惊。磨难过后的乔很快就恢复了体能，他和希尔德一样，希望重新活跃起来，再回荷兰。兄妹俩加入了从荷兰领事馆前来的年轻人队伍，共同组建了一支讲荷兰语的红十字会部门。该部门先是在英军的监督下，于安特卫普执行救援工作，后来，延伸到盟军管控下的荷兰地区。具有讽刺意味的是，荷兰是欧洲最后一个摆脱纳粹枷锁的国家。大约在1944年9月的第三个星期，荷兰医疗队的十几名年轻人开始在佛兰德①展开工作，准确地说，工作路线从布鲁塞尔以西开始，稳步向东，

---

① 传统意义的"佛兰德"包括法国北部和荷兰南部的一部分。

朝荷兰南部挺进。

1944年9月初就获得解放的希尔德不知道，在大多数荷兰人面前，横亘着当年冬季可怕的饥荒，包括阿姆斯特丹在内的荷兰北部和西部等大城市将会成为重灾区。9月17日，盟军空降部队对莱茵河大桥发动了大规模攻击。**市场花园行动**①的失败拖慢了盟军进入德国的步伐。此次行动中最惨重的区域位于阿纳姆（荷兰东部城市），那里的英国军队控制了桥的一端，死守了九天九夜，徒劳地等待着永远不会到来的补给。于此地登陆的一万名空降兵和滑翔机飞行员里，6000人成为战俘，1400人死亡，只有2398人逃出生天。

一些历史学家将这一误判归咎于伯纳德·蒙哥马利及其下属。德国人从四面八方将荷兰割裂开来，荷兰变得比以往任何时候都更加闭塞，资源稀缺，而此时，获胜的盟军正前往西欧的其他地区。直到丘吉尔直接指挥空投食物时，荷兰才终于得救。但物资于1945年4月29日才运抵，一天后，希特勒在地堡内自杀，盟军涌入德国。一周后，德国宣布投降。在那几个月里，荷兰有16000人死于饥饿，而西欧大部分地区已在欢欣鼓舞。

---

① 市场花园行动是指在第二次世界大战期间盟军发动的一次失败行动。此次行动包含两个部分："市场行动"负责空降夺取荷兰境内主要河川上九个桥梁的控制权，"花园行动"由地面装甲部队快速推进，与空降部队会合，打通进军德国的路线。此次空降是史上规模最大的空降部队作战。

在兄妹二人开展新一轮的救援工作之前,他们非常渴求能被分配在盟军已抵达的少数荷兰地区。弗朗索瓦·泽维尔来到布鲁塞尔后,购入一枚戒指,够三个房间使用的家具,和一份受益人只有希尔德的人寿保单。所有的一切都没有和我的母亲商量。希尔德退缩了。她回应说,前途未卜,暂时难以筹划,不能如他所愿一起回让布卢。

接下来,弗朗索瓦·泽维尔搬来了他的重磅武器——他的哥哥皮埃尔·杰拉德,一位道明会牧师。希尔德从未见过这个人。他刚随比利时流亡政府一道从英国过来,凭下士的军衔加入了比利时解放军。"他是个了不起的人,"母亲说,"如果他不是牧师,而且事情的走向不是从一开始就这么荒谬的话,他会是我的选择。"

希尔德和皮埃尔之间存在着某种情感相通的亲切感,两人很容易便促膝长谈起来,令彼此感到温暖而又坦率。既然如今她不再需要躲藏,一切便可以和盘托出。她告诉牧师:自己不仅对天主教有顾虑,也不仅由于要和同事一起去进行救援,最关键的原因在于,她是名犹太人。同时,希尔德也将真相告诉了弗朗索瓦·泽维尔。弗朗索瓦坚持认为,她的犹太身份并不会影响他的选择。然而,牧师给出了不同的意见。他当然同情自己的弟弟,替他感到遗憾,但还是劝希尔德拒绝。皮埃尔的反应证实了希尔德的疑虑,那就是——尽管卡尔顿·德·图尔奈一家怀有崇高的理想,积极从事抵抗组织的工作,但内心仍

乡关何处是：大屠杀下浴血成长

怀有反犹偏见，如同天主教的民族自豪感一样根深蒂固。除非希尔德虔诚皈依天主教，才有机会被他们接纳，但所有人永远不会忘记，她最初的身份是犹太人。

我倒是猜想，牧师的头脑比他弟弟更为冷静，一眼就看出来希尔德根本没动心，以及，希尔德实际上并不成熟。皮埃尔不能出于公道地劝说希尔德采取什么行动，因为那将会使二人滑入不幸福的深渊。他很明白，希尔德这一路走来经历过什么。局势尚不明晰，希尔德按照原计划，和荷兰特编分队一起出发了。

这支队伍的使命是医治比利时及荷兰南部新解放区的平民。队伍驻扎在前线紧后方，与英国友军战地服务处、英国红十字会合作，听从圣约翰救护机构指挥。许多英国战友都是贵格会①教徒，只要不涉及杀戮，这些人甘愿冒任何风险。

这项工作的高风险性不言而喻。佛兰德的居民么要么被炮火轰出了家园，要么成为恶战的陪葬者。进攻期间，比利时和荷兰被双方盟军接连轰炸，东部和南部地区在几个月后的突出部之役②中再次遭到炮火攻袭。可是，除了面对战争的混乱，

---

① 贵格会，又名教友派、公谊会，兴起于17世纪中期的英国及其美洲殖民地，创立者为乔治·福克斯。"贵格"为英语"Quaker"一词之音译，意为颤抖者。贵格会的特点是没有成文的信经、教义，最初也没有专职的牧师，无圣礼与节日，而是直接依靠圣灵的启示，指导信徒的宗教活动与社会生活，始终具有神秘主义的特色。全世界共有成年信徒二十余万人，主要集中于美国。

② 突出部之役，发生于1944年12月16日到1945年1月25日，指纳粹德国于"二战"末期在欧洲西线战场，比利时瓦隆的阿登地区发动的攻势，最终盟军获胜。

医务人员还要处理其他问题。希尔德协助医生给一名农民的妻子接生，她要照料新生儿，为孩子洗澡。组织路过村庄里的民宅时，会视情况而定，一次驻扎上几天或者几周。在某个村庄里，女性被分到面包店上层的两个房间，用英国军队派发的草席打地铺。每天早上，当面包店的烤箱启动时，意味着有足够的热水用来清洗。

比利时东部和荷兰南部均有一个叫林堡的省。当他们抵达林堡后，战争造成的满目疮痍刺痛了人们的双眼。党卫军仍然遵照希特勒的指示，在逃离的过程中，于大片地区、田野间和道路上埋雷。他们搜寻平民进行绑架，并拖回德国，强迫服从劳役。到当时为止，德国本国国民要么已经丧命，要么被征召入了伍，致使整个战争期间都存在工人短缺的局面。为了弥补用工不足，蓄奴业随之兴起。当地人民已经在地下室、地窖或地洞里藏身了几个月，又脏又饿，却还要在双方交火的战线里被掳去。

德军撤退途中的绝望复仇行动逼得村民们斗胆穿越雷区，向英军防线逃跑。许多人踩了雷，身受重伤。但他们别无选择，如果待在原地，很有可能被抓去德国。母亲说，人们被困在"魔鬼和深海狂鲨之间"。医疗队看到有人在雷区内奔跑时，便把他们接上了救护车，但车辆能否安全通过，司机心里也没底：有些雷区已被清理，有些还没有。幸运的是，医疗队里没有人被炸死。

乡关何处是：大屠杀下浴血成长

母亲保留着这一时期的照片。医疗队最终深入荷兰，北至安多芬，并在荷兰韦尔特镇附近的一个营地模样的地方搭起帐篷。在为病人提供餐食之前，医护人员们首先必须为他们清除身上的虱子，治疗疥疮及其他感染。营养不良、肮脏又不见天日的生活对人们的身心造成了极大破坏。母亲不会忘却，当车辆安全地穿过田野后，人们欢呼鼓掌的景象。在那个死神随机降临的时代，每一条被拯救的生命都意味着一次胜利。医疗队抵达荷兰后，开始为儿童分发食物。由于从未见过白面包、巧克力、橘子和香蕉，孩子们露出惊讶的神色。

不过，小孩子很快就沉浸在解放的喜悦中。回到荷兰令母亲激动而振奋。这群年轻人受到举城欢迎。幼童挥舞旗帜和彩带，戴上橙色纸帽，上街游行，庆祝奥兰治家族①如期回归。照片里，孩童们带着尖耳朵的滑稽针织帽，挥舞着小旗，在晚秋寒冷的阳光中眯缝着眼，雀跃欣然之情就要溢出照片，喜气洋洋地扑面而来。救援小组的一名年轻成员在洗衣服时的场景也被拍了下来，相册里那一页贴上"什弗蒂"的标签。他兴高采烈地望向镜头，一支香烟从嘴唇边垂下。这个小伙儿一定是年轻姑娘们的心头好，才会在照片中享有如此高的曝光比例。

年轻时的希尔德向摄影师挥手示意，镜头记录下来她的莞尔一笑。希尔德正坐在一块树干原木上，或许正提笔给弗朗索

---

① 奥兰治王朝是荷兰的王室。

瓦·泽维尔写信。彼时彼刻，弗朗索瓦一定在相当遥远的地方。我的舅舅乔则成了这一小团体的领袖。一张照片中，他正指挥将平民运送到更加安全的管区。另一张照片里，他和几个人坐在纳粹的大旗前吃饭。想必不久前，此地还是德国军官的宿舍。在这样的背景下，摆出漫不经心的作乐姿态，一定是乔和朋友们极为享受的事。

12月16日，突出部之役打响了，队员们再次陷入生命之虞。战斗整整持续了一个月，直到1945年1月16日才结束，盟军方面伤亡惨重。德军企图防卫盟军对德国边界的进攻，为此进行了激烈的对抗，但进攻势不可当。德军的计划是整场战争中最令人迷惑的行为之一，而盟军将领们竟然还为争夺率先横渡莱茵河的荣誉而争吵不休。

"突出部"指的是德国人在阿登巴斯托涅镇周围重新夺回的一圈领土，而这条线也向北延伸到荷兰/比利时边境处的狭窄区域。母亲和舅舅从初次逃跑时，便对这部分地域了如指掌。战争期间，他们一直位于离德军不远的动荡边境上。即使战斗正式结束后，边境处的前线也没有移动多少。一些组织成员需要外出侦察，寻找需要帮助的平民。如今，他们不得不更加小心谨慎，密切关注德军的巡逻踪迹。德国人究竟是打算再次进攻，还是仍然贯彻撤退的决定，意图尚不明确，但无论如何，这些成员的危险状态并没有解除。

就在这个当口，医疗小组撤回到边境上靠比利时的一边，在阿切尔村一座特拉普派修道院中驻扎下来。德军战线就近在咫尺，以至于某天，乔和来自英国战地服务处的同事外出执行任务后，便再也没有回来。大家以为他们不是开车蹚过地雷，就是被俘了；希尔德当时不知道，乔已被德国人逮捕。她再次回到孤身一人的状态，但这一次，至少身边有朋友陪伴——的确，很多朋友和贵格会的成员——一直在支持她，鼓励她。和他们在一起，希尔德不需要伪装。英国贵格会的年轻教徒戈登·韦斯特在乔刚失踪的日子里，一直为希尔德打气。后来，在集体前往德国后，他又在医疗队陪希尔德待了几个月。

在乔叙述的时候，有些事不免令我有些奇怪。我写作素材的一半都仰赖于乔的讲述，但他完全忘却了当时我的母亲也在荷兰医疗队的队伍里，更令人吃惊的是，他把自己第二次被捕入狱的事忘得一干二净。我提醒他，有一些兄妹二人的合影，且戈登·韦斯特等其他人都有印象，试图帮他回忆起来，在当时的环境下，兄妹二人是在一起的。我继而又追问，怎么会忘记第二次被捕的事情呢——怎么可能忘记，在随后的2月份，也就是希尔德生日那天，红十字会赞助的BBC广播里还传来了他发来的口信；怎么可能忘记，春天的时候，希尔德在其他工友的协助下，找到了他的踪迹，并能准确说出他被关押的集中营名称。

即使不拿这一次令人瞠目结舌的失忆举例，乔也总是习惯于把希尔德的存在从事件发生地中抹去，就像赫鲁晓夫从照片中剪掉斯大林。"你妈妈从没做过地下工作。"他告诉我。当我谈及母亲在躲藏期间,做过信使和翻译,以及医疗助手的时候,几乎能听到他在电话那头耸了耸肩膀。

客观上看,这些遗忘是有因可循的。在写作本书的过程中,我的舅舅乔于 2005 年去世,享年 84 岁。在我和他聊过一次比利时的经历过后,他被诊断为阿尔茨海默病。原本,他的记忆就比较糟糕,且选择性遗忘,加之患上此症,可以说比以往任何时候都更加不可靠;只是在思维敏锐时,对所有细节仍然记忆犹新。

乔有一段回忆与母亲是一致的,那就是对于发生在阿切尔村特拉普派修道院里的事。医疗组织选择驻扎在那里的时候,原有的修道士们基本已被疏散转移。特拉普派修道士们渴望尽己所能地为盟军提供援助,为了留住这个医疗小组,他们不得不放弃院里不适用于女性的规则惯例。男女队员分别睡在大楼两翼的牢房里。乔想起了什弗蒂,那个女人相机里的宠儿;他还了解到,什弗蒂后来成了一名医生,退休在阿姆斯特丹。

母亲的视角更多地流露出人情味的关怀。当她回忆起在修道院逗留的时光时,忍不住笑了出来。医疗队姑娘们的存在打破了修道士们日常的压抑和缄默,使他们感到开心。这些修道士在战争期间,不断地伸出援手,帮助难民渡过难关,姑娘们的赞赏之情油然而生。

修道院有一位 30 多岁的修道士,负责耕作田地,大家叫他迈克尔修士。他喜欢和客人们聊天，随手赠出去一些水果和蔬菜，但按规定是不允许这样做的。他还嗜好抽烟，年轻姑娘们有时会利用香烟请他帮一些忙。

迈克尔修士和医疗队聚在一起的时候，修院院长出现了。迈克尔习惯性地把烟藏起来，但烟还是从袖口里冒了出来，给院长抓了个正着。院长当即明令不许迈克尔再和医疗队成员接触。院方认为，这些年轻姑娘们闹出的动静太大，因此便安排她们住在一所私人住宅里。

乔和我之间"健忘式的聊天"进行了几天过后，母亲给我来了电话。电话那头，她兴奋地告诉我，一个破旧不堪的小本子浮出水面，里面记录了那段岁月。1945年的头几个月里，每隔一段时间，她会见缝插针地用铅笔在本子上草草记录。笔记零乱地夹杂在潦草涂写的地址和狭小的页边空白之间，并不总能对应上事件发生的正确日期。本子褪了色，原本的荷兰语已难以辨认，但对那个时期的故事，还是勾勒出了一个清晰的、虽然有些断断续续的轮廓。笔记证实了乔的被捕及随后的口信确有其事，还描画了突出部之役之前及进行的过程中，医疗队常常受到袭扰的情景，生动地揭示出一个没有国籍和身份的人，在战争末期经历着如何前途未卜，乃至歇斯底里的生活。

母亲告诉我，这个笔记本是1945年新年那一天，一位英军军官送给她的。像所有受过护理或医疗训练的年轻妇女一样，希尔德被荷兰和英国军队联合授予中尉军衔，在后来参与美军工作时,她也保留同样的军衔。在母亲的回忆里,无论驻扎在哪里,附近总会有一所军官俱乐部:新年晚餐、军官舞会、电影、音乐会等是常见的社交活动。母亲在电话里向我阅读了笔记上的第一条内容——在布鲁塞尔与两名英国军官共进香槟晚餐。读罢,她开始担心,我会以为她把所有的时光都花在和英国军官玩乐上了。我调侃道:即使做了姥姥,她对男人也有种新鲜或是天真的杀伤力,这都源于她那近乎好笑的道德正确感。"我们从头到尾都是清白的,"她解释,"只是在午夜航船。"

这本笔记记录了乔在 1945 年 2 月 3 日,执行俚语代号为"怪兽"的侦察任务时遭遇逮捕的事实。德国人有义务向红十字会通报救护车被俘获的情况,于是组织指挥官获知了逮捕的消息。信息有一段延迟,直到 2 月 24 日,之前发生的几件事才传到希尔德耳朵里。2 月 18 日,在希尔德 20 周岁生日那天,笔记上写道,她和修道士们在阿切尔村:"一起唱歌,收到礼物,举办聚会。晚上,和朋友们聊天过后,戈登和戈德弗雷把我们送回住所。这是被友谊和理解温暖的一天。乔那边来了消息。联合国善后救济总署将军奇哈切夫。"

乔清楚医疗队有一个习惯,每晚都会组织大家收听 BBC 广播。他在广播里以一贯痞里痞气的语气,遥祝希尔德生日快乐,并顺便提及自己还活着。这让希尔德松了一口气。希尔德日记中的最后一个名字也意义重大。小组决定让几名成员离开 48 小时,前往布鲁塞尔去阐明他们日益迷茫的处境,日记中提到的那位俄罗斯将军是可以帮上忙的资源。

3月18日,根据小本子记载,一次不同寻常的邂逅发生在希尔德身上。医疗队在荷兰时,驻扎在斯海克小镇上的一户农家里。后来发现,农民们一直在照看的一名四五岁的小男孩,正是希尔德和同事们曾经从阿姆斯特丹托儿所里偷偷带出来的孩子。这家人原本打算找到小男孩的父母,帮助他们团聚。成功的希望十分渺茫,但斯海克医疗小分队的成员们并未意识到这一点。母亲说,虽然这里靠近前线,但幼童若能赶上被农家照看,成活概率还是很高的。

3月21日,联合国善后救济总署传唤希尔德到布鲁塞尔去一趟,大概是为了回应她的申请。但当希尔德赶到那里时,局面一片混乱。紧接着,她便见到了奇哈谢夫将军(每次这个名字出现时,希尔德的拼写都不一样)。将军大手轻轻一挥,便解决了母亲的难题,帮她在英国红十字会谋到了一个职位。母亲说,他是苏联人,长得像尤·伯连纳①,身材颀长,举止优雅。将军没有过多犹豫,直接省掉了繁文缛节的冗杂手续。

1945年上半年的这些随记中并未提及弗朗索瓦·泽维尔。这段关系已然结束了。当希尔德看到身边这群人遭受过和她一样的痛苦,也同样会说荷兰语,背景相近时,她感到莫大的自由和宽慰。希尔德希望以绝对的坦诚来面对,于是她写信给弗

---

① 尤·伯连纳,1920年7月11日出生于苏联远东共和国符拉迪沃斯托克,演员,主演的歌舞剧情片《国王与我》,获第29届奥斯卡金像奖最佳男主角奖。

朗索瓦·泽维尔：表示即将回归到属于自己的生活中，她十分感激他曾投入的感情和体贴，但两个人永远没办法在一起。在被种族迫害、绝望和恐惧充斥的年月里，二人之间的关系曾是如梦如幻的插曲。然而如今，一切可能性都不复存在了。

回信的人是弗朗索瓦的母亲，信中的话语很糟糕，谴责希尔德利用了弗朗索瓦·泽维尔，是一个诡计多端的犹太人，不过是想侵占他的财产，而今，她回归了自己的民族，就意味着背叛了他的儿子，真不愧是犹太教派的一贯行径。信的末尾，他的母亲补充，弗朗索瓦·泽维尔收到信后精神崩溃，目前正住在疗养院，而这一切都是她的错。

真是侥幸脱险啊，我暗想。如果希尔德真的嫁给弗朗索瓦·泽维尔，这样的一个女人又会作何感想？希尔德拒绝了弗朗索瓦所有的财富，也没能抵消这个女人的成见。在为儿子的不幸感到悲伤的时候，她找到了另一种假说来掩盖自己固执的偏见。我想知道弗朗索瓦·泽维尔后来怎么样了，他是否真的进过精神病院。据说，弗朗索瓦家人丁兴旺，他有不少侄子侄女，但我至今没找到任何关于他的线索。他结婚了吗？是不是在某个有穿堂风吹过的比利时城堡里度过了余生，膝下孙儿环绕，墙上挂着祖先的肖像呢？我祈愿，他在心碎过后很快就能获得慰藉；也能从亲人刺耳的厉声中摆脱出来。我宁愿认为，导致他崩溃的不是希尔德的犹太身份，而是她对婚事的拒绝。如果单单把他当作一个反犹分子，不是有点遗憾吗？

乡关何处是：大屠杀下浴血成长

从 4 月 11 日开始，希尔德便开始了在英国红十字会的新生活。她从前在医疗分队的一些队友，如戈登·韦斯特等，和她被安排在同一个部门。10 月 13 日，德国人开始用 V-2 导弹①轰炸安特卫普。随后，突出部之役打响，进攻更加猛烈：1610 架 V-2 集中用于轰击安特卫普这一座单城。要知道，当时袭击整个英国，也仅共用 1190 架。9 月，比利时解放期间，该城丢失在蒙哥马利手中。导弹是希特勒势必夺回这座主要港口城市而部署的战役中的一环。德军在港口布下了地雷，致使盟军的船只无法使用。入侵最初几日，躲在后方的德军成功避开了盟军前进的战线。V-2 火箭作为其破坏性战斗的一部分，在对英国发起攻击后，火焰越燃越盛，而突出部之役中对阿登的进攻，毫无疑问也助长了德军的气焰。

这个小笔记本近距离记录下突发事件和意外转折降临时母亲的困惑。希尔德原以为，医疗队会施救那些被导弹袭中的受害者。英国红十字会总部建在城市郊区的一座美丽的乡间老别墅内。她在那里接受紧急训练，兼任翻译和类似急救员的角色，还学会了开各类车：吉普车、救护车、摩托车、军用自行车、小卡车和大卡车。

---

① V-2 火箭是指德国在第二次世界大战中研制的一种短程弹道导弹，也是世界上最早投入实战使用的弹道导弹。其目的在于从欧洲大陆直接准确地打击英国本土目标。因为是人类第一个可以飞到太空的高度的人造物体，所以也可以算是世界上第一个航天器。

此外，希尔德主动承担起一项任务。因为她无法相信，有着优质食材供应的英国人，厨艺竟然如此令人难以下咽。在荷兰忍过饥、挨过饿的希尔德，无法忍受这样的浪费，于是她请示帮手下厨。希尔德接管了厨房，两个人为她打下手，负责准备小组20个人的伙食。根据笔记本的记载，她的辛苦付出大受欢迎。

只一两日的光景，天地都变了。3月的第二和第三个周，美军首次穿越莱茵河，但随之进入德国的速度却慢了下来。直到4月14日，第一批英军才抵达伯根-贝尔森集中营。在同一天，或是随即不久，她所在的单位号召志愿者前往支援集中营里的英国医护人员。希尔德马上站起身。她要到德国的中心去——亲身探寻朋友和邻居们的命运。也终于，她等到机会去寻觅自己的双亲。小组于1945年4月18日出发前往伯根-贝尔森集中营。

母亲对这段时光做出了这样的点评：极度的悲伤和恐惧，与鲜活、年轻、自由的喜悦形成了强烈对比。她认识几十个肩负同样苦难的年轻人，他们中有英国士兵、荷兰和比利时平民，也有红十字会的同事。她努力工作，很少睡觉，去跳舞，去哭泣，在胜利来临时饮香槟；难免忧思，渴望一眼看穿未来。在情感交织的旋涡中，结束了人生的这一章征程。

第六章
伯根-贝尔森集中营，1945 年 4 月

　　我家庭的故事，就像现代美国许多家庭的版本一样，是战争和移民这两座火山下构筑身份的故事。来到美国前的日子可谓一场火炼，有的人死去了，有的人活下来。于我而言，那段日子久久萦绕心头，挥之不去。于我们的下一代而言，虽然孩子们偶尔还会被历史的烟雾呛出眼泪，但往事的火焰已开始减灭。孩子们的曾祖父母如同沙得拉、米煞和亚伯尼歌①一样，被抛进奥斯维辛集中营火热的熔炉里，未能得救，也没能在某天毫发无伤地走出，只是化作传奇渐行渐远。他们不过像数百万人一样，单纯地死去了；没有奇迹。当我的儿子谈起两位老人家的时候，言语里满是敬畏，因为他们曾在一个残暴无常的

---

① 此处作者借用圣经典故：沙得拉，米煞和亚伯尼歌三位犹太青年被捆绑扔进火炉，但幸得上帝保护，得以毫发未伤，自由地在炎热的火炉中散步。

· 第六章 伯根-贝尔森集中营，1945年4月 ·

年代里历经生死。战争对孩子们而言，犹如圣经一般遥远，但他们继承了与我们相同的情感。在他们眼里，我们的幸运也正意味着我们的渺小。事件过去了几代后的今天，怎会落到这般境地？这玷污了我们内心的感激和自由。换句话讲，退缩到记忆边缘的极端暴行开始像一座大山一样，被冰川裹挟而逝。不得不说，2001年9月11日的事件侵袭了一直以来生存的温暖，重新唤起了我们祖先曾对末日怀有的直觉。我家庭的故事，就像现代美国许多家庭的版本一样，是战争和移民这两座火山下构筑身份的故事。时间并不总是冰冷，火光冲天的熔炉也不见得遥不可及。也许，在经历过痛苦和遗忘两个极端后，记忆将指引我们前行。

　　1945年4月，残暴的丑闻仍在继续，或者说，不过是刚刚被曝光罢了。希尔德在军用救护车的前排座位上坐了三天三夜，头有时垂到自己的肩膀上，有时耷拉在司机的肩头上，断断续续地打着盹。母亲说，车子一定有停下过，给大家留出睡觉的空当，但她一直迷迷糊糊，记不太清了。旅途的僵直，情感的渴求，加之对眼前未知的恐惧，令她一度茫然恍惚。车队穿过科布伦茨西北20英里处著名的雷马根大桥。3月7日，美军首次攻破莱茵河，就是在这个地方。比利时边境附近的乡村被炸得满目疮痍。炸弹、地雷和战火曾于此轮番上演。不过很快，车子就开到了仲春时节的田野，那里一片安宁祥和，没有任何被战争破坏的痕迹。母亲回首往事时，总会想起她第一眼见到这一幕未经染指的德国的景象。虽说镇上居民家里的男丁均被发往前线，以另一种方式活跃在战争中，但希尔德好奇的是，这里的农民是否真的并不了解世间正在发生何事？但至少，他们认可了迫害、暴力和偷窃，被邪恶的念头支配着。从这一点来看，这儿的人是否了解集中营还重要吗？

车子缓缓行进，希尔德一步步踏向黑暗的中心。一开始，救护车和卡车的队伍穿过莱茵兰。几周前，这里就是前线。这会儿，医务人员沿着前线的尾迹前进，特意走一条弯路前往贝尔森，从安特卫普的东南而非东北方向。希尔德得以有足够的时间思考。想必，旅途中的身体不适和被迫空出的闲暇时间对她产生了催眠的作用，与她前两年刚刚经历的过度劳累生活大相径庭。"我们睡在救护车里。驱车穿过遮天的滚尘。"她在笔记本上写道。当与这个痛恨及抗争已久的国家相遇时，她开始问自己一些问题。车队路过饥饿与恐惧交加的德军，他们从森林里走出来，向盟军投降。她好奇，自己是否会想拿起枪就这么射倒其中的谁，但她永远不会这样做，她的心中没有滋生杀戮的土壤。她想得知父母在哪里，是否有幸存的可能；然而，那时的她还没有见识过纳粹黑暗死亡体系的内核，还不知道承载她希望的小小引擎将面临何其难行的逆境之路。

这些天很奇怪，甚至像出现了幻觉。前线和比利时边界间是一片无人区，既没有德国士兵的防线（当然他们可能已经投降、撤退或者逃跑了），也没有盟军的占领。医疗车队有坦克

第六章 伯根-贝尔森集中营，1945年4月

和装甲车护送，但并没有战斗的需要。也难怪，先前的地面战斗都发生在西部边界，也就是希特勒和其将军口中的"西部墙"，或是发生在大城市周边，而此处是德国农村的中心地带，除了一片令人毛骨悚然的宁静，什么也没有。

伯根-贝尔森集中营位于德国西北部一个叫吕讷堡石楠草原的地方。这片荒原地势起伏，到处可见石楠和刺柏，遍布松树和桦树林，还有囚犯口中幽灵般的银桦；战争前，这里风景宜人，如今，美好的昨日之景重现。在气候温和的日子里，你可以带上孩子来野餐。这里树干挺直，不能遮风挡雨。这片荒地离汉诺威和策勒等城市很近，周边市民们在周日会来短途旅行，方便极了。集中营就建于伯根村附近的这一片荒地上。解放一年后，我的父亲来访集中营，就住在风景如画的客栈里。据他回忆，从餐厅的窗户可以看到火车运送囚犯的斜坡。可想而知，在伯根和策勒市中心12英里之外的远郊上空，一定笼罩着难以忍受的恶臭。

第三天，车队终于渐渐逼近伯根-贝尔森。我努力构想当时的景象，这也是我通往黑暗、通向自己未来的旅程，但我唯一的向导只有想象，没有相关记忆，只好用二手图像来间接代替。这场旅程使我恐惧，但母亲从未承认过她的害怕。她对贝尔森的第一印象只有错位、疏离和缺失。她开始勇敢地谈及那些阴森凄惨的往事。即便谈到战争最困难的时期，语气通常也是轻松欢快的。但突然，她说，"我想停下来"，语气毫无变化。一

些事在她心里酝酿开来，她知道这一天我们已经谈得够多了。我再次向她道歉，说不该让她受到这种折磨。当我说到探究这些历史其实困难重重时，她反而向我道歉；我假装摆出生气的姿态，叫她不必这样。

类似的小事常常上演，已经成为比较自身经历的一种竞争。妹妹苏西对此很不满，她不喜欢我们所继承的历史带来的情感波动。有时我们会认为，母亲的故事暗中操控了我们，使我们在生活中的作为和成就永远难以及其项背。但我们又怎能因为历史对我们的影响而责怪她呢？奇怪的是，她的痛苦经历令她在争论和愤怒面前刀枪不入。确实，我们深知，在这片土地上，我们输阵于母亲，而同时，又为自己拥有这种想法而感到羞愧。

某种程度上，这种感觉是不应该存在的。尊崇、钦佩、怜悯，这些才是首要正当的情绪。即使人在少年时，我们也没有资格任性地辜负从祖辈那里继承的传奇。十几岁时的我们利己而自负，面目总是可憎，与祖父母的殉难、与父母非凡的勇气，均形成了鲜明的对照。和平时期的青少年惯有的糟糕言行被一一拿来与崇高的标准无声地进行比较。不用说，我们一次次卑劣地违背了这一标准。麻烦的是，我们把这些比较和从小听到大的故事一并吞了下去，长在了心底。花了很长时间，我们才意识到，母亲本身就是一个幸存者，她自身也有负罪感，进而将这种负罪感化作积极治病愈人的动力。但这条行动之路，这条通往自我接纳的路途道阻且长，也从未向我们这些为儿为女

第六章　伯根-贝尔森集中营，1945 年 4 月

的人敞开。我们没有机会像她一样，使濒死的自己复生，所能做的只有回归自我，或更确切地说，进入自我。

可见，这段历史对于我和母亲而言，都是痛苦的，只是我们痛苦的方式不同罢了。我发觉，除了和她一起踏上这条记忆之旅，我别无选择。最早从我可以连贯说话开始，便在她的讲述中，走上了这段旅程。我甚至记不得故事最初是用哪种语言陈述的，可能是德语，也可能是英语。母亲讲完后，震惊地发现，我旅行的目的是要去看看自己能否复原想象中的囚犯模样，能否恢复他们的声音，能否挣脱束缚，以求从过去的碎片里创造出新的东西来。对我们两个来说，这段复述，这段彼此间的对话，以及我们共同的历史，都使我们更接近先灵。我们希望，穿越死亡荒地能帮助我们重新回到所生活的世界，但一切都是危险的。我们也知道，这样的比喻对贝尔森集中营的亡灵来说，已然没什么意义。

母亲说，在距集中营还有十英里的地方，就看到告示牌了。其实要我猜，当时他们离集中营已经很近了，因有其他目击者写道，告示牌设立在距离贝尔森约三英里的路边。警告标志主要由头骨和十字架组成，作用是阻拦行驶。告示上写着："注意！停止前进！小心斑疹伤寒！"这些标志由纳粹当局设立，是与英国达成和平接管该地区条约的一部分，在许多医疗人员和英国军人的回忆录中都有相关见闻。但这些标志并未提醒旅行者们做好防臭的准备。臭味来自死人。英国人进入集中营已

乡关何处是：大屠杀下浴血成长

长达一周了,但仍然有 13000 具尸体尚未掩埋。整支军队的力量全部去应付那些还活着的人尚且不够,需求是如此迫切,形势如此严峻。

13000 具尸体——不知为什么,一旦数字被记录下来,就会让人感到一切似乎是可以处理的。相比于那些年数千万条亡灵,13000 具看起来并不多。艾希曼①在耶路撒冷受审时提起,某次在东部下令发动大规模枪击后,地面上的血泡不断向上翻涌,令他感到恐惧。估计当时那里的死亡人数和一个周末内波兰某片森林或乌克兰某座峡谷中被枪杀的人数差不多。但在贝尔森的 13000 具尸体中,其中 6000 人几乎还残余一口气,这意味着四周的尸体都笼罩在怪诞的死亡阴影下。六层深的尸体堆成一堆,像是注意力不集中的波吕斐摩斯②搭积木或储藏食物时摆出的样子。尸体姿态各异,或蹲在凳子上,或在路边乞讨,还有的睡着了,几条胳膊围绕着一个还活着的囚友。人们脚下的尸体厚厚地铺在营房的泥地上,里面的生命不再属于尸体主人,而是蛆、虱子和臭虫。英国人到达前一周,集中营里有六万名囚犯,其中三万多人是在两个月前死去的。在荒芜空地上的带刺铁网内,在营房和坟地之间,在不到一英里宽、半英里

---

① 奥拓·阿道夫·艾希曼,纳粹德国奥地利前纳粹党卫军少校,"二战"针对犹太人大屠杀的主要责任人和组织者之一。以组织和执行"犹太人问题最终解决方案"而闻名,被犹太人称为"纳粹刽子手",后来遭以色列情报特务局干员逮捕,公开审判后绞死。
② 波吕斐摩斯,希腊神话中吃人的独眼巨人。

第六章 伯根-贝尔森集中营，1945 年 4 月

深的地方，相当于马萨诸塞州牛顿市那样大规模的人口，徘徊在死亡边缘，或是越过了这条线，有的被掩埋，有的已化为灰烬。这一量级或许可以帮助我们更好地认知——解放日当天，尚未掩埋的 13000 具遍野横尸。

4 月 21 日，母亲在小册子上写下一句话："贝尔森来了，恐怖营。"我问她能否准确记起对那里的第一印象。她这样描述，来时路上漫长而艰辛的茫然，被震惊的茫然所取代。当车队接近集中营时，她看到骨瘦如柴的"生物"，有的穿着条纹睡衣，有的赤身裸体，裹着毯子。这些是最坚强的囚犯，但他们也感到茫然，茫然来源于饥饿和困苦，来自突然意识到到头来竟然可以在战争中幸存。他们成群结队地站着，注视着车队在士兵们的护送下驶来，神情淡漠。从这样的脸上，希尔德可以想见，在这样一个地方长期生活是件多么痛苦的事。我们这些后来人曾无数次在电视荧幕上见到这种痛苦。纪实图像通过卫星，从埃塞俄比亚和柬埔寨、孟加拉国和卢旺达、波斯尼亚、利比里亚、刚果、苏丹传送而来。这群凄惨潦倒的"生物"，曾经也是热情的公民，活跃在高度城市化的世界里。使他们陷入这般境地的并非贫穷，而是最现代化的作战研究和技术管理手段。他们就这样淤积在贝尔森的泥土和水坑里。几码远之外，伯根村和客栈古色古香，舒适宜人。

医疗分队直接被带到了前党卫军兵营，就在集中营外围的地方。母亲记得，她和同事大约在帐篷里住了一两个晚上。中

乡关何处是：大屠杀下浴血成长

央浴室有淋浴、浴缸和热水。后来搬到了石头营房里,那儿还有私人浴室。母亲认为,那里以前是德国军官居住的地方。大家吃了晚饭后,终于能四肢平躺,睡一个像样的觉。也许使众人精疲力竭,正是军队计划的一部分,不然,不会在一来到贝尔森之后,那么快就恢复了正常的生活轨迹。

在次日汇报和第一天开展工作时,希尔德发现,英国当局高度重视工作人员的身体和精神健康。为了预防他们认为可能会遇到的疾病,新来的人员均接种了相关疫苗。大家每天都要用滴滴涕粉①从头到脚地掸掸灰尘,因为虱子随处可见。每名护士、医生和护工都要在一名上士的监督下,喝下半盎司朗姆酒。朗姆酒是服役条件异常艰苦的英国士兵才能获取的补给。母亲说,在那些艰难的岁月里,大家对能常常喝到朗姆酒都很感激。

一开始,工作人员每工作两个小时,就会有咖啡和茶歇。休整是怀特海德②上校下达的命令,他的名字特别配他花白的头发和车把一样的胡子。关于他上校的身份是否属实,人们有些怀疑。不过,年纪最大的他以"白头大叔"的名号为人熟知,大家也都很喜欢他。母亲觉得当时的他有五十来岁。后来,他帮助希尔德建立了一个类似邮局的联络处。战后的几年间,游荡在欧洲各地的幸存者可以经由这个邮局找到彼此的踪迹。

---

① 曾经是最著名的合成农药和杀虫剂,对人类毒性低。
② "怀特海德"的英文"Whitehead"是"雪白"和"头"两词的组合形式。

第六章 伯根-贝尔森集中营，1945年4月

所有和希尔德一起抵达集中营的英国红十字会护士都被分配到了德国医院去。医院后来以负责救援行动的将军格林·休斯的名字重新命名。这是一所装备精良的现代化医院，坐落于距离集中营半英里开外的军事基地上。英国人随即征用了这家医院，将其改造为治疗中心。保守疗法或简单的营养补充对于病人们来说是不够的。解放的一周后，囚犯们仍然以400—1000人/天的惊人速度死去。希尔德在一个叫"一类恐怖营"的集中营里工作——这里是伯根-贝尔森的心脏，被残忍遗弃的犹太囚犯在这里无人问津地死去——希尔德和同事们的第一项任务，是将生者从死者中分离出来。如果发现活着的躯体，便会和通常一样，将其处理干净，再运送到合适的床位上。一两周之内，英军安排了这一切工作。

1945年6月9日，红十字会儿科医生罗伯特·科利斯在《英国医学杂志》上，以才华横溢的语言戏剧性地描述了难民营的状况及其重组过程（两年后，他与后来的妻子共同撰写了一本关于他在贝尔森经历的书，名为《勇往直前》）。4月17日，也就是希尔德到达的四天前，他开始撰写这份报告。报告中的材料来源并非基于他自己的笔记，而是首席医疗官J. A. D. 约翰斯顿中校的记录。这些笔记后经修改，成为约翰斯顿在9月贝尔森审判期间的（部分）证词：

集中营分为不同的两类——一类营和二类营。一类营

是临时营房，约有22000名女性和18000名男性。二类营是砖房，约有27000名男性。集中营里的囚犯来自不同的国家，以俄罗斯人和波兰人为主，也有捷克人、比利时人、法国人和意大利人。

……一类营。——多数时候，瘦弱冷漠的囚犯们像稻草人一样，密密匝匝地挤在没有床也没有毯子的临时木头营房里。有时，甚至找不到任何衣物来蔽体。女性比男性的处境更糟糕，她们即使有衣服，也都是破衣烂衫，脏到不行了。尸体随处躺在营房里，或是堆在一间间营房外。营房里住着的是情况最差的病人，被称为医院，但这么叫显然是不合适的。营房里大约躺着3000具瘦弱的裸尸，处于不同的腐烂阶段。没有任何卫生设施。木制围栏根本不够用，只有少数茅坑才能配齐。大多数饥饿、木然而又虚弱的囚犯们就在坐卧的地方大小便，甚至就在狭小的生活区域里解决。没有自来水，也没有电。所有的水都是用我们的水车运进来的。

科利斯补充道，事情远比第一眼看上去的样子还要糟糕得多。仅仅因疾病和饥饿，每天就有数百名囚犯死亡。德里克·辛顿是第一批进入集中营的英国军官之一，他在1946年写下了回忆录《贝尔森揭秘》（*Belsen Uncovered*）。里面记述道，在英军到达前的日子里,看守们杀害的人数远比以往更多。死亡——持续到英军到达的前一刻,甚至蔓延到随后的几天里。到了4月15日那天,囚犯们已经断水一周了。尸体比原本想象中多出许多。

即使到了今天,对解放前几周和后几周内,集中营里生者和死者的数目估算仍未有定数。那里不仅死尸泛滥,活着的人也混乱不堪,很难追踪。与纳粹不同,来自英国和其他地区的救援人员似乎沉浮于永久性的震惊状态。英国救援人员吃苦耐劳,但是面对大规模组织任务,怕是陷入了殖民反射①的心理状态。这对他们来说并不陌生。但我很难想象,他们会像德国人一样,热衷于记录生者和死者的确切数字。

希尔德主动提出,希望直接被派到恐怖营——再次强调下,这里是关押犹太囚犯的地方,疾病和死亡夺去了大多数生命——希尔德希望在这里寻找父母。这个愿望实现了,不仅由于上级对她的尊重,也因为希尔德的语言能力可以有用武之地。讲英语的救援人员无法与救助对象进行交流;这一事实在这一时期的回忆录里均有反映。因此,希尔德成了救援队里最年轻的成员,也是唯一一个非英国籍成员。她身边有普通英国士兵,有在英军命令下强制服劳役的匈牙利卫队士兵,也有被派来的

---

① "反射"指条件反射,即在类似情景下,不自觉引发的自动信号反应。作者此处意指,英国人在管理集中营的难民危机时,用的是英国当年在世界各地管理殖民地的固有政策和技术。这套办法对他们来说熟门熟路。

医生，一起承担着这项最可怕的任务——从死人堆里扒拉出活人。最初的几周里，她无疑是唯一一个被"允许"进入恐怖营的女性，或许也是所有组织中唯一一名女性救援人员。乔安妮·雷利最近对解放时期的研究表明，英国司令部认为，集中营的环境会引起护士和其他女性工作人员极度不适，哪怕她们是经历过诺曼底入侵时期的老兵，经验丰富。

希尔德把尸体翻转过来，试图辨认出熟悉的特征。每一次，她都会想，下一个人会不会就是自己的父母。成千上万张陌生人的面孔因血肉萎缩和极端痛苦而过度扭曲了，以至于有几次，根本无法从尸体上看出人形来。她担心，即使找到父母，也认不出他们了。希尔德说，自己并没有被眼前的景象所击退：无论是死者还是活人，都泡在六英尺深的粪便和尿液里，身上板结出硬硬的壳垢；伤口布满虱子和脓泡，一碰就会渗出脓液。骷髅一样的脸围绕希尔德四周，她害怕一不小心就会折断那些可怜的胳膊和腿。常常，一声微弱的呻吟会从一堆即将被移走的尸体中间发出来。根据其他目击者的报告，有时，尸体中的某一具拍了下手，声音刚好能够被人听到。希尔德和其他工作人员便立刻跑去，把活人从上方和下方的尸体堆间移出来。对于死在屋里，即临时营房里的人，他们的遗体会被堆在板子上，三四个人挤在一张架子床上，共堆了三层铺位那么高，和我们这些后来人在无数照片里看到的那样：这是纳粹为犹太人专门设计的标准受难型建筑，在许多临时小屋里，甚至连铺位都没

第六章 伯根—贝尔森集中营，1945年4月

有，七八千人挤在没有门也没有窗户的棚子里，只有稻草撒在光秃秃的地面上。新死的人成堆地躺在小屋的泥土地上，或是因生前曾爬出去找水而死在了屋外。

解放后的头几日，英国人记录了清理集中营时的工作画面。每到这样或那样的周年纪念日，这些画面就会在电视上播放。镜头中，受英国人羁押的党卫军和匈牙利卫队将尸体一次一具地背往万人坑安葬。士兵把尸体架到自己的一只肩膀上，瘦骨嶙峋的胳膊不自主地猛然向下砸，令人心惊；从死者臀部发黑可以看出，他们生前经历了极度的痛苦，如今几乎已看不出臀部，瘦得只剩下一层皮的髋骨向外突出，向世界做最后一次绝望的试探。然而，镜头只记录下尸体被小心翼翼地抬起来，摞在万人坑里数千名死者身上的过程。这种对尸体的最终关怀是负责营地清洁和重建的詹姆斯·约翰斯顿中校明确要求遵守的。他将自己亲眼所见的厌恶，转化为不易遵守的人道主义温情准则。先前，曾有囚犯报告说，被囚禁的纳粹士兵们如若不受到持续的告诫，便会粗暴地对待尸体。

这种担心是有人刻意而为之的。为了加快完成巨大的工作量，不久后，卡车和推土机投入使用。很快，尸体被丢进了坑里。推土机不仅用来挖掘坟墓，还能成堆成堆地把尸体推进去；不过，根据目击者的证实，公正来讲，推土机只使用了两次，因当时尸体腐烂程度太高，无法用正常的方式来处理。在伦敦帝国战争博物馆的永久展区里有清楚的记载：指派执行此类任

乡关何处是：大屠杀下浴血成长

务的普通英国士兵内心受到了痛苦的煎熬。在各坑被填满之前，都会请来英军的随军牧师团来为死者祈祷，其中有犹太教拉比、天主教神父和新教牧师。一位叫莱斯利·哈德曼的英国拉比在解放后第一天来到伯根·贝尔森。起初，他恳求士兵们善待尸体：

> 推土机又开始工作了，在营地的尽头又挖了一座能容纳5000具尸体的大坟墓，还有另外五六个坟墓，每个坟墓各放1000具尸体。我再一次请求他们对尸体保持尊重。一些要进入小号坟墓的尸体被摆放在卡车边上；随后，党卫军把它们一个个取下来，并排摆入最后的安息处。

母亲证实，集中营里的幸存者得到的待遇温柔之至。在解放后的几天里，原集中营卫兵们仍然不停地朝囚犯们开枪，似乎已然忘却人类文明的行径，而今，如果他们对待死者的方式不符合规定，就会受到严厉的惩罚。如果卫兵因接触尸体上的虱子而感染了斑疹伤寒，则是他们曾经对待囚犯的方式以其人之道还治了其人之身；被征用的德国医院将不再对这些人开放。有几个人试图逃离埋葬队，却遭到枪决，围观的囚犯们鼓起掌来。

希尔德在初到贝尔森的两个星期里，试图找到任何有关父母及其他阿姆斯特丹亲友和邻居们的线索。很快，她得知，父

第六章 伯根-贝尔森集中营，1945年4月

母的所在另有他处，尽管她后来又发现，他们的确在伯根-贝尔森度过一段时间。她认出一位荷兰女人，曾是阿姆斯特丹南部的邻居。那女人躺在一间小屋的地板上，因患斑疹伤寒而神志不清。不知怎的，虽然她还发着高烧，但在这样完全意外的重逢情景下，还是认出了我的母亲。"希尔德，你父母死了，你的父母死了！"她尖叫道。我妈妈跑出去，再也没回来。希尔德不记得那个女人的名字，也没有回去帮助她。那一刻是令她充满罪恶感的时刻之一，无法化解。母亲永远不知道这个女人最后是否活了下来。她无法忍受那个女人说出的话，也无法判断她当时是在胡言乱语，还是道出了真相。

当问起其他荷兰犹太人时，女囚犯指给她一间叫作"荷兰儿童营"的小屋。那里，有一位年轻姑娘曾睡在玛格特和安妮·弗兰克的邻铺。病入膏肓的她告诉希尔德，玛格特和安妮·弗兰克从未前往瑞士，而是于1944年8月，在藏身处被捕。他们一个月前在伯根-贝尔森去世，没能等到几周后的解放。仅1945年3月一个月，就有超过18000人丧生，死亡率达到峰值。4月里，尽管救援人员尽了最大努力，但死亡率接近甚至超越了3月的高峰。儿童营里的小姑娘依靠回忆，尽可能详细地向希尔德描述了这对姐妹死亡时的情景。玛格特因斑疹伤寒而失去知觉，从上铺掉下来摔死了；而安妮，在高烧的迷雾中觉察到了姐姐的死，因而也放弃了希望。她不知道自己深

乡关何处是：大屠杀下浴血成长

爱的父亲奥托已于1945年1月27日在奥斯威辛集中营被苏联人解救，正在四处搜寻找她的踪迹。

去年10月份，弗兰克姐妹来到集中营，一同被关押的荷兰姑娘们向希尔德讲述了这对姐妹刚来时的全部景况：卫兵把两个姑娘从留在奥斯维辛的母亲身边夺走；她们睡在一片毫无遮挡的开阔荒原地带的帐篷里；一场突如其来的暴雨直接把帐篷掀翻了，姐妹俩和其他荷兰姑娘们在黑夜里徘徊，浑身冰冷湿透，只裹着一条满是虱子的毯子。姑娘们回忆道，即使在这样极端困苦的条件下，安妮也无法忍受头发上和每一处皮肤裂口里爬满的虱子，以至于在临死前寒冷的几周里，她扔掉了衣服，宁愿只留下一条表面平整的毯子，也不愿忍受藏匿在布缝和褶皱间的昆虫。人们提及与安妮之间的一些谈话，以及安妮的心情日渐消沉。希尔德被这些荷兰姑娘们仍然葆有的仁爱和善良所震撼，她们仍将安妮和玛格特看作活生生的个人。这个小团队仍然在彼此保护她们的成员。

几十年后，这些女性出现在一部电视纪录片中。随后的1995年，乔恩·布莱尔的电影《安妮·弗兰克记得》[①]借用了相关镜头，这部电影最终荣获奥斯卡奖。尽管我和母亲相隔数百英里，但在同一时间观看了这部电影。有一次，我在休息时打电话给她，她泪水涟涟地接起电话，上气不接下气地粗声啜

[①]《安妮·弗兰克记得》是1995年英国的一部纪录片，讲述了出生于德国的荷兰犹太人日记作家安妮·弗兰克的生活和日记。

泣着,"她们中的很多人我都认识。她们很了不起,不是吗?"母亲说道。我流下眼泪,承认这些女性的伟大。她们本可以轻轻松松转过身,抛弃青春时期的噩梦,却拾起优雅、坚忍、自尊、温暖,乃至幽默,来面对这一切。一个叫詹妮·布兰德斯的女人,圆脸盘,身材结实,讲述了我从母亲那里听到过的故事。她语气沉着,感情深沉,使我对其讲话内容的准确性持有绝对的信心。在那个荒野的暴风雨夜里,饿着肚子又秃顶的姑娘们在黑暗中披着毯子艰难跋涉着。她荷兰式的诙谐描述让人听了想抱抱那些姑娘们。在勾画恐怖场面时,充满爱意的语调使故事更为动人。姐妹俩去世前后,詹妮目睹了人吃人的场景。在描述这一段时,她没能控制住自己的嗓音。试了一次;又试了一次;她的嘴巴张开又闭上,发不出声音;她低头看向自己的膝盖,用力吞咽了一下。

三周后,恐怖营被清空,死者被埋葬。当死者人数高达三万多人时,死亡率才开始有所下降。临时营房在清空后,就被烧掉了。5月21日,最后一处营房被烧毁,随后举行纪念仪式。母亲还保留着这一场景的照片。集中营全体人员、囚犯以及救援工作者,均参加了仪式。指挥官伯德上校先做了简短讲话,随后坦克开始喷火。身为拉比的哈德曼录制了这段演讲:

我们现在要烧掉1号营房。让它成为一个象征,象征着罪恶怎么来,就让它怎么从这个世上滚出去。这些可怕的事情绝不能再发生了。在营地被烧毁的时候，英国国旗会从上空中飘过——英国国旗不会飘过残暴、疾病和谋杀，这就是为什么我们没有在此刻就升起它。但在一切被烧毁后，你将看到英国国旗，人们将会明白，这些恐怖均已终结。

拉比赫夫戈也曾是囚犯中的一员。他为长眠于此的人，做了最后的祈祷。随后，这里被夷为平地。照片中，火焰腾空升起，跃过围观者的头顶。

在恐怖营相继被摧毁之后，工作人员将全部注意力转向幸存者的康复工作。这不是一件容易的事，因为大多数医务人员从未见识过营房里的流行疾病，起先也束手无策。许多囚犯面对善意的英国士兵分发的口粮，也曾努力吞下，却终归没撑过一两周。例如，母亲记得食物有煮熟的土豆，这样的食物会在饥肠辘辘而又发炎红肿的肠胃或肠胃黏膜上发生激烈的反应。刚解放的人身体虚弱，过于丰盛或难以消化的食物以及打击都会使他们丧命。最初的几天里，挨饿的囚犯们会为了一小块食物而争抢。一位英国专家为印度饥荒研制了一种糊状混合物，营养丰富但不好吃，叫作孟加拉糊，遭到囚犯们的拒绝。但这样的问题只在初始阶段持续了一阵，几周后，问题明显凸显——英国人分配给囚犯的食物热量往往不足；官方食物之外，不得不通过其他手段来做补充，黑市就此繁荣起来。

集中营里单独划分出一片区域叫"人用洗衣房"。刚开始的几周里，即便是清洗身体这样人性化的必要步骤，也会夺走许多虚弱的躯壳。母亲描述了清洗的过程：将病人平放在桌子上，从头到脚轻柔清洗，把脏脚和其他部位上的死皮刮下。如果遇到无法用肥皂去除的硬污垢，或是见到疥疮和其他皮肤感染的伤口，单单清洗是不够的。洗过澡，还要撒上滴滴涕粉，才能让他们入睡。英国人不仅要忙着埋葬死者，还要拯救生者，在庞大的任务面前，人手紧缺是常态，于是从德国正规医院请来一批护士，希尔德就负责监管她们。德国护士哪里见过这等场面，承认被眼前的一幕吓到了。但母亲发现，她们对待病人的方式还是一样的粗鲁。希尔德怒气冲冲朝她们大喊。她想起自己房间里的那把枪，但始终没有端起它的念头。她说，最好的办法是将护士想象成听她任意指挥的机器人。由这些人去接触那些受过虐待的犹太人的尸体，是她所不愿意见到的事。当病人们看到护士时，常常会畏缩和尖叫；在病人眼里，德国人带来的除了折磨和死亡，并无其他。许多医学生后来描述，在看到皮下注射器、针头和静脉注射设备时，出现了情绪失控。这是因为贝尔森的囚犯们曾被注射苯，用以观察在经历死亡痛苦时萎靡不振的症状。但年轻而又精力充沛的犹太人希尔德让病人们相信，他们可以把自己放心地交托出去。病人们由于信任希尔德，便任由那些德国人的双手在自己身上表演治疗的讽刺。

第一批到达的救援人员并不十分理解斑疹伤寒的性质。原本，这种疾病在"一战"后已经从英美消失了。人们起初不明白，神志不清、说胡话已是病危期的部分病灶；在集中营里奔跑、叫喊和哭泣的病人并非陷入了什么永久性的精神错乱，而是正处于高烧不退的阶段。当然，很多人在奔跑时会当场倒地，随后又会恢复冷静和克制，更多的人在危病中幸存了下来，并很快康复。坏血病、糙皮病和严重营养不良的症状一开始也鲜为人知。对于贝尔森的医生、护士和勤务人员来说，就好似时光机器突然把他们带回到黑死病时期的德国。不过，话说回来，这场灾难完全是由人类的独创力造成的，是由仇恨喂养起来的。世上从无这样的先例。困境中的营救人员觉察到了这一点，他们的生命也因此发生了永久性改变。

最初几周的工作强度近乎残酷，加之震惊带来的精神打击，第一批救援人员渐渐体力不支，很快就被官僚主义下的正规英军取代了。儿科医生罗伯特·科利斯写道，一个爱开玩笑的人称这一新秩序为"上校时期"。约翰斯顿中校领导的营救行动英勇而高效，对囚犯的人道主义待遇受到了大家的爱戴。几周后，一批几乎滑稽可笑的职业军官接替了他。军官们认为贝尔森在组织工作中存在问题。在他们眼里，囚犯仍是囚犯，身份没有改变，或者应被看作一群异常难以管控的殖民地居民。他们更关心的是，能否执行强加的几十条规则，服从伦敦外交部的命令，而非复苏破碎的生命。事实上，相当一部分人是反犹的。哈德曼讲道，他在军官食堂里，无意中听到新来的人说道，"犹太人流流血，对他们有好处。"一并而来的还有其他组织，联合国善后救济总署（UNRRA）就是其中之一，我父亲就是跟随这支队伍来到集中营的；还有犹太组织诸如国际犹太人培训就业组织（ORT），以及美国联合野战服务组织——英国红十字会解散后，母亲就加入了这里。但在这些组织里，犹太工人仍占少数，他们对集中营的态度与英国职业军官完全不同。抗议声很快在囚犯内部兴起——英国政府误入歧途，给予的待遇不合理，等等。

解放后没几周，当局对待囚犯的行为可以称得上卑劣了，犯人们的尊严受到践踏。在抗议中，犹太群体开始从多方面着手民族复苏。4月18日，犹太人中央委员会成立。这是解放三天后就发生的事，再有三天，希尔德就会和第一批红十字会成员抵达集中营（见帝国战争博物馆展览年表）。委员会由前囚犯组成，在犹太人与英国政府之间充当联络桥梁。组织规模快速发展壮大。在约瑟夫·罗森萨夫特的卓越领导下，囚犯们组建了一个政府，参与到在集中营生活的各方各面。约瑟夫·罗森萨夫特是每本回忆录都绕不开的名字，我父母和他也算是老熟人了。

拿遣送回国的事情来举例：英国政府认为每个人都应当尽快回家。虽说刚解放的时候，他们曾把尚未痊愈的结核病患者

乡关何处是：大屠杀下浴血成长

率先送往瑞典和瑞士的疗养院（科利斯在回忆录《直行》中记述了这一大规模的抢救工作），但总体来说，英国拒绝承认犹太人的特殊性。大多数犹太囚犯根本无家可归，也不再属于原籍国公民。英国人这样辩解道，如果承认犹太人是一个与其他人种不同的群体，则意味着纳粹偏见的胜利。这一说法部分出于真正的自由主义信念，部分出于并不见得高尚的动机。

集中营里的大多数人来自东欧国家，当地居民常热心地提供线索，导致这些国家的居民数以百万计地遭到杀害。尽管东欧居民占了较高比例，且绝大多数人表示，希望移民到美国或巴勒斯坦，但他们还是立刻就被运走了。比如，7月初，一队捷克妇女和儿童乘卡车离开，哪怕连明确的目的地也没有。另一些人被强行转移到"拘留营"，那里的情况通常比贝尔森还要糟糕；贝尔森的第一批示威活动的其中一次就发生在5月24日，一千多名囚犯强行被转移到荷兰边境附近的一个营里。他们中的大多数人立刻返回了贝尔森。不久，来自其他集中营的前囚犯也陆续到达，随后又跟来了之前已回归东欧祖国的人。在经历了新一轮大屠杀后，他们赶在铁幕①落下前，逃回西方。

希尔德初到贝尔森时，第一次在小屋里见到的那群荷兰姑娘其实在6月2日就已乘飞机回家了。希尔德估算，那时大概只剩下20或25个人了。贝尔森是欧洲最大的流亡者营地，这

---

① 铁幕特指冷战时期将欧洲分为两个受不同政治影响区域的界线，即昔日西欧与东欧国家之间想象的屏障。

里居住着相当比例的大屠杀幸存者。英国人发现，由于起初管理不善，手上的政治问题比一开始时还要棘手许多。多数前囚犯对英国政府又爱又恼。士兵中不乏良善之人，但伦敦政府实行的政策日益严苛，使复苏这项工作常常累人又复杂。

与此同时，贝尔森的囚犯们迫切地想要留在原地，以便找到可能幸存下来的亲属。1945年春末到夏末，希尔德用荷兰语仓促写成的日记，有助于解开事件的蛛丝马迹。随着病人开始康复，她花在医院街区的时间减少了，更多地致力于让囚犯们互相取得联系。到6月初，联系前囚犯已成为首要任务。5月31日，她写道，一个叫邓肯的美国外勤人员，主动申请去布痕瓦尔德集中营寻找幸存者中贝尔森的亲属。6月2日，他带着一卡车人来到营地，希尔德（仍在不自觉地使用战争语言）写道："真是一次极为成功的运输。"邓肯在月底前就消失了。希尔德从来没有机会感谢他；毕竟那段时期实在过于混乱。

随着首批前囚犯的到来，集中营之间建立起非正式的邮递服务，其中包括非法使用军事渠道，熟人朋友充当邮递员等。英国贵格会和他们的美国接应方——美国战地服务组织，用卡车和救护车载满想到别处看看的人从一个营地到另一个营地，提供了莫大帮助。希尔德和怀特海德叔叔积极投身了这一计划。

救援人员推出了一套登记手续，用以确认前囚犯的生还情况和身份。后来，人们来到新开设的信息中心进行注册。系统性的手段逐步演化出来。希尔德在所有可能的地方都跟进了联络。随着有关幸存者的调查信从世界各地源源不断地涌入，她还跟踪了来自国外的线索。6月7日，希尔德写道："吉斯和弗洛拉要来我们的办公室工作了。"这两位前囚犯很年轻，懂捷克语和匈牙利语。在布痕瓦尔德集中营囚犯到达后的几天内，两人笼络兵马，将办公室的人力扩增了一倍。6月14日，希尔德补充道："邮局运转得很好，我们不断收到回应。"

她给我的第二本小书算不上记事本，而是一沓纸张，上面记满了匆忙潦草的笔记，混杂着荷兰语和英语，有时甚至能看到法语。里面有购物清单，用来买巧克力、书写纸、女性内衣、书，以及更多的书，"给病人的书"，她这样写道。一些单子上包含了明显随机性的词汇条目，这些词如若不是单子里通常出现的不同语种的混合语言，则可能是初学者新学一门语言时用来记忆的词汇列表："寄信（英语）。乔皮离开。大时钟（法语）"。或者像这一串："打火机。按钮。腰带。泳衣。自行车。围巾。布罗克［（法语）胸针］。项链。鞋。洗发水。脸盆（荷兰语）。笔记本。袖扣。"母亲告诉我，她买的东西通常是给女囚犯用的，偶尔也会在外出时为自己或朋友采购。我尤为好奇的是，在最后一张名单上，她划掉了"泳衣、自行车、胸针（法语）、项链、鞋子和洗发水"，是不是说，在最后一次的购物探险之旅中，她成功地搜罗到了所有想买的东西？

第六章 伯根–贝尔森集中营，1945年4月

笔记真是多极了——可以说林林总总。"带着一个生病孩子的女人啊。奥斯维辛集中营的俄罗斯人。和孩子们接触。悬而未决。俄罗斯的囚犯。"每一页最明显的字样就是各方姓名和地址，它们在紧急情况下被仔细记录下来，穿透光阴，来到我们面前。"奥托·巴列克，32岁，捷克斯洛伐克人，来自布拉格。2月去了英国，39岁去了伦敦。赫尔兹，伊尔丝。66号街区。丈夫在柏林附近的纽加姆。赫尔曼·詹森。1977年6月11日。没有国籍。伯根–贝尔森"。地址分布在荷兰、英国、比利时、法国、以色列和美国。还有一些笔记出自他人之手，用捷克语、德语和英语写成。有人在上面留下一条便笺："Bl. 49。雷吉娜想找她的妹妹。德国吉卜赛人。"然后是一个难以辨认的名字，紧跟着是同一只小手写出来的字迹："母亲和妹妹。朋友在MB1中找到了。"散落在页面各处的地址分属不同身份的人和组织，有法国联络官、美国陆军拉比、英国红十字会驻伦敦官员、达豪集中营联络人、伦敦和阿姆斯特丹的犹太难民组织等。当我看到这些页面的时候，泪水无法控制地滑落下来。混乱和毁灭的证据是如此巨大，我的母亲和她的朋友们，为修复这个世界仓促投注了全部的精力，却几乎无法与之抗衡；实在是太过分了。

头几日分离生者和死者的工作结束了。在监控过病人们第一阶段的治疗后，希尔德最紧迫的任务仍然是发挥她的医疗才能。两层楼上原是党卫军营房，希尔德在那儿的一间病房里负

责护理工作。这栋楼共有 15 个房间，约容纳 150 人。英国医生和医学院学生每天巡诊两次。他们多数都很年轻，英勇地献身于当前工作，只是经验偶有欠缺。

那段时光里的希尔德担任了翻译的角色。小笔记本佐证了这一点。她解释说，当时经常会用到一种手术方式：将未经治疗而畸形愈合的骨折进行复位。此类囚犯的命运原本会是终生残疾，但英国医生可以通过外科手术，将伤势严重的四肢断骨，再重新排列固定来进行矫正。这种手术方式需要解释很多内容。在那些日子里，格林休斯医院的外科医生伊恩·帕特森骑着摩托车，顺路载上希尔德一同前往手术室。

尤其是女性患者会更喜欢让希尔德在床边安慰和解释一些东西。有时，如果决定手术，她们会让希尔德陪在身旁。如此一来，在麻醉前后看到的就是一张令人安慰的脸。这些病人并没有立即死亡的危险，但他们中的许多人最终还是离开了人世，因为伤口和感染加重了身体负担，使他们的免疫系统无法承受。母亲讲道，一些病人没挺过恢复期，在她怀里神志不清地闭上了眼睛。

不过很快，伯根-贝尔森便生机复原。最可怕的几周过去了。就在死亡人数一度高过解放前的那个月里，幸存者们恢复了吃饭的能力。母亲说，在惊人的短时间内，他们恢复了精力、气色和力气。吉卜赛人是最先离开的人之一。这个民族在德国人手下遭受了可怕的暴行，从强迫绝育到大规模谋杀。过去的一段时日

第六章 伯根-贝尔森集中营，1945 年 4 月

里，德国人在势不可当的盟军面前为了掩盖罪行，夜以继日地营建临时火葬场。他们迫使囚犯们拖着尸体穿过营地，朝吉卜赛乐队演奏的施特劳斯和雷哈尔的华尔兹舞曲走去；这种对艺术恶魔般的怪异扭曲和施虐欲，像传说一般在人群间流传开来。

莱斯利·哈德曼是一位英国拉比。根据他的报告，吉卜赛人是在 5 月 21 日，也就是恐怖营被烧毁当天离开的。那天也是贝尔森举行首场露天舞会的日子。几本回忆录里收录了一些年轻女孩的照片。女孩们着装整齐地同英国士兵共舞，衣服来自一家在幸存者口中叫"哈洛德"① 的物资室；毕竟在英国的统治下，军衔等级还是很分明的。

母亲记得，解放后刚不久，戏剧表演便恢复了。所有回忆录的作者都对囚犯们的才艺记忆犹新。他们中有歌手和演员、医生和教授、木匠、电工、裁缝，以及熟谙舞台表演技巧的人。囚犯们搭建了一座帐篷剧场。我看过一些照片，剧场构造得十分专业。很快，歌手和管弦乐队开始为贝尔森的居民们奉献娱乐节目。虽然剧作家和作曲家曾遭到囚禁，但他们的作品正由同样被囚禁过的演员和音乐家诠释着，就连服装和灯光也出自前囚犯之手。老维克剧院②的演员班子也来了。母亲和其他回

---

① 哈洛德百货是一家位于英国伦敦骑士桥的百货商店，拥有近 200 年历史。
② 老维克剧院是英国伦敦的一家可容纳 1000 名观众的非营利性剧场，位于滑铁卢车站附近。这家剧院创建于 1818 年，最初名为皇家柯堡剧场，并在 1833 年改名为皇家维多利亚剧场。剧场在 1940 年的空袭中遭到破坏。1951 年重新开业之后，剧场建筑被列入 II 级登录建筑。

乡关何处是：大屠杀下浴血成长

忆录作者尤为记得见到过佩吉·阿什克罗夫特①。战争刚结束，就来废墟游览——这应该是那位女演员自己的想法。

那个夏天，人们在食物、医疗、干净的床铺和仁爱的温暖光芒下，开始重新认识彼此。母亲记得这里的第一次分娩、第一次洗礼或割礼、第一次婚姻，营房的东正教居民第一次恢复了他们的传统服装。举行仪式，写信，人们开始抬起头，再次环顾四周。贝尔森俨然形成了一个社区。这里的居民不晓得他们还要经历多久时间和多少困难，才能找到一个家。约瑟夫·罗森萨夫特和他的妻子哈达萨直到1950年才离开。他们离开的时候，确认所有人均已安全遣返。与此同时，集中营成为一个小镇，越来越多的居民每日从东部来到这里。

希尔德的生活，也恢复了正常生活的纠结——考虑到当时的情况，这一点并不正常——但在她的世界里，一旦生与死的事情开始褪去，环绕身边的年轻男子便像海浪般涌来，有人努力露脸，有人施展魅力。她匆忙修改了袖珍记事本上提到的男性数量，正当我就这点和她打趣的时候，她问我："你觉得我怎么样？"除了几次不含任何意味的吻，她从来不会抵挡不住那些围着她转的大多已婚的大叔们的花言巧语。她记得，当人们发现她还如此年轻的时候，殷勤和体贴开始络绎不绝——她

---

① 佩吉·阿什克罗夫特，英国女演员。1926年，在伯明翰首次公演，引起轰动。上演了几乎从莎士比亚到品特的全部剧本，成功地扮演了100多个角色，被誉为20世纪最杰出的朱丽叶。

第六章 伯根-贝尔森集中营,1945年4月

初到贝尔森时,20岁,和我父亲离开时,22岁。同事们都很保护她。她笑着说,周围其他女性一般不曾有过这些面对感情犹豫的机会,也许这也是她的运气。和英军在一起的时候,她常重复一个笑话。一名士兵承认有外遇后,从家里的女朋友那里收到了一封信。"她有什么东西是我没有的?"女朋友想知道这一点。士兵回信道:"没有什么,但她就在这里!"

伊恩·帕特森是一名苏格兰外科医生。他骑摩托车带希尔德去医院做口译工作,也是贝尔森里第一位殷勤关照她的人。伊恩结婚了,他和希尔德的关系十分亲切,但得体持重。刚来集中营的时候,由于发现了孤儿,新生产的妈妈们也陆续来到这里。伊恩协助希尔德建立了一间儿童预防保健诊所。吉卜赛人在5月下旬离开营地的时候,遗弃了一些婴儿。没有人了解确切的原因,但可以推知的是,当时大家普遍认为,孩子无论如何都会死去,即使活下来,也无法挨过成人路上的艰苦。希尔德接手照顾了他们,并帮许多孩童恢复了健康;后来,的确有一些吉卜赛的父母回过头来认领自己的孩子。虽然他和希尔德再也没见过面,但我了解到,他于2008年去世,享年93岁,有过一段漫长而幸福的婚姻,养育了四个孩子。他在苏格兰度过了余生,依然无所畏惧的他,以骨科医生的技能致力于治疗疑难病例。

由于工作实在过于紧张和困难,休假对于贝尔森工作人员的心智健康至关重要。除了同事房间里的深夜聚会,周日短途

旅行，大家还经常前往塞勒军官俱乐部。俱乐部是一间非正式的社交中心和放松场所，发挥着相当重要的功能。母亲提及，6月11日，她在那里遇到了一位波兰联络官，还有一位在比利时一起工作过的牙医，既有老伙伴，也有新朋友。这位波兰官员帮助她重聚了该地区的幸存者，牙医也带来了那个她刚离开不久的国家的新消息。

在军官俱乐部，希尔德得知，她哥哥乔还活着。这是5月31日，同一天，邓肯决定前往布痕瓦尔德寻找幸存者。她小笔记本上的这条记录，让人了解到当时发生在贝尔森的紧张和混乱："5月31日。邓肯，从美国空军过来，要替我去布痕瓦尔德集中营。晚上，我们在塞勒军官俱乐部开了个派对。我和一个少校谈过，他认识乔。下午和帕特去了野餐。"

乔在法林博斯特被释放了。这个德国战俘营就在贝尔森西北15英里处（乔并不记得关于这所集中营的事，也不记得和妹妹的重逢）。到6月1日的时候，希尔德获准陪他回家，回阿姆斯特丹。他正在办理重新定居的手续，而希尔德持有周末通行证。我能想象到，希尔德对阿姆斯特丹的日子满怀期待的同时，一定同时感到焦虑和紧张。与此同时，贝尔森的一位重要人物——汉斯·亚历山大与希尔德的关系，给了她情感方面的支持。5月15日，她在日记里用其姓氏简写的英式昵称记录道，"亚历克斯来了，我真受不了他。"这不是一个好的开端。这条记录隐含了希尔德在二人关系中对汉斯的矛盾情绪。母亲解释

第六章　伯根-贝尔森集中营，1945年4月

说，汉斯·亚历山大是英国战争罪委员会的成员之一，该委员会在她的单位英国红十字会对面临时扎营。两个组织共用一个就餐帐篷。由于吃饭的人总共只有几十个，大家很快就照上了面。

汉斯是一名来自柏林的德国难民，在英军里做了一名上尉，正流转于德国各地收集囚犯和审判证据。比如其中一场对贝尔森相关人员的审判就在1945年9月17日至11月17日于吕内堡举行。也许汉斯·亚历山大被录用的原因是他能够讲一口流利的德语，毕竟他再没受过其他的特殊训练；无论如何，这一定是一份令人满意的工作。利奥·吉恩是一名英国犹太人，受过律师培训，也曾在老维克剧院当演员，是委员会的另一名成员。那年夏天，老维克剧院来塞勒表演《人鼠之间》[1]的时候，利奥·吉恩把我母亲介绍给劳伦斯·奥利维尔[2]。

虽然第一印象不佳，但希尔德很快就喜欢上了汉斯，因为她在5月20日写道："野餐戈登、戈弗雷、瑞士红十字会工作人员伍迪和弗雷迪。见到了亚历克斯[3]，放弃伍迪。"

1995年夏天，我们并肩坐在科德角[4]的甲板上，仔细研读

---

[1] 《人鼠之间》，美国短篇小说，1937年出版，是美国诺贝尔文学奖得主、作家约翰·斯坦贝克的作品。小说讲述了乔治·弥尔顿与雷尼·斯默这两个流民在经济大萧条时流转于加州寻找工作的悲剧故事。

[2] 劳伦斯·奥利维尔，英国电影演员、导演和制片人，奥斯卡奖得主。他和费雯·丽是美国影史上第一对奥斯卡影帝影后夫妻档。

[3] "亚历克斯"是对"亚历山大"的昵称。

[4] 科德角，美国麻州东南部一半岛。

她给我的小册子。我忍不住对母亲说,"可怜的伍迪。""我一定很糟糕。"她说,脸上仍然一副对自己非常满意的样子。我问起野餐中的男人们,当然,谈论最多的还是汉斯。她形容他英俊勇敢、彬彬有礼,但有时又专横傲慢。很快,两人之间就打起嘴仗。她很快了解到,汉斯在英国有一位未婚妻,七年前就同他定下了婚约。汉斯告诉希尔德,未婚妻是母亲为他精心挑选的,而他也从未质疑过母亲的选择——直到遇见希尔德。他也比希尔德年长一些,1945年时,已28岁,但面对年龄差距,希尔德早已习惯了。

这段时间里,希尔德于6月3日至6月7日启程前往阿姆斯特丹,在笔记本上零零散散做了记录。我想是在几天之后,她又补充道:"阿姆斯特丹很棒。没我们想得那么糟糕。原以为会是一段充满回忆的郁闷之旅,没想到受到了如此慷慨的接待。我们在哈比马[乔的学校校长]家吃午饭。"随之,她提到自己如今几乎记不起来的各个名字——母亲现在推测,大家曾是邻居吧?返程途中,他们在亨格洛镇逗留了一晚。日记上出现了另一个名字:"奥托·弗兰克。6月7日。"她补充道:"回到贝尔森了。我很高兴再回到这里——多么奇怪而矛盾的心情啊!弗雷迪这几天很失望,因为我不在。"

仅凭这种粗略的叙述,很难完整叙述出发生在那几天的事情。母亲曾多次向我描述祖斯·斯科尔特接待他们的事,就是那位曾多次营救过这对兄妹的人。祖斯打开门,一把搂住他们,

· 第六章　伯根-贝尔森集中营，1945年4月 ·

大哭起来。他们留在斯科尔特家里，一家人一如既往无私地关怀和爱护兄妹二人，还努力把整个战争期间为希尔德家保管的物品都压在他们俩身上。希尔德拒绝带走任何东西，祖斯让她等等看；总有一天，她会想拿回去的。

母亲说，这段时光消逝在一片混沌的迷雾之中。人们陷入了一个漩涡，在找出生还者和过世者之间流转。她几乎记不起曾见过谁，只记得每个人都很友善。她曾受邀去喝一杯茶，不论会从主人那里听到多么令人痛苦的消息，也不管环境有多寒酸，按礼节规定，这杯茶都必须来喝。她遇到了父母所办教会的前成员，还有其他一些人。从这些人口中，希尔德得以拼凑出父母被捕后的命运。直到1958年，希尔德才得知那一确切的日期，但当时，她发现自己讲不出我外祖父母生命最后几日的故事细节。她从生还者那里得知，她的父母曾关在韦斯特博克中转营（文件证实，他们在1943年7月24日至9月14日期间一直在那里），后来，被驱逐到伯根-贝尔森集中营，再后来，到1944年1月25日，来到了特莱西恩施塔特①。

在伯根-贝尔森，有人曾见过希尔德的父母。从他们口中，希尔德得知，她的父母曾被派去制造闪光材料条，用来中断飞

---

① 捷克斯洛伐克境内的犹太人聚集区，被称作"隔都"。纳粹之所以建造特莱西恩施塔特，是为了集中波希米亚和摩拉维亚保护国的犹太人口。此外，隔都内还有来自德国和西欧的某几类犹太人，例如犹太名人或富人、才能特殊者和老人。最后，纳粹有心掩饰对欧洲犹太人的灭绝，遂把特莱西恩施塔特展示为隔都的典范，与此同时又逐步把特莱西恩施塔特的犹太人驱逐到灭绝营。

机通信和拦截雷达。沃尔特和当时的许多人一样，不得不把鞋子拆开，看看鞋子内部有没有什么可以回收的材料。鞋子的原料来自其他集中营里的遇难同胞。幸存者们记得，即使在集中营里，沃尔特也是荷兰组织的领袖。他保持着愉快的心情，在许多方面展现出平静的英雄主义，赢得了众人的钦佩。集中营里有一个臭名昭著的点名环节，不论天气多么恶劣，囚犯们不得不在小屋外等候上数小时。沃尔特常常替换那些因病重而无法完成任务的人，从而救了许多人的命。我想起历史学家雅各布·普雷瑟对那些习惯了荷兰及其文明文化的犹太人的表述——他们的生存率很低，因为这些人对自己和他人的人性化程度期望太高。

就在那次休假的尾声，希尔德遇到了姨妈珍妮。她住在为返回者提供的小旅店里，由犹太人经营。她在厨房做帮工，并得到了美国犹太人联合分配委员会（AJDC）① 的资助。在随后，希尔德将会为这一组织工作数周，尽管她在当时还不知道这一点。母亲说："珍妮那时得知她的丈夫和女儿已经死了，而且她的姐姐和姐夫也很可能死了。"四周都是哭声，唯独珍妮没有落泪。

在特莱西恩施塔特，珍妮曾和我的外祖父会合。珍妮转述，一位集中营犹太医生通知沃尔特，伯根-贝尔森做鞋子的环境尘

---

① 美国犹太人联合分配委员会，是总部设在纽约市的犹太人救济组织。

土飞扬,导致他感染了肺结核,但病情比较轻微。如果他的妻子能想办法给他补给适当的营养,且他能活到战争结束,前往瑞典或瑞士治疗,就能够康复。贝蒂听了这话,找了份活计,为集中营司令官做清洁工,以求得食物的报酬。然而最终,她还是没能拯救丈夫。1944年10月,沃尔特的肺结核被发现了,他被"选中"到奥斯维辛集中营。接着,珍妮姨妈告诉希尔德,我的外祖母贝蒂做了一件非常愚蠢的事。她选择和沃尔特同行。"她真蠢!"珍妮说道,"至少她可以救自己的命呀!"

希尔德离开了,什么也没说,有好几年都无法开口和珍妮讲话。"那时我哪里能宽容她?但我为她的遭遇感到难过,又能多生她的气呢?不过,话说回来,打心底里,我从未真正原谅过她。"母亲对我说这话时,我们仍然像往常一样坐在甲板上,在科德角别墅后院,俯瞰着随风摆动的刺柏。但时间已经来到一年后的1997年。十年来,这里挤满了孙子孙女和游客。我的父母已经把房子挂售。仅仅为了每年夏天使用几个星期就要花去一大笔费用是不太合理的。

父母日益年迈。父亲不得不开始当心太阳,因为他脸上的一处曾经癌变的地方植了皮,还未愈合。母亲因坐骨神经痛,行走蹒跚。几年前还能在海滩上走长路,如今突然变得困难。他们的孙子孙女们开始散向四面八方:我的一个儿子已经成年,去了离这里几千英里的地方度过夏日。

童年时期,我清楚记得珍妮姨妈生动的模样。她最后几年

乡关何处是：大屠杀下浴血成长

住在曼哈顿西区的一家住宅式酒店，叫"巴黎酒店"。她看起来像过气后的莎莎·嘉宝①，虽然那时莎莎还没有过气。她身穿粉红仿香奈儿套装，布满皱纹的手指上戴着水钻戒指，脸上深深的褶皱里搽有香喷喷的白色修容粉。德语里管她这样的形象叫"开胃的"，是的，她是一位诱人的老妇人，打扮和气味都散发着香甜。白色头发染成蓝色，完美地飘舞着，像洋娃娃头上顶着一个绒球。她的英语糟糕透顶，但我们欣然回应。在餐馆里，她点土豆泥吃（这种说法是当今一种时髦的表述，在当时可不是）。旅行时，她会住在一家突然由意第绪人②管理的酒店里，叫莫特莱，重音在第一个音节。

珍妮姨妈认为我们所做的一切都很了不起。在她去世后，母亲发现了我和姐妹们写的诗和信被她做了标注，她的老式笔迹充满了活力，一条批注上写着："只有10岁！！！"她的确很有趣，但我们立刻就理解了母亲的矛盾心理。珍妮犯了某种过失，令母亲无法像以前那样爱她。从前，我一直不明白个中原委，直到后来，母亲告诉我战后第一个周末发生在阿姆斯特丹的那件事。不管怎样说，我父母很照顾珍妮，我们经常见到她。她的口音是我擅长模仿的那种类型，甚至13岁在夏令营时，室友们让我模仿类似的德国难民营营长的口音。我趾高气扬地在

---

① 莎莎·嘉宝，犹太人，美国老牌影视演员。
② 意第绪这个称呼本身可以用来代表"犹太人"，或者说是对于"德国犹太人"的称呼。

第六章 伯根-贝尔森集中营，1945年4月

小屋里走来走去，命令大家晚上七点前熄灯。大家听到指令，都服从地上床睡觉。

那四天可谓多事之秋，随后又有一场聚会跟来。从祖斯家走出后，希尔德在街上碰到了奥托·弗兰克。他和米普、简·吉斯这对夫妇住在同一个街区。见面后，两人相拥而泣。希尔德把在贝尔森听到的关于奥托孩子的事告诉了他。很长时间以来，她一直以为自己是第一个告诉他这消息的人。后来我们才得知，奥托在见到我母亲之前，已经和告知希尔德信息的那个贝尔森囚犯聊过了。在阿姆斯特丹的返潮人群中，他们发现了彼此。反过来，倒是奥托告诉了希尔德更多关于她父母的消息。听别的荷兰囚友说，希尔德父母应该是从特莱西恩施塔特直接被运往了毒气室。听闻这个消息的时候，奥托已经在奥斯维辛集中营了。但奥托说，这种说法并没有证据。也许他们有机会还活着。那么，在街上相遇时，除了在彼此怀里哭上一阵，还能做什么呢？或许这是在祖斯或米普家饮茶时发生的又一次谈话？我无法想象这番话发生的场景，也完全不忍心再去追问母亲相关的细节，虽说她一定愿意分享。谈及那个漫长的周末时，我几乎能感受到悲伤的冷雾仍然像一块裹尸布一样紧紧缠裹着她。

她的小笔记本不怎么讲重要的事情。关键性的消息和面孔她是不太可能忘却的。所以，那一页上单单划下了奥托的名字，对于记录和他偶遇这件事情来说足够了。在被第一句话打击之

后，想必很难再听下去对方在讲什么，真的很难。当一个人的希望被夺走后，他还能注意到什么？他的耳朵只会嗡嗡响个不停，会一个人不自主地颤抖，好像突然感冒的样子。我小时候像那样打哆嗦的时候，父母常常重复一个民间说法，说是有人路过了我的坟墓。随后的几个月里，想来母亲一定又听到了某些声音和脚步声吧！但她的小册子里几乎没记录下和珍妮、奥托之间的谈话，难过的弗雷迪和傲慢的汉斯倒是占据了更多篇幅。直到此刻，母亲的未来已然破碎，再也没有任何关于这些会面的记录了。

从那一刻起，她和奥托就一直很亲密。他们通信，一度在信的末尾落款"你的爸爸"和"你的女儿"。后来，又衍生出很多当时的他们没想到过的联系方式。

然而，父母双双去世的消息几乎确凿无疑地横亘在了眼前，希尔德开始迅速意识到自身存在的状态。阿姆斯特丹空了。事实上，整个欧洲对她而言，都不过是一片荒地。她曾梦想着，父母从苦难中归来后，她要好好尽孝，照料他们。如今，双亲一同被埋葬了。现在的她将返回贝尔森，致力于重建那里的残垣。她计划，等到所有幸存者都回家后，她再离开。如今，那里已再熟悉不过——悲悯的力量、紧密的友谊、活力无限的年轻人、持久的争论、黑市、为重获世界公民权的斗争，这一切，让人感到安慰。

希尔德自始至终都没有国籍，甚至在阿姆斯特丹连官方承认的身份资格都没有。战争后期，市档案局遭到了抵抗军的轰炸，具有讽刺意味的是，这次轰炸阻止了进一步的驱逐行动。当时她的身份是犹太幸存者小团体的成员，这样的存在不足以让当局相信她确实拥有一个身份。奥托曾告诉她，流言不能证明真正的死亡。同样的，她也明白，自己的肉身不能证明自身存在的合理性。她在荷兰，犹如一个鬼魂。如今，贝尔森成为她新的家园。

希尔德一回来，发现亚历克斯正等着她。两人关系发展迅速，跌宕起伏，统统在日记中记录了下来。那些从归来者口中听到的消息都记得明明白白，但她和亚历克斯之间的关系处境却令人困惑。某种程度上，两人的关系可以使希尔德分心，这种分心在当时对她来说是好事。7月5日，日记的口吻听起来像20岁的样子：

> 订婚的人比已婚的人更坏，因为每个人都认为他们是单身，每个人都想和他们约会，他们自己也默认了这样的状态。亚历克斯对婚姻和忠诚的态度很糟糕，他自己也承认这一点。

其他对希尔德感兴趣的年轻男孩们劝她停止和这样脚踩两只船的人约会，她听取了这些建议。7月10日，她写道："戈登非常支持我远离亚历克斯的感情。现在我已经克服了这一点。"7月12日:"我必须保持清醒的头脑,因为他一直在说他爱我。"这一时期,没有关于工作的记录,她沉浸在对亚历克斯的复杂感情之中,没有挣扎。7月8日:"白头大叔从毛特豪森集中营回来了。捷克人已经离开。"7月9日:"数百人来到办公室。"

随后,7月19日,希尔德见到了哥哥。他曾去红十字会追查父母的行踪,然后带着官方证实死亡的消息,来到贝尔森,看望妹妹希尔德。"我很难过,因为乔从荷兰回来了,"她写道,"他带来的消息是,我们的父母铁定已不在人世。亚历克斯算是个好朋友。我们去参加一个仪式时,他帮忙念犹太祷文。"

为死者祷告的犹太祷文用阿拉米语①念出,令人心生敬畏。渐强的头韵堆叠出赞美的声音,由教堂会众的口中众口一词地快速念出。奇怪的是,它没有提到死者,而是谈及对上帝和未来的赞美:

愿神的荣耀被颂扬,愿他的名在他所要创造的世界上被尊为圣。愿他的国在我们的日子里,我们自己的生命里,

---

① 阿拉米语是阿拉米人的语言,也是《旧约圣经》后期书写时所用的语言,被认为是耶稣基督时代的犹太人的日常用语,《新约》中的《马太福音》(《玛窦福音》)即是以此语言书写。一些学者更认为耶稣基督是以这种语言传道。它属于闪米特语系,与希伯来语和阿拉伯语相近。

和以色列众人的生命里，早日得胜，让我们同说：阿门。

愿他的圣名永远得福。

圣者是有福的。愿他的名得荣耀、尊贵、尊崇。尽管我们的语言不足以赞美、歌颂和敬拜他，但让我们同说：阿门。

原平安和生命的祝福在我们和以色列众人身上成真。让我们同说：阿门。

愿那使平安在天上作王的，让平安降在我们以色列众人和全世界身上，让我们同说：阿门。

这样的话对希尔德而言毫无意义。她觉得自己的灵魂已经死去。真正对她重要的是，有人关心她，为她祈祷，搂住她的腰，在她无法掩饰悲伤的时候，陪她向前走。希尔德很善于掩饰悲伤，总是笑容满面。待我的父亲终于现身营地的时候，她那天真无邪的咧嘴一笑一下子就俘获了对方的心：用父亲的话说，还有她那动人的膝盖。那笑容一定也吸引了其他人。我认为她总有能力把一种感觉和另一种分开，就像有人做印度墨水画那样。

她一直具备一项能力，懂得如何享受实际生活本身。生活剥夺了她惊恐不安的青春，但这项才能并没有黯然失色，反而更加突出了。我们几个姐妹在淳朴的生活方式中，继承了她大部分的欢乐。这种能力就像生命的气息一样，自然而然地从母亲那里流传到我们身上。所以我能理解，为何她能够在接下来的那个星期天，和一大群年轻人去北海的海滩远足。"我们因撞到岩石而翻船了。之后生了篝火。真是美好的一天。"她写道。我们翻阅她的笔记本时，读到这里的她，笑了。她不确定今天的自己是否仍会享受差点被淹死或冻死的滋味，但在朋友的陪伴下，她一定很高兴，不知不觉间，从责任和强烈的冷湿感中解脱了出来；他们把她从内心的麻木中解救出来了几个小时。

毫无疑问，她的内心是麻木的。7月25日，希尔德在日记中写道："一年前的今天，父亲和母亲被捕。"实际上，距离双亲被捕，已经两年了。我好奇的是，时间在某种程度上，是否为她停了下来。这两年里，她获得又失去了一切：名字，语言，国家，父母，她变成了没有国籍的孤儿。除了哥哥偶尔对她付诸顶多断断续续的关心以外，她在这个世界上，孤身一人。当时她还不知道，带她出去的男人并不适合她。一个令你愉快的人给你一个愉快的吻，或许这就是爱情了。也许她应该嫁给纠缠不休的汉斯。除此之外，还有什么？喔，她目睹了如此多的死亡，若能从梦魇中逃脱，进入正常的生活轨道，就算是不幸中的万幸了。当然，在和平时期，这种内心的空虚可以通过某种方式得到填补。从某种意义上讲，不如把精力优先花在照顾垂死的病人和流离失所的人们身上。

我试着想象20岁的母亲被这些思绪缠绕，再把它们一一推开。我想象她跳起来收拾或是整理东西的样子。她总是善于让人们通力合作,是一个天生的经理,一个务实的人。虽说她的女儿们也个个遗传了这项技能,但我们充其量只是水彩画作者,达不到女画家的水平。我们的情感更接地气,可以像雷达飓风图一样旋转。这一点令人疑惑,我们怎能与父母如此不同。也许母亲那道将内在与外界隔开的心墙结构,在我们这代人身上裂开了一道缝隙。和平与繁荣为我们这代人创造了一个更加宽厚仁慈的情感环境。女儿们再次于噩梦中追问了自己这样的问题:当我们20岁的时候,若在死亡集中营里得知父母遇害的消息,能否承受?我们会在战争中幸存下来吗?首先一点,我一直坚信自己并不具备生存所必需的素质。这种坚定的看法影响了我所承受的一切事情。

  但希尔德已然实现了一种平衡。那时的她,正处于蜕变的零点,纵使孑然一身,但仍被人需要——幸存者大声呼救,年轻人前来敲门。她不愿屈服于悲伤,会向并不存在的上帝挥舞拳头,谁让他曾默许了如此巨量的毁灭。希望不复存在了,但她无论如何,也要站起身来,重建自己的世界。

第七章
流亡者，伯根–贝尔森

母亲笔记本里的歌词几乎和购物清单一样多。有《白色圣诞节》《永逐彩虹》，还有几首我辨认不出的情歌。她仍然会哼起那些歌，在她的脑海里，这些歌使她想起贝尔森年轻的男男女女。随着世界逐渐从战争中复苏，他们一度成为她的家人，成为她情感中最强烈的焦点。乔告诉希尔德自己找到了父母的死亡记录。旋即，她的生活环境再次发生了变化。每一天，最早的救援小组都在完成工作，并领到新任务后离开。

1945年夏天，次年秋季战争罪审判的准备工作正在紧张进行中。军事指挥官们在伯根–贝尔森里进进出出。英国红十字会送来了一份搬家令。希尔德的团队似乎要被派到别的地方去了。虽然命令又于8月9日撤销了，但希尔德意识到，她必须为自己谋得一个更安定的职位。

第七章 流亡者，伯根-贝尔森

美国联合分配委员会是战后在欧洲从事救济工作的中央犹太组织。贝尔森分队的主管大卫·沃德林格在英国红十字会即将撤离之际邀请希尔德加入进来。她领到了一套美国军装和相当于中尉的军衔，这和她在英军中的头衔大致相同。现在她又可以继续为前囚犯服务了，这里是她唯一的家。从那时起，贝尔森居民们称呼她为"联合会的希尔德小姐"。我提醒母亲，就在贝尔森流言满天飞和她离开组织的那几周多事之秋里，原子弹投了下来。她告诉我，人们对这一消息感到宽慰，但他们当时并不关心这一事件的人力代价。她说："广岛看起来并不像以往那样意义深远了，因为我们自己本身也处在一个具有纪念意义的境地里。"

从美国、南非和其他欧洲国家来到贝尔森的犹太工人同情那些打算逃往巴勒斯坦的难民。这些难民几乎或多或少地都参与了犹太机构的机密工作，机构开始将这些前囚犯秘密转移到地中海港口，为他们的非法移民做准备。这样激进的做法旨在回应战后英国对犹太人的安置政策。英国不准备接纳难民，其在巴勒斯坦问题上的立场正在加强。

1945 年 7 月 26 日，克莱门特·艾德礼领导的工党战胜丘吉尔的保守党，结果令人失望。贝尔森的工人和政治拘留犯们起初以为，工党会理解欧洲犹太人的困境，并期待它撤销自战争结束以来，每月 1500 人这一小到荒谬的移民配额。就在欧洲犹太人最后一次疯狂逃离欧洲的时候，历史上遗臭万年的《1939

白皮书》强制推行，宣称犹太复国主义是一个非法的阴谋。它允许在接下来的五年内，75000名犹太人进入巴勒斯坦——结果发现，当时相关人口已葬身于纳粹的死亡机器下——随后，阿拉伯人接管移民控制权，几乎完全阻止了移民行动。白皮书代表了张伯伦政府时期，外交部在战前几年的工作。人们曾认为，新工党政府会遵守有近30年历史的《巴尔福宣言》①，宣言承诺在巴勒斯坦建立一个犹太人家园。但欧内斯特·贝文这样一个被公开证实的反犹分子竟当上了外交部长，甚至对杜鲁门总统的请求也无动于衷，更不必说那些散居在世界各地、无家可归的犹太人对他能起到什么作用了。早在1947年冬天，争夺家园的争斗演化为了一场重大危机，他对一个美国拉比代表团说："你们犹太人是世界上所有麻烦的根源——难怪每个人都恨你们。"正是在那个时候，他把犹太人移民巴勒斯坦的整套问题甩给了联合国。

贝尔森的犹太救援组和难民营的美国工人们认为，他们自己与英国政府间的矛盾越发严峻尖锐起来。正如我母亲的老朋友、美国同事乔·沃尔汉德勒所描述的那样，口粮问题是典型矛盾。他告诉我，某位负责营地的上校坚持这样的看法：一个区的前囚犯们消耗了太多食物。"这里的犹太人不可能超过2000人，"他说，"但他们吃的分量足够养活3000人了。"为了

---

① 《巴尔福宣言》在1931年12月11日获得议会通过，成为威斯敏斯特法案，正式确立英国和各自治领的关系。

弄清底细,他命令一群士兵挨家挨户地查访,在一个个上锁的小屋门前拔出刺刀。摸查发现,5000名前囚犯分食着2000人分量的口粮。

事实上,杜鲁门总统的个人特使埃罗尔·哈里森曾强烈抗议这种状况。他坚持要将这些前囚犯视为自由人,给予适量的食物与帮助。他指出,英区对食物热量的分配尤为吝啬(据乔安妮·雷利的说法,每个囚犯的津贴仍为1800英镑),难民们的公民权得不到保障。乔安妮·雷利详述了哈里森的访问和报告内容,并在纪录片《以色列回家之路》①中再次提及。英国自身仍饱受战争带来的物资短缺之苦,这一状况持续到20世纪50年代,社会氛围并不慷慨。正是基于哈里森的报告,杜鲁门一再敦促艾德礼政府,特别是贝文,将巴勒斯坦的移民配额提升至每年10万人,但他的请求也一再遭到拒绝。

乔说,鉴于日益敌对的大环境,他和许多人纷纷脱离英国政府,独立行事。这意味着,乔需要在其他事务之外,帮助贝尔森社区领导人约瑟夫·罗森萨夫特在国外处理棘手状况。尽管英国人禁止了罗森萨夫特的旅行,但他身边还有不少别的助手。例如,乔飞快地亮了一下纽约市公共图书馆的卡片,便充当了某项必要的证件,把罗森萨夫特偷运到法国边境,最后协助他乘飞机去了纽约。

---

① 电影讲述犹太人在"二战"后如何回到自己国土,重建家园以及复国的漫长经历。

乡关何处是：大屠杀下浴血成长

1945 年 12 月 15 日至 17 日这个周末，犹太联合捐募协会全国会议在大西洋城召开。罗森萨夫特慷慨激昂地呼吁美国人民，特别是美国犹太人向巴勒斯坦移民。1946 年 1 月出版的《JDC[①]文摘》着重报道了这一事件。该文摘是美国联合发行委员会的内部简报，内容囊括了其演讲中的几句要求："以获救的幸存者，犹太民族支持者，和犹太区反叛者的名义……唤醒全世界，向我们开放巴勒斯坦。"他的演讲登上了《纽约时报》头版，UJA[②] 决定筹集一亿美元用于救助欧洲幸存者。贝尔森的事再也藏不住了。

与此同时，回到伯根-贝尔森的希尔德只要不出行，就会和汉斯·亚历山大一同吃早餐。一天早晨，当另一个汉斯走进来坐在她身边时，希尔德陷入了迷惑。这是汉斯的同卵双胞胎，保罗。她的日记笔调通常要比事件本身稳重得多："亚历克斯的双胞胎出现了。很高兴见到他。"好了，如今他们要三个人一起去军官俱乐部或是看电影。看电影时，希尔德坐在双胞胎中间，和两人分别拉着手。保罗驻扎在周边的街区，当汉斯外出执行任务时，便指示他的双胞胎兄弟照顾希尔德。就这样，

[①] JDC 也称 AJDC，指美国犹太人联合分配委员会，也称为联合委员会或 JDC，是总部位于纽约市的犹太人救济组织。它向欧洲的犹太人提供了至关重要的援助，特别是在大屠杀之后。作者母亲在伯根-贝尔森工作的后半段时间被 AJDC 雇用。

[②] 纽约 UJA 联合会是世界上最大的本地慈善机构。该组织总部位于纽约市，每年筹集和分配资金，以完成"照顾有需要的人，激发对犹太人的生活和学习的热情，并加强纽约、以色列和世界各地的犹太人社区"的使命。

第七章 流亡者,伯根-贝尔森

正如保罗自己的解释,他也爱上了她。"我总是爱上我哥哥的女朋友,"他惭愧地告诉希尔德。"这是双胞胎躲不掉的命运。"

1945年秋天,希尔德在上午经营着规模不断扩大的"邮局",下午经营着她的朋友、苏格兰外科医生帕特率先提议的"婴儿保健诊所"。这家诊所占据了两个一楼的房间,用于照料孕妇和她们的孩子。直到1945年年底,第一批婴儿才呱呱落地。在此之前,这里还曾收留过吉卜赛人的婴儿,其他孤儿,在战争中奇迹般渡过难关的流浪者,以及早期从东欧迁移过来的犹太人潮。诊所的第一批病人是来自捷克斯洛伐克或匈牙利等国的年轻妇女,她们在战争后期被驱逐出境,在集中营只待过很短的时间,短到饥饿还不足以影响她们的生理周期。后来,求诊者几乎全部来自波兰和俄罗斯,这些人两次被驱逐,一次是因为希特勒,一次是遭受到针对从集中营返回的犹太人的集体暴力。铁幕落下,成千上万的犹太人折返西方。接下来的几年里,贝尔森社区的早婚者和东欧流亡者的子女们成为营地里的主体人口。

从这段时间一直到1945年年底,对希尔德而言,是一段相对平静的时期。她的感情生活就是另外一回事了。在这一点上,我的想象力不够丰富。她似乎和三个主要的爱慕者,过着安宁的生活——乔·沃尔汉德勒、汉斯和保罗·亚历山大——以及许多在谈话里偶尔出现过的小人物。当我写下她与这一串年轻人的关系时,我发现我不懂女人。很明显,女方对他们其中任何一个都不感兴趣,但男人们似乎做不到抽身而退,这看起来滑稽得很。她根本不爱任何人。这也就解释了，为何她容易抽身，也能够轻易地坦白自己，但那又为什么要让他们在身边徘徊呢？希尔德有时会提到，她是以完好无缺的"道德品行"淌过了这一条条爱河，在某种程度上，这令我觉得既感人又守旧。她生养的三个姑娘在上世纪六七十年代就成年了，时为人母的她一定比20岁时轻松多了。

在她对这些早期浪漫，或是她一直称之为"友谊"的叙述中，包含有一种明显不真实的气氛，仿佛她和她的情郎都只是在街上玩耍的孩子。每次她复述时，都令人忍俊不禁。我听不出她声音里包含什么强烈的感情，也听不到总在激情边缘如影随形的痛苦。母亲讲这些故事时，仿佛置身于自身的视野之外，似乎并不是她本人处于这些感情漩涡的中心。总体上来说，我自己同男人的关系，是完全不同的，所有的焦虑和心跳永远聚集在我这边。我想，母亲在她那个年纪，不会像我一样把情路走得跌跌撞撞，因而也无法想象她在随后的几年里，会因激情而眼花缭乱，以至于整个世界看起来像是有人把树和路牌拿起来擦亮了，又把它们按照错误的顺序摆了回去。

当然，希尔德正在哀悼及忙于重建难民营的生活，虽然我也不明白她哀悼的本质是什么。这段时间里，唯一能在情感上让希尔德动容的时刻是1945年的赎罪日①，那是自战争结束以

---

① 犹太教的重大节日，在每年的9月或10月，人们于此日禁食并忏悔祈祷。

来第一次庆祝这个节日。赎罪日是犹太历法中最为严肃的一天。教义传统上说,耶和华在犹太教新年那天所开启的审判书,会在赎罪日再次关闭,直到下一年重新开放。如果犹太人没有向他们所冤枉或伤害的人请求宽恕,或没有试图改正他们的错误,将不得不再等待一年,等待另一次机会,以求自己的名字被载入生命册。这是一个斋戒的日子。我本该想到,对于一群挨饿已久,刚刚果腹的教会成员来说,这一天会格外难熬。这也是一个专门用来纪念死者的日子。

贝尔森民众的仪式在前德国剧院举行。用母亲的话说,场面令人肝肠寸断。这地方挤满了人,有些人戴着哈西迪①的长袍和皮帽,有些人戴着无边便帽和祈祷披肩,还有一些人光着头,穿着便服站在那里。他们代表了犹太社会各阶层的正统教义。人们祈祷和唱歌。当然,一定会哭泣,后来变成哀号,接着尖叫声起。

乔·沃尔汉德勒也一起来了。希尔德和他一起逃离了这个场面。这一整天他们俩都在树林里逛,试图理清二人之间的感情。她不明白幸存者们是如何保持信仰的。对她个人来说,上帝早就死了,与她父母和其他许多无辜者的骨灰,一同埋葬在地球某个肮脏的角落,在那里,邪恶最终战胜了正义。后来,

---

① 哈西迪,是犹太教正统派的一支,受到犹太神秘主义的影响,由18世纪东欧拉比巴尔·谢姆·托夫创立,以反对当时过于强调的守法主义犹太教。哈西迪是组成现代犹太教极端正统派的一部分。

一直持续到沃尔汉德勒死之前,无论彼此身处何方,他和希尔德总会在赎罪日那天见面或通电话。每到那天,失去的痛苦便像一张开口的伤口一般刺痛,他们只有凭靠对第一个赎罪日的回忆,才能熬过这几个小时。

童年时期,每当我们意识到自己就要触碰到母亲尚未愈合的心房时,就会尽可能地小心翼翼,蹑手蹑脚。父亲叫我们不要伤害她。如果电视上有相关节目,或杂志上刊登了照片,我们就有必要事先提醒或保护她。这并非由于关于大屠杀的诉说不堪入耳。母亲自身在谈论这件事时,已达到半专业化的程度,特别是在我们与奥托·弗兰克的关系公之于众之后。即便如此,还是要小心,再小心。最糟糕的莫过于有什么事使母亲大吃一惊,至少我父亲是这样认为的。在他想来,突然的曝光,随意丢在茶几上的一页纸,纪录片中希特勒的声音,都可能是危险的。

但自从我常和母亲谈论起她的记忆,便开始质疑父亲对母亲的保护。在我看来,母亲把自己的一部分埋得很深。即使我们看到她流泪,但仍有些地方,我们永远无法穿透。除了坚强之外,她还有将一件事解读出喜剧的天赋。标志性的莞尔一笑也正说明了这一点。如此,在写故事前,我收集到了不同寻常的素材:来自阿姆斯特丹的新闻,与沃尔汉德勒在一起的可怕赎罪日,这些场景与我母亲牵手双胞胎的景象交织在一起,打成光明和黑暗的缠结。串串笑声和痛苦勾结交错,听起来像是

第七章 流亡者，伯根-贝尔森

屋顶的小提琴拉出的花里胡哨的情歌。故事就以她经历中的纽结串联而成，表露出母亲自我保护的个性，这既是她的天赋，也是她的盾牌。

很快，她就要披上自己所有的盔甲来执行下一场任务。到了1945年秋天，汉斯（笔记中频繁出现他的绰号"亚历克斯"）在德国的很多计划业已实现。9月17日，在吕内堡开始的贝尔森战争罪审判是众多审判中的第一场。受审者有45名贝尔森的看守和军官。1945年11月17日宣判时，包括指挥官约瑟夫·克莱默和俗称"贝尔森婊子"的典狱长伊尔玛·格雷斯在内的11人被判处绞刑。判决于12月12日执行。汉斯想必做出了他的决定——回到英国和长期受苦受难的未婚妻完婚，因为他在母亲的回忆录中渐渐褪去了主角的光环。虽然他没有立即离开，而是继续在德国逗留了一段时间，到1946年春才被遣散。保罗是双胞胎里更温柔的那一个，他在贝尔森服役期间，一直离希尔德更为"近水楼台"，且会约她出去。但希尔德对他的兴趣远比不上对于更活泼的汉斯。双胞胎中的一个不能代替另一个，尽管保罗十分希望说服母亲改变想法。

到了12月，希尔德被派去布兰克内瑟工作，这是位于汉堡郊外的富人住宅区，用来收容和教育集中营里幸存下来的孤儿。在接下来迎新的几个月里，这对双胞胎的问题退化到生活边缘，已不在现实的考量之内了。

该处地产由瓦尔堡银行家族捐赠，用于儿童的照料和康复。

在原先工作人员的看护下，房屋完好无损地在战争中保留了下来，仍然由老员工坚持打理。母亲形容这里是一座瑰丽的豪宅，占有广阔的土地面积。母亲来这里工作了一段时间之后，鲁玛·魏兹曼也被派来做工，同母亲有过短暂的交叠。鲁玛既是摩西·达扬（以色列建国时期杰出的军事指挥官、政治家和外交家）的小姨子，也是埃泽尔·魏茨曼（后来成为以色列总统）未来的妻子。在一本回忆录中，她写道，这个庄园有三所"精美的房子"，一个网球场和一个游泳池。她被指派为犹太事务局做事，该机构负责监督幸存者向巴勒斯坦移民的进程。希尔德则以美国犹太人联合分配委员会代表的身份来到这里。该委员会理论上也是为上述同一群体谋福祉的机构，并协助安置他们未来的家园，但未对巴勒斯坦方提出具体的要求。

英国人一致认为，少数在集中营里幸存下来，或是曾藏身起来的犹太孤儿，可以合法进入巴勒斯坦。奥斯卡·汉德林在简述 AJDC 历史的《长期任务》中称，英国将儿童移民人数定为 6000 人。布兰克内瑟进行的工作就是在为这些孩子的新生活做准备。孩子们来自欧洲各地。一些青少年早在贝尔森的时候，就与希尔德和乔·沃尔汉德勒成了朋友。这些孩子有的是自己逃出来的，有的从美国被带过来。当时贝尔森凭借为孤儿提供良好的保障而声名远扬，士兵们便将孩子带去了那里。

由于受到了联合分配委员会两名资深员工的号召，希尔德也加入了这支队伍。他们一位名叫夏洛特·罗森鲍姆，来自阿尔萨斯，一位名叫阿德里安·施维默，来自安特卫普。犹太事务局后来为这支队伍补给了新生的年轻力量。首先是来自英国军队犹太旅的年轻士兵，他们在复员后留在欧洲，担任希伯来语和犹太文化教师，后来又收编了来自巴勒斯坦的受过专业训练的平民成员，如鲁玛。所有这些年轻人都聚集在那里，致力于帮助孩子们移民到那个日后再次被称为"以色列"的国家。

这群年轻人正在为建立集体农场①，或农业合作部落做准备。这是犹太复国主义者建设以色列新社会愿景的一部分，也吻合西奥多·赫茨尔②原先的主张。其中一些合作社完全为欧洲战争中幸存下来的儿童而建。母亲说，第一批儿童里的许多人去了一个叫本·谢门的儿童村，孩子们很好地适应了那里的集体农场生活。如今，儿童村已发展成一座郁郁葱葱的小镇。当然，这里一直以来有一所农业学校，供许多孤儿读书。然而，幸存下来的幸运儿们很快发现，在新家园里，没有人愿意听他们讲起战争，或什么有关早年生活的事情。因而，他们学会了沉默。直到1961年，对艾希曼的审判迫使公众展开讨论，以色列才公开谈论起大屠杀的个中细节。

据母亲估计，第一批少年约有六七十个，多来自匈牙利。

---

① 集体农场指以色列的共同生活、工作、决策和分配收入的合作农场或工厂。

② 西奥多·赫茨尔是奥匈帝国的一名犹太裔记者和现代政治的锡安主义创建人，也是现代以色列的国父。

她被安排照顾最年幼的群体，年龄从 3 岁到 12 岁不等。孩子们个个身体瘦弱，情绪低落。"9 岁的孩子看起来像 4 岁的，"母亲说，"他们见过的成年人要么伤害了他们，要么夺走了他们的父母，要么做了极度残忍的事情，所以孩子们晚上尿床，做噩梦，病得厉害。吃不下东西，害怕品尝食物。"希尔德把她的床和孩子们搬到了一起，住在豪宅楼下的两个房间里。她一天 24 小时陪着他们，最终带着他们学会了玩耍，学会了使用玩具，以及信任成年人。

一个约 8 岁的男孩看上去只有 4 岁；照片上是一个发育不良的孩子，留着半长的头发。他叫赫尔茅斯，已经好几个月没开口讲话了。希尔德记得他的雀斑和卷曲的红头发，晚上还会时不时发出尖叫。我的母亲就这样给他朗读，唱歌，小心拥抱他。一天，他看着希尔德，用其短暂的童年时光里学到的婴儿口吻般的德语对她说话。希尔德从来不清楚他在集中营里究竟经历过什么。像许多年幼的孩子一样，他太小了，以至于根本不可能把这样的滔天罪行在内心描摹出来。对于此类事件，他没有概念，找不到合适的言语去表达。这项工作对希尔德而言痛苦万分。纳粹的野蛮行径对小孩子天真无邪的精神花园造成了如此明显的破坏。好在，工作也有令人感到满足的地方，孩子们表露出了康复的迹象，对新护工们持续的关怀和照料也做出了及时的回应。

彼时的希尔德定期往返阿姆斯特丹，去看望在战争中幸存下来的她的兄弟和朋友们。美国军事证件赋予她相当大的旅行自由。那里的幸存者们一听说她在布兰克内瑟工作,便纷纷送给她玩具、衣服、儿童用品,甚至地毯,让她带回去。

希尔德存有不少在布兰克内瑟时的照片。青少年的数量相较于小孩子,呈现压倒性多出的态势,比例约为10∶1。七个发育不良的孩子和希尔德站在一片田地里,他们的头发是新长出来的,因原先在集中营的时候,曾被强制剃掉。后来,树木成长得生机勃勃了,春日的阳光经久照耀在大地上,孩子们看起来更加壮实,脸上露出了微笑。那种健康的样子,不输给其他任何一个孩子。

1946年2月,就在希尔德21岁生日那天,孩子们制作了精美的水彩卡片,上面用法语、英语和德语写着各种祝福。护工们用自己的母语替孩子们翻译想说的话,包括匈牙利语。一张张卡片流露出亲切的爱意,彩绘的花朵到今天依然鲜艳。"希尔达生日快乐,"一个知道自己很难管教的小女孩写道,"来自温柔的威尔玛。无论我的心血来潮是狂野还是邪恶,我都爱你。"一个叫彼得的男孩亲自(我认为)用德语写道:"我是你最大的孩子,我向你保证,未来会好好表现。代所有人献上最美的祝福。"不肯说话的赫尔茅斯让一位讲法语的护工代笔写下他的愿望:"献上女士们最钟意的夸奖和祝福,赫尔茅斯。"竟然有这么多卡片保证日后的行为会有所改善,可以想象,这个小团体的日常生活可谓相当粗野。这些孩子们在布兰克内瑟得到的照料极尽了护士们的温柔，可以说连最轻微的耳边责备也不存在，但他们不得不舍弃在集中营里习得的生存技巧，开始从情感上理解发生在自己身上的真实遭遇。究竟是什么让这些孩子们觉得自己是"很难对付的"？或许，这种意识来自他们中的多数人所经历过的唯一另一番严酷的生活吗？

希尔德在布兰克内瑟逗留没多久就离开了。毕竟，对这些少年们实行再教育的目标就是让他们安然离开。她接到的指示则是，在小组人员解散后就离职。不过，布兰克内瑟的使命倒是持续了几年。所有关于希伯来语的训练，唱歌、跳舞、星期五的晚餐和犹太教安息日的蜡烛，恢复对外界的信任，均以使年轻人在巴勒斯坦重新定居为最终目标。1946年3月，希尔德在过完生日仅三周后，陪着她的孩子们踏上了从汉堡到马赛的长途火车，而马赛是巴勒斯坦的出发港。

这些得知自己即将启程前往以色列的少年们，心中怀满了希望和兴奋；前一晚的庆祝活动上，他们跳了霍拉舞曲，小一些的孩子也参加了聚会，对未来的事项进行了热烈讨论。母亲有一张照片，拍在少年们即将离开布兰克内瑟的时刻。她身穿制服，手拿着一只小便壶，为火车上等不及用厕的孩子们做好准备。这趟从德国北部到法国南部的旅行共花费了四五天的时间，因为每当有更重要的火车经过时，这趟包车就要靠边停下。当孩子们终于抵达马赛的时候，他们才第一次意识到，希尔德不会再陪他们走下去了。希尔德原以为，关于这一点，她和其他工作人员已经做了详尽的解释,但没想到,孩子们在之前要么选择屏蔽这些信息,要么压根不相信别人说的话。他们紧紧抓住希尔德的裙角哭起来,不肯放她走。"我们已经没有爸爸妈妈了,你就是妈妈,现在你要抛下我们不管了。"一个叫阿格尼斯的小女孩对希尔德呢喃。

对于孩子们的反应,希尔德感到震惊。但她深知,自己尚未做好同孩子们一起移民的准备。在返回贝尔森的途中,她路过了布鲁塞尔。1946年4月3日,希尔德曾和汉斯、保罗·亚历山大在英军的家宴上庆祝逾越节。而今,有一点可以确信——荷兰是不能回去的地方,"对我来说,那儿只是一块大墓地罢了。"次年,那里官僚主义的陈词滥调很快印证了她的直觉。即使是荷兰市民,也已经厌倦了无国籍的人和战争受害者。她觉得自己在贝尔森最有用武之地。只不过,她在布兰克内瑟度过了紧张的几个月后,一时间不知道该何去何从。

很快,希尔德接到了一个电话。电话告诉她,接下来的一年里,她仍需继续在贝尔森担任这个角色。后来谈及工作细节时我才知道,这并不是希尔德一开始在贝尔森便担任的工作,但在她记忆的长河里,这项工作却占据了如此突出的位置。从布兰克内瑟返程的途中,希尔德看到从俄罗斯和波兰回来的人涌成一股洪流。英国和联合国善后救济组织曾发布过善意却有误导性的政策指示,受此影响的犹太人回到了东欧原籍国后,发现自己并不受欢迎。毕竟,邻居们曾在自己离开后趁火打劫,抢走了原本的房屋和生意。幸存者们发现，即便熬过了集中营的劫难，却仍要继续遭到侮辱、杀害和集体迫害。最具戏剧性的一次袭击发生在波兰凯尔采。在那儿，对犹太人老掉牙的诽谤已满天飞，传言犹太人绑架和杀害基督教儿童，用孩子们的鲜血制作逾越节薄饼。波兰人因此被激怒。1946年7月4日，暴徒杀害了42名从集中营返回的难民。这一事件引发了全世界的抗议。超过一半的幸存者——约10万名犹太人逃离了这个国家。每天，仍有2500名到3000名犹太人离开。至于波兰和捷克政府，当他们看到最后一批犹太人也离开的时候，应该高兴还来不及。位于苏联的波兰犹太人也加入了逃离的浪潮。1940年，苏德之间曾有过一段短暂的友好条约时期，波兰犹太人经苏联人转移到了苏联的内陆共和国，得以在战争中幸免于难。但在斯大林的统治下，安全显然没什么保障了，于是乎，大家立刻逃走了。

战争一结束，反犹主义立刻在铁幕两边重现。贝文和美国国务院某些成员，以及波兰红衣主教和牧师等西方人物，都给犹太人打上了共产主义间谍的烙印，与希特勒的行径毫无二致。"这些该死的犹太人，他们总是制造事端。"美国拉比代表团来波兰抗议凯尔采事件时，美国驻波兰大使这样说道。而天主教的一位红衣主教则告诉大家："这些犹太人自找麻烦。他们都是共产主义者。"让问题看起来更错综复杂的是，波兰共产党的领导人的确是位犹太人。

第七章 流亡者，伯根-贝尔森

由于政治上的复杂性，特别是在夹杂了暴力之后，东欧第二次斗争中的幸存者重新涌入以前的集中营。这些集中营正式被打上"流离失所者家园"的标签。在这其中，贝尔森是最大的一处。美国地区的无家可归者拥有移民到美国的可能性，但贝尔森的无家可归者只是暂居于此，他们知道自己并无进入英国的可能。希尔德环顾四周，看到兵营再一次挤满了吃不饱、穿不暖、缺乏活力的孩子们。

希尔德询问贝尔森联合活动负责人戴维·沃德林格，是否可以建立一个日托中心。负责人批准了一栋楼给她，工作便开展起来。基于战后欧洲的易货经济，她用香烟支付的方式雇来一帮德国木匠，为孩子们做了小椅子和小桌子。用同样的方式，希尔德给孩子们的早餐卷里加入了白面粉。英军担架则被用作幼儿床。孩子们的人数通常在50人左右。父母需要托管时，便会把他们送到这里——一顿热腾腾的午餐过后，打个盹，待到半下午再走。"我们只要尽量陪他们玩得开心就好。"母亲说道。室内外到处都有比赛，唱歌、画画、散步等活动，足见对孩子们身心健康的关爱。我还听父亲母亲笑着说起，在营地的另一处，还上演过一出节目。一群小孩子围成小队游走，吟唱歌颂斯大林的歌曲。这是他们在苏联幼儿园里学会的，就孩子们自身的经历而言，这些歌曲就是童谣。

希尔德在此期间完成的最重要的一件事，就是招募原集中营囚犯来日托中心做工。这些幸存者虚弱到无法坚持一整天的工作，希尔德便训练他们每几小时轮一次班。有的人在厨房工作，有的人在打扫卫生，也有的人将无穷的技能发挥在任何需要的地方。女裁缝做出了赏心悦目的窗帘；艺术家们绘制了迪士尼卡通人物的壁画。剩余的年轻女人则接受教师培训，或许其中有些人先前已受过类似培训，但仍需重新习惯和平时期的日常工作。她们身穿红十字会提供的白色外套，类似护士制服。这是希尔德的主意，因为这样的着装可以使年轻女性在营地获得威望，感受到自尊。待希尔德交工的时候，这个中心已成为同类场地的典范。虽然那里并没有安放什么玩具或便利设施，却是一个明亮、快乐，组织良好的地方。厨房为所有6岁以下的孩子提供饭菜，包括热早餐、零食和正午饭，让来托管的父母们感到放心。母亲说，这里的资源利用率非常高，他们鼓励父母将剩饭剩菜带回家，间接也养活了背后整个家庭里的双亲以及年长的孩子们。

美国联合分配委员会曾在通讯简报中，面向美国的拥护者们推广此类工作。即便在战后欧洲危机最严重的时候，该组织的雇员人数也十分精简，到了出人意料的地步。那份简报在报道约瑟夫·罗森萨夫特访问纽约一事时，也指出，难民营里只有六七十名工作人员，希尔德就是其中之一。别看人数少，但这一小群人精力充沛，能力超群，取得了奇迹般的成就。像希尔德这样战时参与过救济的年轻退伍军人，尤为擅长与各类组织中的官僚机构——如联合国善后救济总署、英国军队、红十字会等通力合作——同时聚集身边的一小撮人，发挥出最大能量，来实现原本不可能实现的目标。当然，美国犹太人源源不断地倾囊支持，也提供了资金方面的保障。

考虑到战后不久，德国的商品经济一直处于停滞状态，因此我一直想弄清楚事务内部实际的运作方式。希尔德，一个不吸烟的人，总会将香烟配给囤积起来，用于换购商品和服务，如法炮制战争期间的做法。她没有什么钱，也没有为正常的购买方式留出什么预算。每天，她会领到一笔零用津贴，即军用纸币，在去军人服务社和军官俱乐部的时候使用掉，而真正的工资则会为自己留存起来，一直留到离开贝尔森后，以备不时之需。工人们获得的酬劳是食物和衣物，没有人领过工资，也从不奢望。向中介公司申请任何东西都意味着填写无止境的表格，以及天长地久的等待。人们依赖易货甚至黑市。希尔德对易货经济已形成相当熟稔的理解，毕竟在荷兰和比利时生活时就经历过。她说，自己的脑袋里从来没有过钱的概念，也不会去想要如何挣钱。

她将酒水配给也当作货币使用。母亲记得，警官们一个月喝10到12瓶酒，大部分是杜松子酒。1946年春天，我的父亲第一次见到她时，她刚从布鲁塞尔回来。他发现希尔德把所有的杜松子酒和威士忌都存在房间的餐具柜里。他第一次恍然大悟，一个人的口粮除了可以喝掉之外，还可以用来做事。那时，父亲酒鬼的名声在外，和希尔德比起来，当酒鬼的自己丝毫不善于管理生存资料。然而，虽说希尔德总将酒水囤积起来，用以换取日托中心的用品，但谈到饮酒的事情，希尔德心里知道自己一点也不娇弱。英国人例行公事地喝了很多酒，令她吃惊的是，自己竟然可以把男伴们统统喝到桌子底下。他们评价希尔德："你的腿一定是空心的。"举一个我父亲讲过的例子，1947年除夕夜的一次聚会上，希尔德喝了大量香槟，显然没什么不良反应。与此同时，我父亲和希尔德周围的英国军官都是积重难返的嗜酒者，却逐渐不省人事，酣睡过去。

战后，希尔德追寻到了杜普伊斯一家人的踪迹，便去探望他们。首次重聚时，令人惊讶的事发生了，希尔德再次展现出了自己的新技能。据她回忆，这次拜访发生在1945年秋日，但具体时间不确定。就在这个时段的两年前，她曾假扮荷兰护士，在去过的叫吕斯坦-站的村庄里，找到了这家人的新地址。德军怀疑杜普伊斯一家持续参与秘密抵抗工作，于是在1944年可怕的撤退行动中，将杜普伊斯在吕斯坦河-梅兹河畔的漂亮房子烧成了平地。百劫千难后，希尔德的来访让大家沉浸在"一同活了下来"的喜悦中。大伙儿庆祝了很久。杜普伊斯夫人坚持为希尔德买一枚戒指，且要立刻买，马上买，这样一来，希尔德就永远不会忘记彼此团聚的这一刻。母亲至今仍然戴着这枚戒指，上面精致地镶嵌了蓝宝石和钻石。

杜普伊斯夫妇深谙庆祝的门道，照例拿出食物和酒饮。希尔德告诉他们，自从上次认识他们以来，就一直享有好酒量的名声。于是，杜普伊斯夫妇为她上了苦艾酒，这是法国一种餐后少量饮用的烈性甜酒，在当时仍然含有传说中的毒素①。希尔德饭后来了两大杯——她说，这东西让人讨厌——然后不失尊严地宣布，她要休息一阵。一家人注视她小心翼翼地穿过客厅，确保她能一步一个脚印地走稳。然后她爬到楼上，进入她的房间，直接昏倒了几个小时。当她再次出现时，精神抖擞，神清气爽，一点也没有受酒精影响而精神萎靡的样子。一家人惊讶地发出赞叹。但我母亲先前从来没碰过此类酒，也可以说，几乎也从未碰过其他任何品类的酒。

当母亲谈到和杜普伊夫妇团聚的事情时，仍能感受到她声音中透出的喜悦。单单是存活下来这一简单的事实，就已称得上是奇迹。此外，每天都有一些小奇迹发生。她定期与奥托·弗兰克通信，在她去阿姆斯特丹的时候，两人还见过面。奥托和米普仍然住在亨泽斯特拉特，离斯科尔特家只有几扇门的距离，见面可谓再容易不过了。1945年夏天，她前几次去阿姆斯特丹的时候，奥托把一本用红色格子布装订的小册子放在她手里。希尔德翻阅的时候，奥托解释说，米普发现了安妮的日记本，并保存了下来。

两人交谈时，禁不住泪眼汪汪。奥托说，他正在和朋友商量如何处理。他感到自己尝尽了虚弱和失落，却无法真的做些

---

① 据说苦艾酒含有一种影响心理或行为的神经毒素，被称为"侧柏酮"。

什么。幸存者中有这一家子的熟人，他们认为，奥托应该把日记公之于众。安妮自己似乎也表达了这样一个愿望。通过这样的方式，奥托也许可以做出一个贡献——在破坏了自我生活轨道的野蛮行径面前，起码感知到个人在斗争，在努力使有关家人的记忆鲜活地存续下去。希尔德认为他应该出版这本日记吗？是的，她说，那将是一件了不起的事。所发生的一切都会被记录下来。这将会是后代年轻人了解他们所经历过的一切的某种方式。

奥托请希尔德把他当作父亲，也告诉希尔德，会把她看作自己的女儿。从我后来读到的材料来看，奥托在父亲这一角色中，找到了莫大的安慰。在奥斯威辛集中营，他对同铺的年轻人萨尔·德利马提出过建议和保护。此后，他与许多失踪的年轻人之间，也保有相似的关系。尽管如此，他和希尔德的关系还是尤为特别的，因为玛格特和希尔德同龄，又是她最好的朋友，长得也分外相像。两位姑娘的父亲也曾经是朋友，于是，奥托和希尔德之间，自然而然地便建立起一种回归家庭性质的亲密关系。在我来到这个世上以后，我也是这样找到奥托的。他比我任何亲生叔叔或祖父母，都更与我亲近。我的父母最终请奥托做他们的遗嘱执行人以及孩子们的监护人。

休假时光总是短暂的，团聚的时刻很快就被其他事务夺去了。多数时候，希尔德全神贯注于她在贝尔森的小角色上。食物的数量常常匮乏，孩子们连牛奶都不够喝的时候，看到英国

第七章 流亡者,伯根-贝尔森

军官们吃得如此丰盛,真让人无奈而沮丧。就在日托中心成立后的几周里,希尔德遇到了麦克斯·哥德伯格,他是一位来自瑞士的年轻医生,为联合国善后救济总署工作。他曾在德国法林博斯特尔照顾波兰士兵,几周后的4月份,他抵达了贝尔森,以中校军衔在营地担任公共卫生官员。

载有希尔德的车驶过伯根-贝尔森的大门几乎整整一年之后,麦克斯也来到了这里。他认为自己先是被派到了法林博斯特尔,因证件显示他是一个来自马佐夫舍地区明斯克①的波兰人。因此,根据联合国善后救济总署的逻辑,他是盟国公民。他自己也认为,神秘的高军衔不过是其所谓公民身份的副产品;毕竟,刚从医学院毕业的他几乎没有直接的临床经验。他在巴黎的上级可能是这样替他打算的:麦克斯估计能够与法林博斯特尔的士兵们讲上一些波兰语,这对大家都有好处;此外,那里的前囚犯很快就要被运回波兰去,他的服役期也就可以随之结束了。

在麦克斯眼里,故事的讲述应该是另一个版本。事实上,他出生在瑞士,25岁时,被联合国善后救济总署送到法林博斯特尔。在此之前,他从未离开过原生国家。他的父亲莫里茨出生在明斯克,莫里茨从16岁左右便一直居住在瑞士。但瑞士人并不基于出生地来颁授公民身份。到第二次世界大战爆发时,

---

① 马佐夫舍地区明斯克是波兰的城镇,位于该国中部。第二次世界大战期间,纳粹德国在1939年9月12日至1944年7月30日期间占领该镇。

麦克斯的父母已经错失了申请公民身份的良机，因为他们在这些事情上没有受过足够的教育，天真到不识个中利害。一切正如我荷兰的外祖父母所看到的那样，难民泛滥的趋势在一夜之间，令大多数国家更改了移民政策。再说回麦克斯自己，他被当局从公民候选人的名单里剔除，原因有二：其一，当时许多瑞士人和纳粹分子比邻而居，且支持他们，而麦克斯是犹太人；其二，他在青年时期的左翼政治立场也令当局不满。

早在1945年7月，麦克斯就向联合国善后救济总署提出过申请，但直到1946年3月，他才获分到一个职位。这一延误是官僚繁文缛节的典型例证，希尔德和她的同事们对如何避开这些繁琐的麻烦了如指掌。文件终于通过了审查，他乘火车前往巴黎——虽然获得了军事认证，但疑心的法国边防警卫还是对他进行脱衣搜查，耽搁了整夜的时间——行程的目的地为法林博斯特尔。但在到达指定岗位之前，他费了好半天劲才离开巴黎，随后又好不容易才离开汉诺威附近英军总部驻扎地阿罗尔森。他写道："这座城镇遭到重创，所有旅馆都被英军或联合国善后救济总署这样的组织占了去。军官的头衔让我的境况比较舒坦。似乎没有人急于做任何事。我有点不耐烦了，想知道什么时候可以开始工作。"父亲在年轻时加入联合国善后救济总署是出于强烈的内疚感，在其他国家的犹太人遭受苦难时，他安然无虞。他先是发现自己陷入了官僚主义的泥潭，后来又短暂帮助过非犹太波兰人。这些人从前被帝国强征为劳工，患上了些小毛病。麦克斯在医务室为他们治疗了没多久,他们就不得不被遣送回国了。"我学会了用波兰语说'哪里疼?'。"他写道。他从波兰人那里听到了他们对宿敌俄罗斯的仇恨。俄罗斯当时已统治波兰,还有斯大林掌权。这些波兰人对英国将他们遣送回国的决策也愤恨不满;另一方面,这项工作也有令人沮丧的地方,尤其因为父亲很难与身边讲英语的人沟通。不过如今,父亲的英语口语已经达到灵活和熟练的程度,不仅如此,他还是一个笔锋流利、思维机敏的英文作家。当我不停抛出问题时,他更喜欢以写作而非演讲的方式同我说明。很难想象,他的英语曾一度停滞不前,还无数次贻笑大方。他写道:"虽然我们在学校学过不少英语语法,但开口又是另外一回事了。"他羡慕那些英语比自己讲得好的欧洲人:"我记得有一个丹麦人,竟能如此自如地使用'尤其(particularly)''肯定(definitely)'或'绝对(absolutely)'这些多音节单词,我保证自己永远讲不出这样的话。"

很快,他的英语就受到了极大考验。在波兰人完全离开后,麦克斯要求转移到贝尔森,并获得了批准。1946 年 4 月 6 日,他终于来到了这里。刚抵达时,贝尔森人员对他的态度可谓冰冷,他对此困惑不解。他不知道,先前已有传言漫天飞,说一个波兰医生将要来集中营担任公共卫生官员,且是个反犹分子——毕竟,波兰人总是反犹,不是吗?除非他们自己也是犹太人。我父亲的姓氏显然没能事先消除这种臆断。谣言似乎起源于由约瑟夫·罗森萨夫特领导的犹太委员会（我父亲总是用他的昵称"尤塞尔"来称呼他）。一开始，预先的舆论对麦克斯十分不利，毕竟犹太委员会由 10 到 12 个能力超群的人组成，他们能在相当大的程度上操控贝尔森的舆论。正如我父亲所说：

> ……他们中有些人是老一辈的犹太复国主义者、理想主义者，极端忠诚，一针见血；而有些人似乎为了自己的腰包，投机取巧；还有的人则为人民做了很多好事，但没有忘记自己的利益。罗森萨夫特是所有人的领袖。他聪明、狡猾，理解和洞察到了英国占领军和集中营囚犯冲突的目标背后，潜伏的紧张政治局势。

麦克斯停留在原始水平的英语对驱散他是反犹主义的谣言于事无补。第一天，在他被介绍给众人的时候，他看到了一位女药剂师，那个女人是联合会的一员。他以一种被视为毫不客气的粗鲁态度质问道，"那个女人是谁？"霎时震惊四座。营地联合会负责人大卫·沃德林格邀请麦克斯到他的住处，说："哦，哥德伯格大夫，吃晚餐可少不了你。"我父亲回应道，"一定要我吗？"他认为这是一个正确而礼貌的回答，直到他看到周围人面面相觑。

当然，这些误解很快就消除了。那些因他外语蹩脚而陷入误会的受害者很快就成了他的朋友。人们把麦克斯看作瑞士人

第七章 流亡者,伯根-贝尔森

和犹太人,开始对他产生好感。我无法想象,他们为何没有在一开始就喜欢上他,因为除了聪明才智外,他还有一颗温暖的心,散发着温柔而又活泼的魅力,尤其对于女性,极具杀伤力。然而,我父母都说,那些年他喜怒无常,情绪低落。虽然我的确见识过他的情绪,但想必那时的他比我这个女儿眼中的他更为情绪化。他对酒水配给的无头脑消费,对女人的兴趣,对旁人的失礼失言,使他一度陷入生活的困窘。

我问母亲是否还记得和父亲第一次见面的场景。她说,在麦克斯到达营地大约一周后的某天里,她下班后回到自己的房间,一位女同事问她:"你见过那个波兰医生吗?他非常反犹。"这位同事来自联合国善后救济总署,不是犹太人。我母亲说,只消瞧上我父亲一眼,一听他的名字,她立马就意识到,这当中一定有什么误会。

父亲在回忆初见这件事上,要更胜一筹。他记得第一次见到我母亲的场合。彼时,他正和助手,也是大屠杀的幸存者——斯潘尼尔医生一同走在从前戈林[①]军装甲师行进的主干道上,大部分无家可归的流浪者和医院如今都安置在那里。他写道:一辆吉普车飞驰而来,一名联合会的男子驾着车,"坐在他旁边的是一名年轻女子,蓬乱的头发在风中飞扬,裹着一件美国陆军雨衣,至少大了两三个尺码;车身飞驰而过的时候,

---

[①] 戈林指赫尔曼·威廉·戈林,1893年1月12日—1946年10月15日,是纳粹德国的一位政军领袖,与希特勒的关系极为亲密。

她兴高采烈地向斯潘尼尔挥手致意。"后来，斯潘尼尔医生尽他所能地在希尔德面前诋毁麦克斯的名声，但这会儿，他把希尔德在联合会的事情一股脑全部告诉了麦克斯，并建议他参加一个聚会——联合会成员们下班后，在自己房间里举办的聚会。

正是在第二次聚会上，他第一次注意到希尔德标致动人的膝盖。打那以后，这就成了他爱慕（以及他的女儿们不断取笑）的焦点。希尔德的一个朋友叫露丝·雷奇曼，拉上几个人进入她的房间。麦克斯进来的时候，希尔德正坐在地板上，

> 美军制服的裙子滑到她膝盖稍靠上一点的位置。我对她说，你的膝盖真漂亮，我真的被它们迷住了，就像被一件漂亮的雕塑吸引住了一样。对我来说，这对膝盖饱含一种雕塑般的情欲，你的手带着审美的愉悦在上面滑过时，你既有点兴奋，又夹杂着淡淡忧伤。当然，这种诗意的直截了当飘浮在杜松子酒的柔波上，"酒后吐真言"，到今天都还是如此。

希尔德对这段大胆的开场白并没什么好感。也许在这一大串华丽的辞藻背后，是杜松子酒在推波助澜，但她的确承认他们之间彼此吸引。在斯潘尼尔医生房里的一次聚会上，麦克斯变得更加大胆，也把希尔德搞得更为尴尬。房间里挤满了人，包括许多陌生人和一名叫格伦佩特的医生，他是来自罗马尼亚

的幸存者，为联合会工作。麦克斯不知情的是，这位医生迷恋着希尔德。麦克斯和联合国善后救济总署的英国军官们喝了一晚上的鸡尾酒，酩酊大醉的他扯着嗓子大声说："希尔德，你有一对漂亮的嘴唇……值得……一个吻。"母亲满面绯红，所有人嗤嗤窃笑，父亲的记述中这样说道。"那你为什么不吻她呢？"斯潘尼尔医生紧接着问，父亲当即"弯下腰吻了她，而希尔德，我看得出来，想从地板上直接消失"。希尔德当时虽然非常生气，但后来告诉父亲，她非常喜欢这一吻。据我的父母回忆，从那一刻起，麦克斯便不再喝那么多酒了，而是把酒水配给分给我的母亲。他看到这样盲目的饮酒给自己招致了麻烦，更何况，这令他对自己感到恶心；在这样的地方，此番行为不得不说是彻头彻尾的自我放纵。

麦克斯和希尔德前两次暧昧性的接触虽然都存在酒精的作用，却不像第三次滴酒不沾时那样有灾难性。1997年10月，我在父母的金婚纪念晚会上重述了这个故事。以下是当年的情形。麦克斯和希尔德正与各自的朋友们跳舞。舞毕，麦克斯提议开上他临时借来的吉普车送希尔德回家。希尔德并不了解，麦克斯除了英语说得不好，开车也是刚学会的，有些技能还没有掌握，但麦克斯无法用英语向她解释这些现实情况。

吉普车的马达老化了，一直熄火，麦克斯尚未完全搞懂离合器的操作。车门用一根电线固定在车身上，必须把电线解开，人才能出去。当他们到达希尔德的住处时，麦克斯坐在那里，脚踩在刹车上，发动机仍在运转。他想解释自己不能礼貌地帮她下车的原因，却苦于没有熟知的词汇，所以他尽力地表达，"出去！"他冲希尔德厉声叫喊。外面正落着倾盆大雨，但希尔德并不需要被告知两次。她不仅自己是一名经验丰富的司机，也习惯了每一次下车前，彬彬有礼的英军军官为她打开车门，目送她安全到达目的地。"没有下次了。"希尔德十分恼火，猛地跳出前门，浑身都被浇透了。"这个男人一点礼貌都没有。"斯潘尼尔医生一两天后告诉麦克斯，希尔德觉得他无法忍受。

在一个节日晚宴上，可能是犹太教安息日，希尔德和一位法国同事格林鲍姆医生合了一首二重唱。麦克斯上前告诉她，自己是多么喜欢听她唱歌。希尔德的态度开始温和了一些。当他们发现彼此都会讲德语时，情况进一步改观了。麦克斯也终于可以不再像个笨嘴拙舌的傻瓜了。父亲还记得那一刻解脱的感觉：

> 我记得那次是在某个正式场合见到她。我们站在窗前往外看，开始互相讲述彼此的生活，然后我们发现两个人都可以讲德语。起初，她讲德语时有点犹豫，但很快，一口完美的德语脱口而出，除了偶尔语调让人动容和悲伤时，会夹杂些荷兰语。面对她所经历的一切，她的镇静使我大吃一惊。她不情愿地谈到这件事，当生活细节慢慢铺开，你能感受到她巨大的痛苦。正是这些时刻把我们绑在一起，

第七章 流亡者，伯根-贝尔森

让我开始觉得这种联结是轻易无法解开的纽带。

那时，麦克斯已经了解到希尔德经营一家日托中心，他则尽己所能提供支持。和其他救援人员一样，麦克斯对英国供给贝尔森前囚犯的口粮如此吝啬感到震惊。他还与犹太委员会（通常游走在法规的灰色地带）合作，改善贝尔森居民的饮食。每当为希尔德那边的孩子们划拨牛奶时，配给量总是英国规定量的三到四倍，这无疑帮他赢得了希尔德的好感。他描述了自己是如何做到这一点的：

> 每人都有一张牛奶配给卡。作为难民营的公共卫生官员，我负责分发这些卡片。每当有人离开营地或死亡时，办公室都会把卡片收上来，加以注销。我找到了一种方法保留住这些卡片。在我任职的那段期间，人们，特别是孩子们，分得的牛奶比以往多得多。只要事情在我的可控范围内，我就不会撤回太多的牛奶配给。我必须说，从来没有后悔犯下这种盗窃罪。

麦克斯开始来日托中心看望希尔德。母亲记得，座驾是一辆小型敞篷大众甲壳虫。天气已经热了，所以他把车顶放下来。当他的车出现在她楼前广场上时，中心的工人便会大喊："希尔德小姐，医生来了！"母亲回忆道。这些人清楚发生了什么事，毕竟，麦克斯名义为公共卫生检查的探访，频率似乎有点惊人了。

不过，希尔德也经常看到，在通往郊游或电影院的路上，麦克斯载着一车女人飞驰而过。反过来，希尔德这边，她那情绪上相当消极的崇拜者圈子激起了层层浪花，纷纷敦促她远离这个危险的男人。最明显的是斯潘尼尔医生，这位德国犹太人曾逃亡荷兰避难，在麦克斯来之前是贝尔森的营地医生，后来成为麦克斯的助手。他来联合国善后救济总署时，离开了在荷兰的家人。这一家子全部在奥斯维辛集中营幸存了下来，他是团队中为数不多的中年成员之一。（鲍勃·摩尔后来发现了更多关于斯潘尼尔可疑过往的资料。他曾是韦斯特博克集中营医院的院长，是与德国人勾结的特权阶层的一员，但他的确挽救了一些生命，也做了一些好事。）

正是他第一个告诉希尔德，哥德伯格医生是瑞士人，而非波兰人，由此让希尔德知道，他们之间是有共同语言的。至少母亲认为，斯潘尼尔的出发点是在保护自己，而非出于情欲。父亲则对此怀有不同的看法。他形容斯潘尼尔医生是一个"色狼"，在集中营的时候就有一个女朋友，讲黄色笑话的技巧比他认识的任何人都要高超。但斯潘尼尔医生听到关于我父亲的，同样也是坏话。他说麦克斯是"一个酒鬼，一无是处，跟在营地所有女人后面"。母亲表示，"嗯，女人们确实很喜欢他。"

"无论如何，"斯潘尼尔医生对希尔德说，"绝对不要嫁给那个男人。他于你不是一个好选择。"那时的希尔德已经习惯了谨慎。乔·沃汉德勒在1945年年底前就已离开，前往了美国。就连亚历山大兄弟也终于回到英国，汉斯就要结婚了。保罗写信说，他想让希尔德夏天来伦敦，或许他是有订婚的打算。希尔德心里能感觉到，麦克斯对她的吸引力是前所未有的，但这段感情还处于初期。毕竟，满打满算，他们才认识了六个星期。她决定接受亚历山大一家的邀请。希尔德想，当在保罗的地盘上亲眼看到他后，便可以做出一个理性的决定。此外，她还可以利用这个机会去看望她的表妹玛丽昂——玛丽昂小时候吃不饱饭时，我的外祖母救了她——自战前，她便住在利兹。来往英国是一件复杂的事情，去阿姆斯特丹时所需的特殊文件都要用到。希尔德实在没钱，向麦克斯借了些差旅费来买车票。

在她乘军用火车前往勒阿弗尔时，海峡上刮起了一场大风暴。风暴持续了三天，沿海所有渡轮停止前行。当局等待风势平息的过程中，希尔德被关在一间女警官的匡西特小屋里。那个环境给予了她充足的时间来思考。一反常态的是，希尔德和同样被困在小屋里的乘客，聊起了自己进退两难的困境。她应该选择保罗吗？她应该赌那个任性的麦克斯吗？她不确定麦克斯是否喜欢她。她甚至不确定自己是否喜欢麦克斯。人们总是在警告希尔德，麦克斯身上有种种问题。但她仍然感受到一种前所未有的吸引力。"跟着你的直觉走。"陌生人对她讲。

希尔德在英国待了大约三个星期。没过几分钟，她就意识

乡关何处是：大屠杀下浴血成长

到自己永远不会嫁给保罗。她也觉察到了自己的愤怒。亚历山大一家更像是德国人而非英国人。战争即将打响的时候，他们从柏林来到这里，与弗兰克一家是远亲。瑞士打仗期间，奥托·弗兰克和其妹莱尼·埃利亚斯与家人们幸存了下来，是亚历山大一家的童年伙伴。埃利亚斯夫妇的确住在我父亲巴塞尔公寓的拐角处，麦克斯和他们的孩子曾一同上学。所有这几个家庭——亚历山大家、弗兰克家、埃利亚斯家、哥德伯格家和雅各布斯塔尔家——彼此之间都有一定偶然的联系，呈现出典型的六度分隔①。

亚历山大夫人是家中真正的权力中心。她一点也不高兴，那个身无分文的难民曾威胁了她为汉斯谋划的婚事，现在又来对保罗做同样的事。那对双胞胎并不抗拒这位母亲。"他们是她手上的培乐多彩泥②。"我的母亲这样评价道，她常年和小孩子在一起的经验在此刻清晰地显现出来。尽管如此，保罗依然向希尔德求婚，希尔德答应他，在去利兹看望表妹玛丽昂时，考虑一下他的提议。

---

① 六度分隔理论认为世界上任何互不相识的两人，只需要很少的中间人就能够建立起联系。哈佛大学心理学教授斯坦利·米尔格拉姆于1967年根据这个概念做过一次连锁信实验，尝试证明平均只需要六步就可以联系任何两个互不相识的人。

② 培乐多是一种被用于幼儿在家庭和学校的工艺学习的塑形用黏土。该黏土是由面粉、水、盐、硼酸和矿物油组成，并首先在美国俄亥俄州辛辛那提市制造为20世纪30年代的壁纸清洁用品，原为白色。自从它被一名老师带回幼稚园，便大受小孩欢迎。

第七章　流亡者，伯根-贝尔森

这次拜访也令希尔德受到了冲击。这几年里，善良的表妹变了。她仍保有温暖的天性，却嫁给了一个粗野的男人，一个不停讲荤笑话的毛茸茸的男人。不过，妹夫好心送给我母亲一件海狸大衣，希尔德马上卖掉了它，来换取更有用的东西。两个女人到爱丁堡做了一趟短途旅行，沿途讨论了下现实情况。"跟着你的心走。不要嫁给你不爱的人。这是个错误。"玛丽昂告诉她。希尔德想起她在利兹那个爱说俏皮话的、手肉乎乎的丈夫，她在想，玛丽昂是不是道出了自己永远无法直接承认的内心深处的苦涩。

希尔德一回到伦敦，就收到了格伦佩特医生的信，和斯潘尼尔博士一样，他也属于麦克斯批评者的行列。不过，他对希尔德的兴趣总是直截了当地展露出来；用母亲的话说，"我走到哪儿，他都跟着。"他在信中告诉希尔德，在她外出的时候，麦克斯和一个卖弄风情的年轻女子约会。女孩在贝尔森的另一间犹太救济机构工作，叫雷内。希尔德原本就讨厌她，何况如今成了自己的一个竞争对手。生平第一次，希尔德尝到了嫉妒的滋味，格伦佩特医生的目的达到了。他说："回来后，不要指望麦克斯再对你友好。"唉！可怜的格伦佩特。信使从来不会从这些交换中获得什么好处。他被丢在尘埃里，而希尔德则为赢回这位三心二意的瑞士医生的真心，而出征迎战。同时，她告诉保罗，自己不能嫁给他。"我太伤心了。我永远不会结婚了。"保罗对她说。但六个月后，保罗便娶回了其母为他挑选的那个女人。

令我欣喜的是，父亲如今已加入母亲的行列，一起同我分享他们之间求爱和共同生活的经历。能让他们同时做讲述者和见证人，不可谓不是一种特别的荣幸，尤其是在他们二人的记忆方式如此大相径庭的情况下。母亲称得上一位完美的观察者，能够清楚地记得事件发生的日期、时间。另一方面，父亲对日期和时间的记忆力就相当差了——好比什么时候发生了什么——但若从整个事件场景的角度来看，父亲对事件意义的记忆却是惊人的深刻。他对两人感情生活的记忆，就像一扇彩绘玻璃窗那样，被他爱的力量所照亮了。在爱情的话题上，他是权威，是《纽约时报》，我的母亲会转向他，核实自己说出的话是否属实。

父亲证实，格伦佩特医生"曾深爱着希尔德"，无所不用其极地使坏，"但这并不是说他讲的话不正确！"就在这个当口，他收到一封希尔德从英国寄来的一封信，信中说她决定拒绝保罗·亚历山大的求婚，因为，除其他原因之外，她对麦克斯的感情是如此强烈——这需要多么大的勇气！而我父亲则继续与雷内交往。在雷内之前，还有一个漂亮但愚蠢的英国女孩。再往前数，父亲还有另一个背景不明的罗马尼亚女朋友，由于她正为联合国善后救济总署工作，因此我父亲认为和她的关系是"冠冕堂皇的"。随后回到巴塞尔，他开始"和一个非常漂亮，矮小，略显矮胖，长发飘飘又有光泽的匈牙利难民约会"。

姑娘以为麦克斯打算娶自己。瑞士的朋友写信告诉父亲,姑娘谴责他违背了婚约。然而我父亲回应:"我搜遍了我的头脑和良知,发誓从来没有提过任何关于婚姻的说法。但我的确可能过度浪漫了。爱的语言是一种强烈的语言,虽然可能容易转瞬即逝。"

我从这一切讲述中得到的印象是,希尔德比麦克斯更快认识到了之于对方的感情。麦克斯说,希尔德去英国结婚让他不悦,但"也并不完全震惊"。到那时为止,两人之间已进行了多次深入细致的谈话;当她从英国写信给麦克斯,袒露内心强烈的火苗时,这些谈话有助她装出一副坦率的样子。麦克斯在8月中旬回瑞士看望父母的时候,甚至还写信给希尔德,倾吐对未来的绝望;但麦克斯的父母坚持让他在任期结束后,返回幽闭恐怖的巴塞尔,他不愿意回到一个没有公民身份、不被悦纳的国家。

基于所有这些信任,希尔德毋庸置疑地期望,他们之间能够大方谈论全然占据了清醒头脑的诸多情感与冲突。但事与愿违,希尔德回来后,一场争吵爆发,或许是因为麦克斯没有希尔德期望中的那般热情。他们有好几个星期没见面了,其间,麦克斯陷入了"绝望和怀疑的低谷"。希尔德告诉他,自己不期待任何形式的承诺,但希望尽可能长久地和他待在一起。至于麦克斯,"我内心有一种潜在的感觉,警告我不要失去她。"麦克斯终于克服了疑虑,把步子移到她的房间,却发现希尔德正在亲吻另一个男人。这是一个偶然的约会对象。麦克斯瞪着他们,男人立刻跑开了。也许希尔德正像电影《南太平洋》的奈莉一样,尝试把麦克斯从头脑里清除出去。不管怎么说,从那之后,麦克斯和希尔德开始出双入对。

1946年晚秋时节,两人第一次同行前往阿姆斯特丹,住在多伦酒店。麦克斯已成为希尔德的情感支柱。战争危机年代的希尔德因沮丧自动屏蔽掉了许多人和事,麦克斯开始帮她打开心扉,建立来往。斯科尔特一家一见到麦克斯,便喜欢上了这个人。希尔德说,这种感觉几乎等同于带麦克斯来见父母。麦克斯和斯科尔特的孩子——琪琪和基斯一下子就亲昵了起来。奥托·弗兰克和麦克斯也一见如故。亲友们的反应让希尔德安心。

也并非每个人都对麦克斯留有好印象。1946年5月,乔很快求爱成功,与女友科里完婚。在女方的坚持下,他皈依了荷兰改革宗①。希尔德着美军制服参加了教堂婚礼。乔先前一直渴望重振父亲的女装生意,却以失败告终。不久,他放弃了公司运营,转投效力荷兰皇家航空公司。他不信任麦克斯,不喜欢他前途未卜的经济状况,看不惯他自恃光鲜履历的傲慢。就像贝尔森难民营里的医生们异口同声的论调一样,乔警告希尔德不要嫁给这个明显的"左倾"分子。"乔坐着一辆大车来

---

① 改革宗也称归正宗,基督新教宗派之一。

了,"父亲回忆道,"自始至终一副完全不信任的样子。他对希尔德的态度是居高临下的,对我则是丝毫不加掩饰的怀疑。"

但是,在阿姆斯特丹战争幸存者们的齐声赞许中,乔的声音是孤独的。麦克斯和希尔德暂时回到贝尔森工作,但知道此处并非久留之地,随着流亡者状况改善,这里更不再是稳定的居所。我父亲不会忘却这样一个自成体系的小社会在当时是如何建立起来的,以至于始终能够脱离英国当局和大门外敌对国家的管制,独立运转。他描述了这样"一个活跃的黑市",营地居住者们经营合法的屠宰店和杂货店,在坚固的石砌营房的地窖里挖水池,出售活鱼。父亲说,有时候他们会有点过火。一天晚上,他回忆道,

> 我开车去营地的时候已经很晚了。一辆救护车经过,平时我们会用这辆车把病人送到附近的格林休斯医院,但一般不会经过此地。我拦住他们,问在做什么。随后车内传来一种令人无法忽视的声音。起初,我以为可能是一个分娩的妇女在呻吟,但很快,听得出来,是一头母牛的呻吟声。他们把我的救护车当作运牲口的卡车!我制止了那件事。但坦率讲,我感到高兴而不是生气,每天1800大卡的营养需求刺激了贸易。

贝尔森的居民们开始意识到,在找到一个允许他们进入的

国家之前，不得不先进入长久的等待。因此，伯根-贝尔森的生活日见和谐地运转着。即便如此，我的父母即将结束他们在这里的使命，开始盘算自己的未来。在把麦克斯纳入未来版图的可能元素之前，希尔德原本认为已为无家可归找到了一个完美的解决方案。美国有一家组织，叫犹太妇女全国理事会，其中的代表前一年来参观过日托中心。该委员会正在寻找14名拥有非凡成就，却因战争而无法进一步开展研究的年轻幸存者前往美国进修，提供全额奖学金。但是年轻女性必须保证在学业完成后回到欧洲。结婚会使候选人失去资格。当时没有人想到去质疑这种条件，也并没有哪个男人做好了准备，跟着一个女人去往另一个国家。

1947年1月，希尔德得知自己被选中的消息。起初她很兴奋——可以选择念美国的任一所大学；可以学习任何知识；也终于可以实现成为儿科医生的梦想了！安理会建议希尔德复员后直接到美国来。她预计最迟于1947年8月离开欧洲。正如我父亲所写，这个最后期限对这对年轻恋人来说，是一道"清晰的界限"。他们应该结婚，还是分手？

麦克斯仍然不确定。他无法想象移民到任何地方，譬如以色列。他也没有认真考虑过美国，这个冷战成形之际的国家令他既着迷又充满怀疑。待在瑞士没有前途，这一点他已经看到了，但又不能完全相信亲眼所见即是事实。他仍然紧紧抱着这样的希望：最终，当局会推翻先前的决定，赋予他公民身份。

第七章 流亡者，伯根－贝尔森

更不必说，他的父母在早在巴塞尔深深扎下了根，此前他所有的人生都在那里度过。

面对诸多不确定性，他们决定理智行事。两人一致认为，希尔德应当接受美国的机会。她知道自己深爱着麦克斯，但和麦克斯不一样的是，她已习惯了不稳定的状态，习惯了痛苦的分离，也习惯了失去。她太骄傲了，对他的感情讲不出任何条件。虽说做出了这样的打算，但他们还是在这些不确定因素的阴影下继续共同的生活。两人没有什么固定的日程，到处进行一日短途旅行，享受军区巨大物资网络下的购物便利。在汉堡和不来梅港的军用商店购物时，希尔德对小奢侈品生出了极大的热情。这些东西是她从未拥有过的，一旁的麦克斯只是看着也感到动容。他经常提起母亲买来的一件黄色丝绸睡衣，上面装饰着鹦鹉和鲜花，与多年军装的卡其色形成了浓烈的对比。

他们决定进行最后一次旅行。麦克斯计划带希尔德去看阿尔卑斯山，教她滑雪。1947年2月，两人乘火车出发。但没有想到的是，一场暴风雪能把从汉堡到巴塞尔的8小时行程，延长到噩梦般的35小时。希尔德的心事似乎会对天气产生灾难性影响。像往常一样，她留住了闪光的记忆，一些"好心的斯堪的纳维亚人把饼干和奶酪分享给"这对饿到体力不支的情侣。好在，终于及时赶到了我祖父母家吃中饭。那是希尔德第一次见到麦克斯的父母，她坐在沙发上，筋疲力尽地陷入了沉睡。我的爷爷莫里茨把麦克斯拉进厨房。他不过刚见了希尔德仅五分钟，便向麦克斯摆摆手，一本正经地告诉他，这个女人与众不同，如果麦克斯还抱着对待以往女朋友的态度对待希尔德，莫里茨会觉得他是个人渣。我父亲一直没有理解莫里茨何来这样的洞察力，他把他父亲的这一点表现部分归因于势利的心态：莫里茨，一个没有受过教育的波兰犹太人，认为德国犹太人持有某种优越感，并对此抱以极大的尊重。但他成功地让麦克斯再次思考，他与一个真正心爱的女人即刻天各一方的问题。

第二天一早，麦克斯和希尔德出发前往瑞士东南部阿尔卑斯高山上的一个度假区——蓬特雷西纳。当时一路都在下雨，以我有限的经验来看，一去滑雪，就会下雨，躲都躲不开。火车车轮沿苏黎世湖边滚动，一种崭新的确定感悄悄掠过麦克斯。也许麦克斯父亲的训斥是一种反向的祝福，促生了这份安定的感觉。其他一切都没有改变。他们仍然没有钱，没有国家，没有经济上的指望，但此刻，至少有一点他可以确定的是，他不希望看到希尔德离开他去美国。

"希尔德，"他说，"我想接下咱们该结婚了。"麦克斯看得出，希尔德并未像他一样，认为这个需要迫在眉睫。"她看着我，"麦克斯记录道，"我记得她的上唇上出现了一道细汗。她不确定。我真的准备好了吗？她认为我其实也还没想好。"我妈妈说她的第一反应是："我得考虑一下。我爱你胜过爱任何人，但不确定我们是否能和睦相处。"经过多次讨论，他们决定进行为期一年的试婚，在此期间不生孩子，最后再重新评估

第七章 流亡者，伯根-贝尔森

状况。

无论是从情感，还是从气象学的角度来讲，那都是一段阴暗的时期。希尔德发现，在蓬特雷西纳的日子令人感到"难以承受、沮丧和压迫"。她从小在平地上长大，不习惯耸立的峭壁和幽狭的山谷。第一次滑雪冒险时，麦克斯带她来到旅馆后面的小山上，希尔德直接滑进了栅栏，脚踝扭伤。到达后没几天，麦克斯的妹妹瑞吉出现了。这是一个闷闷不乐的 17 岁孩子，丝毫不懂心理学的麦克斯的母亲，就这样把她送出了家门。幸运的是，我父母说，瑞吉牙痛，不得不重回巴塞尔，但她对改善希尔德萎靡的精神状态没有起到任何帮助。母亲这样回忆起自己当时的状态，"战争刚结束，我相当虚弱。身体还没有恢复到平和状态。我挨过饿，也受过穷。没有父母，找不到任何实实在在的情感依托，即便是麦克斯，也无法给予我这种支持，他自己当时也问题重重。"

我想，高兴的人是麦克斯。他的确定感和喜悦感每小时都在累加，而希尔德的反应则让她自己也大吃一惊：沮丧，甚至悲伤。也许这一大步跨越让她清醒地感知到，失去父母究竟意味着怎样的损失，以及她在这个世界上，是何等孤独。她比我父亲更乐观，但也更现实。一方面，未来如此不明朗，办婚礼的可能性如此渺茫，没有人可以信赖，也没有人可以在结婚当天送她出嫁。另一边则是去美国深造的良机。她怎么能不理睬这个机遇，而是把自己投入到一种不确定的生活之中，把自己和一个同样对未来缺乏安全感的男人绑在一起呢？不管她有多爱他，生活大概实在过于艰难了。他可能离开她；他们可能在贫穷中漂泊，或是禁锢在某处狭窄的边界内，不可避免地走向痛苦。

从瑞士回贝尔森的一路上，两个人心事重重。希尔德告知犹太妇女全国理事会，她打算结婚，因此不能接受这份奖学金。1947年5月底，两人结伴去了位于巴黎的联合会总部。希尔德退伍，解除服役，麦克斯一起跟了过去，想看看能否在联合会的其他国家分部谋得一处职位，也许在北非，那里计划开设一个办公点。无论是从贝尔森的各部门同事那里，还是从联合会、联合国善后救济总署的官员那里，麦克斯都得到了极佳的推荐信。但美国联合分配委员会正在关闭其在欧洲的业务，且没有任何可用的信息。麦克斯以为自己在这件事上被针对了。其实，如果他能观察到正发生在纽约的事情，就能够看出，联合会将自身定位为一家高效运转的临时特设组织，一旦当地人能够接管，相关人员便会离开这个地区，就像曾对布兰克内瑟采取的做法一样。但麦克斯没能看明白这一点，只是单纯地认为，自己遭拒的申请意味着又一个希望的破灭。

我的父母在巴黎逗留了大约两周，一半时间在春光的魔法下度过，另一半时间在绝望里度过。父亲写道："巴黎正处于解放的鼎盛时期，战后的乐观情绪似乎点亮了这座城市，特别是与了无生气、黑暗破灭的德国相比。"

第七章 流亡者，伯根-贝尔森

有那么几个小时，我们是一对在巴黎陷入爱情的年轻情侣，也有几个小时，我们感觉自己像被扔在陌生海岸上的人类残渣，怀着好奇和渴望注视着幸福的当地人。一直以来，思绪盘旋不停，不是围绕着已经发生的浩瀚事件，就是正在进行中的无限活动。这些事有时像远处的行星，有时又像小行星崩袭而来，威胁着要压垮我们。

他们落脚在左岸的一家小酒店，足迹踏遍了整座城。联合会给希尔德结了些工资，不再需要穿制服的她给自己买了几顶帽子和一套白西装。她和麦克斯总是深情地回忆起在那里的时光。但从另一个角度看，当世界上其他地方都在前进的时候，他们——这些没有居民身份的人，却被困在这一片"无人"之境。这种意识压迫着他们；而他们自己也从未忘记这一点。离开巴黎后，两人兵分两路，希尔德去阿姆斯特丹，麦克斯去巴塞尔。每个人都必须确立下某种公民身份，才可以进行接下来的结婚、工作，以及生活在某个地方。脱下军装，他们不过是另外两个无国籍的漂泊者，甚至连结为夫妻的权利也不具备。

在6月初到7月初的分离月里，麦克斯和希尔德每天都给对方写信，有时一天几次。麦克斯偶尔提到在巴黎的逗留。6月20日对这对恋人而言，似乎是一个写信的大日子。在这一天的信里，麦克斯提到，"在巴黎，我们曾相信可以通过纯粹的性格力量来征服严酷的现实，但我们输了，败得很惨。"当国家官僚主义使局面不可扭转的时候；当你像希尔德一样，明明活生生地存在，却被认为已经死去的时候；又或者，犹如麦克斯，因卑鄙和种族恶意不得不接受错误的定义和划分的时候，很难想象，单个的个体究竟能发挥出什么重要的作用？一旦军装和军衔的外壳被剥离下来，我的父母就变得和他们曾在贝尔森照料过的那群人一样脆弱。没有国籍，没有自由，没有金钱，似乎他们活下来，就是为了成为战争下的另外两件牺牲品而已。

第八章
情书：穿梭于阿姆斯特丹和巴塞尔

　　我的父亲母亲开启了异地恋的时光。均谙德语的他们使用德文通信。希尔德描述了自己乘火车经过法国北部荒原回家时的旅途见闻。每到边检时，她都会担心证件是否行得通，但次次又能毫无障碍地放行。她描绘了身旁胖女人突兀的双脚和形形色色的边防军，语调中透着一种特有的幽默机智。但这些法国省份曾是第一次世界大战的战场，她在黑压压的天空下，充满了恐惧。这里的景象勾起她对遍布黑暗和死亡的欧洲的憎恶，穿越恶兆弥漫的边境时的幽闭和恐惧，以及想要继续前行的愿望。紧接着，荷兰扑面而来。布满绿荫和奶牛的田野在微笑，绵延的运河上搭着转体桥，城市熙熙攘攘。对于故土的情思一下子涌上希尔德的心头。

乡关何处是：大屠杀下浴血成长

希尔德住在哥哥家，乔和科里尽力把房间布置成她童年时的样子。她深夜蜷缩在床上，给麦克斯写信，告诉他那天所发生的一切，以及心中所有的感想。在麦克斯面前，她小小地尝试过积极地支持社会主义，便郑重其事地描述了邻居对面包店罢工的反应。她写道，人们一两天不吃面包后，观念发生了"令人毛骨悚然的反动"。但在对面包店工人务工情况及前路的经济大环境进行了几页样板式的探讨后，她补充道："尽管上面的评论些许悲观，但我今天也有几次愉快的经历。"我不由咧嘴一笑；这才是我认识的那个母亲。可以窥见的是，她谈论那些内容无非是想取悦我那严肃的马克思主义信仰者父亲。

她让我想起博斯韦尔笔下《约翰逊传》①里的一个故事，讲的是18世纪英国作家在成名多年后遇到的一个男人。这位名叫爱德华兹的退休律师在几十年前，曾是塞缪尔·约翰逊在牛津彭布罗克学院的校友。他知道自己从前的玩伴、老朋友已成为一个伟人，便说道，"你是个哲学家，约翰逊博士。我也曾试过当一个哲学家，但不知怎么才能办到，总有快活的事闯进来。"快活，甚至是快乐，总能闯入希尔德的生活。她享受着和平生活里每一刻小小的自满，她即将嫁给一个她崇拜的男人。面包师罢工事件显然在色彩上与她的现实世界不搭调。

父母向我展示了那个月里，他们之间感人而热情四射的通

---

① 《约翰逊传》是苏格兰作家詹姆士·包斯威尔为英国辞典家、诗人作家塞缪尔·约翰逊写的传记。

第八章 情书：穿梭于阿姆斯特丹和巴塞尔

信。信件里的爱与激情就要溢出纸面。我们不禁嘲笑起这对为爱痴狂的恋人，竟然真的抱定了试婚只持续一年的打算。我得以了解到，父母在比我自己的儿子还年轻的时候，是什么样子。我对他们二人彼时的模样生发了慈母般的爱意。母亲不久前意识到，我的年龄已比她的父母被驱逐出境时还要大得多。时间让一代又一代的人站在他们的肩头上，记忆中没有永远的父母，也没有永远的孩子。

母亲向父亲描述法国北部景象的方式，我从未在她笔下见到过。短暂革命时期的她也和平时不一样，这样的状态持续了一周，或是两周。她对马克思主义分析的试水，就像一件不合身的外衣横套在她与生俱来的自由主义之身上。很快，她就对此不屑一顾，转而以更具体、更积极的方式来对抗不公。她爱上了一个博览群书的男人，由此催生出的自我教育给人以如此天真、如此有爱、如此缺乏安全感的印象，难怪人们会觉得她如此可爱。就是这样一个不谙世故的热心者，在牙医为她补了十个牙洞后，和牙医就政治问题争论起来。骑自行车穿过阿姆斯特丹多雨的街道就能带给她简单的快乐，一杯醇正的咖啡、一片草莓饼便能带给她真正的享受，到处都能发现友善的人，并信任他们。希尔德就像一阵旋风般，高效地进行各项活动。每天都外出，勤勉地追踪官僚们的办事步骤。她以这样的举动向荷兰当局证明她并没有死，且实有成效。1947年6月8日，她在给父亲的信中写道："现在我知道了，我要回到一个人类生活正常运转的世界。我觉得自己有能力做任何事，且渴望知识。"

晚上，希尔德有很多人需要去拜访。这一小撮幸存者和其他犹太朋友们保持见面，谈论如何重建自己的团体。当又有新同伴从几近全然覆灭的战争中走出来，他们会欣喜若狂。那些人看着希尔德从小长大，习惯了珍爱她，给她建议。如今，得知希尔德经受的创伤，对她怀满同情。米尔斯一家都是幸存者，他们坚持要为希尔德做一件婚纱，但希尔德从一开始就没有举办婚礼的想法；这对年轻伴侣已决定在瑞士一间犹太教堂完婚，来遂麦克斯父母的愿。但米尔斯一家从希尔德襁褓时期就认识她了，他们不允许希尔德对这番好意说不。希尔德写道，这件衣服将在几天后上身："亲爱的，我开始喜欢这个主意，因为（这件衣服）缝进了那么多真正的友谊和爱。他们向我保证，全瑞士人一眼看到它，就会神魂颠倒。我想为你预备一件漂亮的裙子。你认为我从这些事情中得到乐趣，是太孩子气吗？"（1947年6月20日）

到了那个节点，麦克斯能做的，不过是每天数着日子，看还有多少天才能再次拥抱到对方。他叫她"希尔陈"（"小希尔德"的意思），这个称呼一直叫到两人老去。他和希尔德一样，不断抱怨邮差服务。实际上，每日三四次的送信频率，两国之间隔夜抵达的速度，在美国人看来大概已经是奇迹了。"我不得不在没有你来信的情况下，吃完早餐和鸡蛋。"他不止一次

第八章 情书：穿梭于阿姆斯特丹和巴塞尔

地抱怨道。

麦克斯在情绪最低落的时候，给希尔德写了几封在我看来简直残忍的信。麦克斯在她面前摆出高人一等的优越感，纠正她的拼写，对她缺乏教育表示失望，对结婚计划也提出犹疑。希尔德一定很爱他，用恰到好处的语气回应了他。她在情书上给自己加了些幽默的脚注，显然是在看到麦克斯那些刻薄的话语之后（例如，在表达爱意的话语旁写着"什么胡话!"，在原先已写好的"吻你多次"旁边，又用细小的笔迹添加了"吻你几次"）。6月17日，她勇敢地表达了经过自我净化的愤怒：

> 好吧，我承认。目前的情况并不可喜。我只记得6岁的时候，我和乔放学后，不得不爬上一扇开着的窗户才能进入公寓。我们一周只吃两次热饭，因为父母直到晚上九点才下班回家。我们一整天都很孤独。记得有一次，我们坐在窗边，就像我现在一样，但当时所有的灯都灭了。我们听到党卫军的脚步声，他们要拖走我们。我记得和父母坐在电车里，被党卫军监视着，等待被驱逐的宿命。他们放我们走了……一周后，我的父母消失。我游过马斯河……除了自己这条命，什么都没有。那时候我知道，如果能在这场战争中活下来，对我而言，就不会再有更糟糕的事。

麦克斯，我们和死亡、贫穷、痛苦如影随形……在贝尔森，我看着真死者的脸，听着活死人说话。他们就用那张毁容的、腐烂的脸和我说话，而我，想搞明白眼前人是否正是我的父母。亲爱的，我对生活没有恐惧，再也没有什么能让我害怕了，你要明白这一点。[你很沮丧]因为已经一个月了，你还没有找到工作，对吗？因为政府太愚蠢？但有我的爱，我还活着，我们彼此相爱，这难道还不是奇迹吗？

麦克斯麻痹的心虽然已不再会对什么事感到内疚，但似乎并不反感希尔德把自己放在幸存者这一有利的道德位置上。恰恰相反，他被她义愤的火焰深深打动和说服，这标志着他一段黑暗情绪的终结。"亲爱的，亲爱的希尔德，"麦克斯一收到这封信就回复道，"我明天会写得更详细些，但我今天想用航空邮件先把这封信寄出去。我只想告诉你，我非常爱你。我请求你原谅我心情不好时不加控制的表达。你应该知道，我相信你也知道，这些情绪都不能动摇我对你的爱。我为我们共同生活的前景深感欣喜，即使目前外部环境看起来不太有利。"

实际上，麦克斯在生活的很多方面都比希尔德更加举步维艰。在巴塞尔度过的前两周里，麦克斯大部分时间都处于黑暗的消沉状态。6月16日，他刚满27岁，失业，住在父母家里，情感冲突不断，甚至他的床也让他失眠。6月5日，他刚到这里，便用自怜的幽默写道："我现在躺在我孤独的床上，又回

第八章 情书:穿梭于阿姆斯特丹和巴塞尔

到了这件构造怪异的家具上,这件家具根本配不上床这个名字。现在已经11点了,我估计要辗转反侧到凌晨两点,才会筋疲力尽地入睡。"他所有的医学院同窗早就找到工作了。他算是个怪咖,不是瑞士人,在瑞士出生,又是犹太医生,因此找不到工作。由于他的朋友多数白天都在上班,奔波在这个国家的各个地方,所以很少有人可以和他交谈。

随着孤独加深,他的绝望也加深了。他怎么能让希尔德嫁给一个连工作都找不到的人呢?他认为自己已尽力尝试了:写信给有关政府部门以确立公民身份,写信给医疗就业机构,写信给波兰在伯尔尼①的政府办公室,让他们寄所需文件,不一枚举。但一切似乎都会走向死胡同。例如,6月12日,他给希尔德抄了一封瑞士医疗职业介绍所对他的回信。他在给该机构的信中解释说,尽管他表面上是波兰公民,但实际上是在瑞士出生的,对出生地的语言和习俗百分百熟悉,且打小在巴塞尔接受教育,直至获得医学学位。他希望能得到一个儿科职位,并预估,人们不太会感觉他是一个外国人。

回复是令人讨厌的官方语言,这对讲德语的机构来说再拿手不过:麦克斯申请的岗位已有太多瑞士本地人同时在寻找。就连瑞士医生也在徒劳地等待。麦克斯只能选择结核病疗养院或精神病院,这些地方急需帮助,会接收(正如回信中所暗

---

① 伯尔尼,瑞士首都。

示）其他地方不需要的申请人。很明显，该机构的任何官员都对麦克斯的实际地位或资质没有丝毫兴趣，也没有注意到其信中想要表达的重点。

我的父母发现，官僚主义的复杂纠葛占据了他们信件交流的大部分内容。希尔德的身份状态虽复杂，但可以用几句话来概括。战争结束时，据说荷兰政府在报纸和传单上发表了声明，催促幸存者前来重新登记成为荷兰公民或居民。特别是在阿姆斯特丹，荷兰抵抗军在战争期间轰炸了市政档案办公室，以防纳粹分子获取在那里登记的名字。这就造成了如今具有讽刺意味的一幕，来自荷兰首都的幸存者们已经找不到自己曾存在过这座城市的记录，故而不得不以某种方式重建自己的身份。

而此刻的希尔德，正忙于伯根-贝尔森的工作，并不知晓这道法令，也不知道自我申报设有时限，也难怪，面前的官员对她说，"你不存在"。为了证明自己的存在，她必须找到自出生以来就认识她的证人：这不是一件容易的事，毕竟起初她是荷兰的难民，而今是种族灭绝的幸存者。在这场大屠杀中，荷兰境内 14 万犹太居民已有 10.6 万人丧生。证人们须在公证人面前签下证词，最后，须陪同希尔德一起去海牙国际法院①接受询问。运气好的话，对方将相信他们所说的。希尔德需要找到

---

① 海牙国际法院是联合国六大主要机构之一和最主要的司法机关，是主权国家政府间的民事司法裁判机构，根据《联合国宪章》于 1945 年 6 月在荷兰海牙成立，并于 1946 年 4 月开始运作。

第八章 情书：穿梭于阿姆斯特丹和巴塞尔

四个这样的证人，通过市政和国家官僚机构请他们参与协助。这几位目击证人是乔和祖斯·斯科尔特，米尔斯兄弟以及他们的妻子。此外，她还需要提供各种证件，才能获准进入瑞士结婚。这些证件包括：去瑞士旅行的签证；愿意嫁给麦克斯的声明；以及包含在荷兰《承认法案》中的身份证明。更为复杂的是，签证有时间限制，须与瑞士婚姻法规相协调一致。婚姻法规里包括结婚预告，即公开宣布结婚计划的步骤。根据法律，结婚预告只能在巴塞尔宣布，而预告能否公布，取决于签证和其他文件。这些无一不需要耗费时间。与欧洲官僚机构相比，约瑟夫·海勒①的《第二十二条军规》似乎是效率和理性的典范。麦克斯试图催促波兰驻伯尔尼大使馆先寄文件到阿姆斯特丹，再到巴塞尔；这对夫妇获得公民身份的唯一希望，是经由麦克斯理论上的波兰国籍来实现，虽然他从未涉足波兰。

获取这些文件对希尔德而言，犹如一份全职工作那样耗时。她得找到一名律师和一位公证人，连续几个星期疾步穿行于各个办公室之间。她需要从家庭医生那里收集签了名的健康证明，从证人那里收集过去在荷兰的生活和性格状况，从瑞士甚至波兰领事馆收集关于她未来身份的说明，诸如此类。最后，她被认定为无国籍人士。对她来说，这比花费数年去申请荷兰公民

---

① 约瑟夫·海勒，生于美国纽约，犹太人，美国小说家、剧作家，"黑色幽默"的代表作家之一，其代表作《第二十二条军规》已成为讽刺文学的经典之作，1998年兰登书屋评选的20世纪百大英文小说中此书名列第七。

身份要简单得多。她坐在林林总总的文件堆上旅行，里面装满了英国占领军和所有办事机构的邮票，就连我小时候入境纽约时贴的美国邮票如今也还在上面。希尔德的一位同学父亲在阿姆斯特丹警署做署长，富有同情心地最终伸出了援手。如果不是他的帮助，如果没有斯科尔特一家及其好友好心地为发假誓做准备，声明自己很久以前就认识了希尔德，那么她在荷兰滞留煎熬的日子将远不止一个月。但她总对身边人的善良抱有最基本的信任。虽然几年的恐怖刚刚过去，但令人难以置信的是，人们也常常表现出合乎情理的善良。曾有一个电视节目讲述我母亲的经历，负责调查希尔德背景的历史学家杰勒德·尼尔森在2002年发现，希尔德其实早在1946年就获得了公民身份，然而当时相关的政府机构似乎并未意识到这一点。如果希尔德也事先了解这一点，那么以上描述的所有身心折磨原本可以避免。

麦克斯虽在战争中安然无恙，但他当时的处境给他带来了更大的烦恼。由于其家庭在瑞士生活的根基太深，当局并不会认定他为难民。他的母亲西利·萨克斯1897年出生于德国富尔特，在新世纪初来到瑞士时，还是个蹒跚学步的孩子。西利出身于流动小贩家庭，是七个孩子中的一个。小贩的收入不充裕，精力更是有限。小贩的妻子和孩子们在乡村集市上兜售纺织品和衣服，而他则待在家里看书，在当时的下层犹太家庭中常常如此。家中的四个女孩被认为是负担，不值得浪费教育资源。

第八章　情书：穿梭于阿姆斯特丹和巴塞尔

于是，西利14岁就辍了学，去帮手家里的生意。这的确是一个遗憾，因为西利是一个头脑非常灵光的女人，她一生都在后悔自己没有得到足够的教育，且从未停止学习新东西，比如英语。父亲告诉我们，在他青春期的夜晚，总能见到自己的母亲在一天的艰苦工作过后，带着一个苹果、一杯酸奶和一本由社会哲学家赫伯特·斯宾塞①写的书上床睡觉。

西利在丈夫去世后的老年时光里，一直住在恩丁根·伦格纳的一家疗养院。19世纪末以前，这个村庄一直是犹太人的专属聚居地。听我父亲说，那里是一片乡下贫民区。瑞士法律禁止犹太人在城里生活，犹太人迫不得已在此留下遗迹。由于布坎南总统②难以服众，1860年，美国政府一提出抗议，该项法令就被废除了。当时的背景是：美国犹太人在欧洲经商时，突然发现自己受限于这些中世纪的制度。父亲对这一事件的描述得到了瑞士历史学家雅克·皮卡德、威利·古根海姆，以及美国第36届国会记录的证实。文件记录的内容令人震惊，包括1860年4月24日，詹姆斯·布坎南总统给众议院的一封题为"瑞士对希伯来裔美国公民的歧视"的信。

瑞士各城市自中世纪开始驱逐犹太人，直到很晚才重新接

---

① 赫伯特·斯宾塞，英国哲学家、社会达尔文主义之父，他提出"适者生存"应被用在社会学，尤其是教育及阶级斗争中。

② 詹姆斯·布坎南（1791—1868），美国民主党政治家，美国第15任总统（1857—1861），他支持奴隶制，这使得关于奴隶制的争论更加令人忧虑，他于1861年退出政坛。

纳这个群体。至于驱逐的原因——有人指控居住在巴塞尔的犹太人在水井里投毒，引发了1349年的黑死病。结果，这座城市里所有的犹太人，约600条生灵，在莱茵河的岛上被活活烧死。打那之后，无论是在这座城市，还是在瑞士的任何地方，除了偶尔小规模的返回和驱赶以外，没有多少犹太人的踪迹。直到19世纪初拿破仑入侵瑞士，北部的斯瓦比亚和西部的阿尔萨斯才现身了一小批犹太牛贩子，最终发展成经商活动。我父亲出生的时候，犹太人已在巴塞尔生活了约50年。他们在1862年获得了居住权，1872年得到了充分的公民权利。20世纪20年代的犹太群体已发展到1500个人，目前约2000人。1995年，我参观了瑰丽的巴塞尔市历史博物馆，留意到这座城市并没有留下关于犹太人存在过的只言片语。

我的奶奶和未来会成为我爷爷的莫里茨先生在瑞士相遇。那时，这个愈发宽容的国家在外来民族和种族差异的问题上仍然异常狭隘。不过，既然我的爷爷莫里茨选择"一战"期间来到这里，说明瑞士在当时人眼里还是极具吸引力的。选择来到一个地方本应出自个人原因，但对所有卷入20世纪残暴旋涡的人来说，都逃不开政治上的因素。他出生在波兰的马佐夫舍地区明斯克城，时由俄罗斯统辖。就是这座城市，在战后授予了我父亲难以置信的中校军衔。像当时该地区的许多犹太人一样，祖父莫里茨从来不清楚自己确切的出生日期。因为在那个年代，出生记录是被用来征召犹太人进入沙皇军队的一个标准。无论

· 第八章 情书：穿梭于阿姆斯特丹和巴塞尔 ·

是法典化的还是临时非正式的反犹太主义，都会把服兵役转变为一种奴役。任何明智的犹太家庭都会尽量避开这种奴役，因此，出生时间至少会有七年左右的模糊幅度。

大概到了 1910 年或 1911 年前后，16 岁的莫里茨决定去追随自己的父亲。他的父亲为了一个住在卢塞恩①的女人抛下了这个家庭。莫里茨曾在德国斯图加特的一个小报贩子那里打工过一段时间。1914 年战争爆发时，年轻的莫里茨被当作俄罗斯外侨而遭扣押。监禁一两年后，他的父亲从瑞士过来为他作担保，证明莫里茨不过是刚巧路过。随后，莫里茨获批跨越瑞士边境。当莫里茨来到卢塞恩后，他的父亲十分热情，但他或多或少地会与那个女人及其孩子们之间接连不断地擦出家庭战火。我所知道的就这么多，当时的情感状况一定很复杂。

莫里茨从小不讲德语，而是意第绪语。他曾说自己的基本知识都是从路标牌上学来的。当然，他所学的德语并非标准德语，而是新家园里形形色色的方言杂烩。我还是个孩子的时候，其实能听出他声音里含有意第绪语的抑扬顿挫。他没有被肩上的责任所吓倒，很快就找到了份小贩的活计。几年来的经历为他塑造了相当好的生意头脑。他第一次见到自己未来的新娘，是在集市附近的纺织品摊位上。相识不久后，他们就于 1917 年完婚。西利的父母很高兴摆脱了她这个累赘，而莫里茨的商业

---

① 卢塞恩，又称琉森，位于德语区，是瑞士中部卢塞恩州的首府。

嗅觉事实上比他父亲更为敏锐。接着,四个孩子来到这个世界:宝拉1918年出生,我父亲麦克斯1920年出生,利奥1924年出生,最小的女儿瑞吉1929年出生。一开始,这家人住在小工业城格伦兴,就在制表镇贝尔旁边,两个大一点的孩子就在那里出生。动乱几乎没有一天消停过,他们就这样跌跌撞撞幸存了下来。莫里茨做事总是三分钟热度,无论什么工作,一开始展现出的天分和活力随后就会索然无味。自然,一家人的生存状况日益恶化,尤其是在大环境困难的1930年代,只能勉强糊口。他喜欢和狐朋狗友的亲信们在巴塞尔赌场打牌。1897年,就是在这家赌场的楼上,西奥多·赫兹尔召开了第一届犹太复国主义大会。

按父亲如今的说法,莫里茨"从来没有真正了解过他所身处的文化。他模仿轻歌剧中绅士的做派,从流行文化中学习如何故作姿态,和现代人看电影没什么两样。但关于事情运作的本质,他一点也没有概念"。事实上,我对祖父的印象也是如此。他是一个干瘪的矮个子男人,喜欢在头的一侧戴一顶明显皱巴巴的软呢帽,在下唇找一个角度,夹上一支没有点燃的香烟。我认识他时是上世纪五六十年代,他让苏西和我想起了詹姆斯·卡格尼[①]。虽然个头小,但他很强壮,80多岁的时候,还酷爱在孙辈面前弯曲胳膊,大秀自己的肱二头肌:"来,感

---

① 詹姆斯·卡格尼,美国舞台剧和电影演员和舞蹈员。

第八章　情书：穿梭于阿姆斯特丹和巴塞尔

受一下,"他在缭绕的烟雾中咕哝着,"老当益壮着呢,是不是?"

一家人的生活靠西利维持着。为了养育四个孩子,她担负着繁重的体力劳动,来换取微薄的报酬。这对父母日出而起,日落而归,一整天都乘火车在全国各地的露天集市和市场上周游,天黑后,还要背着湿漉漉的大捆羊毛和内衣回家。我父亲还记得1937年的一个场景。西利和莫里茨无法偿还多年前购买的一套客厅家具的费用。法警来了,把客厅封起来,直到付清欠款为止。这个过程又花费了一年时间。在这样的光景里,莫里茨连续几个星期躺在床上,好不容易从沮丧中爬起来,也只会去和朋友们赌博,永远寄侥幸于通过赢钱来让这个家庭摆脱债务危机,回家后,又再次为钱和西利陷入争吵。

冲突不止于这对夫妻之间。兄弟姐妹之间,父母和孩子之间也会陷入不平静。拿宝拉举例,因为女孩的身份,她的自由常会受到无休止的干涉。麦克斯则由于青少年时期即卷入政治,也常与人爆发争吵。麦克斯和姐姐尤为亲近,他在直觉上觉得,是某种不公正感把两人联结在了一起;除姐姐外,他和自己虚弱的弟弟也十分亲近。弟弟患有哮喘和湿疹,却不得已在贫穷下受苦。父亲一直说,他自己的身体遗传了他的祖父塞缪尔。塞缪尔个子高大,身体结实,体格健壮;利奥则和莫里茨一样,个头不高,但结实。这是一个吵闹的家庭,尖叫和打击声不绝于耳。哪怕只是在玩耍,孩子们也喜欢在中午吃饭时,把整张餐桌当成跳背游戏①的标尺，常激起邻居们拍打地板和墙壁以示抗议。

当我问起父亲和他父母的关系时，这个一向爱讲话的人出奇地口齿不清起来。作为一名精神分析学家，他自己也接受了精神分析治疗，来当作训练的一部分。毋庸置疑，这么多年过去了，他一定明白是什么驱动了这个充满活力而吵闹的家庭的情感症结在哪里，但他没什么好说的。谈到这个问题，麦克斯几乎是一脸难为情地提起自己和父亲的争吵；父亲对他而言是个谜，一个善于掩饰，时常充满敌意，有时也会冲动流露出爱意的形象。他和他之间，不存在心平气和的交谈；而面对母亲，麦克斯则充满歉疚，因为她代孩子经受了所有的痛苦。

麦克斯是个聪颖的学生。他是家里第一个上大学，又被医学院录取的人。但他说，一直以来，他都为父母"夏天和冬天都不得不在户外工作"而感到内疚。"天还不亮就离开，雨天背着沉重的带包装的商品返回，再裹上湿漉漉的防水布，东西的重量能重达一吨。与此同时，我正坐在温暖的礼堂里，聆听教授们的演讲，或与左翼学生组织策划政治行动。"麦克斯今时今日提起，除了为他们二人的生活艰难和错失了良好的教育机会而深表同情之外，什么也说不出来。

我可以证实他对父母心怀愧疚是真切的，因为在两位老人

---

① 游戏者轮流从其他弯背人身上跳过。

第八章 情书:穿梭于阿姆斯特丹和巴塞尔

年届高龄而去世之前,我也曾目睹他们的生活。20 世纪 50 年代初,莫里茨时常制造出一场家庭危机,让我们不得不耗尽在美国积攒的小笔积蓄,前往瑞士帮忙化解。一到那里才发现,其实没什么事;又或者,到后来,他们来美国找我们,一待就是几个月,日子里充满了难以言喻的剑拔弩张。童年时听父亲提起,他会带我奶奶去巴塞尔市中心的百货公司参加下午茶舞会。这样做的原因是,他觉得莫里茨经常玩牌,忽视了我祖母这样的中老年女性也需要被照顾的感受。直到我自己 30 多岁的时候,我才意识到当时的西利已经 36 岁了。是啊,那时的她发觉自己老了,于是采取了相应的行动延缓衰老。最后,她活到 90 岁,但我从未在她身上看到过青春的火花。也许这种青春的弹性需要金钱、教育和休闲来维持,这些都是她缺乏的资源。

我父亲对童年的记忆甚少。父母在语言上的不足似乎给他的记忆营造了一片空白。他对秃顶又精力充沛的祖父塞缪尔倒是印象深刻:他们一起跑去犹太教堂,赏玩祖父信手捏来的折纸鸟。如果心情不错,祖父会做出一只有特殊口袋的鸟,堪称豪华版。塞缪尔热情活泼——他的性情和身体特征在孙子身上重现——麦克斯和他极为亲近。父亲童年最痛苦的创伤便是塞缪尔的离世。一根鱼骨卡在了他的喉咙里,伤口感染。父亲当时 16 岁。他的父亲从波兰出发去瑞士时也是这个年纪,而他的祖父时年 65 岁。

当讨论到身体层面的亲缘遗传时,我提出"情绪波动"这一话题，这似乎也是世代相传的一个家庭特征。这个特征受身体因素左右吗？比如，荷尔蒙激素水平？父亲一贯对我的猜测想都不想，便摒弃到一边。这么多年过去了，他一点没变，很难在谈话中深入地探究下去。他总是忍不住以不容分辩的命令切断我探索和联想的结点。

他的这种习惯在过去常常惹恼我们姐妹几个，甚至快把人逼疯，尤其是当他用专业领域的行话来屡屡表述"不要做……"的时候。要知道，平时他是慎用这些行业术语的。我们猜想，他是不是对病人也这样讲话，但转念想，应该不是，否则那该是多么可怕的临床实践啊。然而，在家里，做父母的两个人常常发号施令："不要投射，不要歇斯底里，不要夸张，不要那么防备"。这种策略使他们牢牢地控制着某些情感表达的方向和温度；我们的情感不知为何是没有价值的。在这样一个以孩子为中心、充满爱心的家庭里，如果不是有着特殊的历史，这个问题本该一点也不重要。但事实上，我们的感受惯常受到轻视，心头萦绕着这样一种直觉：与战争中英勇殉难的几代人相比，我们的灵魂是空洞而渺小的。父母只会告知，你们自身的脆弱是神经官能症的症状。可见，令人如此烦恼的并不是需要坚忍承受的命令；而是标签。如果你被贴上歇斯底里的标签，你说的任何话都不会被认真对待。

我认为我父亲的成长环境无非是争执不休的焦虑。大家庭里的情感火焰总是高温不下。大喊大叫、喋喋不休之中，不善

第八章 情书：穿梭于阿姆斯特丹和巴塞尔

言辞的父母却做不到表达内心深处的想法与感受。他们虽内心充满温暖，但自小被忽视。莫里茨的母亲甚至可能患有精神病。我父亲一直认为她可能自杀了，但多数家庭里，这种情况永远不会暴露在光天化日之下，真相也永远不会揭晓。像许多工薪阶层的聪明孩子一样，我父亲接受了高于出身阶级的教育。随后，他和最亲近的人之间不再有共同语言了。这一点令他恐惧。不过，除去教育因素外，比家族命运更宏大的外部环境也造成了很大影响。

瑞士可以保障安全，但并不舒适。这个家庭的外来属性和犹太血统使他们得不到公民应拥有的接纳和参与权。父亲说，在一个人口不到20万的城市中，只占总人口约1%的巴塞尔小犹太社区基本是在小圈子里自给自足的，只有少数犹太人可以成为律师、医生或专业人士，得以进入这个城市更宽广的平台。20世纪20年代的时候，还没有人料到反犹主义会形成一个官方观点，德国也尚未爆发难民潮。如果我的祖父母在那时就申请了公民身份，便可以争取到很多机会来改善自己的社会地位。但当时的他们没有意识到这一点，因此身份仍然是外国人，受限于瑞士所有针对外来者的规定。莫里茨的大多数波兰朋友在那一时期都成了公民；这件事要花费几千法郎去办理，大家都设法存到了这笔钱，把其他的波兰亲戚也接来了瑞士，有些人甚至和西利的兄弟姐妹成了家。其中一些人定居在德国的莱

乡关何处是：大屠杀下浴血成长

茵兰，后因大屠杀失踪。这些亲戚中的许多人来到新家园后，比我的祖父母更能融入当地社会。每每谈论起祖父母在瑞士的经历，只能为他们的无能而苦笑了。他们每天都要应付约定俗成的反犹主义陋习——我父亲称之为民间反犹主义——例如，犹太人都是狡猾、贪财、投机的。事实上，我的祖父母们与这些偏见背道而驰。他们无知，受教育程度低，不适合做生意，缺乏主动性。智力、适应力和幽默尚可，算是唯一的强项。他们也会表达爱意，但根本没有养成日常传递温暖的习惯。

随着纳粹在德国崛起，瑞士反犹主义的火苗也越燃越旺。瑞士分布着许多纳粹支持者，特别是在巴赛尔等德语地区，而德国边境就在距离市中心一两英里的地方。十几岁的麦克斯曾接连不断地遭受轻视。父亲说，有时和善的好心话比明显的侮辱更为伤人。他经历过的明显侮辱有：课间休息回来时在黑板上看到恶俗漫画，受到"一家之主"的房东妻子的冷落。这个女人订阅了戈培尔[①]的《人民观察家报》[②]，每周都有新闻声称要消灭犹太害虫。

父亲还记得两件和他老师相关的事件，都发生在他就读的大学预科公立高中的体育馆。我父亲在文学、历史和写作方面

---

① 保罗·约瑟夫·戈培尔，德国政治人物。其担任纳粹德国时期的国民教育与宣传部长，擅讲演，被称为"宣传的天才"，以铁腕捍卫希特勒政权和维持第三帝国的体制。

② 《人民观察家报》是1920—1945年间的德国纳粹党机关报。

第八章 情书：穿梭于阿姆斯特丹和巴塞尔

都表现出色。他回忆起老师迪特希博士不止一次地责怪德国班学生写不出好文章："看看来自波兰的哥德伯格，他让你们所有人都感到羞愧。"他的地理老师沃斯勒博士在大学任职。为了说明高山头骨（短而圆）和斯拉夫头骨（长而窄）之间的区别，进行了实体测量。麦克斯被选为班上唯一一个斯拉夫头骨的例子，但沃斯勒博士惊讶地发现，我父亲和其他人一样，头骨是高山型的，不免感到失望。父亲补充道，他的老师并不是种族主义者，"只是一个人类学家，实际上还坚决反纳粹"。即使是那些崇拜他的，一辈子和他待在一起的人也会提醒他，麦克斯，你在我们眼里是完全不同的人，这让人很痛苦。

尽管如此，他在学校里一直是佼佼者。在把敌人变成朋友方面，甚至有相当的天赋。他向画漫画的男孩发起了一场格斗。我那肩膀宽大的父亲轻而易举地赢得了胜利。不久，男孩向他吐露，他为自己有同性恋欲望而焦虑。让我觉得有趣的是，父亲显然在小小年纪就具备了灵魂医生的质素。后来，他以一名医学生的身份给社会主义青年团做了场以性为主题的讲座。当我问起那段时间的事情时，他写道，"当我想到自己是多么傲慢而又一无所知，于是我畏缩了，不禁谴责起资产阶级家庭的压抑专制，但这一切完全没有恶意……对性问题的无知程度令人咋舌。这对瑞士家庭来说不是什么好事。他们渴望听到我必须要讲出的话。到今天为止，我相信自己做了一些好事，不管我散播了多少理论性的废话。"

乡关何处是：大屠杀下浴血成长

但大多数时候，麦克斯生活在一团游离的阴霾中。他上高中，然后上医学院，在战争即将结束时通过考试，写了一篇论文。身为一个大学生，尽管自身处于受保护的反常有利位置，但他仍放荡不羁地参与社会生活，在各类社会主义团体中尽己所能地反对纳粹主义。他仍然和父母住在家里，这是当时那个城市的习俗惯例。在他内心，安全，以及什么都做不了，使他饱受复杂情绪的折磨。有关瑞士周边国家真实情况的新闻密不透风，但政治情绪却日渐高涨。在一个基本对难民关闭的边境旁过着正常的生活不可谓不奇怪。那些从邻国进入瑞士的犹太人并没有得到善待。瑞士人历来对陌生人抱有怀疑，特别是在移民和边境警察中，有不少一触即发的亲纳粹分子不欢迎外来人口。与土生土长的父亲不同，这些外来难民大多是维也纳人，1938年德奥合并①后来到瑞士。他们被剥夺了所有工作和进入公民机构的机会（我父亲本可以工作，只是不能当医生）。除了针对犹太人的紧张社会氛围之外，战争年代还有一些引发公众恐慌的事件。

最大的恶兆出现在1942年。那一年，该国200位最著名的学术、商业和政治领袖签署了一份宣言。它促使瑞士公民认识到，一个崭新的政治时代已经到来。现在是瑞士加入他们所谓"新欧洲"的时候了。而这个新欧洲的领导人正是阿道夫·希

---

① 德奥合并是1938年3月11日纳粹德国与奥地利第一共和国统一，组成大德意志的事件。

第八章　情书：穿梭于阿姆斯特丹和巴塞尔

特勒。这项声明遭到自由派报纸的谴责，引发轩然大波。然而，直到瑞士军队首领吉桑将军①声称该份宣言似乎已对民主的瑞士构成了直接的生存威胁，这个国家才弄明白自己将要何去何从。吉桑将军号召瑞士军队进行总动员。几天来，到处都是士兵。危机终于平静地过去了。因此，我父亲写道，"……瑞士的救世主，也可以说我的家人，就是吉桑将军。那200位专家改变了立场，再也没传出来什么消息。几个月后，德国人在斯大林格勒战役中被击败，或许更堵上了他们的嘴。"

　　战争时期的恐惧同样发生在1942年和1943年。父亲说："有传言说德国人蓄势入侵。成千上万的人收拾好他们的东西，打算逃到瑞士内陆。这是一个可笑的计划，因为它会把人们从德国人身边带走仅仅不过一两个小时。要去某个地方，你必须事先拥有一个落脚点，或者有钱租一个，所以两个都没有的我们，并未动身。但是几天来，通往巴塞尔的道路堵了好几英里。汽车车顶上载着沉重的家用物品；火车站的人群泛滥成灾。后来，谣言据说是假的，大家又都回来了。所有人，不仅仅是犹太人，都被这场恐慌控制了。再后来，在纽伦堡审判②上，最

---

①　亨利·吉桑在第二次世界大战期间担任瑞士武装部队将军，可能是瑞士最著名的士兵。他有效地动员了瑞士武装部队和瑞士人民，以准备抵抗1940年纳粹德国可能的入侵。

②　审判中最为引人注目的是对纳粹德国政治、军事、司法和经济领导人员的起诉。他们策划、执行或以其他方式参与了大屠杀和其他战争罪行。由于审判主要在德国纽伦堡市举行，故被称为纽伦堡审判。日期：1945年11月20日—1946年10月1日。

乡关何处是：大屠杀下浴血成长

早的谣言被证实是真实的。希特勒本打算里把通往意大利的圣哥达山口①变成己方的安全地带，但每当俄国人在东部发动进攻时，他都不得不撤回入侵军，把他们投放到俄罗斯前线的战场上去。"

幸运的是，直到1945年5月8日——欧战胜利纪念日②这一天——瑞士仍完好无损。几天后，麦克斯开始准备体检。他翻阅了数千页阅读资料和笔记。虽然他将和有瑞士公民身份的同事一起参加考试，诊断同样的病人，但他不会得到医疗资格证，也无权行医。也就在那时，他向联合国善后救济总署申请了职位。

1947年6月，相继在贝尔森和巴黎逗留后，麦克斯回到了巴塞尔。一回来，就面临自身背景带来的个人境况的窘迫。到了7月初，麦克斯把官僚主义的陈词滥调基本抛却脑后，生活的情形也开始好转。他认真地恋爱，终于要修成正果。希尔德常常提醒他这件事。在我看来，这有点过分了。她似乎在厚着脸皮利用自己幸存者的身份，对麦克斯动用心理杀手锏；那一年她不过22岁。

---

① 圣哥达山口是连接瑞士乌里州和提契诺州的山口，海拔2108米。不但连接瑞士德语区和意大利语区，更可进一步连接意大利的金融中心米兰。

② 美国以及西欧国家定于每年的5月8日，俄罗斯等东欧国家定于每年的5月9日，以纪念1945年5月8日纳粹德国在柏林正式签订投降书，宣布在第二次世界大战中无条件投降。因为该投降书于欧洲中部时间1945年5月9日零时生效，故此不同时区的国家会产生日期差异。

第八章 情书：穿梭于阿姆斯特丹和巴塞尔

7月初，麦克斯前往阿姆斯特丹，接自己的新娘回瑞士。这趟旅行同样不轻松。虽说乘坐火车更加经济合理，但他却不得不选择飞机，因为国籍所在国波兰如今是一个共产主义国家，无法通过铁路上的边检。航空旅行尚处于萌芽阶段，没有启用同样的通行规则。但往返的奢侈费用几乎耗尽了他不多的积蓄。最后，他和希尔德重聚在一起。起初几天，他们尚有一些隐私空间，因为乔和科里去了英国旅行。然而，在夫妇回来后，科里告知两天后会有朋友来家做客，这对年轻情侣不得不另觅他处。他们无处可去，幸好朋友——博尔特兄弟和斯科尔斯夫妇一如既往地伸出了援手。博尔特兄弟原先是我外祖父的合伙人，后来帮乔打理生意。乔还是彻底告别了服装行业。虽然这些家庭都没有多余的空地，但他们仍然宽厚大方，一如战争时期的热心肠。

我的父母终于抵达了阿姆斯特丹的史基普机场。麦克斯在飞机上坐定，猛然发现希尔德在自己身后消失不见了。他不得不等着她，焦虑吞噬了麦克斯，他听不进乘务员们的任何安慰。原来，希尔德被一个爱指手画脚的荷兰警察扣留了。希尔德一向无所畏惧，要求见他的上司，并讲述了自己的故事，提到了自己的朋友——阿姆斯特丹警察局局长的名字。上级军官听着她的历史，眼眶里盈满了泪水。他一再道歉，责骂了那个冒犯她的警察，并护送希尔德上了飞机，对她说，她应该受到尊重而非侮辱。最后，飞机起飞前往巴塞尔，飞向了局面更复杂的天地。

　　这对年轻夫妇和麦克斯的父母住在米特勒街的公寓里。两人先是住在前厅，面向街对面的大学眼科研究所，后来搬到楼上的前女佣室（在那个年代，即使是贫穷的家庭也有女佣）。他们睡在麦克斯在第一封信中抱怨过的同一张凹凸不平的床垫上。在我看来，麦克斯没有振作起来为他的新娘找一个新床垫，就足以证明，在这分开的这一个月里，他的意志是何等的消沉和麻痹。麦克斯的父母似乎并不介意这对年轻夫妇在结婚前几周便合住一张床。大事很快就紧锣密鼓地开始筹备了。在他们到达巴塞尔一两周后，举行了非宗教仪式。父亲说，有见证人，有鲜花，还有店员和办事员的致辞。巴塞尔大犹太教堂的正统拉比韦尔在这对夫妇到后几天，与他们进行了面谈。但拉比要去度假，直到8月底才能为其主持婚礼。双方敲定了8月24日，拉比在索引卡上记下所有的细节。

　　由于犹太教堂婚礼的举行时间临近9月这一新学年开始的时候，而这对年轻夫妇希望届时能在某个岗位上展开工作，因此，他们决定在宗教婚礼举办前先度蜜月。麦克斯逆来顺受的父母没有提出反对意见；他们此刻全然听任于儿子进取的把戏。"我们毕竟结婚了。"我父亲点明。几个月前，这对恋人在蓬特雷西纳做出了如此重大的决定，而今，这对夫妇蜜月的避暑胜地，就在离蓬特雷西纳不远的阿罗萨（我想希尔德当时并未记起，20世纪30年代时贝蒂那次神秘的个人旅行也是去了阿罗

第八章 情书：穿梭于阿姆斯特丹和巴塞尔

萨）。他们徒步走了很多地方。希尔德为了蜜月，穿了一身迷人但不合时宜的衣服——白色短裤、一顶大草帽和系带凉鞋。太阳暴晒的强度随着海拔高度的增加而增加。很快，高度过敏的麦克斯患上了人生中最严重的一次晒伤。我父亲写道，"从希尔德所穿的衣服你就能很容易地看出来，我们出发去度蜜月的时候压根没带脑子，不知道落在哪里了。麦克斯的脸上布满了破裂流血的水泡。他不能吃也不能喝，只能用吸管吮吸冰凉的液体。他发了高烧，卧床整整十天。"

千辛万苦，麦克斯还是及时康复，赶上了宗教婚礼。典礼非常正式，规模也很大。父亲推测，巴塞尔犹太社区的不少人都是来看热闹的，想看看这个难以捉摸的麦克斯最终选择结婚的女人到底有什么特别之处。拉比身着白金色的华丽装束，十分庄重地主持了仪式。这几分钟可真是一场折磨，因为拉比在发言中把希尔德介绍成汉堡一位杰出医生的女儿，这对紧张的夫妇不由被逗得咯咯直笑。原来，笔记卡混在一起，他把希尔德和别人搞混了。麦克斯和希尔德笑得直发抖，差点没坚持到婚礼结束。麦克斯委托自己的叔叔拍摄他们走出犹太教堂的情景，但这位叔叔光是拍摄新婚的第二任妻子，就把胶卷用光了。晚上，米特勒街的公寓里，家庭成员愉快地聚餐。有一位亲戚非常惹人注目，他一边咕嘟咕嘟地大口啜饮，一边咕噜咕噜地打嗝。豪饮泡沫矿泉水的方式收获了家里人给他起的一个绰号："一升水叔叔"。所有人里，只有一位宾客午夜才到访：保罗·

乡关何处是：大屠杀下浴血成长

亚历山大带着结婚礼物出现了，喝了个酩酊大醉。第二天，麦克斯和希尔德在闷热的天气里搭乘电车，在照相馆拍下了正式的结婚照。麦克斯的黑色领结用一根直别针系着，随时有掉下来的危险。但让两个人感到强烈不适的地方还有很多。

父母的这一段故事经过反复的描述和打磨，透射出精雕细琢的光泽。他们形影不离，所以会记得婚姻大事里的小逆转和有趣的小插曲。然而，当希尔德开始在莱茵河百货公司做双语秘书后，现实就降临了。她不太费力便立刻找到了工作。麦克斯也在从前一位教授的指点下，在生物研究所谋得了一席之地。他的打算是，终于可以发表一篇关于所做研究的论文，并以此争取巴塞尔医疗和科学机构的官方认可。

两个人越发感到乐观。希尔德的新雇主很喜欢她；研究所所长同情麦克斯的困境，似乎很上心地要尽快帮他规划一个独立属于他的正式项目。这对夫妇在一楼找到了一套漂亮的两居室公寓，里面有一个小花园。他们用在贝尔森工作时的积蓄下了订金。

麦克斯和希尔德从未住进过那间公寓。1947 年 11 月 29 日，联合国投票赞成在巴勒斯坦建立犹太国家和阿拉伯国家。12 月，一位来自巴勒斯坦地下犹太人防御组织哈加拿①的密使

---

① 哈加拿，又译"哈加纳"，是英属巴勒斯坦托管地时期的一个犹太人准军事组织，起源于动荡的奥斯曼帝国分裂时期，在 20 世纪初的巴以冲突中逐渐发展，后来成为今日以色列国防军的核心。

第八章　情书：穿梭于阿姆斯特丹和巴塞尔

"撒利亚客（意为'被派去的人'）"前来拜会麦克斯和希尔德。他从以前负责贝尔森前囚犯的以色列犹太机构成员那里获悉了他们的名字。阿拉伯国家已威胁要发动战争，中东地区衍生出多场恐怖主义活动。其实，早在1948年5月宣布建国之初，就能完全预料到阿拉伯联盟入侵以色列的这一天。如此一来，医务人员又成了刚需，麦克斯和希尔德会考虑做志愿者吗？

经过深思熟虑，麦克斯和希尔德有条件地同意了：他们将被分配到积极活跃的部队，且永远不会分离。1948年1月，这位"撒利亚客"再次来访，让他们宣誓保密，只能告诉直系家人真正的目的地，不可向其他人透露。按照要求，他们要立即辞职，为随时的离开做准备。"乡下临时空缺一名医生，需要麦克斯过去"，这是他们为突然辞职找到的貌似合理的解释。两人都不喜欢这样轻率地离开。希尔德喜欢她的犹太老板雅各布先生，且已在雇主面前，证明了自己不可多得的价值。但为了待命，两人别无选择。

以色列的建国战役看来是不可避免的，但胜利的希望却很渺茫。犹太定居者在人数上寡不敌众，60万生灵遭到敌对国家的包围，而这些国家的公民达几千万。从巴勒斯坦传来的新闻几乎没有一条是好消息，而在国内，瑞士的犹太人也群体恐惧。他们提议举行祈祷并提供财力支持，但又担心年轻的冲动派会冲出去参与战斗，将他们在瑞士既得的安全地位抛诸脑后。在市中心一所富丽的中世纪会馆里，甚至举行了一场巴塞尔犹太人社区会议。拉比和其他领导人劝言谨慎行事,表示"形势"是危险的,结果是未知的。他们喜欢用"形势"一词。这些话在麦克斯的耳朵里,不过是伪装成慎重的怯懦。他越听越恼,最后,正如他自己所言,他终于站起来了。

> 我发表了出了名的,抑或臭名远扬的演讲。我相当激烈地抨击了拉比和社区领袖,呼吁瑞士的年轻犹太人站起来,去保卫以色列,不要听长辈们的可怕劝诫。当然,我没透露自己即将离开的事。收效还是相当不错。我仍忘不了上流阶层的脸上露出了惊愕的神情。在他们眼里,我一定是个危险分子,好像身上挂着手榴弹和烈性炸药。

他坐下时,我母亲对他甜甜地笑了笑,好像在说:"是的,没错,我嫁给了这个疯子。"但她丝毫不感到遗憾。她已觉察到瑞士生活的压抑和束缚,且夫妻二人都明白,希尔德本人是无所畏惧的。她6月份给麦克斯的信中就是这样描述自己的,麦克斯也做出了认可。"在她生命的那个时刻,"我父亲写道,"希尔德完全无视危险,因为她觉得生命早已被毁灭了。现在,她觉得自己有机会重生,这种感觉来得太迟了。"

我采访希尔德,究竟她自己是如何看待这一评价的。她回应说,只要和我父亲在一起,她愿意去任何地方做任何事。她对稳定和安全并没什么特别的兴趣,这倒是真的。令人窒息的

第八章　情书：穿梭于阿姆斯特丹和巴塞尔

日常生活使夫妇俩双双抑郁。由于仍然和麦克斯的父母住在一起，两人并未真正享受到属于一对已婚夫妇的隐私。希尔德对这种致命无聊的恐惧超过了对危险的担忧，于是她满怀热情地开始了新的冒险。她身上仍然具有漂泊的品性，那种放弃原有生活、原有财产的能力，似乎曾经拥有的一文不值。我们认为，这种近乎佛学的超然，无论是好是坏，都是大屠杀造成的。不是所有幸存者都具备这个品质，但这个特点在我母亲身上一直相当耀眼。因此，1947年年底，她定下了日后生活的基调——夫妻俩做好了再次启程参战的准备。

麦克斯终于能够为犹太人的生存事业有一分光、发一分热。他感到精神奋发。曾经的种族灭绝时期，瑞士的生活"就像住在阳台上俯瞰大屠杀一样"。麦克斯的这一比喻在有些情况下，的确是不折不扣的事实。比如巴塞尔的居民眼睁睁看着美国的飞行堡垒①接连涌入莱茵河紧对岸的法国和德国。父亲说，那大概是1944年。飞机又低又近，他几乎可以从阁楼的窗内真切地观察到飞行员的身影。后来在伯根-贝尔森的经历极大地拓宽了他对战争真相的认知。战争中，他不过是坐在观众席前排的瞭望员，而在贝尔森，他学到的东西不可胜数。就是此刻，麦克斯感应到了号召，他要为犹太人的生存起身战斗，击鼓其镗。

---

① B-17轰炸机，绰号："飞行堡垒"。

第九章
再战，以色列1948

我父母逃离瑞士到以色列作战的故事是一场精彩的奇遇，既充满了诸多勇敢的时刻，也包含偶尔的有勇无谋。我们这些孩子一直以来全盘接受这样的印象：理想主义的犹太人，无能的阿拉伯人，诸如此类。近年来，昔日英雄主义与民族事业当中的正义被愈发神话了，犹太战士们的良知和行为得到淋漓尽致的歌颂。不过，战士们身上的英雄主义是真实的，为之奋斗的事业也彰显着仁义道德。当下，新型恐怖主义的滋芽使犹太人和巴勒斯坦人比以往任何时候都更加分裂。和解的希望在无休止的暴力中被湮没了。或许正因如此，以色列历史学家等众人将过去的英雄神话拿到阳光下重新审视。20世纪60年代末和70年代初，以色列在世界眼中享有前所未有的威望，但只维

第九章 再战，以色列 1948

持了短暂时日。1960 年，保罗·纽曼①在里昂·尤里斯的小说《出埃及记》的电影版中扮演了阿里·本·迦南。这部小说本身是对 1948 年以色列独立战争②的正面情感化演绎。1967 年六日战争③，1972 年慕尼黑奥运会上以色列运动员受到袭击，1973 年赎罪日战争，以及 1976 年对恩德培的突袭④，几乎赢得了全世界的同情和钦佩。自从两次巴勒斯坦大起义⑤如此大程度地改变了冲突的局面，人们常将以色列视为大卫，将阿拉伯世界视为歌利亚⑥。而分散在世界各地的犹太人，或者说确切点，许多以色列人，他们很难注意到，以色列总是在充满敌意的世界里努力维护自身群体的名誉，也很难对这样一种充斥着恐惧

---

① 保罗·纽曼，生于美国俄亥俄州，犹太人，奥斯卡影帝之一。

② 以色列独立战争又称第一次中东战争，从 1948 年 5 月 15 日凌晨开始。冲突从 1947 年 11 月开始，为争夺巴勒斯坦，以色列和阿拉伯国家之间发生了大规模的战争。它使以色列成为独立的国家，将巴勒斯坦英帝国托管地的剩余地区分成分别由埃及和外约旦控制的地区。

③ "六日战争"又称第三次中东战争，发生在 1967 年 6 月初，是"先发制人"战争的一个典范。它发生在以色列国和毗邻的埃及、叙利亚及约旦等阿拉伯国家之间。战争从 6 月 5 日开始，共进行了六天，结果埃及、约旦和叙利亚联军被以色列彻底打败，是 20 世纪军事史上最具有压倒性结局的战争之一。

④ 恩德培的突袭，1976 年 6 月 27 日夜，10 名巴勒斯坦解放组织和德国赤军旅的恐怖分子劫持一架法国航空班机，降落在乌干达的恩德培国际机场。起初共有 248 名乘客被劫持并被关押在一座废弃航站楼内，随后恐怖分子释放了所有非犹太乘客，105 名犹太乘客和 1 名机长仍被劫持。

⑤ 巴勒斯坦人两次反抗以色列长期军事占领的解放战争，而以色列则认为是两次恐怖运动。分别发生于 1987 年 12 月 9 日和 2000 年 9 月。

⑥ 歌利亚是一位非利士人勇士，以与年轻的大卫（未来的以色列国王）的战斗而著称，最终战败。

和暴力的生活方式感同身受；不愿接受反犹主义再次抬头，亦不愿相信以色列国的存在于往日理所当然，如今却要受到质疑。

当然，准备动身前往依然是巴勒斯坦辖地的麦克斯和希尔德无法预见事态的这般发展。除了家人以外，无人知晓他们的离去。这个决定一定给我在巴塞尔的祖父母留下了痛苦。1948年初春，这一批年轻人接收到巴勒斯坦地下犹太国防军哈加纳的指令，开启了这段冒险之旅。麦克斯和希尔德乘公共汽车前往法国边境一处多山且无人看守之地。行李和人分开运送。他们从瑞士漫步穿过边境，一路都在亲吻。下午散步的时候，扮成一对正在求爱的夫妇，实际上处处留心周围有无旁观者和指示抵达法国的地标。两人本应闲逛到火车站，随便登上一列，向下一个城镇出发，在取走行李和车票后，前往马赛。但他们走得太远，吻得太多，差点没赶上火车。最后只好冲下月台，在乘客们的欢呼声中跳进车厢。父亲写道："我们之间的关系显然已经暴露了。"

无论如何，他们还是顺利抵达了马赛。到了那儿，两人仍然希望低调一点，不那么引人注目。先前有人交代过，要暗中溜进哈加纳非法集训营。但出租车司机在迅速打量了他们一番后，说道："哦，是的，犹太人的营地。"行动本应具备的保密性在戴高乐将军[①]来马赛发表演讲时，进一步遭到破坏。这一时期的气氛非常紧张，警察增援了警力，却没有足够的空间来

---

① 夏尔·安德烈·约瑟夫·马里·戴高乐是法国军事家、政治家，曾在第二次世界大战期间领导自由法国运动，战后短暂出任临时总统。

安置他们。营地里的犹太居民不得不腾出一半的地方给警察们住上两个星期。我父母说,法国当局不过是假装犹太人并不存在,大家相安无事,相处得很好。

我父亲对那几周营地生活的描述很有趣。到达者被安置在40人的军营里,每人分一张军床。志愿者中的已婚夫妇可以在轮到他们使用卫生间时一起进去。父亲写道,"这一规定符合对性的法律定义,为婚姻行为提供了机会。"难民营里的大多数人是摩洛哥人和保加利亚人,还有一些志愿者是职业冒险家,他们不是犹太人,哪里有战争酝酿,他们就奔向哪里。我父亲说,虽然有很多游行和演习——但看不到武器,因为已被法国明令禁止——队伍中又总会爆发很多笑声,因为有些志愿者似乎无法分辨左右,总是朝错误的方向进发。

但有传闻说,难民营有欧洲技术最好的造假人员,正在制作志愿者潜入巴勒斯坦所需的文件。麦克斯和希尔德一抵达营地,便交出了所有护照和身份证。很快,他们拥有了崭新的姓名、护照和家庭成员。麦克斯成了一名去新西兰途中在海法[①]逗留的法国人。希尔德有了一个新的国籍、新的丈夫,以及土耳其的签证。4月,他们乘坐大巴前往马赛港,登上了一艘重达1500吨的摇摇欲坠的船。船取名为"天佑",意指遵循天意。船板上的十天是度日如年,他们宁愿睡在地中海星空下的

[①] 海法,以色列港市。

乡关何处是：大屠杀下浴血成长

甲板上，也要坚决逃离炎热拥挤的船舱深处的隔间。我父亲写道，他们被"船引擎的砰砰声和海浪的奔腾声"所催眠。"问题是，船员们早上四点就开始用水管冲洗甲板，我们常常不得不仓促撤退……但能够换来星光熠熠的夜空下，躺在柔和空气中的美妙，这个代价似乎不值一提"。父亲接着说，机组人员大多是不修边幅的越南人。"船上有各种狭窄的通道走向一扇扇神秘的门，所有的东西似乎都覆盖着一层某种陈旧枯朽的绿锈。从中散发出来的水汽，氤氲在有害的烟雾中。"但也有些喜人的因素。天气总体上不错，阿尔及利亚红酒无限量供应，加上终于开航的兴奋感，这些年轻乘客并没有过多担心卫生、高温或拥挤的问题。船上一位军官走近希尔德，提出请她洗个热水澡。希尔德心知肚明，"这项邀请有一些附加条件没有点明，而她并不愿意去满足"，所以与麦克斯商量后，她一个人进去洗热水澡，留麦克斯在门口看守。

直到航行的第七天，在离巴勒斯坦海岸约 20 英里的地方，他们的船被两艘英国军舰拦截，麦克斯和希尔德的忧虑才被欣喜所取代。以色列就快要成为独立的国家了。英国的任期只剩下三周。船上的乘客们不再那么过分担心自己会被强制遣返了。在《出埃及记》中占有如此重要地位的塞浦路斯拘留营[①]已经

---

① 塞浦路斯拘留营是英国政府管理的拘留违反英国政策移民或试图移民到巴勒斯坦托管地的犹太人的营地。从 1946 年 8 月至 1949 年 1 月，共有 12 个营地，共有 53510 人。

关闭，但英国军队仍然可以骚扰潜在的移民，在这点上，英军也的确得逞了。天佑号被扣留了三天，船在一个相对平静的海面上起伏颠簸。麦克斯开始犯晕船症。和其他人一样，麦克斯此生大部分时间都悬挂在铁轨上。希尔德则不同，她素来就是一名优秀的水手。在第三天终于快结束的时候，英军登上了这艘船，宣布获准登陆。但登陆点不是在海法最显眼的港口，而是在更北边十英里处的阿卡①。

旅行者们第一次瞥见了巴勒斯坦这个古老的新国家，它很快就要更名为以色列了。迦密山映入眼帘，越来越高大，大家欢呼着，哭泣着。海法两侧的白色房子在阳光下熠熠生辉；接着，经过海湾的沙丘，经过阿卡的大面积十字军要塞——这是另一个《出埃及记》里另一处重要的地点——英国人曾将其用作监狱，羁押哈加纳及其恐怖主义组织伊尔贡②的反叛领袖。这群年轻乘客们爬下绳梯，登上小船，十分钟后抵达了以色列。他们的东道主生怕英国人再次改变主意，于是众人匆忙登上一长串已在此等候的公共汽车。下车后，穿过一片荒凉的沙漠。父亲记得，巴士司机停在橘子林［希伯来语"橘子林（pardessim）"是英语"天堂（Paradise）"的部分词源］中，为每位

---

① 阿卡，以色列北部的海港城市。
② 伊尔贡是一个秘密犹太复国主义军事恐怖组织，1931年至1948年活跃于巴勒斯坦地区。

乡关何处是：大屠杀下浴血成长

乘客挑选了一个橘子。随着每一批移民被带到不同的目的地，长长的巴士队伍逐渐缩短。麦克斯和希尔德被送到特拉利特温斯基。这是一所巨大的军营，几天前刚被哈加纳军占领。

第二次世界大战北非战役期间，特拉利特温斯基曾被用作英国第八军的休息营和再训练营。后来，英国人匆匆离开，并不关心下一任使用者是谁。营地一下子陷入混乱和狼藉。驻扎在那里的犹太士兵是第八军和犹太旅的老兵。这些部队曾于1943年在意大利作战时，在卡西诺战役①中受到重创。按照英国一贯的占领原则，来自巴勒斯坦定居点的犹太士兵——与来自英国的犹太士兵得到的待遇明显不同——只能以士兵级别入伍，不能升到中士以上军衔。不过，这些"二战"老兵中的许多人仍然在以色列新军中担任要职。

根据父亲的说法，他和母亲来到特拉利特温斯基后，几周里接连在登记、填写表格和造访办公室之间周旋，记忆被搅得像一团糨糊。与此同时，戴维·本-古里安宣布以色列为独立国家（1948年5月14日）。次日，五国——埃及、伊拉克、叙利亚、黎巴嫩和约旦——发动入侵。新的国家必须组织起来，新的军队应当集结起来。像麦克斯和希尔德这样刚到的志愿者免不了四处奔波的命运。没有足够的武器；缺少必要的训练手册，只好依靠英国留下的东西，以及哈加纳、帕尔玛赫等地下防御

---

① 卡西诺山战役是第二次世界大战期间盟军为突破冬季防线发动的一系列共四场高昂代价的战役。

组织在巴勒斯坦境内发展过的游击战术来组建军队。

父亲是在猛然间觉醒到,以色列并没有想象中那么美好。在巴勒斯坦生活了几年的医务人员向父亲打招呼的时候,都忍不住说:"你从瑞士来?来到这里?这片地中海垃圾场?一定是疯了!"他写道,这对他"蠢蠢欲动的英雄意识"是一个打击。居民在公共场合行为恶劣,推搡挤压,并未从英国占领者那里学会排队的习惯,也没有扶助老弱残疾的意识,不懂餐桌礼仪,连"请"和"谢谢"这样常见的表达也没有建立起习惯。麦克斯和希尔德在巴塞尔时的预想与现实大相径庭。想当初,麦克斯还曾向巴塞尔犹太社区的元老们挥动拳头,摆出一脸不屑。他们拜访了麦克斯的姐姐宝拉。她家里人丁兴旺,住在靠近内坦亚海滨小镇的地方,生活环境尘土飞扬。过去的十年中,他们在这里安居乐业,避开了欧洲最糟糕的时期。但生活条件对于从小在欧洲城市里长大的人来说,还是艰苦了点。

1948年6月初,麦克斯和希尔德到以色列中北部加利利区的阿芙拉镇报到,他们将加入戈拉尼团(后来成为旅)第14营。又一次尘土飞扬的巴士旅行带他们穿过一个半干旱的乡村地区,那里到处是阿拉伯人的村庄。麦克斯和希尔德抵达的时候,正赶上一场短暂却激烈的空袭。他们听说,伊拉克飞机经常在此轰炸,但一般炸不准,因为释放炸弹的空中点太高了。警报尖鸣,炮弹在他们周围爆开,又猝然恢复平静。

营总部设在巴勒斯坦颇负盛名的农业培训机构嘉道理学院。

乡关何处是：大屠杀下浴血成长

伊扎克·拉宾①十年前曾是那里的学生。学校坐落在拿撒勒②附近的山上，差不多在正对面，塔沃尔山③拔地而起，圆圆的山顶上建有一座修道院。圣经《士师记》④中的场景大多就发生在这里。父亲说，校园里栽满了郁郁葱葱的树木和鲜花，看上去像是亚热带度假胜地。但就在6月6日，麦克斯和希尔德抵达后的当晚，水塔遭到炮击和毁坏。主楼被指定为轻伤士兵的医务室；希尔德和其他护士立即开始着手救治伤员。

军官们头脑清醒，做事也正派。他们中的大多数人在犹太裔巴勒斯坦人经营的社会主义农业公社的集体农场中长大。军事组织哈加纳和帕尔玛赫就起源于此，并培养了这些军官。麦克斯收到一摞旧英军手册，指导如何在战斗中组建医院和野外工作站。这就是他作为一名军事医疗官员所接受过的全部训练了。经组织介绍，麦克斯认识了医疗中士阿米查·本·德罗尔。不过十几岁的他能够翻译英语和希伯来语，身上的精力和主动性是战斗中的无价之宝。1995年，麦克斯和希尔德在一次以色列之行中再次见到了阿米查，彼此间的友谊仍像1948年6月初

---

① 伊扎克·拉宾，以色列政治家、军事家。1974年至1977年任以色列总理；1992年起再次出任总理，直至1995年被刺身亡。
② 拿撒勒是巴勒斯坦北部的一小城，相传为耶稣的故乡。
③ 塔沃尔山是位于以色列北部加利利地区的山峰，处于加利利海以西18公里，海拔高度575米。《新约圣经》记载该山是耶稣显圣容的地方。
④ 《士师记》是《旧约圣经》其中一卷，天主教译名是《民长纪》。士师记内容记述鬼魔的宗教如何缠绕"为害"以色列民，以及耶和华怎样借助他所任命的士师"怜悯悔改"的百姓，拯救他们。

第九章　再战，以色列1948

识绽放时一样炽烈。

战争态势日渐加剧。阿拉伯在围困耶路撒冷的过程中，发生激烈战斗和伤亡。耶路撒冷沿路上的拉特伦警察局里发生的第一波战斗演变为最臭名昭著的关键性事件之一。当时，埃及军队已经进入南部的内盖夫沙漠，包围了一个叫雅得·莫德柴的集体农场。那里几乎全是波兰幸存者，多数来自华沙贫民区。农场的保卫者们一直在负隅抵抗埃及侵略者。戈拉尼团的其他部队被派往守卫位于巴勒斯坦东部边界、加利利海南部的约旦河沿岸上的农场。约旦军队的坦克越过了这条河，试图攻入耶斯列①山谷。这些是《出埃及记》中描述的战斗场景。后来，在德加尼亚阿列夫的集体农场内，定居者用自制的瓶装汽油弹来阻拦坦克，一直坚持到正规部队抵达支援。

我父母所在的营地接到了任务：遏止阿拉伯联合部队在该区的进一步突袭。指挥官查姆·本·亚科夫对战局作了解释：一支由叙利亚和伊拉克军，以及约旦非正规军组成的部队正从拿撒勒朝T形交叉口处的两条道路呈扇形散开。一条道路从阿芙拉向北，另一条路东西向连接加利利海的提比里亚和海岸上的海法。一旦该交叉口被阿军占领，犹太人的领土将被一撕为二；该点以东和以北的所有定居点都会面临被切断的危险，整片加利利领土都可能丧失。

---

① 耶斯列是一个古老的以色列城市和要塞。

交叉口附近有一个叫塞耶拉的犹太聚居点,就位于伯卢比亚村子对面的公路上。卢比亚村内布满了狙击手,可以直接朝公路开枪,进入塞耶拉。麦克斯和希尔德所属营地的当务之急是要拿下塞耶拉,占据制高点,从而建立总部。站在那里,他们可以勘察拿撒勒附近的东部群山和周围大部分地区。营地的基地是一所古老的土耳其农场,建在村里最高的山上,内部随意延伸出两间石制庭院,内墙的第二层环绕着木制走廊。平顶下方,围建着一堵两英尺高的石制护墙。

塞耶拉村在犹太裔巴勒斯坦人的群体中很知名,自身发展史也十分有趣。最早的犹太复国主义定居者(多数为俄罗斯学生)就是在这里建立了集体定居点,后来又改名为集体农场。以色列第一任总理大卫·本古里安从俄罗斯移民过来时,就是在此做守夜人的工作。如今,农场原本坚厚的石墙又用沙袋再次加固,其中一个较大的房间被留作前线伤员手术室。

最高司令部下达命令——攻占卢比亚。父亲说,村子道路的尽头与阿芙拉的道路相连,靠近要塞路口。站在那里看卢比亚,情景相当可怕。这座村子像塞耶拉村一样,坐落在一座陡峭的岩石小山上,俯瞰着下方的道路。袭击预计在次日晚也就是6月7日发动。父亲说,那天傍晚,戈拉尼团的首席医务官来到了嘉道里学院。他就是英国医生以赛亚·莫里斯,在此前的战争中,曾在英国军队服役,参加过诺曼底登陆和"法莱兹包围战"① 中最血腥的战役,如今自愿加入这场新战斗。医生们一致反映,绷带、消毒剂、注射器、吗啡和其他止痛药等物资面临短缺,于是莫里斯医生启程前往总部寻求补给。6月8日凌晨,麦克斯与希尔德告别,开始了目的地为塞耶拉的短途行程。吉普车开到那里仅需15分钟。一个司机事先等候在靠近卢比亚村的地方,更危险的是,当他在两个村庄之间的山上左转时,惊动了驻守在那里的步枪和机关枪,引发交火。但他们还是顺利抵达了塞耶拉。那里已有伤员入住,多为镇上的居民。妇女们围在一旁哭泣。阿米查带着一班士兵离开,再回来时,死者比伤者还多。

对卢比亚的袭击犯了严重错误。阿拉伯军力前一晚已经潜入该镇,而哈加纳士兵却仍以为,一旦制服了狙击手,就可以轻松取胜,没承想遭遇了压倒性的炮火袭击。伊拉克飞机开始进攻。直到一天前,路边才开始仓促挖掘战壕。每当有炸弹落下,士兵们就不得不跳进战壕。这里没有空袭警报。事实上,大多数志愿者都是在十分仓促的情况下投入战斗的。没有时间发放制服,甚至头盔。脸皮薄,又秃顶的麦克斯连一顶帽子也没有。尽管酷暑难耐,但他仍然身穿瑞士的灰色羊毛长裤。塞耶拉的士兵必须心思足够机敏,在使用武器装备方面发挥创造力。土耳其农场的屋顶上,只有两名手持轻型冲锋枪的守军。

---

① 法莱兹包围战发生在1944年8月,是属于诺曼底登陆后深入法国的内陆战事之一。

他们蹲在低矮的护墙后面来回跑，给敌人造成架有一排机枪的假象。装甲车和坦克大多是冒充真枪实弹的仿真假货，装甲车内乘客要缩头的地方标有记号。因此，士兵们不得不动用智慧，充分调用相当有限的武器库。震耳欲聋的噪声不绝于耳，除了如影随形的随机死亡，这噪声本身似乎就是一层恐怖因素。

父亲回忆起自己第一次被火力直接攻击时，体内浮现出一种奇怪的超然物外的感觉。他不害怕，但异常警觉和冷静，几乎像机器人一样，自动执行自己的职责。这是个好的转变，因为在战斗的头一天里，他的状态特别糟糕。哈加纳士兵不得不从卢比亚撤退。阿拉伯军队驻扎在阿芙拉道路附近，三辆伊拉克坦克从北部辘辘驶来，驻扎的据点离通往塞耶拉的道路只有500码①。在派往鲁比亚的200名士兵中，有40人死亡，约100人受伤。据父亲回忆，那一天死去的战士尸体随处可见。许多人仍是以色列理工学院（相当于以色列的"麻省理工"）的学生。他们急匆匆应征入伍，无知且无畏，径直朝山上走去，走向了注定的死亡。医务人员被转移到农场。指挥官告诉大家，说真的，他们逃不过被山下聚集的阿军包围的命运了。要在伊拉克坦克和驻守士兵的眼皮子底下，沿着这条路走到阿芙拉，没有比这更危险的事了；但此险必冒。受伤的士兵必须被转移，要么到嘉道里学院的医务室，要么去阿芙拉的大医院。

---

① 1码等于0.9144米。

6月8日晚,医疗队上山,来到塞耶拉的土耳其农场。莫里斯医生也带着给养返回。可以预料,若战斗再次爆发,仍会有重大伤亡。他决定留下来帮应麦克斯。6月9日的凌晨响起了吵闹的喧嚣声。黎明时分,太阳从山头升起,父亲爬上屋顶张望,向西凝视拿撒勒的方向。顿时,那种超然之感消退了。第一次,他的心口簇起一团畏惧的寒冷。他写道:"这些山看起来像是一夜之间下了场雪"——那里挤满了穿戴白色衣服和头巾的阿拉伯士兵。军队就在不到半英里远的地方。子弹从耳边呼啸而过。他俯身躲闪,脱口而出,"天塌下来了"。炮弹四处炸开,大部分是迫击炮,但两个院子的里里外外也接连传来爆炸的声响。伤者鱼贯而入,回到农场临时手术室的麦克斯不得不疯狂地投入工作。这些士兵在农场外缘挖壕时被近距离击中,头部重伤、四肢撕裂……伤势严重,但麦克斯的治疗手段仅限于截肢,止血和止痛。"凶狠的爆炸声一波接一波涌来,"父亲在当晚的日记中写道:

> 偶尔,停顿一下,我们以为袭击可能结束了,不一会儿,又汹汹而来。我一直待在室内,同莫里斯医生和三名军队护士忙得团团转。四周痛苦的呻吟声、哭喊声不绝于耳。勤务兵抬着担架跑进跑出,利用战火每每减弱的间隙,把受伤的士兵抬进运兵车,带离现场。最后,伤员实在太多了,我们叫了一辆特制巴士。车到了,伤员被抬了上去;

乡关何处是：大屠杀下浴血成长

一些装甲运兵车和一辆假坦克护送伤员巴士撤退。后来，阿米查回来后告诉我，有两个士兵死在了巴士上。其中一个腿断了，残肢处控制不住地失血。

有个士兵头部中枪，能看到子弹射进的入口，却找不到出口，所以子弹仍留在脑袋里；他不吭不响，有点昏昏欲睡。子弹似乎没有摧毁任何要害部位，但头部伤口血流如注。以赛亚·莫里斯先为病人包扎好头部，我再把包扎带系好；一条包扎带不够用，需要两条。我向左转向设备桌拾起一卷。那时，只听一声爆炸的巨响，一切都变黑了，我被甩到了地板上。从眼角的余光中，我看到莫里斯倒了下去，护士和士兵发出痛苦的哭声。一注鲜红的血从我的手臂上喷涌而出。我很冷静，状态游离，从一张小桌子上拉出一些碎布，尽可能紧地裹住胳膊。胸部和右腹剧烈疼痛，可能是伤到肝脏了，我想着。我站起身，拖着步子走出房间，以最快的速度一瘸一拐地走到拐角处的营长地堡前，大喊道，我们被击中了，莫里斯医生可能殉职了。喊罢，我似乎就晕过去了。就在最近，阿米查告诉我，我醒来的时候，爆炸刚好停歇下来，那时的我说道："怎么这么安静？我是不是在天堂了。"但我记不得自己说过此话。

但我记得自己躺在一辆小型装甲车的车厢底板上。车上有许多假的装甲板，上面用粉笔画上大十字架的标记，这表明它们不过是胶合板，而非钢板，不会给我们带来任何庇护。司机的挡风玻璃几乎被两块装甲板完全遮盖住了,他正透过一英寸的空隙向外观察。车子辘辘行驶,先是右转,随后向阿芙拉驶去。这时,迅猛的枪火朝我们袭来,屋顶的硝烟则更为浓烈。就在这时,我的心脏停止了跳动,发动机熄火了。司机说,应该是引擎被撞了。火势越来越大,我心想:会不会费了九牛二虎之力从山上的枪林弹火里逃出,却死在撤退的路上?这是我从清晨以来,第一次感到深入骨髓的恐惧;我梦幻般的超然,又一次消失了。突然,发动机发出咳嗽声,开始呼哧呼哧地喘气。我们向前挪动了一点,转过拐角,安全驶出了伊拉克炮火的射程。来到嘉道理学院门口,司机让一名士兵叫希尔德下来。她下来了,看得出非常震惊,但此刻我感觉还好,已经用了一些吗啡,只是仍非常虚弱。她还记得那时我跟她打招呼:"你好,希尔陈,你还好吗?"

母亲说,当噩耗传来,听闻塞耶拉前线手术室被伊拉克迫击炮击中的时候,她也正忙疯了。听人讲,里面的人死的死,伤的伤,无一幸免。其中一个医生死了——不知是瑞士人还是英国人。希尔德心里默念,"别再来一次了"。等消息的过程中,呼吸多多少少都不再连续。当她被传唤,来到门口临时救护车旁的时候,麦克斯苍白的面颊从黑暗中望向她。麦克斯微笑地问她情况如何,她瞬间感觉到,氧气回到了肺里。希尔德跳上救护车，随车继续赶往阿芙拉的大医院。那里的伤情十万火急，连医院前面的草坪上都堆满了伤兵担架。

麦克斯在医院里得到了比想象中更好的照顾。到达大约半小时后，一位年轻女医生绕过一排排担架，呼唤他的名字。原来，她曾是麦克斯在巴塞尔时的希伯来语老师。接下来的几天里，她为麦克斯处理伤口，两人聊得很投机。麦克斯手臂和肺部溅入了大量弹片，一些碎片划破了右臂的弓动脉，引发了父亲永生难忘的大出血。一些弹片至今还留在身体里，比如肺部，因为实在难以取出。青霉素在第二次世界大战结束时才推广使用，在那时还是稀缺品。幸运的是，麦克斯用上了。至于与医生汉娜意外重逢这件事也不足为奇，因为我的父母在晚年才意识到，以色列就是这样一个充满团聚奇遇的国家。在我 15 岁时，一家人雇了一辆出租车去拿撒勒，结果发现，司机曾在 1948 年为我父亲开过救护车。在机场等待返程纽约的飞机时，我们遇到了约瑟夫·罗森萨夫特。随后的旅行里，父母屡屡邂逅这样的归来者。

陆陆续续，有几个人来探望过麦克斯。先是第二天，营长过来告诉他，虽然损失惨重，但终归把农场保住了。营长说，联合国宣布停火，双方都同意了，但几个小时后，他还是受了伤。就在迫击炮突袭临时手术室的几小时后，塞耶拉周围的战斗停止了。军队的首席医疗官希伯医生（后来希伯来语称为"沙巴"）也来探望麦克斯，因为麦克斯是正式开战后受伤的第一位医生（这里在时间点划分上有一个细微的差别，许多医生和护士在宣战前,就已在耶路撒冷中了阿拉伯的伏击而丧命)。在住院大概三天过后,一名约 75 岁的精神焕发的男人来到麦克斯床前。他对麦克斯受伤表示难过,却说,麦克斯的伤口改变了他的命运。故事是这样的,他是一名退休医生,被迫滞留在提比里亚附近的犹太定居点亚夫内。麦克斯因受伤而无法继续服务后,军队便把他叫来作为临时替补。再次投身工作使他如获重生,他感到自己年轻了 30 岁,荷尔蒙又开始分泌,血液循环逐渐加速,和妻子也恢复了性生活。"谢谢,谢谢,谢谢!"他捏紧麦克斯的手,喜形于色。

麦克斯觉察到一种返老还童的讽刺。他一想起莫里斯医生的离世,营里 45% 的人死的死,伤的伤,便不禁悲从中来。但塞耶拉没有沦陷,那场战役在整场战争中起到了关键性作用。我听说,以色列小学生的课本上至今仍记载这段历史。希尔德尽力帮汉娜照顾麦克斯;约十天后,她回到了单位。麦克斯在 8 月初的某个时候出院,又去内坦亚的宝拉家进行了短暂休整。随后,他和希尔德向新队伍——卡梅尔山脚下的曼苏拉营报到。6 月 9 日,麦克斯受伤,而今已是 8 月下旬。第二次停火协议业已生效,暂时进入了平静期。

我父母一直坚持认为我是一个闷热压抑的夜晚,他们在曼苏拉营地"行房"①时怀上的。第二次停火给了他们观察和反

---

① "行房"一词原文中用的是"in an affirmation of life",出自尼采,直译为"对生命的肯定",此处意指"行房"。

乡关何处是：大屠杀下浴血成长

思的时间。据消息称，哈加纳已经开始惩罚那些追随极端主义领导人梅纳赫姆·贝京①和伊扎克·沙米尔②的人。这些士兵曾在哈加纳部队内服役，却不愿宣誓拥立新国家，而是赞成征服联合国边界以外的领土。哈加纳军官们把反叛分子囚禁在炎热的兵营里最热火朝天的地窖内，以示对不忠诚的惩罚。一两天后，士兵们坚持不住，便投降了。但两个组织之间的关系自新国家政权成立之后，始终高度紧张。从那以后，边界和阿拉伯权利一直是令人痛苦的问题。

戈拉尼兵团继续在加利利的一系列战斗中，实行它的征服。麦克斯和希尔德的住宿条件有所改善。在不长的几周时间内，他们在一个叫莫沙夫③的合作农业村，和一个来自波兰的农业家庭分享一个房间，环境相当舒适。父亲的日记这样记叙道，"每天早晨，农夫的妻子用意第绪语对丈夫莫特尔喊道：'你给奶牛挤过奶了吗'，这不是问题，是一道命令。"

---

① 梅纳赫姆·沃尔福维奇·贝京，波兰籍的犹太人，以色列政治家，利库德集团的创始人，第六任以色列总理。1942年前往巴勒斯坦，1943年起担任犹太复国运动恐怖组织伊尔贡的领导人，曾领导伊尔贡与英国政府和阿拉伯人进行武装斗争。

② 伊扎克·沙米尔，以色列政治人物。曾于1983年10月至1984年9月、1986年10月至1992年7月两度担任以色列总理。他是以色列鹰派政治人物之一。

③ 莫沙夫是以色列最流行的农业社区模式，它给该国的农民带来丰厚的收入和较高的生活水平。莫沙夫是一个约60户人家的村庄，每户人家拥有自己的房屋和土地，自给自足。每户人家均从属于莫沙夫集体，莫沙夫以联合的形式负责供销，并提供教育、医疗和文化服务。

尽管这几日如世外桃源般平和美丽,但军事工作从未消停过。麦克斯和希尔德在莫沙夫为士兵们建了一间诊所,希尔德做护士长,麦克斯是医务官。每天清晨,我父亲和他的助手阿米查都会前往戈拉尼兵团占区南部周边的米吉多,去看望那里的士兵。父亲写道:

> 即使是战争环境下的米吉多,我也十分欣赏,那可是圣经中的哈米吉多顿①。更厉害的是,挖掘出的炮台和马厩据说都来自所罗门时代②。这些挖掘工作是英国人在30年代进行的,外墙上仍挂着标志牌:(属于)本地人和英国人。医务室的担架置放在一块硕大的古董大理石板上,据传是所罗门王马厩的一部分。这项工作一下子变得激动人心起来。
>
> 然而,通往米吉多的路问题丛生。这是一条横穿整座山谷的直路,被吞噬在阿拉伯军队的炮火纷飞中。阿军仍控制着东边不远处的摩押山。通行时有一个技巧:让军用卡车的引擎加速,以极快的速度行驶,同时在舱内尽可能

---

① 哈米吉多顿是基督教《新约圣经·启示录》所预言的末世末期善恶对决的最终战场,只出现在《启示录》第16章所记述的异象中出现过一次。

② 据《圣经》记载,所罗门王是耶路撒冷第一圣殿的建造者,并有超人的智慧,大量的财富和无上的权力。但最后由于所罗门王的罪过(包括偶像崇拜和背弃神的旨意),导致在他的儿子罗波安执政时期王国发生了分裂。所罗门王还是后世许多文献和传说的主角。

低地往下沉，但又保证视野能看到路面。底盘会中几颗子弹，但没什么大不了的。此时此刻的希尔德正在医务室治疗伤兵；她还没来得及去适应各种疾病——溃烂的伤口、意外伤害、愈合延迟的枪伤和脚部等各处感染——就开始出现恶心反胃的症状。一天早上，有人跑来："医生，医生，护士晕倒了。"出现晨吐的她，怀孕了。

虽然严格按照事实来讲，从 7 月中旬开始，就进入了看不清未来的第二个停火阶段，但小规模的冲突，乃至重大的战斗仍在继续。塞耶拉战役后的几周里，军队的装备水平大大提高。守军配有两把轻机枪和几台迫击炮作为重型武器；每天都有现代步枪、机枪、弹药和其他物资从斯柯达公司①运到当时的捷克斯洛伐克。

1948 年夏末以前，以色列空军基本只有小型单引擎塞斯纳②。它们会发出像以色列房屋里普赖默斯燃油炉一样的噼里啪啦的噪声，因此当地居民给这些东西起了个绰号，叫普赖默斯。美国的战斗机和轰炸机已运抵以色列，是以军用剩余物资的名义从美国购入的，搭乘危险的夜间航班走私出境。飞

---

① 斯柯达公司正式名称为斯柯达运输股份公司，是一家世界著名的交通运输机械企业，总部位于捷克比尔森，始创于 1859 年，曾经是前奥匈帝国、捷克斯洛伐克最大的工业企业，也是 20 世纪欧洲最大的工业集团之一。

② 塞斯纳是一家位于美国堪萨斯州威奇托的飞机制造商。赛斯纳以制造小型通用飞机为主，其产品线从小型双座单引擎飞机到商用喷气机。

机一来到捷克斯洛伐克，便与战斗机一起，牵制了空中力量的平衡。虽然数量不多，但我父亲写道，"仅仅是这几架也走了很长的路"。

与此同时，新兴国家也获得了一些利好。位于南部内盖夫沙漠的雅得·莫得柴是波兰生还者的集体农场，埃及军队暂时停止了在那儿的战斗。通往耶路撒冷的道路已重新开放，一条更宽的走廊建设收工。戈兰尼旅征服了整个加利利，包括重要城市拿撒勒。

到现在已是1948年9月初，麦克斯和希尔德随戈拉尼旅的军营搬到了加利利海以南的亚热带山谷——埃梅克贝特谢安。它从约旦边境延伸到大城市杰宁（现归巴勒斯坦管辖）周围的小山里。白天，阿拉伯军队仍然控制着摩押山，他们会向下方山谷中移动的任何东西发起狙击，因此士兵们就坐在橘子树荫下休息。营长和麦克斯、希尔德聊了一会儿，兵团正要进行一次危险的演习，他想让希尔德先撤离。麦克斯同意，但希尔德拒绝考虑。父亲对此记录道，"她要和我待在一起。她之前差点失去我，不会再让这样的事发生了。"男人们投降了，她留了下来。

此时此刻的耶路撒冷，正进行着建立新国家政权和结束战火的谈判。瑞典的联合国调解人伯爵贝纳多特主张让新国家放弃内盖夫和阿拉伯城镇洛德和拉马拉，以换取加利利以西的大片土地。围绕这一提案，以色列产生了动荡；以色列政府在戴

乡关何处是：大屠杀下浴血成长

维·本-古里安①的领导下，在谈判还是进一步军事征服的策略间举棋不定，归还土地更加遥遥无期。恐怖组织，特别是梅纳赫姆·贝京领导下的伊尔贡组织，拒绝一切妥协。当然，受影响最大的还是战场上的士兵，他们经常在最后的谈判开始前接到命令，去执行绝望的、最后时刻的任务。

9月17日晚8时，营长在埃梅克贝特谢安会见了他的军官，宣读了来自耶路撒冷的新命令。一项重要行动将在午夜开始。军队将兵分三路，从东部内坦亚，南部米吉多，西部贝特谢安同时推进，目标是占领耶路撒冷以北的约旦河西岸。据分析，这项计划仍有一个弱点，阿拉伯军队可以从中突围，向地中海进军。他们营队的任务是：在贝特谢安到西部杰宁的途中，阻挡从东部来救援的约旦士兵。父亲继续写道：

> 医疗队会将这条路上的伤员疏散撤离到贝特谢安。这是一项自杀式任务。通往杰宁的路被一座深谷切断，周围环绕着陡峭的山丘。无论是行军前进，还是撤退，部队里的每个人都是刀俎下的鱼肉。指挥官冷冰冰地说："是的，这项任务不容易完成，我们应做好发生大量伤亡的准备。"这几个小时是黯淡无望的几小时。我们都心知肚明，部队是要被拿去牺牲的那颗棋子。最后，清点了存货，检查了

---

① 戴维·本-古里安是以色列政治人物，暨该国第一位以色列总理，执政长达15年。

吉普车和救护车。

晚上 11 时半,指挥官又把大家召集起来开会。总部传来消息,贝纳多特伯爵已被梅纳海姆·贝京领导的伊尔贡恐怖主义者所暗杀。至此,袭击行动宣告流产,政治上已无望。我大大松了口气,又一次得救了。

战斗还在继续。埃及人在内盖夫又发动了一次进攻。从情势上看,似乎戈拉尼旅要向南转移,会一会他们。希尔德的晨吐越来越严重,这对夫妇开始考虑是否能继续胜任军队服役,同时,也不禁遐想起这个刚刚扩大的小家庭的未来。戈拉尼指挥部为希尔德找了份轻松的新事务——去卡梅尔山山顶修道院医务室工作,那里风景宜人。在经过了反反复复的令人折磨的讨论之后,麦克斯和希尔德决定返回瑞士。这样母亲可以得到最佳的生产条件,也有时间去考虑下一步的规划。酷暑和晨吐都让希尔德难挨。她无法想象,在这样一个天气最好的时候都不能正常工作的气候里,该如何生活。

北方前线的指挥官是一位剃了光头的前俄罗斯军官。麦克斯和希尔德必须去拜会他,才能获得离开许可。他是一位令人敬畏的人物,看起来像蒂莫申科将军——传说中"二战"期间俄罗斯东部的前线领袖。两人到了位于海法的司令部,司令问希尔德的孕期,他们回答,三个半月。司令哈哈大笑,喊道:"这算哪门子孕妇!我老婆都怀胎八个月了!"讲到这里,父亲补充道,"从来没搞明白他这句评论的关联性和意义何在,他的太太又不是一名军人。"但这位军官同意解除麦克斯和希尔德的服役义务,几周后文件就出来了。就在处理程序进行时,战争基本结束了。各方已签署最终停火协议。不过,和往常一样,该国南部仍在最后时刻奋力一搏,发起小规模冲突。因此,我父亲补充道:"戈拉尼旅是先举行了一场盛大精彩的胜利庆典,才最终击败了埃及人(戈拉尼部队是第一批到达红海埃拉特①的部队)。"麦克斯和希尔德在离开以色列前走了一轮亲戚,收到了波兰领事馆颁发给麦克斯的新护照。1948年12月底,他们乘坐我父亲所说的"经托布鲁克和马耳他飞往日内瓦的旧DC-9②冒险航班"飞离了这个国家。

再说回战争:1949年2月、3月和4月,以色列与埃及、黎巴嫩和约旦(也同伊拉克)签署了停战协定;和叙利亚之间直到1949年7月20日才达成协议。战争终于收锣罢鼓。我于5月底来到了巴塞尔的世界。瑞士生活的局限性再次把他们逼得喘不过气。不久后,麦克斯和希尔德下定决心,彻底走出旧世界,奔向新生活。有一件令他们高兴的事,希尔德在伯根-贝尔森的前老板愿意资助他们移民美国。1950年3月,从鹿特丹港出发的维丹号把他们带到了纽约,我也一起跟了过去。

---

① 埃拉特是以色列最南端的港口城市。
② 道格拉斯DC-9机型的致命事故间隔为106.9万小时,为竞争对手波音727的一半,属事故率较高的机型。

第十章
美国人在德国，1971

　　在那里，他们从此过上了幸福的生活。毕竟，属于我父母的战争冒险结束了。每一个移民故事，都和我接下来讲的有某些相似：适应一处新国家，新生活，迎接新生命的到来。我的父母和许多美国新移民一样，是好公民，活力充沛、积极乐观、心怀感恩。他们是忠实的一分子，有时，也会做一做"知情的批评者"。他们痛快地把旧世界的尘埃——灰烬——从鞋子上掸去，为新世界的无尽可能性欢欣鼓舞。这个国家同我父母完美相融，至少在儿时的我看来是这样的。

　　1950年夏天，希尔德在美国的第一份工作是在史泰登岛的一个营地里，照顾贫困城市的儿童。她和我在那儿待了几个星期，而同时我父亲正在布鲁克林的布什维克医院开始实习生涯。那一年，我们住在该区的单间公寓里。后来，父亲在罗德岛的精神病院找到了工作,就搬了家。麦克斯在美国医疗系统接受了再培训,重新获得医生身份。最终,他成为一名正式的精神病医生,被哥伦比亚大学招收,又做了私人执业的精神分析学家。20世纪50年代的社会习俗是同家人们守在一起,希尔德也不例外。战争的影响刚过去不久,希尔德很乐于和亲人们待在家里,尤其是在苏西(1952年,罗德岛州普罗维登斯)和多萝西(1960年,新泽西州恩格尔伍德)出世之后。她是一位很棒的母亲,不但有趣,会玩,还很有进取心;到了夏天,我们总在各式一日游中享乐,有时游泳,有时野餐。上学的日子里,每当我们姐妹几个回到家中,都能吃到下午茶和曲奇。这是荷兰孩子们的日常享受。就这样,在愉快的减压仪式中,和母亲聊着我们的小日子。多特(多萝西的简称)出生没几年,希尔德积极响应民权斗争,又开始了在日托中心的工作,先是当志愿者,后在一家照顾高危儿童的日托中心做专业董事。这家中心成立于20世纪60年代,位于新泽西州的帕拉莫斯,在随后的许多年里,一直为低收入家庭的儿童提供免费服务。中心的经营模式卓越进取,直至今日依然欣欣向荣。再后来,希尔德加入了一所为国家制定幼儿教育标准的组织。

母亲常说,她"受到女权主义的女儿们的鼓舞",重新建立了事业。但其实是她身体里含有一股内驱力,和在贝尔森时如出一辙——她需要在各类感受间找到互补的平衡,这些感受包括:对孩子的爱,感受到的不公正,以及实现抱负的强大企图心。她找到了一种平和与安宁，这给予了她足够的力气，支撑她度过工作中诸多困难的时刻（也正是这样的品质惹恼了她那些相对善变的女儿们）。她有一种独特的方法来割裂痛苦与冲突。我甚至觉得，在向我叙述故事时，母亲也采用了这种方式。例如，她曾在一年当中不知道哥哥的下落，但1943年，与乔在马斯河岸重聚时，她并未向哥哥讲述或透露自己当时的任何感受。母亲与乔的关系很棘手，既爱又恼，说话的口吻都是直截了当。当然，有很多细节，她也确实忘记了，但对哥哥复杂的感情一直持续到乔离世时也未曾改变。

从小，乔就让雅各布斯塔尔一家子感到头疼。话虽如此，他也有忠诚、勇敢的一面。战争期间，乔是一名真正的地下英雄。最典型的事件，是他把希尔德从危险中解救出来的同时，也让自己身陷险境。在那些生死攸关的境况下，面对危险，兄弟姐妹之间难免会爆发冲突。这种冲突的困惑在战后进一步加剧了。婚后，乔加入了荷兰归正教会，和科里生养了两个女儿，伊薇特和海伦。刚结婚那几年，乔的健康状况一直非常糟糕。1947年，他染上了肺结核，病情严重到无法参加我父母的婚礼。就在那时，要么就是随后不久，小儿麻痹症又缠上了他。长期虚弱的身体条件下，他仍然坚持工作，与家人常常旅行。我还记得1964年，他们从尼日利亚出发到南美的途中，路过新泽西，来看望我们，待了一段日子。就在这番持久的逗留中，母亲犯了偏头痛。我出于对母亲的爱护，不让乔到她的房间里闲聊。乔和他的妻子一如既往地魅力十足，而又难以相处。他们教我如何烹饪尼日利亚花生炖肉，以便在学校的国际菜肴项目中崭露头角。乔也会带着她的女儿们——我的表姐妹和我们一起玩耍。这两个姑娘也不是省油的灯，何况大家都是同龄人。最终，乔和家人定居在瑞士的弗里堡。乔在那儿开了自己的市场咨询公司，加入了苏格兰长老会①，最后还成了长老。他的女儿们对他的犹太背景一无所知，直到伊薇特长大后的一天去探望我的父母时，漫不经心地问起，到底是什么原因使希尔德"皈依"了犹太教？

当真相查出的那一刻，低沉和不安席卷了乔的内心。但他最终还是欣然接受了命运的一切。年轻的时候，他向来对自己的小儿麻痹症满不在乎。年老后，病灶进一步恶化，剥夺了他的行动自由。乔在临终前，我和丈夫奥利弗前去探望。他住在舒适的养老院，建在瑞士韦威州夏尔梅山村的小木屋里。从姿势和面部表情中就能看出，彼时他已沉浸在沮丧中无法自拔，但还是很有礼貌地问了我们无数次，在酒店住得舒不舒服。我母亲也是一样，直到现在，也没有失掉自己固有的语言体系，依旧保持对身边人的尊重，注重自身的举止礼仪。希尔德钦佩他面对痛苦泰然处之的坚忍和勇气。虽然哥哥乔光芒四射，但更改身份这件事，和他过往那些荒诞不经的经历一样，令希尔

---

① 苏格兰长老会是苏格兰名义上的国教，但并不受国家控制。苏格兰教会是世界归正宗团契的一员。

德一辈子都无法忍受。

我自以为我们的家庭氛围还算活泼。父母素来是有趣的人。他们带上孩子们到处旅行，足迹遍布美国和海外。登山，下海，骑单车，滑雪，开派对，可以说尽情享受着战后的复苏。琪琪·斯科尔特是希尔德荷兰救星的女儿，年纪是那一代后辈里最小的一位。1955 年，琪琪 19 岁，以"互惠生"[1] 的身份同我们居住了一年。那年，苏西 3 岁，我 6 岁；打那以后，彼此一直保持零星的联络。虽说那一年，母亲在生活上有琪琪的帮手，但身型单薄的她在许多照片中都显得格外疲惫，有时，在准备野餐，有时在汽车旅馆洗衣服，还有时在篝火上做饭。母亲说过，她从来不挑剔任何工作。在我的印象里，父亲母亲大多时候都精力充沛，欢声笑语。我想，能够重生，获得第二次生命，于他们而言，应该永远是一件每每想到，都令人惊奇的事。后来，我们在新泽西定居下来。毗邻曼哈顿的地理优势使父亲的文化饥渴得到了滋养。每一出戏剧，每一场百老汇演出，每一部音乐会和歌剧，全家都尽量列席：黄金时期的巴兰钦舞团[2]，纽约爱乐乐团的伦纳德·伯恩斯坦[3]，《窈窕淑女》，《卡美洛》[4] 和

---

[1] "互惠生"指住国外家庭，以劳动换取食宿并学习语言。
[2] 乔治·巴兰钦（George Balanchine，1904—1983 年），美国舞蹈家、编导。一生编排了包括《堂吉诃德》（1965 年）等芭蕾舞全剧在内的 200 多部芭蕾舞。
[3] 犹太裔美国作曲家、指挥家、作家、音乐教育家、钢琴家。
[4] 卡美洛是亚瑟王传说中的王国，坚不可摧的城堡。

《毛发》①；由迈克尔·柯杨尼斯导演的欧里庇得斯古典作品《特洛伊妇女》舞台表演倾倒众生；哈姆雷特中的理查德·伯顿②；以及彼得布鲁克导演的《玛拉/萨德》③，可谓如数家珍。

我们姐妹几个不但活跃、机敏，且多才多艺。苏西是舞蹈演员，也是手部治疗师，心理洞察能力到了不可思议的地步，令她在纽约哈茨戴尔镇的实践工作如鱼得水。多特的事业涉及媒体和公关关系，但多年来的声音训练帮助她最终成为犹太教会堂和教堂唱诗班的领唱。我们三个饱受上天的眷顾，接受了良好的教育，拥有坚实而幸福的婚姻、有意义的工作和讨人喜爱的孩子。我们彼此亲近，却又有共同的冲突，尤其是在苏西和我之间。我们俩出生的时候正赶上悲惨而壮烈的战争英雄年代，明明自身有不足之处，却还要和不可能达到的标准相提并论，在万人迷的父母面前各自争宠。若不是这样的时代背景，或许我们之间的竞争本应是再普通不过的同胞姐妹间的对视，也本可以得到很好的解决。随着逐渐长大，做孩子的发现，父母开始通过夸耀当年的往事来滋长自信，或者通过夸赞我们的方式，似乎孩子是他们生存成功的最佳代言。真相是，我们都无可救药地堕入了历史的弯道。

---

① 《毛发》是美国部落式爱摇滚音乐剧。
② 理查德·伯顿是英国演员，曾经是好莱坞身价最高的演员。
③ 德语剧作家彼得·魏斯的《马拉/萨德》搬上舞台。在20世纪60年代的西方，这部作品是对激进革命这一主题最为重要的剧场论述。

第十章 美国人在德国，1971

和母亲以及妹妹们不同，我从没有自在的感受，适应能力也不强。个中缘由我无法解释。我运气不错，生活也有意义，但父母在欧洲的悲怆经历重新占据了我的心头。或许，身为幸存者小家庭的第一个孩子，想象逝去的先人成了我先天习得的一项不甚愉快的陋习。过往的故事就是一切，在我的成长中投射下阴影，照进我的内心。儿时的我无忧无虑，甚至是快乐的，然而，有些东西驱使我很早就开始以一种抑制不住却生涩的方式，来反击每一处不公，直到今天，我仍然如此。这种感觉从我刚学会说话起，就存在了。9岁的时候，我人生中的第一次申诉是针对一位残忍的老师，她造成了我痛苦的心理创伤。但为自己而战情况就有点不同了。我退缩了，因为这实在不体面，甚至挺可怕的——如此咄咄逼人，就像集中营里的行尸走肉为了一点点面包而互殴。毫无疑问的是，整件可悲的往事削弱了我对自身权利和愿望的诉求。这样一来，我就不得不承认我被往事的阴影打败了。或许是它太强大了。不如说，我摆脱不了它们。

有一阵子，一股模糊的阴郁从内心深处吞没了我，有点类似自我免疫系统紊乱，抑或是回忆的副作用，压迫得我无法写作。写到这里，我已经把父母那一代年轻时的故事讲完了，我能感觉到，写作本身就像是一座跨越时间鸿沟的索桥。大屠杀越来越遥远了。当然，仍然有否认的人。一位诗人曾发表过反犹的言论，"你们犹太复国主义者操控了一切，甚至我们的同情。"几年前，我卷入一场面向他的论战，偶尔有些偏执者发

乡关何处是：大屠杀下浴血成长

邮件来"招呼"我时抱怨道，"关于犹太人的事已经够多了"。然而，大多数人已变得不耐烦和漠不关心。种族灭绝永远不能，也不应该被理解，而是应该被铭记。我一直希望，滔天罪行存在的意义至少是能够阻止类似的事情再次发生。活生生的恐怖会让我们睁大眼睛。然而，在过去的几年里，这种警觉性似乎和其他所有事件一样，黯淡消退了。我们又一次生活在黑暗的时代里。对于数百万人来说，仇恨再次变身为一种理想主义。旗帜下，死亡微笑前行。

大屠杀附带的巨大吸引力并未萎靡。影视制作层出不穷，源源不断的观众和荣誉纷至沓来。虽然我怀疑相关的读者群在萎缩，但报刊上的文章仍纷纷集结成书；报纸上仍然登满了文章；在线网站也日益增多。我知道，我们都对恐怖怀有一种下作的好奇。令我担忧的是，我们究竟是在缅怀逝者，还是在利用他们逝去的现实去做一些别的事，一些不太光彩的事？我想知道，这场不乏精彩故事和大规模暴力的战争，是否尚未沦为可供掠夺的素材仓库，或是并没有成为善于捕捉丑闻的人在事业上的踏脚石？

母亲一遍又一遍接到要求，重述自己的故事，她便开始随意起来——讲话不假思索，甚至表述混杂。听故事的人有斯皮尔伯格档案馆①，大屠杀纪念馆，小学生，不时打来电话的制

---

① 史蒂文·斯皮尔伯格（Steven Spielberg）犹太电影档案馆致力于犹太纪录片的保存和研究。

片人或作家；顺便提一下，还有我。关于她生活的发现仍在不断曝光。荷兰公共电视台制作了一部半小时的纪录片，讲述了战时希尔德在阿姆斯特丹日托中心的经历。这部电影于 2003 年 5 月 6 日——"二战"中荷兰解放的周年纪念日——作为《安德烈·蒂登——其他时代》① 系列的一集上映。2001 年秋天，我在马萨诸塞州剑桥市遇到了两位年轻的研究人员：杰拉德·尼尔森和制片人阿德·范·利普特。后来，以电子邮件和电话的形式，我与这两位以及电影制作人马蒂耶斯·凯茨进行了沟通。正如先前所提到的，杰拉德在研究这部电影的过程中了解到，我的母亲早在 1946 年就已成为荷兰公民，大概本可以避开 1947 年春天里所有官僚主义的繁文缛节。2002 年 11 月，我父母飞到阿姆斯特丹，花一个周末来拍摄这部电影。这个周末充满了丰富的情感体验，令人感到痛楚而又意义非常。

母亲对处理自己的过去很有一套。她总是说，会讲故事十分重要。然而，我注意到一个特点，无论故事的受众是自己家人还是别的人，母亲讲述起来的方式是完全一样的，毫无差别的。尽管我在某种程度上，已经把故事形成了一套特有的表述方式，但在一遍遍的重复中，仍不免感到束手束脚，就像是失去了戏法的哈里·胡迪尼②。我想我不能再像我母亲那样逃避过去，也许我也一直试图从母亲不幸的经历中汲取故事独有的

---

① 《安德烈·蒂登——其他时代》是荷兰电视台 NTR 和 VPRO 的历史性节目。
② 哈里·胡迪尼，史上最伟大魔术师、脱逃术师及特技表演者。

魅力。直到现在，我跟妈妈似乎还在讲故事方面做某种较量。

背负历史前行，我不由想起所有关于苦难的故事，以及那些难以想象的被暴行摧折的命运。我不由想起，我们这一代人力所能及所做的事，我们与不公正尽力作出的斗争，以及我们所创造的微不足道的历史，就这样被来自美国和世界各地的故事轻易地抹去了。我14岁加入民权运动，15岁加入反战运动，1967年至1970年在康奈尔大学示威暴力最猖獗的时期历经了三年创伤，见证了游行活动从尚未流行到俨然成风的全象。然而，这些充满戏剧性的时刻没有凝结出任何一件好的故事。

我第一次去德国侦查的经历可谓是一场历险记。彼时我年纪轻轻，只有22岁。

大学时，我研究德国文学，以此来作为理解家庭故事的一种途径。当时我正在普林斯顿为考取比较文学的博士学位做准备。童年时期起，我就不再讲德语了，所以水准时好时坏，便琢磨着花点时间改进。上大学的时候，我去出生地瑞士待了一个夏天，但这并没有让德语有多少长进。所以我给自己找了份夏季奖学金项目——暑假在德国基尔的一家医院做实习护士。基尔是波罗的海一座港口城市，也是北部石勒苏益格-荷尔斯泰因州的州府。我心里期盼着，如果那些前纳粹分子一蹶不振的话，那遇到他们也没什么好怕的。家族的几个远亲反对这件事，但我的父母热心支持。他们提醒我，这是一次冒险。通常在面临风险时，他们也会做出同样的选择。

第十章 美国人在德国，1971

1971年6月，我来到综合医院，两只手各拎一只超重的手提箱。整栋楼只有三四层，是用黄砖砌成的，隐约让人联想起公共厕所。天气很热，我被带到护士楼层的一个房间。里面有一张床，从一只大抽屉柜里折了出来。躺上去，感觉像是躺在一个半开的棺材里；橱柜的顶部就在我头顶上方几英寸悬着。房间的地砖铺得像外面的走廊一样粗糙。好在里面窗户比较大，有一只闹钟收音机和一个书架。我把几本书放在了前面。至于浴室，应该是和楼下的学生、护士们共用的。这里除了我，几乎没有其他人了。我猜他们大多数人都趁着暑假离开了，要么回了家，要么去找了男朋友。我先对一屋子婴儿进行了必要的体格检查和肺结核疫苗接种，随后被分配到主治医生的单间病房。工作时间是三班倒，分别从早上六点、下午两点和晚上十点开始。早班纯粹是折磨，没有咖啡我根本无法运转。但在拿到咖啡之前，我必须先工作两个半小时。

一大早工作上的不称职，加上许多其他的原因，引来护士长施维斯特·马蒂娜彻头彻尾的责骂。她是一个身材矮小、瘦削憔悴、面色阴沉、嗓门聒噪的红头发女人。她不绕弯子，直接告知我，我接手的工作通常需要事先培训六周才能上岗，而不是像这样一头扎进来。此外，她知道我是来学习语言的，她不会浪费时间来跟我解释事情该怎么做，大家有一张时间表要跟进，而他们没有时间教不合格的人。不管怎么说，大多数事情都是明摆着的，我只需要找到我自己的方式走下去。

就这样，错误层出不穷。叠床单的手法不正确，不懂整理医院的床单包角，有时连时间表排布也搞错了。施维斯特·马蒂娜和她手下的员工似乎不明白，尽管我的德语还不错，但她们使用了我完全外行的护理专业用语，对待我的态度就像许多人在遇到外国人时一样，以为我是一个听力很差，或故意作对的人。于是，没完没了的唠叨、抱怨、厉声吼叫……我经常和愤怒的顶头上司发生争执，虽然五分钟的解释就能解决一切。

那时的我头脑迟钝，不明白她为何会有如此大的敌意。其实，真正的原因在于等级。虽然她们承认，和以前做过这项工作的美国女孩相比，我的德语水平更胜一筹，但我却对护士工作表现出迥然的陌生。以往的学生们会对即将执行的实际任务事先做好充分的准备。但我不得不说，实用性的工作并非我的强项。最严重的一点是，护士们看不懂我发出的信号和手势，当然我也看不懂她们的。我不懂得如何得体地表现出一名下属的姿态。我习惯了合理的讨论，但在这个世界上，等级制度占了很大的比重，而我几乎熟视无睹。在这里，护士听命于医生，女人听命于男人。

从什么时候起我开始略微觉察到自己的处境了呢？是当病人问我"长大了"想做什么的时候。我天真地告诉他们，我想成为一名大学教授，随即引发一阵哄笑。在当时的德国，女性很少在大学任教，"教授"（或美国的正式教授）全是男性。病人们喜欢我的傲慢；这对他们而言是个不错的笑话。我不知道

第十章 美国人在德国，1971

自己失礼了，我怀着世界上最好的愿望，从一个错误跌跌撞撞地陷入另一个。

我的确陷入了困惑。我想，施维斯特·马蒂娜并不了解我到底有多天真。病房的环境比我惯常身处的那个世界要恶劣得多，人与人之间也很难打交道，但大家一般也并非出于恶意。有些同事的名字起得很笨拙：罗根萨克夫人（德语中的"罗根萨克"也可以译为"一袋黑麦"）。后来，我和年纪最小的护士——莉泽洛特成了朋友。不久后，她邀请我和他们夫妇一起共度周末。她的丈夫叫沃尔夫冈。再说回来，其实一开始，对我感兴趣的是罗根萨克夫人，她在病房里做类似秘书的工作。在我迎来第一个周日下午的假期时，她邀我出去喝咖啡，吃蛋糕。我们穿过凉风习习、两边排满绿色屋顶的街道，走到市中心的一个茶室。坐下来，身边环绕着一大群中年妇女，每人面前摆着几块蛋糕。如今我能够理解，人确实会在人生中某个时刻呈现出这样一种状态，但当时我一下子觉得，德国人简直是在贪图享乐，不思进取。我对隐蔽的暴力和反犹主义信号常年保持高度警惕。精神上，我犹如黑暗小巷里一名街头斗士，蹲伏着所有可能的不速之客。

我早就决定对自己的犹太身份尽可能做到开诚布公。我忍受不了在这个国家伪装下去，同时也渴望能考验一下自身的勇气。如果我想了解德国内在的一些有意思的事，就必须从一开始就把名片拍在桌子上，否则内情永远不会浮出水面。事实证明,这种直觉是对的。

可怜的罗根萨克夫人是基尔第一个知晓我犹太身份的人。我尽量不把她当作一个老姑娘——一想起她,女权主义的我便无法忍受——但我也很难找到另一种角度来看待她。50岁左右的她完全符合那种刻板的印象。我情愿骗自己,现在女人不会老成这个样。她忙前忙后,纠缠于细枝末节,穿着中年衣服,戴一顶帽子,皱纹长了出来,染成劣质指甲花颜色的头发已经褪了色。其实,我早就发现护士们看不起她,而她是走后门才留下来的。她一直缠着我,或许是觉得我什么都不懂,尚不知她在社交圈中被排挤的情况,也或许是因为我在工作中,也常常是被暴君上司责骂的那一个。

"我知道自己看起来有点——嗯——有点奇怪,"黑森林蛋糕端上来的时候,她开始讲起,"你知道的,我残疾——靠抚恤金过活。从年轻的时候就开始了,已经领了差不多25年。为什么呢?这一切都是因为一个箱子砸到了我的头上。真够倒霉的吧?我就站在库房那儿,一个大箱子就直愣愣地掉在我的头上,然后……之后的一切都变了。"

我发出同情的笑声,问罗根萨克夫人,在这个命中注定的箱子碰到她的头骨之前,生活是什么样的。她的思绪流回战争年代,眼神开始变得柔和而明亮。那是一个真正需要她的时代。她在一家重要机构做电话总台的接线员——这个机构受军队监管吗?还是造船厂的下属机构?她回想起战火中的同事情谊和欢乐时光。重要港口基尔遭到了可怕的轰炸，在生死攸关的压力下，年轻人依然英勇无畏地战斗。"你会感到自己被需要，正在做一些重要的事情。"她的话和我后来在伦敦认识的那些缅怀伦敦大轰炸①的人如出一辙。我也能够理解，正如我父母常说的那样，对于没什么政治色彩的人来说，战斗就像是一次"冒险"，盟军投放炸弹会让他们感到兴奋。不同的社会习俗相互交融，年轻人抱团取暖。在坐立不安的紧张氛围下，死亡邻近挑起的情欲，拨弄着人们的神经。

我好奇罗根萨克有没有交过男朋友。是的，她脸红了。军队里的一个男孩子曾和她订了婚，后来牺牲在苏联前线。在男孩失踪的日子里，罗根萨克长久生活在悬念之中。战死沙场的消息在战后才传来。那个当口，德国战俘已开始陆续逃离苏联。她说，"那一刻起我就知道了，自己永远不会结婚。我的希望已经破灭了。"

罗根萨克夫人这样的例子在基尔比比皆是。距离战争结束不过26年光景，战争对德国人口的影响已显而易见。街上中年妇女的人数远超男性，年轻人和儿童的比例也比正常社会要少。那个砸中罗根萨克夫人的箱子砸出了孤独、悲伤、无聊、羞耻

---

① 伦敦大轰炸是指在第二次世界大战中纳粹德国对英国首都伦敦实施的战略轰炸。德国对英国的轰炸发生在1940年9月7日至1941年5月10日间，轰炸范围遍及英国的各大城市和工业中心，但以伦敦受创最为严重。一直到不列颠战役结束，伦敦已被轰炸超过76个昼夜，超过4.3万名市民死亡，并有约10万幢房屋被摧毁。

和性挫败。怎么会有医生令她相信，她所有的古怪行为都可以追溯到那一次甚至可能并不存在的脑部重击呢？她看起来从未接受过心理治疗，对此我十分惊讶。基尔与文明中心的差距比我想象中还要更远。当然，我提醒自己一个事实，犹太人毕竟已经被清除干净了，那整个石勒苏益格-荷尔斯泰因省恐怕都找不出一位精神分析学家了，也自然没人来帮她认识这样一个可能的真相：她所有的症状和表现或许并不是那一击造成的。

然后她问我，为什么来到基尔，"我们这个小城市"。我还记得她用了这样的说法。我记得自己深吸了一口气，解释道，"从某种程度来说，我是在回顾自己的过去。我是犹太人，你知道，妈妈出生在柏林，所以这对我而言是个大实验。家里有些人不想让我来。"话音落下，是一阵沉默。接着她说出一句那个夏天我听到过多次的话，"但是你有一头金发和一双蓝眼睛，看起来不像犹太人。"我一听到这个，天生说教的脾性就上来了——我是一门活生生的课程，一场实验，我把自己当小白鼠。我大胆又好奇，但也会感到有点难为情。我看到我那昏头昏脑的同座露出了惊讶的神色，不禁有点沾沾自喜，自鸣得意——我成功让对方感受到了道德上的不安——这个让我心满意足的结果简直手到擒来。

但是没想到，罗根萨克夫人也让我吃了一惊。她告诉我，她的一个犹太朋友在战争前逃到智利，一直过得很舒服。后来

第十章 美国人在德国，1971

1970年，萨尔瓦多·阿连德①的政府上台后，朋友便回到了基尔。

"奇怪的是，她住在镇上的红色地区，"罗根萨克夫人说。"你知道，基尔以前有很多共产主义者。港口附近的老工人区爆发了多次反对纳粹的暴动，但都被盟军击碎了——很有趣吧？她回来时找不到原先的房子在哪里了。不过，她很高兴能回家。她告诉我，德国是唯一文明的地方。她现在老了，这里所有的社会服务都让她很满意。"

所以，还是有犹太人愿意回到德国的！我从未想过会有这样的对话发生。但后来，我发现罗根萨克夫人这一想法是根深蒂固、由来已久的。每一个与我交谈过的德国人都曾有一位犹太朋友，有时是好朋友。每个人都会公开谴责历史上一切，把自己描绘成一个无辜的旁观者。按他们的说法，德国没有纳粹，只有痛心疾首的朋友和邻居。

我和病人们渐渐熟络起来，从他们那里听来许多这样的故事。开"处方"的时候，我会和他们聊天。处方不过是一些例行公事的安慰，比如足疗和按摩。我圆满完成了职责，这令施韦斯特·马蒂娜感到恼火。她们叫我"小美国佬"，要求我以优雅的姿态处理医院各项奇怪的日常事务。这是一个女性掌权

---

① 萨尔瓦多·吉列尔莫·阿连德·戈森斯是智利政治人物、医师，作为拉美第一位通过公开民选上任总统的马克思主义和社会主义者而闻名。阿连德于1970年就任，于1973年军事政变中被杀，此后智利陷入长达17年的军事强人统治。

的世界，只有医生是男性。他们每天现身一次，像神一样立在令人嗤之以鼻的职权云层之后。每天和每周的节奏都不会受到任何质疑和干扰，这并不是说所有的程序都有意义。然而，我们团队的负责人已几乎是半个疯子，又有什么办法呢？这个夏天容不下任何的异议。病人大多是老年人，受尽了各种病痛和折磨。19世纪俾斯麦引入德国的综合医疗保险几乎覆盖了所有人，但条件较好的病人可以拥有单人房，享受一些实质性的特权。不过，就医疗保健本身而言，无论好坏，在我眼里是完全平等的。

这些看护和照料能让病人们得到放松，因此很受欢迎。最顺畅的沟通往往都发生在那个时候，或是一天当中零星的闲暇片刻。比如，在我休息的时候，就能有几分钟和他们畅聊，享受下生活的小插曲。在一开始以热身训练为主的日子里，最大的敌人就是无聊。这是一间内科病房，几乎没有什么正从手术当中恢复的病人。他们大多患有心脏病、中风、糖尿病等慢性病。如今，能有机会为真正的病人做些有用的事情，而不是因叠床单的方式被人耳提面命，令我松了口气。

当然，死亡总在身后徘徊。说起来，我也是在来到这里后，才第一次亲眼见识了死亡。在犹太诗人保罗·策兰笔下，死亡是源自德国的大师，下一代的孩子会看到这名大师势力转弱，分身一个接一个地被击落。不过说起来，我们病房里就有一个年轻人潦草终结，死于非命。他不到40岁，或许实际年龄还要更小,在淋巴瘤的折磨下,日渐消瘦虚弱,皮肤变成了胆汁一样的黄色,让人很难猜出他的真实年龄。作为最年轻的护士,我的工作是给他提供一大罐冰镇柠檬水。只要一有时间,我就会用新鲜柠檬给他做冰镇柠檬水。

这个年轻人每小时能出一桶汗,我们一天要换几次床单。柠檬水是为了缓解脱水引起的口渴。我记得他的房间里没有高科技设备,甚至连点滴器也没有。我不明白为什么我们所做的这些事都没能令他舒服一些。我尽可能抽时间为他做检查,在他身边坐上几分钟。随后,某天下午,我拿着一罐新鲜柠檬水进去的时候,发现他已经死了。我一眼就看出他死掉了,肤色微妙地变成了类似羊皮纸的颜色,像中世纪手稿的色度,可怜的身躯靠在枕头上的姿态也不同了;以前他会不停地翻来覆去,剧烈扭动。一两个小时以前,我还和他说过话。我打电话给一位高级护士,忍不住哭了起来。就这一次,我的同事们表现出前所未有的温和与同情心。

"我们忘了,你以前可能没见过死人,"莉泽洛特说。这是一位年轻护士,一直把我当作朋友,"否则我们就不会经常让你去那间房了。毕竟他随时都有可能发生意外。第一次总是很难面对。"那天,我不必再做其他活儿,摇摇晃晃地躺在棺材般的床上,为自己的反应如此激烈而恼火。想想我的母亲,在我这个年纪已经历了多少死亡?我的心到底是有多绵软?

社交并发症尽管比医学并发症难懂得多,却更具有教育意义和启发性。一天，首席医生来吃午饭，一度使我与护士、医生两方同时陷入了矛盾。他想练习英语，又对美国的一切事物十分着迷，所以一直在和我聊天。他说自己是《读者文摘》的热心读者，这使我在其他护士间落入了一个可怕的境地。我一直在努力获得她们的认可，学习规则，学会欣赏她们讲出的笑话，且取得了相当大的进展。就在几天前，护士们还邀请我一起去迪厅过夜。这是一个我在美国绝对不会去的地方，但我很欣慰她们愿意叫上我。

迪厅沐浴在频频闪动的粉红灯光下，湮没在来客们的香烟缭绕中。护士们围坐在桌子旁抽烟、喝酒，用一种生动活泼而荒唐异样的语调讲话，吓跑了（我想）她们正努力吸引的男人。一开始，这一切令我恐慌到石化，因为我从不是一个会跳舞的人，但当德国摇滚乐的第一抹和弦响起时，我瞬间放松下来。旋律里有一种巴伐利亚西部乡村的节奏，难以形容，还有一支用蹩脚的盎格鲁式德语演唱的合唱团："宝贝，穿上你的热裤。"我知道我的舞蹈不可能比这场音乐还要糟糕，所以开始在舞池里晃来晃去。毕竟，我是美国人——这天然意味着某种优势。让我吃惊的是，从桌旁喋喋不休的人群边走开后，男人们真的会上来邀请我或其他护士共舞。毫无例外，男人们一有机会，就会用骨盆抵着我的身体，想必这首歌的歌词点燃了他们内心的火苗。这个场面很有趣。几个小时以来，我感到诸多障碍中的一部分被打破了，只希望工作中的社交状况会在此后变得轻松一些。

此刻，回到病房里，主治医生过来了，对那里最年轻的女人讲着英语，好像在说某种密码似的。我也不能让他住口：等级制度和性别规则太强大了，他看不出我在其中的生存策略。我一反常态地沉默，这正是他所期望的——一个被他的出现所震撼到的小姑娘。因而他无休止地高歌前进，向我慷慨激昂地大谈特谈对美国离婚率和史蒂夫·麦奎因①的看法。与此同时，施韦斯特·玛蒂娜从桌子的另一端瞪向我。其他护士里，有一半都钟情于主治医师，一律低头盯着桌子，滑稽地强作出一副护士应有的尊敬姿态，实则给人一种不祥的预感。我确信一旦他离开房间，所有人都会向我扑来。

令我恐惧的是，就在我要回去工作的时候，主治医师开始为越南战争辩护。我一时忘了自己的处境，忍不住和他争论了一两分钟。静默气氛中蕴藏的震惊又叠加了一层。我忘记了，从来没有人跟主治医师争论过任何事，特别是当这个人是一个后生女子，处于医院社群的最底层。我意识到自己的错误，但来不及了。护士们正站起来准备离开，列队恭敬地向主治医师鞠躬。医生在门口朝每个人挥手，接着对施韦斯特·马蒂娜说："把那个美国女孩留在这里一会儿。我想听听她关于越南事件的结论。"他的要求为我在病房里的社交生活敲响了丧钟，但

---

① 史蒂夫·麦奎因，著名好莱坞动作片影星、赛车双料得奖选手，于20世纪60至70年代期间活跃影坛共20年，后因肺癌过世。

能够以正常的方式与一个人交谈几分钟也令我感到宽慰。我们就战争进行了辩论。施韦斯特·玛蒂娜则强压怒火，我陷入了棘手的僵局。现在回想起，仍对自己年少时的自尊心和没眼色感到难为情与尴尬不安。毕竟，我来自一个医生家庭，主治医师和我父亲差不多大，我很难天生地心生出什么敬畏。不过我想，如果那个夏天的我就足够圆通老练的话，大概也学不会这么多东西了。

那一刻深陷泥沼的我，被小护士莉泽洛特救了出来。她邀请我去基尔运河岸边的小房子里共度周末。她和丈夫沃尔夫冈计划带我去一座渔港远足，那儿的码头有最新鲜的波罗的海虾，预计自驾游的一路上会穿过几座美丽的乡村，晚上还可以见到一些朋友。当时是仲夏，我很高兴接到这个邀请。一年里的这个时候，基尔的夜晚会变得悠长。一天晚上11点，我们站在海滩上，凝神注视着落日余晖在波光粼粼的水面上驻足流连。

他们的这座房子我也十分钟爱。屋檐下，我躺在客房窗户旁边的床上，望着货船和油轮的巨大烟囱从草坪正上方滑过。我喜欢雾角①发出震耳欲聋的鸣响，那是陆地与海洋混合的声音。我发现，即使是最不传统的德国人也会进行严肃的早餐仪式，这一点令我倾心不已。他们会将一张桌子铺设得琳琅满目，杯中装着煮好的软糯鸡蛋，一排奶酪和冷盘精巧地摆放整齐。

---

① 雾天用于警示水中船只。

第十章 美国人在德国，1971

我从小就习惯了这样的传统，但在一个向来杂乱无章的家庭里看到这样的仪式，还是觉得既滑稽又感人。

莉泽洛特对病人关爱有加，我开始欣赏她了。病人嘟囔抱怨的时候，她会大惊小怪，同情心泛滥地过度关心，这让我由衷钦佩。她的同理心与护士们谈话中传来的侮辱性尖叫形成了一种令人愉快的对比。一开始，我不知道她缺乏幽默感。她和丈夫都有这方面的欠缺，我猜也正是这一点导致了他们后来无法相互理解，进而分崩离析的局面。我记得，当我们低头看向一个老人瘦骨嶙峋的裸体时，莉泽洛特就站在我旁边。老人虽然腰部以下瘫痪了，但仍然和我们一起玩转盘。他喜欢和护理他的人调情，对方越年轻，他越起劲。有时，他只是抓住一只过路的手，拍一下屁股，或是讲一个不得体的笑话。但最近，他开始漫不经心地把医院的外罩抛到一边，让下半身露在外面，就像马蒂斯①笔下一个枯萎的宫女。然后我们就得在他床边忙活一阵，重新帮他盖起来。他很享受这种小把戏。

记忆里似乎有一幕我们帮他洗澡的场景。老人当时一定是昏迷不醒或睡着了，否则莉泽洛特绝不会说出那番话。她咂了咂舌头，叹了口气，用同情的口吻讲了几句。那种语气，我读研时曾在托马斯·曼②的小说里见到过。"啧啧，"她不无遗憾

---

① 亨利·爱弥儿·班诺马·马蒂斯是一位法国画家，野兽派的创始人及主要代表人物，也是一位雕塑家及版画家。

② 保罗·托马斯·曼，德国作家，1929年获得诺贝尔文学奖。

地说道,"你看看这个,"她悲伤地用手抚摸着这个老家伙萎缩的生殖器,"太小了,真可怜,他的东西已经这么小,还会对女人大惊小怪,真有意思啊。"我嘟囔出一句心里话,大小决定不了他对女人有没有兴趣。"是的,我想也是,"莉泽洛特叹了口气,"你应该去看看那些来探望他的女人,听他讲讲自己是如何征服她们的。不管怎么说,我觉得挺好玩的。"莉泽洛特的声音低沉下来,溢满了感情。这个姑娘的性哲学通常是很有趣的,特别是夹杂上她语气里的那一抹忧郁。

莉泽洛特是一个身材高大圆润、面庞俊俏的青年女孩子,比我大四岁左右。她的丈夫沃尔夫冈身材矮小。二位乍一看,很像杰克·斯普拉特夫妇①。沃尔夫冈将络腮胡和八字胡修剪出一种令人不安的整齐,戴着一副钢圈眼镜:符合德国大学生的刻板形象。莉泽洛特承认,她丈夫对性的欲望是无止境的。如果她允许,可以一天做上三次。但莉泽洛特有点冷淡,这种差异造成了他们之间的"问题";至少在男方看来是这样。他希望看到莉泽洛特因高潮而失控的样子,但女方总是无法满足他的期待。他威胁说要找一个和自己一样喜欢做爱的女人,且心里已经有人选了。"你上班的时候他整天干什么?"我问,"他不用上大学吗?""不一定会去上学,"莉泽洛特答道,"再

---

① 杰克·斯普拉特和妻子弗雷德里克·理查森是英语童谣中的形象。童谣版本是:杰克·斯普拉特不能吃任何脂肪。他的妻子不能吃瘦肉。但是,他们俩一起舔干净了盘子。

说，现在是夏天，不上课。他说自己大多数时间待在家里自慰。"

一开始，沃尔夫冈除了过度提及性的话题外，对我非常友好。仲夏夜，我们在街市上跳舞，他径直地走近我。在那个世界，人们还不擅长微妙和细腻。他的肩膀一扭一摆，若有所指地向我眨眨眼，用英语悄声说道，"咱们干起来吧，宝贝。"他似乎并不介意我的拒绝；脾气温和的他似乎早已习惯了。这一切言行并不能妨碍我和莉泽洛特的友情。他不停地引诱其他女人上床，而她似乎听之任之。后来，莉泽洛特告诉我，他们离婚了。在她去马来西亚当护士后，沃尔夫冈就淡出视野了。我虽反感他，但又为他不可遏制的性冲动造成的夫妻关系的无奈而感到好笑。如果他们征求我的意见，我可能会建议沃尔夫冈找份工作。这对夫妻的生活显然分崩瓦解了，但他们依然彼此相爱，温柔以待。

那个周末之后，我几乎搬了进来，总听他们谈起一艘小帆船上的假期。他们曾乘坐那艘船驶过了"瑞典群岛"。虽然我从未发现过这个岛屿，但他们已在计划和另一对夫妇乘坐16英尺长的游艇远航。我无法想象那样的假期该有多么可怕。我们曾多次去码头为小船配备必要物资。在这期间，我认识了他们的朋友埃克哈特。他是沃尔夫冈的大学同学，我记得他学生物，但他自己似乎对这门学科一无所知，也没什么心思。他有着典型雅利安人的长相：身高六尺五寸，长脸长下巴，金发碧眼，头发和眼袋有点耷拉，看起来颇有些巴吉度猎犬的意味。虽然正常情况下，这不大会是我入眼的类型，但不可否认，他看上去还是挺英俊的。来德国本就是一次探索，他满足了我对情色的黑暗幻想。我之于他的作用也差不多，在这群人里，他也就见过我这么一个犹太人和美国人。

我按照规定，对身份做了必要陈述。人们便开始议论纷纷，探讨我的犹太成分到底有多少。比如在医院，当那些护士小姐知晓我的身份后，便认为我"和果尔达·梅厄[①]看起来简直一模一样"。尽管我很钦佩这位女性，但她不能算是身体美的理想范本；她可比我大了至少四五十岁呢。如果我拒绝"像果尔达·梅厄"这一说法，就得承认自己是"芭芭拉·史翠珊[②]的翻版"。对比之下，这个选择无疑会显得人更漂亮。不过，这群护士们对犹太女人的唯一概念也就仅限于这两张面孔了。显然，在她们眼里，所有犹太人都是一个模子里刻出来的。

按原计划，我是打算直截了当地告诉护士们我是犹太人的，但我后来并没有这样做。认识罗根萨克夫人后，我开始学着谨小慎微。一个特别晴朗的星期天早晨，我像往常一样走进一位老太太的房间，打算叫醒她。出乎意料的事发生了，我的身份就在这时一下子暴露在大家面前。"早上好，"我打开窗帘说，"今天会是很美好的一天，太阳已经热起来了。"教堂洪亮的钟

---

① 果尔达·梅厄，以色列女性政治家。
② 芭芭拉·史翠珊，犹太裔美国歌手、电影演员、导演和制片人。

声响起,从市中心的各个角落一阵接一阵地传来。"这声音不美妙吗?"我问,"多和谐的清晨呀!"老太太也这么想,随后问了一个让我惊诧的问题,"你是新教的,还是天主教的?"我不打算放弃设想好的小剧本:诚实是最好的策略,不是吗?"其实,我哪个都不是,"我答道,"我是犹太人。"这位女士盯着我,看了好一会儿,好像要喘上口气似的,使尽她全部的肺活量尖叫道:"滚开,滚开,你这个说谎的魔鬼!我不会被犹太人的手碰的,我不会!你竟敢进我的房!滚出去!"我仓皇溜了出去,叫其他护士过来。她们一窝蜂拥到病房里,尖叫声四处飞落。在我的震惊和沮丧之中,一个声音小声地笑了:终于有人说出了真相。

赶来的护士对此事做了汇报。好在,她们的震惊不亚于我,甚至更严重。这个女人的情绪不稳定;护士们从病历上就能看出这一点。她患有某种阿尔兹海默症。大家都知道的是,这位老太太在战争期间,因盟军轰炸基尔,失去了自己的女儿。老人家觉得我和她的女儿模样相仿,而当我袒露自己是犹太人时,她便以为,我先前一直在故意假冒其女儿来折磨她。几十年来,她始终固执己见地认为:犹太人策划了一场全球范围的阴谋,购置了飞机和炸弹,在德国上空杀死了她的女儿。那不用说,我金色的头发和蓝色的眼睛自然是魔鬼、犹太银行家和共产主义者的杰作。不过,既然当下一切都解释清楚了,她决定对我做一些补偿,以我的名义向犹太孤儿基金会捐款。

我自问，是不是真的可以当一切都没发生过？这个女人又老又疯；如果她愿意，我还可以照顾她，如果她实在厌烦，我也可以留她一个人待着。但护士们对我摆出充分的理由，说我的消失只会再次触怒她。于是，我回到老太太的房间，看到她靠在枕头上，和发火前一样平静。

"我想向你道歉，"她说。"你真是和我女儿一模一样。她被杀时19岁。你多大了？"

"22岁。"我说。

老太太说："好吧，现在你知道我为什么会搞错了，你们年龄差得不远。你的样子，看起来怎么也不像是犹太人啊？"我保持缄默。"当然，你鼻子确实有点弧度，我女儿的鼻子是直的。"

在施韦斯特·马蒂娜不停咆哮的几个星期里，我努力凭借自己受过训练的半专业化水平，以一种我自己都感到惊艳的手法来折叠毛巾。

"你知道，我并不反对犹太教，"她接着说，没有因我的沉默而退却，"拉比唱的圣歌很美。如果这个民族不是这样的人渣就好了。"

就在那个时候，我向门口走去，不忍再多听任何一个字。我想起了我温柔的外祖父母，明媚美好、无比坚定自信的母亲和她在日托中心照管的孩子们，以及我那为精神病患者免费治疗的父亲。"她病了，她疯了，"我咬紧牙关劝自己，"耐心点。

你必须渡过这一关。"

"等等，等等！"她喊住我。"给犹太孤儿基金会捐款的事儿还没说呢？"我停下脚步，深吸了口气，"你应该和施维斯特·马蒂娜谈。我不清楚状况，也不是犹太人的代表。但我个人认为，压根没有这样的基金。你是不是忘记德国已经没有犹太人了？为什么会这样，你不记得了吗？"说完，我就走开了。

那一刻，我熬出来了。至少这让我内心激动的时刻，我会一字不落地铭记。这一次，我猜，当年的情形果真如我所忆，否则，接下来几年的遭遇会让我感觉更糟。这个女人痴呆的病根在于种族歧视。我对此固然感到鄙视，但还是为她半疯半傻的状态而难过。我第一次明白了，母亲为何会同情那些从希特勒军中掉队的人，因为在相遇的时候，他们正从永世不倒的哭墙后往外爬着。

这件事促使莉泽洛特重新思考自身个体与德国历史的关系。在她和朋友们所受的教育中，没有反省这项功课。她向小组成员讲述了我和那个疯女人的故事，大家就这个问题展开了多次严肃的讨论。这群年轻人告诉我，他们从未在学校里学过有关"二战"的内容，至于大屠杀这个词，更是听都没听说过。我对此惊讶不已，毕竟据我了解，大城市的学生都会被带到周边集中营的遗址去参观，比如汉诺威附近的伯根-贝尔森，慕尼黑附近的达豪等。显然，至少石勒苏益格-荷尔斯泰因州的当局认为，这样的教育是无足轻重、可有可无的。

乡关何处是：大屠杀下浴血成长

我的朋友大多介于 25 岁到 30 岁之间，他们当中没有一个人对战争期间发生的事有多少了解。但他们开始更加注意自己使用的语言和思考的方式。当莉泽洛特一家为海上假期装备物资时，愁眉苦脸的她突然发现自己用了"小游艇上的犹大"①这一说法，这是船上军需官的航海术语；他们以前从未考虑过这究竟是什么意思。沃尔夫冈解释，你涂涂补补的那面墙上的裂痕就叫"犹大"。诚然，也有很多关于犹太人和金钱的旧谚语：不要"犹太"我，不要为了几便士而成为这样的犹太人，等等。令我惊讶的是，他们所使用的语言并没有从这些习语中摆脱出来，他们本人也是一样。但我们有什么可惊讶的呢？我问自己。这样说也冒犯不了谁了。

随后，他们陷入了对童年的追忆。这群人年纪都不大，基本是在战争期间或战后一年内才出生。战火，是所有人记忆里的第一道闸门。他们记得房屋燃烧、火焰直冲云霄时极端恐怖的场景，灰飞烟灭的刺激气味仍在鼻边环绕，与逃跑时的恐慌混杂在一起。这些年轻人对世界的第一印象是如此一致，着实吓了我一跳。他们中的大多数人从更遥远的东方逃难而来，还

---

① 关于"犹大"与"犹太人"的关系，曾有一种错误的说法流传："犹太人被纳粹屠杀的原因之一是因为他们是犹大的后裔"。但其实，"犹大"和"犹太"两个词有各自独立的含义。"犹太人"指古代希伯来人的后裔，是一个民族。实际上，耶稣和他的 12 个门徒（包括犹大）都是犹太民族的，所以"犹太人是出卖耶稣的犹大的后裔"这种说法从逻辑上是不成立的。但书中此处表明，船上人员将"犹大"当作对"犹太人"不尊敬的代称。

没等苏联人侵入市区，便打包好行囊飞也似的逃离了。记忆里要么布满了盟军的轰炸，要么充斥着苏联人的暴怒。他们忘不了挤在棚车上向西逃跑时断食断水的逆旅，也能模模糊糊地记起一路上被死神光顾的同胞。他们接受的信息是如此片面，以至于看不出自身经历中蕴含的讽刺。若不是我主动问起，这些人怕是永远要把这样的早年时光抛到九霄云外了。

他们没有发现的是，众人对那些年的记忆存在另一个共同点：父亲的缺席。许多人出生的时候，父亲正在苏联东线作战。有的父亲阵亡了，有的被羁押在集中营里长达十年，归来后，在孩子面前无异于陌生人，为人处世中夹杂着纳粹制度下的刻板固执，映照出铁丝网后的心理创伤。退伍军人回家后往往发现，家庭已长时间由妇女掌控领导，以至于仿佛回归了一种母权社会。

埃克哈特事无巨细地向我讲述了那些年的情形。当时，我和他住在一个掉漆的白色棚屋里，他起了一个浪漫的名字，叫它"花园屋"。因为这间屋子就在他朋友家后花园的位置，几乎是不花分文从朋友那里租来居住。屋前有醋栗丛，结出了粉嫩的半透明硕果；棚架上粉红色的玫瑰就要探出头来；屋内则是我见过的最杂乱的地方。在这样的环境下生活，我感到勇敢和自由。此外，虽然我没有对美国那个不值得信任的男朋友保持忠诚，但奇怪的是，并没有什么内疚感。这段尽情欢愉的韵事只证明了一件我在此前还不能完全对自己坦诚的一个事实：

面对埃克哈特，我在很多方面早已做好了准备。

当然，对我而言，他是一个彻头彻尾的错误。那些好感不过是其个人魅力的产物。首先是语言方面，他坚持认为自己足够了解我，以至于我在德语方面的欠缺算不上障碍，彼此之间的沟通还是非常顺畅的。他不是语言学家，没办法留意到我自身的感受。我在用这门词汇量不足的外语讲话时，感觉我不再是自己了；我的手势，我的语言，所有的东西，都不真实了，或充其量只是我真实状态折射了一次后的呈现。我也不确定自己是否真正了解他，以及，他和我讲话时究竟想表达的意味是什么。语言的局限性对我而言不得不说是一个灾难，虽然也令人感到兴奋。我就如同 18 世纪假面舞会上的男爵夫人，戴着眼罩，在玩着一个白天时候的自己根本不会允许的情欲游戏。

有一些令人疯狂快乐的时刻。埃克哈特，如果他还活着，可能会一直表扬我把大蒜引入了他的饮食生活。28 岁的他，生活经验异常疏薄，连这种在德国毫不起眼的草本植物都能令他大开眼界。对他而言，大蒜就像是本世纪正在狩猎的吸血鬼一样。一天晚上，我俩赤身裸体地待在酷暑难当的小屋里，他让我站在摇摇欲坠的咖啡桌上，就像橱窗设计师布置假人一般小心翼翼，把棚架上的几朵粉色玫瑰缠到我的私处上，然后在我周围欢呼雀跃地挥舞起一个酒瓶，喊道："诺布劳克！诺布劳克！"（"大蒜！大蒜！"）就像某部 B 级片里的食人族。尽管我觉得自己裸着站在咖啡桌上很尴尬，但还是觉得当个大蒜女神也比当个什么都不是的虚无女神要好。

埃克哈特以一种相当动人的方式，表达摆脱或沉浸在某事物里的自由。他笨拙而不着边际地挪动修长的身躯，直到筋疲力尽地瘫倒在不太洁净的沙发上。白皙的皮肤上沾满汗水，如丝绸般光滑。

我们一起旅行。在休假的两个周末里，开着他那辆破旧不堪的小车——一辆"甲壳虫"，或者是一辆法国微型车，我记不清了——在乡间四处兜风，不在意白天和夜晚的正常节奏。有一次开到汉堡，在圣保利红灯区溜达，沿街叫卖者吓了我一跳，但我还是强装镇定。"进来，进来，"小贩们冲埃克哈特喊道，从不跟我搭讪，"我们会上演一场让你女朋友把持不住的节目！"值得肯定的是，埃克哈特从未提出去切实体验一把那条街上邪恶的乐趣。而沃尔夫冈就不同，把好色写在脸上。埃克哈特则透出牧羊犬般的纯净无邪。

黎明时分，我们走过美丽的易北河港口，和妓女们一起用早餐。开车回基尔的路上，在玉米地里睡了几个小时。哪怕只是这样一件小小占用他人土地的行为，我以前都从来没有做过，这让我感到很不舒服。埃克哈特睡着时，我目不转睛地盯着他。他瘦长的身躯压伏着农作物收割后留下的麦茬，在根茎间蜷曲着，活像一条北欧大蛇，这个画面深深刻在了我的脑海里。我们去了吕贝克，参观了托马斯·曼的祖宅。回来的路上，穿过湖泊地区的农场和临海小村庄。当地人把这里叫作"北方瑞士"。乡间黑白相间的木屋使我想起英国，那是一方宁静与繁荣的国度，往昔的不堪似乎被抹得干干净净。不管怎样，我在性冒险的美好迷雾中看到了它，我感到致命的柔软和莫大的仁慈，仿佛在"食莲族"的土地上打了个盹。

虽然我用德语沟通力不从心，但我们仍不停地聊天。像小组其他成员一样，埃克哈特对犹太人这个群体及其自身的童年经历一下子产生了浓厚的兴趣，这是他以前从未想过的事。他告诉我，父亲走了整整十年了。他曾是"大苏联政府的座上宾"，回归家庭生活后，埃克哈特总会心生惧怕。他身形魁梧，待人严苛，时常默不作声，散发出一种"我反对你"的气场。如果他不再安静，或是从设防警惕的状态中走出来，那一定就是在大发雷霆了。埃克哈特的母亲也发生了变化，曾经在她床上嬉戏搂抱和推心置腹的时光一去不复返，取而代之的是母亲缩到一边，焦虑地吼叫。埃克哈特一直觉得，父亲的归来是他童年幸福终结的标志。

埃克哈特尤为记得一个关键性事件，他的宠物兔死了。埃克哈特悲痛欲绝，决定为它举行一个正式的葬礼。他把尸体放进鞋盒，挖了个坟墓，点上蜡烛，就像在教堂里看到牧师做的那样。埃克哈特拿着祈祷书站在墓前，披着母亲的蕾丝披肩。当他头部一侧横遭一击时，属于他的死亡仪式才刚刚开始。父亲悄无声息地出现在身后。

"你是在亵渎神明！"父亲喊道。他冲着烛台和其他埃克哈特布置好的东西又踢又跺，把鞋盒扫走，将兔子的尸体丢进了垃圾桶，还用腰带鞭打埃克哈特，惩罚他竟敢平白无故盗用上帝的名义。

他的父亲在应征入伍前曾是一名历史教师。这些认同纳粹事业的历史教师们曾是戈培尔在年轻人当中定向培养的突击部队，目的是依靠教师们的宣传来争取新一代的归顺者。他的父亲始终对"元首"保持狂热的信仰。从俄罗斯归来后，他对埃克哈特执行了一系列新制度，包含军事纪律、严苛的日程表，以及凶狠的惩罚。他的父亲患有心脏病，怀疑是长年苏联战俘集中营生活导致的。后来，父亲因病英年早逝，埃克哈特竟感到如释重负。他们之间从来没有爱存在过的痕迹。

从埃克哈特的体貌特征中，能看出他那以掠夺为生的祖先们的影子，但他本质上却是一个畏首畏尾的人。当他回忆童年时，我会温柔地看着他，想起那只他没能安葬的兔子。成年人的自信从来没有在他身上体现过。他那覆盖着玫瑰的小房子就像一个栖身的洞穴，能窥探到他在里面不时戳着自己优雅的鼻子，打着哆嗦。过去的经验令他害怕，广阔的世界令他害怕，他以一种疏离的困惑，旁观着我们所处时代的跌宕起伏。

夏天就快要过去的时候，他送我去坐火车。我知道，今后再也不会听到关于他的消息，因为我知道他没有精力去应付交往。我给他寄过一张卡片，上面印有当时流行的时尚画家吉姆·丁设计的一颗大大的心，但他从未回复。不久，他就从莉泽洛特的圈子里消失了。从莉泽洛特那里听说，他变得十分消沉，转而无踪无影。我感到难过，在想，花园屋里浪漫恬适的二人田园生活是否致使他身陷生活的泥潭？他完全不懂得如何省察自身，不但看不清自己，与这个世界的感性和客观也显得过于疏离。因而，我们的分开或许给他造成了痛苦；又或许，我们之间的冒险体验在他心里是无足轻重的，他自身习惯性的悲伤如同德国低垂压抑的天空一样，再次封闭了自我的心门。而真相，我永远无从得知了。

当时，我并不想一丝不苟地深究那个夏天里有关意识形态的问题。我怎么会和一个狂热纳粹分子的儿子在花园里厮守呢？如果说，其他美国女孩渴望的对象是穿着皮夹克的坏男孩，我所沾染的显然比他们黑暗多了。他可是希特勒的子民，尽管我这个雅利安小伙儿实际上并没有什么威胁，倒是像老鼠一样胆小。这次德国之行本应是先驱者用真相的火把照亮的一趟实况探险之旅。意料之外的是，虽然我学到了很多，也经历了很多，但我也从中发现了自身的阴暗面。

就在那个夏天，我读了一本书，是经久盘踞德国畅销榜的一部作品，英文名译作《无力哀悼》。作者是一对夫妇，分别是社会学家亚历山大和玛格丽特·米修里希①。我发现，此书有助于我回忆和解读发生在基尔的种种疯狂与记忆。书中得出

---

① 亚历山大·米修里希（Alexander Mitscherlich）是德国精神分析学家。

的中心结论与我的经历刚好吻合——德国人不过是，将那些无法直触的情感禁锢埋藏了起来。我见识过太多情感扭曲，以至于忍不住好奇，在未来的几十年里，这个国家究竟会发生什么。

就目前而言，我在内心已与德国达成某种和解。原先存在于想象中的恶魔被一张张具象的面孔所取代：埃克哈特和莉泽洛特，沃尔夫冈和弗拉莱恩·施纳克，病人们，施维斯特·马蒂娜，以及其他人。而我，至少在那座玫瑰覆盖的花园房里，否定了自己的曾经的所作所为与所感所想。

在基尔的那个夏日，我在事发地国家与当地的可怕过往对峙交锋，但这并不足以恒久安抚我梦魇般的骇人记忆。作为一个孝顺的女儿，我选择面朝父母的历史，弱化对自身的关注。只是单凭如此，倒也处理不了这个世界的问题和症结。逾年历岁后，我不得不重新以用写作的方式来驱魔，消解不愉快的经历与记忆。

后　记

结束在基尔的探险几个月后,我来到普林斯顿大学,遇见了奥利弗·哈特。他是经济学专业的学生,在伦敦出生长大。1974 年,我嫁给了这个男人,随他一并去往英国,度过了随后的十年光阴。我们大部分时间住在剑桥。1977 年,儿子丹尼尔出生,1982 年,第二个儿子本杰明也呱呱坠地。奥利弗在剑桥大学做讲师,兼任伦敦政治经济学院教授。我则在埃塞克斯大学任教,后来申请到了剑桥大学三一学院的研究奖金。奥利弗是独生子,他的那对父母同样魅力不可挡。老人家年纪越来越大了,他想回到英国,守在他们身边。后来,老人家十分长寿;奥利弗的父亲活到 106 岁。1984 年,奥利弗被麻省理工学院聘为教授,我们再次返回美国。我也在这所学校的文学院任副教授。但那儿的日子于我而言并不算快活,我没有获得终身聘用的资质。奥利弗很快又被哈佛大学聘用,我也随同在那里教书。

后　记

一对小孙子环绕膝旁，我们陶醉在日常的天伦之乐中，这在某种程度上纾解了缠绕一家人的记忆梦魇。

但这种消解并不彻底，我仍然花了一生的大半时间去哀悼我从未谋面的祖父母、表亲、姨妈和朋友们。随着年岁和阅历渐长，我渐渐感知到时间的流逝，意识到死亡是不可避免的，痛苦终将无法消减。青年时期的我正赶上大规模暴力的恐怖时代，暴力尤为针对我这个年纪的孩子。无论我是睡着，还是醒着，都能觉察到残暴的武力在我头顶上空久久盘旋。如今，另一层痛苦也在滋长，你要承受失去某些特定的人。妹妹们也同样舔舐到了这般悲苦。我们眼看父母当上了祖父母，自己也有朝变成了祖辈，才发觉，我们正以一种成年人独有的方式，经受着失去。

在美国这个需要挣扎求生的国家里，可怕的记忆以不同的、且更艰难的方式影响着我。我对自己在这个世界上的定位感到困惑，尤其对于自己是否有资格享受成功带来的意义怀有一番矛盾心理，这阻碍了我去感知自己究竟想要什么。孩提时代，我曾在写作和科学的岔路前左右为难。抽象的雄心壮志很容易燃起，我完全能够成为一名诗人，或是一名医生或病毒学家，我心想着。当然，父亲也面临同样的境遇。本想成为一名作家的他，在医学界也如鱼得水，还希望我能够全面传承他的衣钵，一面写作，一面行医。我知道，我在一定程度上活在他的幻想里。不过，我素来也对这些学科抱有热忱。如果不是高中三年

乡关何处是：大屠杀下浴血成长

级的时候，我笨拙地剖开了胎猪①克利奥帕特拉·培根，可能就此认真地走上从医之路也说不定。我在完全无意识的状态下随手切开了她的卵巢。那一刻，我听到了命运之石的警告：如果有一天你当上了医生，真不敢想象会对人类的身体做出什么事来。

那时我在写诗这件事上找到了乐子，出产了大量作品。就读康奈尔大学一年级到二年级的那个暑假，我甚至把自己如何从一阵短暂崩溃中走出来的过程记录了下来。背景是这样的，我入选了一个为期六年的博士项目。这项计划是冷战和福特基金会②的共同产物。该基金会提议从大学本科阶段起始，六年内培养出博士学位的毕业生。这个想法实在太疯狂了，我们这一小团体承受的压力可想而知。我来之前的那一年，校园里发生了一场可怕的火灾，宿舍内九人身亡。同时期，无论是校园内，还是国家层面上，种族政治的剑拔弩张都在加剧。那年夏天的一晚，我正在上课，我深爱的导师和朋友马蒂耶斯·乔尔斯突然离开了我们。当晚，我还邀请他去我们宿舍一起吃晚饭呢。导师是德国文学系主任，一个来自纳粹德国的非犹太难民。他很清楚我师从他的原因。没想到，他竟然在那一晚自杀，虽

---

① 胎猪是未出生的猪，在初级和高级生物课中用作解剖对象。

② 福特基金会成立于1936年，由福特汽车公司的亨利·福特及其子埃德塞尔·福特拿出部分股票和资产作为基金建立。1950年基金会与福特汽车分开，在一个独立理事会的管理下运作，从此再没有接受任何捐助，基金会的资金全部来源于原有基金在股票、国债、房地产等各方面的投资所得。

然这个事实我时隔多年才得知。说起此事对我的影响——导师怎么看都像是一位先驱，一项先兆，预示着我最害怕的事情：我的父母会如何死去？尤其是我的父亲……那几年的暴力和动乱荒诞无稽。这样的环境下，师生间的关系被大大拉近。

这次事件引发的崩溃算是我生活中的一次分水岭。我渐渐不怎么写诗，却也从未彻底搁置。1970年，我欢喜地从普林斯顿大学研究生院六年制博士项目中毕业。经历过康奈尔大学的骚乱，这里安静的四方天地起初让我松了口气，但氛围又不免过于僵硬和虚华。这里的教授不多，都是男老师，对职位甚为珍视。学生们个个聪慧，智力脱俗。然而，在这样一方狭小的权力结构里，温顺地等待着被驯服，再次令我感到格格不入。我不时便会挣扎一下。彼时，法国批判主义风行，对知识分子权威过度崇拜的我被时代的狂热吓倒了；但我又看不上其中的抽象风格和避重就轻，这些文学批评并没能解决困扰我的问题。只是，当时的我畏惧竞争和失败，在事情出错时，很容易不知所措，丧失信心，因而便诉诸诗歌，耽溺在诗意的轨道上。

和奥利弗结婚后，我花了很长时间才完成对理查森和狄德罗①的博士研究。借助剑桥奖学金的支持，以及英国朋友和同事们的聪明才智，我最终成功发表了论文。奥利弗总是干劲十足，足够自律，且擅于思考，总能予人莫大的鼓舞，可我是完

---

① 德尼·狄德罗（1713年10月5日—1784年7月31日），法国启蒙思想家、哲学家、戏剧家、作家，百科全书派代表人物，毕业于法国巴黎大学。

全不同的物种；我很钦佩他，至今仍然仰慕他身上那些我最难以具备的品质。虽然我很擅长文学的学习和教学，但内心永远分裂矛盾。我站在重重路障间，为争取妇女权利而战斗，与大学里那些认为我结婚生子后便无法继续思考和写作的男人们争论；他们没有看到的是，我的内心胆小如鼠。他们的攻击令我对学术争论不寒而栗，找不到身为一个女性的表达自由。我是一个多么好笑而又渺小的女权主义者啊，以至于到最后，要为自己而战的时候，步履蹒跚，寸步难行。想到这个，我笑了出来。

我终于能够在随后的生活里，以一个旁观者的角度，来叙述这些故事。几乎所有的人都已过世。有些人是在我动笔之初离开的，更多的人则早早地和我们告别；祖斯和乔·斯科尔特；奥托·弗兰克和他的第二任妻子弗里茨；老杜普伊斯和他们的一个女儿；母亲在贝尔森联合会的老朋友乔·沃尔汉德勒；还有我的舅舅乔。我的父母仍然住在新泽西州的家里，我和姐妹们得以长久和他们守在一起，实乃一件幸事。如今我发现，在移民这一身份下，父亲过得远不如母亲那样自适。他一直抱怨，来到美国后便丢失了自己的母语，为此深感遗憾。93岁的他再也不能去瑞士访问巴塞尔和余留的家人，也不太可能再看到心爱的阿尔卑斯山脉。父亲的怀旧情绪总是强烈存在着，母亲却几乎从不怀旧。

母亲和自己的哥哥一样，患有阿尔兹海默症，父亲在身边照顾她。这个病对一个从未受困于怀旧之苦,却能对可怕的细节做出精准回忆的人来说,兴许是一件好事。每天,她都静坐在花园里的一缕阳光下,快活地任记忆消散,唯独不会忘记她的孩子以及儿孙们的姓名和音容;对曾孙子的印象倒是有点模糊。每每提起小孩,母亲还是会笑,不厌其烦地聆听和孙子们有关的轶事。可是我们做女儿的,再也不能和从前一样同母亲讲话了。原来的那个妈妈已经不在,只留下一段满载爱意的亲子关系。现年88岁的她几乎一动也不能动了。疾病使她体格虚弱,虽然其他体征并无大碍。父亲患有心脏病,听力下降,关节炎也令他疼痛难忍,但他在困难的工作跟前,呈现出了一种令人惊讶的愉悦。他仍然不会向哪怕任何一个陌生人让步,还是和以往一样热情、智慧、喜好争论。夫妇二人之间相互取乐,开玩笑,拉对方的手。我的幸存者母亲不忘一遍又一遍地对父亲说:"我有没有告诉过你,我有多爱你?"他们终将成为英雄,一直到去世那天。2013年4月的纽约,两人作为马查尔成员里为数不多的剩余人士,再次被授予荣誉。马查尔是1948年在以色列作战的外国志愿者的统称。

时隔多年,我才有机会再次造访德国。那是2001年,"9·11事件"六周后,我和奥利弗一同访问了慕尼黑。自30年前在基尔度过那个夏天之后,这是我首次去德国旅行。奥利弗受邀于一所大学,来做公开演讲。此去经年,此番的居住环境要比以往舒适得多。上世纪70年代以来,德国一直以堪称典

乡关何处是：大屠杀下浴血成长

范的方式对过去的历史毫不讳言。那年夏天，生活在这里的犹太人口只有不到 3 万，如今已逾 20 万，大部分是来自苏联的移民。

几十年前的我是绝对不会去巴伐利亚啤酒屋这样的场所享受的。德国之旅的一天夜晚，东道主和他的同事们在那里讨论"9·11 事件"的后果，特别是美国入侵阿富汗事件。"我是一个和平主义者。"邀请我们的人说。他的胡子杂乱地蔓延开来，以至于我无法想象这样的一个人为何会因此事而烦恼。"我一直反对暴力，就算有世贸双塔的事，我也不赞成入侵。"

我凝视着他说话的样子，思绪翻涌回 30 年前基尔的那个夏天，想起那时的伙伴们。那些由于父亲参军而由母亲独自抚养的孩子们，后来要么被俘，要么死去。从在基尔的时候我就一直在思考，成长过程中缺失父爱，主要由女性抚养长大的一代人是否比美国的同龄人更具有反战的积极性；许多德国人不惜一切代价反对战争，不管这种立场会引发多少矛盾。或许在单身母亲身上，相比于整个民族的内疚感，和平主义更占上风。不论背后的原因如何，这种现象都让人喜闻乐见。我和丈夫乘坐一列从市中心玛利亚广场①开出的市郊列车前往达豪集中营，直抵营地大门。一路上，各处景象都能引发我对旧德国的回忆。阴沉的天空开始降雪，火车上一对美国夫妇跟我们聊起了此行

---

① 玛利亚广场是德国慕尼黑市中心的一座广场，形成于 1158 年。在中世纪，在这个广场上举行集市和锦标赛。

去达豪的目的——看一位叔叔。他们口中的"达豪"指的是集中营周围一片带有咖啡馆、公园和日托中心的美丽舒适的小镇。依我看,这个名字在他们耳中已不具备可怕的杀伤力:这也是时光车轮滚滚向前的一个例子吧。

达豪的天气严霜凛冽,对称的建筑物折射出一种阴森,和上千张照片里的模样别无二致。集中营与慕尼黑不过咫尺之遥。慕尼黑博物馆如今的陈列清楚地表明了,纳粹从未试图掩盖这一历史事实。上世纪30年代起,当地和全国性报纸的头版纷纷揭示了难民营的建立、行径及所在地,其中不少报道言过其实。我们参观了牢房、惩罚区、瞭望塔、火葬场,以及各类囚犯团体的纪念碑。彻骨的严寒下,卧铺比露天的地方还要冷。雪不疾不徐地落着,人行道结了冰,染白了我们的头发。恶劣的天气使参观之程艰苦难受,我们却该庆幸,正因如此,才更容易想象当时的情景。

也许所有的一切都太容易了。我们一下子知道了太多,又太不够。所有的言辞都只会让达豪显得苍白空洞;文字围绕在它的周围,形成了一道隔离带。正因如此,我们可以允许柬埔寨和卢旺达、波斯尼亚和刚果、津巴布韦和塞拉利昂、斯里兰卡、苏丹和叙利亚……的存在。希特勒究竟对我们做了什么?为何似乎再也不会有悲剧,也无喜剧发生,再也没有任何激情;徒留下博物馆的围墙矗立在那里,受难的面孔早已消殒不复。我站在达豪里,感到黑暗像一层裹尸布一样,刺透霜冻的锐利投降在我身上。这种黑暗,我从儿时起就觉察到了,即使正午的阳光也无法穿透;无论是写作、说话、唱歌还是祈祷,都无法消弭这种不快。我不禁回想起几年前,一家人在一场相关活动上的会面。那次的活动说来有点奇怪。

1999年夏末,母亲得知,美国大屠杀纪念博物馆将在次年1月主办一场名为"生命重生"的周末会议。会议聚焦在战争刚结束的时期,那时集中营渐渐清空幸存者,开始收容无家可归的东欧人。"你爸爸和我打算去听一下。"妈妈在电话里说道。我很惊讶,母亲以往拒绝参加任何这样的活动。父母还叫我带上两个妹妹一起去。好了,我们意识到,原先的五口小家(不算上我的丈夫和孩子)就要迎来重聚。毕竟我在25年前就结了婚,这样的重聚着实还是多年来的第一次。对于家庭团圆来说,大屠杀幸存者会议不得不说是一个奇怪的场所。随着日子将近,我越发忧虑起来。

我不由陷入了一种多层情绪混合的复杂状态,几近崩溃的边缘。内心的声音数落自己,我这到底是为了什么?我一直在尽力快速成长,以期有足够的能力去理解所背负的邪恶历史,把它转变为可以为己所用的东西。作为一个中年妇女,我已撕去童年的符咒,不再受困于操纵、比赛、较量和失望。到了如今,我终于可以对自己说,你已经足够勇敢,也累积了充足的经验来面对这一切。这不过是一个周末罢了,我是不是有点反应过激,像是得了什么可笑的癔症?然而,我发现自己在模仿

后　记

父亲的语气同自己对话，与母亲进入了一种熟悉的关系状态。至少在自我的想象中，我扮演着母亲的记录者、保护者，偶尔对手的角色。母亲的故事永远是第一位的；而父亲的意见又总是伤人。毫无疑问，等待我们的，将会是戏剧性的一幕。

下榻的酒店是万豪，位于华盛顿亚当斯摩根区，临近国家动物园。不算上烦躁不安、碎步疾跑的工作人员，光来访者就达900人之多。宏伟的酒店和熙熙攘攘的人群确实在很大程度上平息了我的焦虑和担忧。我原以为会是一帮小规模的灵魂愁容满面地拥挤在一起。老人们纷纷打扮得衣冠楚楚，一眼望去，肩膀上密密麻麻贴的全是姓名标签，这些名字读起来很是奇怪。标签上的关键词就和简历的内在逻辑一样，从最近期的居留地开始写起："弗里达·莱文、圣巴巴拉、多伦多、特拉维夫、塞浦路斯、伯根-贝尔森、奥斯威辛、海乌姆诺①、华沙"。这样追根溯源的背景记录对私下小范围内的聊天起到显著成效。人群中，热情地识别出同乡的陌生人总会带来诸般意想不到的际遇。"喔，你当时在格罗斯-罗森②啊。你看，那边那个人，不，不是秃头那位，是和秃头说话的高个子，他就在格罗斯-罗森，你想见下他吗？"来参会的人从头到脚都是欢快的，他们

---

① 海乌姆诺灭绝营，德国称之为库尔姆霍夫灭绝营，是纳粹德国设在波兰罗兹外50公里内尔河畔海乌姆诺村的灭绝营，该村镇历史上曾属德国，名为库尔姆霍夫。1939年波兰战役后，该地被德国控制，成为瓦尔特兰行政区。

② 德国本土格罗斯-罗森是第二次世界大战期间由德国纳粹建造和运营的纳粹集中营网络。

很高兴见到彼此,好奇都有谁终究战胜了黑暗势力,实实在在、真真正正地活了下来。50多年过去了,新的千年即将开始。新旧世纪之交,这样一场会议的不真实感催生了一种近乎欢愉的气氛。所有日程都进行到很晚,每个人在走廊或电梯里聊天。拥挤的电梯间里,妹妹多特说,整个下午情感都在不住地倾泻,简直要枯竭了。我们不确定第二天是否能受住一系列无间歇的研讨会日程。我提出早上散步的建议:"先去动物园,再去伯根-贝尔森(会议)。"车内爆发出一阵笑声;整车乘客无人不在说笑。

只消把会议期间发生的所有事情——无论是官方的还是私下的——串联起来,就能得到成套的信息线索,认出故人,或是在旧事中扒拉出新发现。站在电梯里攀谈的行为,尚可以理解,但一部分人却不止如此,他们抱着确凿的希望而来,希望在这里找到熟悉的面孔。登记区的一块折叠屏幕上很快就贴满了告示——有人记得一个叫坦尼娅的女人吗?她最后于1940年4月出现在洛兹。维也纳的列博维茨家族正在寻亲……谁能告诉我,我母亲罗莎、父亲塞缪尔、堂兄弟、妹妹、我的救命恩人、朋友们都遭遇了什么?他们最后分别现身在特雷津、达豪、伯根-贝尔森、波兰、捷克斯洛伐克、意大利、上海、巴黎、柏林……临时摊位上的传单日益积满,堆成了一棵摇摇欲坠的树。母亲看到禁不住摇头,"想象下,他们都还没死心。"

但这群人似乎并不会受幻觉所困。环顾四周的同时,同胞们所经历的一切在我眼前上演。许多人曾在难民营中幸存下来，又有许多人离开苏联或波兰，投靠集中营改造的战后社区。最终，所有人都移民去了美国。其中大多数人在抵达美国之前，便已经移民多达两次之上，像是远东、拉丁美洲、以色列。如今，幸存者膝旁儿孙环绕，后代几乎继承了和祖辈同样的生命力。我在这里见到的都是幸运儿中最幸运的那批人，也是那一小撮最顽强的群体中尤为坚韧的个体。

于我而言，这次会议最重要和最痛苦的时刻莫过于独自穿行大屠杀纪念博物馆的时刻。虽然工作人员建议花三个小时待在那里，但我只给了自己一小时，这是我所能承受的极限。我试着用跑的速度穿过场馆，尽可能快速地对建筑和人群做出解读，或是草草浏览一下已经非常熟悉的照片。听说，纪念馆找回了一辆原先用于驱逐犹太人的货车车厢，我想看一看，是否和那些曾在我童年噩梦里无情颠簸的棚车是一样的。

这一高速战略的智慧之处很快便凸显出来。我几乎是跑步经过了上世纪 30 年代的照片集合点，回看纳粹如何崛起，对着遭谋杀的德国残障儿童抹泪，再匆匆经过华沙贫民区围墙的砖头。随后，几乎在我还没反应过来之际，便冲上了一个短坡道，在黑暗的棚车里刹住了脚。那时我在想，我的祖父母可能也是如此：还没等反应过来，就被锁在那团历史上遗臭万年的黑雾之中了。对我来说，这里很安静，空落落；对他们来说，无疑充斥着尖叫、呻吟、气味和绝望。而我，似乎以前就来过这里。

乡关何处是：大屠杀下浴血成长

关于棚车的一切——高高凿在木板围墙上的孔洞，木地板，尺寸，黑暗——这一切在我心里都异常熟悉，似乎我曾亲身到访。不过，也犹如梦里一样，棚车内寂静无声。我感到一阵眩晕，还是挺了过来，强迫自己挪步到死亡集中营的展示区，那里有一个毒气室的模型，还有从奥斯维辛集中营连铺位一起运过来的房间——一切亦再眼熟不过，仿佛我也曾置身其中。我想，是由于我读了太多相关书籍。这座博物馆将我曾用心曾企及的境遇全然展现了出来。

我试着把自己同黑压压的人群分离开，当一个旁观者。目睹如此庞大的队伍从身旁缓缓经过，我感到欣慰。人流一眼望不到尽头，在我看来，他们所说的各色语言代表了这个世界上每一支种族和群体。这些来访者想必都怀满了勇气。参加会议的人员也会来此走上一遭，从年龄可以分辨出，当中大多是幸存者，且大部分人看起来镇定自若，不露声色。或许，他们早已是这里的常客，就像经常来参加大屠杀幸存者巡回会议一样。又或许，50年的岁月面纱给他们的内心披上了一层防护罩，眼泪老早之前就已然流干了。

最后，一声恸哭从我背后传来，声音响亮不亚于救护车。我正着急赶路，出于好奇，放慢了脚步。我猜测，这一定是某位移民后裔的二代子女。出乎意料，声音来自一个年轻的非裔美国女孩，约17岁。她悲伤得几乎走不动道，跟跟跄跄地就要栽倒在地，只得伸出一只手触摸灰色的墙壁寻求支撑。她和三个朋友一起,他们也都哭了。她完全无意识地失声痛哭着,似乎并未觉察到周身环绕着几百人,倒像是空无一人。

她的悲痛令我动容,几乎让我如释重负了。此前,我在这个世上总感到一种孤独,就像儿时所经受的梦魇一样可怕。每当我意识到这不仅噩梦也是现实,简直要被黑暗的恐惧吞噬掉。多数时候,我是清醒的,可以假装忽视这种感受。别说我了,即使是我的母亲,即使是那些遭受了深重痛苦的幸存者们,也免不了这样处理情绪。但女孩的哭声产生了积极的作用。对我来说,来到这里就像来到祖先的世界里漫步;对她而言,全人类的共情占据了她的内心。或许,在这一刻,她意识到,偏见和种族仇恨是可以变换成不同外形和肤色的妖怪。毫无疑问,知识就是力量,纵使经验总有矛盾,这条原则使我免于绝望。有时我无法阻止悲伤或生而为人的失败感涌上心头,也总有一些时候,本不相干的人付出关怀,使我深受鼓励,心怀感激。

会议上有这样一群人。荷兰战争文献研究所的青年历史学家们扛着摄像机,神情严肃而专注;每一场会议都有他们的踪影,一副筋疲力尽之态。在这帮学者的鼓动下,我们成群结队涌向酒吧,一起聊天、喝酒,青年们还点起了烟。随后的2003年,这群工作人员以我的母亲为中心,制作了一档节目,在荷兰电视台播出。无论其间的故事多么乏味,他们都能听得津津有味,姿态毕恭毕敬,这使我觉得有趣。我假装恼怒地扯着头发,嘟囔着"什么,还要再祈祷一次?"这群"荷兰游客"便不敢吭声了，不得不礼貌地忍受着一切。这些人让我母亲想起另一群年轻人。曾有一批志愿者，自战火一开，便陆续将日托中心的婴儿偷运出去，最后也实实在在拯救了一部分生命。这些人让我父亲想起，接我母亲成婚途中在阿姆斯特丹遇到的那些人。这些人让苏西和我想起，20世纪60年代末，安妮·弗兰克会议上的欧洲年轻人。当时，奥托·弗兰克仍担任会议主持，向全世界争取理解似乎成了最难以启齿的差事。

1969年那个夏天，研讨室里的众人如同一个小型联合国，彼此间争论不休：玻璃隔间内配备了同声传译员，翻译通过耳机传过来。会议以三四种语言同时进行，我记不清具体的语种，但可以毫无障碍地听懂德国人的发言。他们是最大的参会群体，紧跟其后的是英语与会者，随后是荷兰人。此外，还有一些散居在世界各地的零散来客。夜晚，女孩子和帅气的青年们亲密共舞，他们比我们这些美国舞伴还要莽撞得多。我记得有一个赤褐色头发版的沃尔夫冈，在我耳边呢喃米歇尔的歌词，气息吹进了我的耳朵里，就站在舞池当中，热烈地吻了我；还记得一名尼日利亚学生当场实现了自己的求婚；以及，一名德军军官低声祈祷，望自己的部下尊重《世界人权宣言》①，谨记大屠

---

① 《世界人权宣言》是联合国大会于1948年12月10日在法国巴黎夏乐宫通过的一份旨在维护人类基本权利的文献，共有30条。宣言起草的直接原因是对第二次世界大战的反省，是第一份在全球范围内表述所有人类都应该享有的权利的文件。

后　记

杀的历史教训。我妹妹和荷兰学生领袖弗里茨私交甚密，两人喝了很多啤酒，有点坠入爱河的意味。我想，当时的男男女女之间差不多都有点这个意思。青春、激情、国际主义和60年代理想主义交织碰撞在一起，迸发出不可抗拒的吸引力。当时，越南战争的形势达到无可救药的高峰，欧洲人不住地就此事向我们发出挑衅，因而我们不得不接连表明立场：我们这些美国人也是反对战争的，且不能为约翰逊总统或参谋长联席会议①找任何理由。

1967年，高中和大学之间那个暑假里，我第一次参加关于安妮·弗兰克的会议。两年后再次参会时，苏西也一并去了。第一次会议期间，家中其他成员也在阿姆斯特丹，和朋友聚在一起。就在那时，母亲和奥托·弗兰克之间大吵了一架。自那之后的数年里，一家人再没和他讲过话。我记得很清楚，那天早晨，我们在卡弗街的一家咖啡馆碰见了他。咖啡馆位于毗邻阿姆斯特丹王宫的步行区内。大家一同啜饮着美味的荷兰咖啡，不知不觉间，争吵就爆发了。

直到那天，我们才了解到，奥托支持对越作战。他采取了冷战时期的标准观点，即无论如何都必须停止共产主义。母亲和我均目瞪口呆，开始攻击他的言论。那时，我们实在过于愤

---

① 参谋首长联席会议是美国军队陆海空各军种指挥官组成的机构。其机能与英联邦国家的参谋长委员会和部分国家的总参谋部相类似，主要职能是陆海空等军种之间的协调和进行合作参谋。

慨，讲话丝毫不留情面。战争的画面不禁在脑海中浮现：一团巨大透明的火光中，僧侣①跌倒在地，孩子们引火烧身，山坡上林木焚毁。我们无法相信，这座移民们深爱着的国家会卷入这样一场战争。

刚刚经历过示威游行，纠察封锁，以及无休止地讨论谁才是值得追随的反战领导人，我们深信自己的观点是正确的。我们不该这样苛责奥托，毕竟他已风烛残年，虽然尚有十几年光景，但我们之间的关系弥足珍贵，不应当在沉默和痛苦之中无端耗费掉数年。1969年，奥托转变了立场，开始谴责这场战争，我们又慢慢恢复了联络，但关系却与以往大相径庭了。那时他年事已高，亦声名显赫。他可能认为，我们在某种意义上背叛过他。这一点，我不否认。更为巨大的痛苦缠绕着他生命的最后几年：新纳粹主义攻击《安妮日记》的真实性，逼得他不得不把整件事诉诸法庭，来抨击那帮人的荒谬；梅耶·莱文②则起诉奥托出尔反尔，把日记的电影授权给了弗朗西丝·古德里奇和阿尔伯特·哈克特③。莱文甚至指责奥托是反犹分子，背地里破坏其女儿的记忆。（针对这一争端，劳伦斯·格雷弗写了一本书，书名是《痴迷于安妮·弗兰克：梅耶·莱文

---

① 事件指，越南大乘佛教僧人释广德法师于1963年6月11日，在西贡十字路口用汽油引火自焚，导致数名佛教僧人跟随其行为自焚致死。

② 梅耶·莱文（1905年10月7日—1981年7月9日），美国小说家。

③ 弗朗西斯·古德里奇和艾伯特·哈克特是一对夫妇，美国剧作家和编剧。

与安妮日记》，卡罗尔·安·李写的传记《奥托·弗兰克》中对此也有一些讨论，而我在这里，主要从家庭记忆的角度来叙述这件事）。晚年，我为我和母亲在越南问题上如此自以为是而感到羞耻，但当时的时代背景令人感到绝望。这两位老朋友之间的共同经历也导致了他们的分道扬镳。两人都背负着沉重的道德责任感。

当我与荷兰历史学家们坦率诚恳的眼神相对时，所有记忆轮番涌上心头。我与荷兰，尤其与阿姆斯特丹的联结不过一些松散的片段，从本质上来讲是肤浅的，这不免有点荒唐可笑。不过我的妹妹们在这方面比我深刻不到哪儿去，也是从我母亲童年和青少年时期的荷兰歌曲以及英雄故事里得到了些许启蒙。我们对荷兰的了解从一次夏日旅行开始，后来又在和家族朋友的聊天中得到了补充。从我们对荷兰的了解中，可以看出母亲阳光到近乎荒谬的性格。我们所学到的荷兰话多为赞美之词，在词汇量有限的荷兰语对话中，美好的词汇至少占据一半的比例。会议上，我们告知荷兰历史学家，你只要掌握"非常美""非常不错""非常舒适""非常快乐"这些词，以及"非常好"的各种说法，就能在荷兰生活很长一段时间。随后，转过身提起，这不完完全全就是我们母亲的真实写照吗？她提到每个人都会评价"很甜蜜"或"很可爱"，不管在一旁的我们有多尴尬。虽然历经了种种磨难，但她或许还保留着刚到荷兰时那个小女孩的世界观，真善美的世界观。

乡关何处是：大屠杀下浴血成长

我们这些第二代似乎比长辈们更加愤世嫉俗,这一明显的矛盾昭然若揭是在幸存者的孩子们于周六晚的大会上做全体发言时。此次活动是第二代代表组织的,几乎所有发言人及听众席里的同代人都恰好出生在会议聚焦的那个年代。但他们保留了一定程度的缄默,我也很理解。只要父母还健在,他们就必须与原始记忆的力量保持一定的距离,以示尊重。他们——我们——都是查尔斯王子,在父母那一代伊丽莎白女王面前尽职扮演本分的副手。

一位发言人是小说家梅尔文·朱尔斯·布基特①,他当众朗读了一套书集的前言。这套书集由大屠杀幸存者的子女们撰写,他称这个群体为 G2 一代。书名恰如其分地取作《自由永不得》(2002 年出版)。惭愧的是,我既不在撰稿人之列,也不在发言者之列。我生命的这几十年来都在做些什么?我选择了并不适合自身性情的学术道路,是不是在逃避什么?多年来,我一直守望学术界的起起伏伏,研究钟爱的(18 世纪欧洲启蒙运动)小说家和哲学思想家。而其他同代人,从历史意义上讲,显然都待在离故土更近的地方,如今在讲台上也拥有一席之地,一表孝义。我窝身在折叠椅堆里,听别人演讲时,感到丝丝嫉妒。那个人本可能会是我,也应该是我的。布基特是一个下笔精妙的作家,富有洞察力。他严厉抨击时的怒火有点震

---

① 梅尔文·朱尔斯·布基特,美国作家、文学评论家。

慑到我了；我并不是一个不会发火的人，绝对不是。他把自己当成是一个负隅顽抗的战士，几乎是一个忍者，保护着父母，父亲手臂上的纹身号码就像是刻在了自己身上。他当着战犯国领导人的面挥舞着拳头，叫嚣："看看你做了什么！"这也是他朗读时的结语。

听到这样一道清晰的声音，将我们不敢同彼此谈论的心理负担表达出来，令人感到一种宽慰，那些负担包括：压倒性的罪恶感，对社会应尽的义务，以及对我们无法兑现战后奇迹新生的心知肚明。我们都为那些自己没资格拥有的记忆而忧心忡忡。他指出，也许正因为背负着可怕的记忆和隐约的内疚感，我们 G2 这代人倾向于投身慈善事业，或医疗行业，抑或成为作家——是的，这一范围恰好涵盖了我和妹妹们选择的职业。

但我们之间截然不同。他的状态是愤怒多于忧伤，并非麻木不仁，是随时做好了准备拿起刀剑去战斗。这样强的侵略性令我感到困惑，因为到目前为止，已经有点皮影戏的表演意味了。他是否认为，我们父母那一代是用拳头取胜的，还是觉得自己在旧日的梦魇面前，能比他们更为强大呢？我不像他，我的壮志雄心在某种程度上被一种根深蒂固的信念扼杀了，那就是我坚信，一切都是无关紧要的，我自己的命运亦然，毕竟这本来就是个纯粹的运气问题。我原以为所有大屠杀幸存者的后代都会有如此焦虑，总是不间断地发起这种毫无意义的攻击，但事实显然并非如此。

乡关何处是: 大屠杀下浴血成长

终于到了周日上午关于伯根-贝尔森的座谈会了,我们姐妹几个同父母一道前往——这就是我曾在电梯间拿来开玩笑的那个会议——听众里有老年人、幸存者,前美国犹太组织里的救济人员,也有相关的年轻一代。埃利·维瑟尔①当时也在场,荷兰历史学家之一埃里克·诺特用幻灯片展示了他收集的集中营图片。观众席上的人看到自己熟悉的面孔,便会啜泣起来。我比父母更快认出了一张26岁的英俊面庞,那是一张老照片里的父亲,正聚精会神地皱着眉头,检查一个光着胸膛的青春期男孩。这引起了一阵哄动,父亲受邀起身,向众人的鼓掌致意。

在这间屋子里,我的父母几乎是唯一一对出生在欧洲的救援人员,这使他们看起来与众不同。希尔德邂逅了一个曾经照看过的孩子,人已至中年。母亲猛地站起身,亮出自己曾经在贝尔森修复时期的身份。看到母亲的兴奋,我不知是该尴尬还是该高兴。母亲的身影在很多张幻灯片里都有出现,但由于她当时年纪太轻,仅有20岁,又是外国人,所以在当年,工作并未获得应有的赞誉。在犹太慈善团体中,社会工作者的身份和角色往往由美国人界定,她下定决心,不再让自己的努力和贡献受到忽视。

---

① 埃利·维瑟尔是一位作家、教师、活跃政治家、诺贝尔奖得主,也是大屠杀的犹太人幸存者。第一本作品《夜》描述他一家人在纳粹集中营的遭遇,影响力和《安妮日记》齐名。诺贝尔奖委员会赞誉他是"人性的使者""充斥种族歧视世界中的重要精神领袖",维瑟尔领奖时致辞"不管世上何时何地有人类受苦受辱,一定要选边站。保持中立只会助长压迫者,而不是受害者"。

这是我第一次意识到,美国人和欧洲人之间一定存在着某种程度的剑拔弩张。美国人以一种耀武扬威的姿态,紧随解放部队来到这里,不必饿肚子,甚至有点洋洋自得,而欧洲人则被困在畸形骇人的纳粹机器中,家园遭到破坏,侥幸才得以存活下来。首先,语言本身就是一个问题。讲英语的美国人若没有在意第绪语的环境中生存过,便不能同他们所需帮助的人畅通交谈,而多语种的欧洲人习惯讲方言,与来解放他们的人之间也不能达到相互理解。想到这里,出现了一位和我年纪差不多大的女人,看起来古板而拘谨,她打断了这些老人家们畅谈往事,寻找彼此间记忆关联的过程。一位学者开始读一篇枯燥的论文,显然并不了解此次活动的性质。后来,她意识到自己做错了,眼泪几乎掉下来。她就是乔安妮·赖利,一位思维锐利,心地宽厚的年轻英国女作家。得益于她对贝尔森的研究,在我动笔伊始,集中营的生活在我脑海中便有清晰的画面呈现。这个研讨小组真实反映了一点,即,大屠杀之后,我们仍然不知如何定位自己。纵使过去了这么多年,我们不知道是去研究它,是去记叙它,还是屏蔽掉它,抑或让自己沉溺于复杂的情绪之中。我们似乎仍然被困在战后欧洲的混沌迷雾里,久久不见月明。

我一早料到自己无法长时间承受这样大的压力,便计划在那个星期天中午之前离开,会议还要再开一天半。我观察着周围的人,参加会议的许多人,以及那些常客们,已习惯于在会上见到自己年轻时的样子，就像我父亲刚才在照片里看到自己一样，没有震惊，也没有过多感想。重要的是，全场弥漫着一片救助的氛围，给人一种感觉，如果仍有幸存者被埋在废墟残骸之中，我们仍然可以拉他出来。即使现在，我们也仍然能够捕捉到虚弱的声音。声音一旦发出，就必然有回应，求援的手只要伸出，就一定要抓住。在这些活动里，你永远预料不到下一个会和谁相遇。"当时我就在那里，我知道真相！"当人们就某些事实提出异议时，观众席就会有人喊一嗓子。也许他们也在想："这种经历固然可怕，但也是有意义的，不是吗？它本身不代表什么，但我必须使它有意义。"我们当中的每一个都在以自己的方式致力于实现这个目标：使这段本身丑陋悲观的历史努力产生一些意义，来帮助我们，帮助世界其他地方的人们，步履蹒跚地迈向未来。

我们这些幸存者的孩子们，有一半都活得过于严肃了，大抵是因为抚养我们的人总忍不住回望。我们的父母，这些幸存者们，总无法恢复已逝同胞的"人味"，先人的古怪、俏皮、令人反感的搔头方式，甜言蜜语，清晨的懒惰，晚饭后打盹儿，特有的步态，对芝麻大点儿事抑制不住的争论，口齿不清，对汽车、电影、书籍、探戈、赌博、香烟、爵士、歌剧的热爱，在你紧绷的肩胛骨处按摩的诀窍，习惯喝不加糖的冷咖啡，或是不太浓的热茶；这些数不清的特质映照出生龙活虎的生活，而不只是那些无法忘却的照片中堆积成山的尸体。我们的父母太害怕自己因时间久远而忘记逝者经历过的现实，因而让自己满怀罪恶感，这种恐惧又令我们这代人显得虚幻。不知何故，在他们眼里，我们总是朦朦胧胧的。当他们意识过来，又会急切地抓住我们，担心我们也会突然从人间蒸发。

我回顾自己所写的东西时，惊奇于所选择的隐喻的虚无性。死囚营里，纳粹究竟对犹太人说了什么？从囚牢里出去的唯一路径就是烟囱；他们只有变成烟雾，永远地散去。纳粹给那次不可告人的行动起了个代号，"夜与雾"。想到屠杀者差点儿地让我们这些幸存者如同人间蒸发一般，毫无存在过的痕迹，哪怕只是在隐喻层面上，都不禁令人感到毛骨悚然。当然现实并非如此，历史自带的正义属性使我们获得新生。

即便如此，忧郁悲伤的认知或许已把我们当中的许多人变成了没用的空想者、幻想家和不接地气的人。正如卡夫卡短篇小说《乡村医生》[①] 中某位人物所说的那样，我们是"没有全局观"的人。世界，对我们而言，总处于危机之中，暴力死亡的阴影随时笼罩。即便阳光普照，我们是出生在阴冷中的那拨人。在这个富庶的国家里，所受的教育告诉我们，要做出自由的抉择。但我们却对自身的好运却抱有一股深切的不真实感。如影随形的阴冷使我们自觉配不上这么好的命运，因而我们努

[①] 《乡村医生》是弗朗茨·卡夫卡在1917年写的短篇小说。它首次刊载于同名短篇小说集。在故事中，一位乡村医生在冬天的夜晚紧急去看望一个生病的病人。医生面临的荒谬、超现实的困境，使他陷入绝境，最终毁了他。

力工作，心怀感激，但也实实在在地注意到了这些鸿沟。那股让我们无法自在的阵阵狂风，从祖祖辈辈的尸骨上拂啸而过。

飞回波士顿家的途中，我俯瞰着华盛顿的纪念碑，思考着这一切。那一刻，身入云层之上的蓝海，我彻底做了回幻想家。我父母那一代人仍在参加会议，对彼此间的联系惊叹不已。我则将他们抛诸身后，闭上了眼睛，尝试心灵感应，这是此刻告知我为他们感到高兴的唯一方式。变老带给他们极大的满足，子孙后代（及随后的曾孙）像一支部落般围绕在他们身边。即便紧随新千年而来的是另一段恐怖时代，但他们在展望未来时，也许将不再感到如影随形的恐惧。在穿梭于东海岸各大城市的航班上，我合上眼帘，缅怀起沃尔特和贝蒂，葆拉和赫塔，露出了微笑。我知道，如果他们可以，也会莞尔相对。命运让他们永远留在了我这个年纪。

随着我不断变老，他们会显得越发年轻。我不禁发觉，我认知他们的方式与我母亲截然不同。我一直尝试去理解他们，想象他们从灰烬堆里，或是魂归的天空中死而复生，在后代的想象中重新活过来；而最终，我们仅有的就只有想象力。想象力使我们，这一个个幻想家，无限贴近现实。

也许这就是亚伯拉罕对他的神所说的：我在这里①。他可能是想表达他在全心投入，竭尽全力地凝神贯注。这一定是位

---

① 根据基督教义："我在这里"是神呼招亚伯拉罕、雅各、摩西、撒母耳、以赛亚等人时，他们对神的回应；也是人呼求神时，神对人的回应。

富有想象力的家伙，置身于沙漠，还能听到他唯一的上帝对他讲话。那一次，亚伯拉罕唯一的儿子幸免于被火焚①的命运。他也得到了回报，自那之后，再也没有犹太人获得这样大的奖赏②。尽管如此，我还是尝试着念出亚伯拉罕曾吐出的几个字眼，看看是否我也有权利呼唤和感应。我不认为这行得通，他的上帝从未和我对过话；我也想不到还有其他的谁有这样的幸运。这几个字很短，脱口而出，说出来，就是最好的方式。也许，是我能为死去的家人及那些还活着的人所做的唯一的事。Hineh-ni，我在这里。

---

① 《创世记》22章，神跟亚伯拉罕说："带着你的儿子同去，去到我要带你去的地方，将儿子作为燔祭献给我"（创22：2）。于是亚伯拉罕便带着儿子行了三天的路程。到了以后，亚伯拉罕将儿子绑起来，放在祭坛上，预备杀他的儿子并用火焚烧，好作燔祭献给神。亚伯拉罕正要拿刀杀儿子的时候，神的使者便在天上叫他住手，《创世记》22章12节："天使说：'不可在这孩子身上下手，一点也不可害他；现在我知道你是敬畏神的了。因为你没有留下你的儿子、你的独生子不给我。'"

② 《创世记》22章16—18节说："耶和华说：'我指着自己起誓，你既然作了这事，没有留下你的儿子、你的独生子，我必定赐福给你，必使你的后裔繁多，像天上的星，海边的沙；你的后裔必占领仇敌的城门。地上万国都要因你的后裔得福，因为你听从了我的话。'"

跋

此书初版为英文。鉴于新冠疫情，所有关于在中国，特别是在上海旅居过的犹太人的描述均查源于网络。

（1）一篇短文：

https：//www2. kenyon. edu/Depts/Religion/Fac/Adler/Reln270/Judaism/PanGuang. htm

作者：潘光教授，上海国际问题研究中心主任、上海犹太研究中心主任。

上海犹太研究中心官网：

https：//web. archive. org/web/20180804084150/http：//cjss. org. cn/

潘教授还撰写了《犹太人在中国》一书，1995年、2005年两度于上海出版后，2016年再版了平装本。他是这个领域的权威专家。

（2）奥特曼·艾夫拉罕、艾琳·埃伯，《逃亡上海，1938—1940年：更广阔的大环境》：

https：//www.yadvashem.org/odot_pdf/Microsoft%20Word%20-%203234.pdf、

（3）戈丁纳·利亚，《你不必像难民一样生活：第二次世界大战期间在上海的德国犹太难民》（2005）：

https：//www.yadvashem.org/odot_pdf/Microsoft%20Word%20-%203234.pdf

（4）美国大屠杀纪念博物馆，"逃亡和救援"特别展：

https：//www.ushmm.org/exhibition/flight-rescue/story.htm

（5）《华盛顿邮报》，《日本如何从希特勒手中拯救了犹太人》，1982年11月14日：

https：//www.washingtonpost.com/archive/opinions/1982/11/14/how-japan-saved-jews-from-hitler/cbcd517b-4fcf-4812-85a8-9c687d6fc083/

注 释

美国·序章：母亲和女儿

第2页 精神病院是霍华德州立医院的一部分，包括监狱、疗养院和一个国营农场；见 www.bhddh.ri.gov/MH/。

阿姆斯特丹：1943年7月，黎明

第20页 作者藏信。寄信人 R. C. C. 波坦普博士是荷兰战争文献研究所信息文献部的历史学家。此信寄于2002年2月11日，其中有一份对突袭当代性描述的打印稿。又见 Bob Moore, *Victims and Survivors: The Nazi Persecution of the Jews in the Netherlands*, 1940 – 1945. (London: Arnold, 1997), 104。

第一章　柏林

第4页 对于母亲声称的犹太士兵在第一次世界大战中有时会被隔离这一

说法，我尚未找到确切依据；但照片表明我祖父的情况便是如此。而且在战争中确曾有过"犹太计数"（德文：犹太人口普查）这一臭名昭著的说法。德国政府（在假定犹太人是懦夫的情况下）下令决定多少犹太人上前线，这种做法震惊了整个社区。见 Saul Friedländer, *Nazi Germany and the Jews*, vol. 1. （New York：Harper Collins, 1997），73 – 75。

第8页 上文提到的波坦普博士（就职荷兰战争文献研究所），他发来的文件中有一份从德国韦斯特博克集中营被驱逐至特雷津集中营的前德国退伍军人的"合格"名单。特雷津集中营位于当时的捷克斯洛伐克，本应是相对其他地方杀戮较少的集中营。沃尔特被授予两枚"一战"勋章，一枚一等铁十字勋章，一枚二等铁十字勋章。

《结婚证明》1919 年，柏林（作者所藏）。

第二章　柏林和阿姆斯特丹

第18页 我的母亲关于荷兰社会风貌以及荷兰犹太人生活的描述，证据来源于 *The History of the Dutch Jews in the Netherlands*, ed. J. C. H. Blom et al. （Oxford and Portland, OR：The Littman Library of Jewish Civilization, 2002）; section by J. H. Blom and J. J. Cahen, "Jewish Netherlanders, Netherlands Jews, and Jews in the Netherlands, 1870 – 1940", 256 – 7。又见 Chaya Brasz, "Dutch Jews and German Immigrants：Backgrounds of an Uneasy Partnership in Progressive Judaism", 127, in *Borders and Boundaries in and around Dutch Jewish History*, ed. Judith Frishman et al.

(Amsterdam: Uitgeverij Aksant), 2011。

见 Chaya Brasz, 137 fn. 50。布拉斯指出大约 4000 名德国犹太人在 1933 年之前来到荷兰是出于经济原因而非因为遭受迫害（第 134 页）。大多犹太人从其他地方到达荷兰。1940 年，荷兰有 16,000 名德国犹太人（第 135 页）。鲍勃·摩尔估计，在荷兰"地道的"的德国犹太人和其他国犹太人约 22000 人，占犹太人口总数的 15%，见 *Victims and Survivors: The Nazi Persecution of the Jews in the Netherlands*, 1940 – 1945 (London: Arnold, 1997), 213。

第三章 母亲的成年

第 27 页　关于 1933 年 3 月和 11 月纳粹在德国的威胁和国会选举，见 *Manchester Guardian*, November 13, 1933, "All Germans rounded up to vote" (online)。

Saul Friedländer, *Nazi Germany and the Jews*, vol. I, 12.

第 27 页　沃尔特·雅各布斯塔尔被任命为犹太教堂的主席，直到 1937 年，见 Dan Michman, *Het Liberale Jodendom in Nederland*, 1929 – 1943 (Amsterdam: Van Gennep, 1988), 116。米希曼（Michman）还引用了沃尔特·雅各布斯塔尔与莉莉·蒙塔古（我丈夫的姑姥姥）的通信内容。这些信件得以保存在辛辛那提希伯来协和学院的美国犹太档案馆，我也收藏了复印件。查亚·布拉斯在其著作（第 136 页）中也提及了沃尔特，布拉斯还在犹太教堂的战后重建（第 128 页）中提到了奥托·弗兰克（包括一张弗兰克的照片）。米希曼和布拉斯详细地介绍了荷兰犹太人和德国犹太人之间的紧张关系，特别是在荷兰确立自由/进步/改革运动时。例证之一见 Michman, 106。关于我母亲的证言亦可见 Carol Ann Lee, *The Hidden Life of Otto Frank*（New York：Viking Books, 2002），40.

第 29 页 关于奥托公司的成立有许多说法。卡罗尔·安·李就这一点采访了我母亲，载于 *The Hidden Life of Otto Frank*, 39. 又见 Melissa Müller, *Anne Frank：The Biography*（New York：Henry Holt and Company, 1998），43 - 4。关于公司的照片，见 *Anne Frank Beyond the Diary：A Photographic Remembrance*, ed. Ruud van der Rol and Rian Verhoeven（New York：Penguin, 1995），25, 26, 32, 48 - 9。

第 31—32 页 见 Bob Moore, *Victims and Survivors*, 28 - 36, 以及其 *Refugees from Nazi Germany in the Netherlands*（Dordrecht, Boston, Lancaster：Martinus Nijhoff Publishers, 1986）全本。又见 Dan Michman, *Het Liberale Jodendom in Nederland*, Chaya Brasz, "Dutch Jews and German Immigrants", 这些资料都有关于该时期的记述；Blom and Cahen, "Jewish Netherlanders, 1870 - 1940", 281。关于难民贫困情形，见海牙会众的一名成员评论（第 131 页）。两封来自我外公沃尔特·雅各布斯塔尔给我丈夫的姑姥姥莉莉·蒙塔古的信,, 于 2013 年被美国犹太人档案管理员丽莎·何在俄亥俄州辛辛那提档案馆发现, 那里存放有很多欧洲的文件。莉莉·蒙塔古是犹太教自由运动的创始人, 她和沃尔特·雅各布斯塔尔在伦敦和阿姆斯特丹的代表大会上见过面。第一封信写于 1937 年 11

月12日，信中沃尔特概述了自己对荷兰犹太人和德国犹太人之间，特别是海牙和阿姆斯特丹两个自由派会众之间紧张关系的私人看法。11月27日，莉莉·蒙塔古在回信中表示了同情，但未给予太多实际帮助。同一天，沃尔特在回信中以客套但愠怒的口吻重申了这种危机需要被立即关注。（作者收藏的复印本）。

关于"儿童移民"和德国犹太名人所做的努力，见 Naomi Shepherd，*Wilfrid Israel*（London：Weidenfeld and Nicolson，1984），146 – 9。关于利奥·贝克，见 Anne E. Neimark，*One Man's Valor：Leo Baeck and the Holocaust*（New York：E. P. Dutton，1986），60 – 61；这一本虽不是学术作品，但包含了一些信息。安娜·弗洛伊德虽仅在1938年夏天抵达过英格兰，但她的托儿所后来用于照顾难民和幸存儿童，也为那些因闪电战遭受苦难或被疏散的当地儿童提供庇护。见 Elisabeth Young-Bruehl，*Anna Freud*（Summit Books，1988），246f. and 320f。

第33页　Anne Frank，*The Diary of a Young Girl：The Definitive Edition*，ed. Otto Frank and Mirjam Pressler（New York and London：Doubleday，1995），17。

第35页　Anne Frank，Diary，78 – 9。

第35页　至少有两条法令禁止犹太儿童上公立学校：1941年9月1日令（在阿姆斯特丹是10月1日实行）和1942年9月1日令。见 Moore's Chronology of Nazi Persecution in the Netherlands，261 – 67。

第39页　一张关于维林格梅尔垦区犹太工作村的照片，见 Blomand Cahen, "Jewish Netherlanders, 1870–1940", plate 70。

第41页　Anne Frank, Diary, 99–100。另见于 Anne's writing on her relationship with her mother, 154–5 and 167–8 的诸多例子中。

第43页　查尔斯在智利的儿子查尔斯（Charles）和罗伯托·雅各布斯塔尔（Roberto Jacobsthal）已通过脸书（Facebook）找到，现在我们两家有了联系。

第四章　入侵，阿姆斯特丹1940

第46页　这一谣言在媒体上传播；见 "The Parachute Invasion", *The Times*（London）, May 21, 1940。一部英国回忆录中有一段相关轶事，内容说的是盟军从敦刻尔克撤退期间，有两名德国伞兵被发现剃成修女的样子；见 Richard Collier, *The Sands of Dunkirk*（New York：Dutton, 1961）, 59。又见 Walter B. Maass, *The Netherlands at War*：1940–1945（London, New York, Toronto：Abelard Schuman, 1970）, 32。

Werner Warmbrunn, *The Dutch under German Occupation*, 1940–1945（Stanford, CA and London：Stanford University Press and Oxford University Press, 1963）, 7–10. Maass, 30f.

第47—48页　关于"荷兰堡垒"，见 Warmbrunn, 8, Maass, 21。关于犹太人自杀和试图通过艾默伊登逃亡，见 J. Presser, *Ashes in the Wind：The Destruction of Dutch Jewry*, trans. J. Pomerans（London：Souvenir Press, 1968）, 7–10。

Louis de Jong, *The Netherlands and Nazi Germany*（Cambridge, MA：Harvard University Press, 1990）, 22–3。

第 50 页 关于在荷兰的配合下,德国官僚机构入侵和占领后的平静景象,见 Presser 10;Maass, 43 - 8, Moore, 50 - 3, Warmbrunn, 27f。

荷兰国家社会主义运动有 33,000 至 50,000 名成员,见 Maass, 52 - 4 和 Warmbrunn, 89。

关于对纳粹的抗议,见 Presser, 19 - 24, 27 - 9。

第 51 页 Gerhard Hirschfeld, *Nazi Rule and Dutch Collaboration:The Netherlands under German Occupation*, 1940 - 45. (Oxford/New York/Hamburg:Berg Press, 1988), 32 - 3; Presser, 11 - 12, Maass, 54, Moore, 42 - 4.

第 53 页 Warmbrunn, 11, Presser, 11 - 15.
Maass, 59.

第 54 页 关于"雅利安认证",见 Presser, 19 - 29 (Herzberg citation, 19);Moore, 64 - 5。

第 56 页 关于犹太人登记,见 Presser, 33 - 9;Moore, 64 - 5。

关于增强的手段和增长的暴力,见 Presser, 43 - 7;Warmbrunn, 107, Maass, 60, 64 - 5。

第 57 页 关于犹太委员会的成立,见 Presser, 47 - 9, Moore 68 - 70。

关于冰淇淋店争斗和封锁犹太区,见 Presser 50 - 3;Moore, 71 - 3。

第 59 页 关于 1941 年 2 月的大罢工,见 Presser, 56 - 67;Moore, 72 - 3。

关于《犹太周刊》和发布的法令,见 Presser 67 - 70;关于镇压措施,见 82 - 94。摩尔又一次罗列了犹太人在荷兰遭受迫害的时间年表,261 - 7。

第 62 页 关于犹太儿童在学校被隔离,见 Presser 76 - 80;Nanne Zwiep,

81；关于纳粹在维林格梅尔垦区围捕青年，见 Moore 81 - 2；Presser, 70。维林格梅尔垦区袭击的幸存者保罗·K 的一则叙述，见 *Anne Frank war nicht allein：Lebensgeschichten deutscher Juden in den Niederlanden*, ed. Volker Jakob 和 Annet van der Voort (Berlin and Bonn：Verlag J. H. W. Dietz, 1988), 62 - 3。保罗·K 还说，他奇迹般地从毛特豪森集中营幸免后，在犹太委员会找到了工作。这支撑了摩尔的观点，即德国难民在那里（犹太委员会）担任各种职位。

第63页　关于"终极方案"，见 Presser, 2 - 3；Moore 75 - 8. Walter Laqueur, *The Terrible Secret：Suppression of the Truth about Hitler's "Final Solution"* (New York：Henry Holt & Company, Owl Books, 1998), 196 - 7.

关于德占时期我祖父母的情况，见作者收藏的荷兰战争文献研究所的文件。

第64页　关于乔斯特·范·登·冯德尔（Gerrit van der Veen），见 Maass, 158.

第65页　关于禁止犹太人进入公园和海滩，见 Presser, 83。关于犹太星章，见 Moore, 265, Presser, 118f.

第67页　再次参阅摩尔的时间年表，263 - 7。

我现在想知道，沃尔特是否以为他可以指望犹太委员会给予一些保护，然而他从未提过这种想法。关于 IJ 工业区轰炸信息，来自受雇于荷兰公共广播《其他时刻》（*Andere Tijden*）节目的历史学家马泰斯·凯茨（Matthijs Cats）。

第69页　Presser, 128 - 131; Anne Frank, Diary, 8 - 9.

乡关何处是：大屠杀下浴血成长

第70—70页 作者收藏的票根和光明节节目单。关于拉比迈勒，见 Michman, 120-22, 124, 139. Anne Frank, Diary, 31。弗兰克一家在梅普婚礼上的照片，见 Anne Frank, Diary, interleaved between 182 and 183; *Anne Frank: Beyond the Diary*, 34。

第73页 普雷瑟作为当时犹太学院的老师，在毕业典礼上描述了这一场景，他大概和安妮同姐姐在1942年7月3日参加的是同一场婚礼（《日记》第17页），尽管安妮没有提到这些事件，见 Presser, 142-3。

Anne Frank, Diary, 20. 我母亲的通知于1942年9月29日到达；作者收藏的文件。

关于突袭，见 Presser 152-3, Moore, 81, 146-55。

第74页 关于"葡萄牙"犹太人，见 Presser, 305-11。关于亨丽埃特·皮门特尔，见 Bert Jan Flim, *Saving the Children: History of the Organized Effort to Rescue Jewish Children in the Netherlands*, 1942-1945 (Baltimore, MD: CDL Press, 2005), 47。

关于在犹太城堡剧院和其他地方营救犹太儿童最好的历史记述，见 Bert Jan Flim, chapter 3, 46-72。纪录片《秘密的勇气》的播放网站：http://www.morsephotography.com/suskindfilm/journey_vanderpol.htm。更多关于范德波尔和摩士对苏斯金德成就的赞赏，见 Presser, 281-82; Moore, 173-74, 184-85。2003年5月6日，荷兰公共电视台制作了一档关于希尔德的节目，节目内容包括了对事件的叙述和彼时此刻事件地点的视频片段。这是名为 *Andere Tijden*（英文：《其他时刻》）系列节目的一部分，可在荷兰通过网络观看，网址：http://www.geschiedenis24. nl/andere-tijden/afleveringen/2002 - 2003/Hilde-Goldberg. html

第73页　关于犹太城堡剧院和弃婴，见 Presser, 163, 174; 关于智力障碍儿童，见179。Flim, photograph of Remi van Duinwijck, 52; 关于智力障碍儿童，见 Presser, 179。更多信息及照片，另见http://www.verzetsmuseum.org/museum/en/tweede-wereldoorlog/digiexpo/byedad/byedad, hollandsche_schouwburg/day_care_centre

第91页　关于"移动的"普尔斯公司，见 Presser, 364f, Moore, 105。

第93页　关于"荷兰巴黎"组织，见青年历史学家梅根·科里曼（Megan Koreman）的博客，博客地址：http://www.dutch-parisblog.com/。她在研究和阐释与此（组织）网络相关的档案文件方面做得非常出色。她也十分乐意分享与乔有关的资料。如需有关"荷兰巴黎"历史更久且学术性较低的信息，见 Herbert Ford, *Flee the Captor*. Nashville, TN: Southern Publishing Association, 1966。乔在1945年1月3日流放伦敦时写给荷兰政府的信件中，描述了其在数次压迫中逃往比利时和逃离马斯特里赫特，然而此信内容并非完全准确。他当时正在为希尔德和自己寻求荷兰国籍。我有一封梅根·科里曼寄出的信件复本，还有一封夹杂在我父母文件之中，可能是出自美国大屠杀纪念博物馆的信件。关于荷兰空战，见 Herman Bodson, *Downed Allied Airmen and Evasion of Capture: The Role of Local Resistance Networks in World War II* (Jefferson, NC and London: McFarland & Company, Inc, 2005), 44。

第五章 在阿登，1943

第 98—99 页 见 Bernard A. Cook, *Belgium: A History* (New York: Peter Lang, 2004). Chapter 15, on WW II, outlines these events in almost comically schematic form, 121 – 31；以及 Bodson 15 – 24；Étienne Verhoeyen, *La Belgique occupée de l'an 40 à la Libération* (Brussels: DeBoeck Université), 1994, 37 – 9。

Bodson, 17, 21；关于种族差异（此处指美国飞行员和当地居民之间的种族差异），见 120 – 21。关于荷兰犹太人生存率以及与周边国家的比较，见 Moore, 2。历史学家们统计的数字有所差异。我所用的数字统计出自 *Timetables of Jewish History: A Chronology of the Most Important People and Events in Jewish History*, ed. Judah Gribetz, Edward L. Greenstein and Regina S. Stein (New York: Simon and Schuster, 1993), 479。

关于比利时抵抗，见 Verhoeyen, Bodson 以及名为 *L'Engagement dans la Résistance France du Nord-Belgique* (Lille: Centre de Recherche sur l'histoire de L'Europe du Nord-Ouest, Université Charles de Gaulle, Lille 3, vol. 33, 2004) 的会议论文集。

关于"荷兰巴黎"领导人约翰·亨利·魏德纳，见 Herbert Ford, *Flee the Captor*, see above, note for 102. Bodson, 47。

梅根·科里曼最先向我提出乔可能与其他组织网络［如彗

星（Comète）组织、夏娃（Eva）组织和马拉松（Marathon）组织］合作，这些信息在此处列出的书中有介绍（例如 Bodson，50 – 64）。梅根·科里曼的才学细致、解读严谨。

第 102 页　负责组织这些儿童之家的机构曾以缩写 ONE 著称（法语全称：出生和儿童办公室）。其网站上有一些关于该组织在纳粹占领期间解救犹太儿童的工作介绍，官网地址：http：//www.one.be/index.php? id = histoire-de-l-one。

第 102 页　关于比利时农民与粮食短缺，见 Bodson，17，75 – 6；Verhoeyen，14 – 17，以及他的 *Deuxième Partie*：*L'Exploitation allemande*，215f. 纳粹对高度工业化的低地国家的各类原材料、制成品和农作物进行掠夺。

第 107 页　戴维·德尔福斯（David Delfosse）是一位巴黎作家。他在法国北部的亲戚与我叔叔和杜普伊斯一家在战时参与了对盟军飞行员的营救活动。作家撰写了杜普伊斯一家的事迹并寄送了杜普伊斯一家的照片，其中包含了许多乔的英雄壮举。作家先生对于信息共享十分慷慨，并始终表示支持。

第 119 页　在这些历史性运动中，人们低估了非比利时或非法国抵抗者的作用，尤其是妇女的作用。梅根·科里曼在档案研究中注意到了这一点。Verhoeyen 认为妇女在职人数不足是因为妇女在比利时战前社会中发挥的作用有限（第 339 页），但他提及的只有像安德烈·德·琼（Andrée de Jongh）（彗星组织领导）这样的女性领导（另见 Bodson，26 – 7，50 – 8）和伦敦派出的特工（第 339—340 页）。我猜有很多年轻的女性，如我的母亲，活跃于危险的活动中却从未被记录在册。在荷兰，马斯（Maass）提到过"自行车上的女孩们"（第218页）。

在暗中有更多的法国妇女参与，例证可参阅 Margaret Collins Weitz, *Sisters in the Resistance*：*How Women Fought to Free France*，1940-1945（New York：John Wiley & Sons, 1995）以及此书中所提及的大量参考文献。魏茨（Weitz）证实说："地下运动不会留下书面记录"（第11页）。弗里达·奈特（Frida Knight）的 *The French Resistance*：1940-1944（London：Lawrence & Wishart, 1975）是一部讲述参与过抵抗运动的女性回忆录，但像其他类似的女性回忆录一样，这部作品也被大众忽视了。

第121页 Louis de Jong, *The Netherlands and Nazi Germany*, 46.

第122—123页 我在 http：//familytreemaker.genealogy.com/users/g/e/n/Wautier-Gendebien/WEBSITE-0001/UHP-Index.html 网站找到了一点关于卡尔顿·德·图尔奈的信息，其中提到了该家庭的一些后代，另有一个专门介绍比利时贵族的（Esquires 旗下）网站：http：//www.eupedia.com/belgium/belgian_nobility.shtml#Esquire

我无法保证内容来源的可靠性。

关于1940年5月14—15日的让布卢战役，可见诸多网络信息来源，其中在 http：//connection.ebscohost.com/c/articles/2675769/battle-gembloux-14-15-may-1940-the-blitzkrieg-checked 上提到了杰弗里 A. 冈斯堡（Jeffery A. Gunsburg）的一篇文章［发表于 *Journal of Military History*（vol. 64, issue 1：January 2000），97］。

第 126 页　据我母亲称,"女向导"和"女童子军"有时会参加秘密活动;她们的生存训练对于参加这些活动很有帮助;又见 Weitz, *Sisters in the Resistance*, 110, 172。

第 131 页　关于希特勒的焦土政策,见 Martin Gilbert, *The Second World War* (New York: Henry Holt and Company, 1991), 587。

第 132 页　http://users.telenet.be/Atlantikwall-15tharmy/Liberation.htm 网站有一个"日日记述"专区(见"1944 年 9 月 3 日"内容),我不确定网站内容的来源,但所述内容似乎是准确的。2011 年,我在布鲁塞尔那座窄小、昏暗、资金不足的抵抗博物馆(Musée de la Résistance)中看到了一件游击队制服,虽然很破旧,但同我母亲的描述是完全一致的。

第 135 页　David Verloop: Ford, *Flee the Captor*, 274-75. 在我所藏的一封雅克·格雷尼兹寄出的信件中表明,乔曾告诉过雅克,希尔德是自己的未婚妻,而不是自己的妹妹;雅克还督促希尔德,让她暂时不要试图和乔联系。我猜此信写于乔被释放之前。

关于苏西·克莱和她被捕后的不幸,见 Ford, 247f。

第 137 页　盖世太保总部位于布鲁塞尔路易斯大街 347 号。2011 年时,该地址是一家手机店。

第 140 页　关于 1944—1945 年的"饥荒寒冬"及其与市场花园行动的关系,见 Gilbert, 593; Hirschfeld, 53; Moore, 226-27; Warmbrunn, 15-16。

关于菲尔德·马歇尔·蒙哥马利及其误判,见 John Keegan, *The Second World War* (New York and London: Penguin Books, 1989), 436-8; 另详见 Maass, 205f. 137。关于食物和饥荒荷

兰，见 Maass, 237-40; Gilbert, 678-79。

关于荷兰犹太人和非犹太人的死亡情况，见 Gilbert, 746。见 Moore's slightly different figures, 259-60; 另见 Diane L. Wolf, *Beyond Anne Frank：Hidden Children and Postwar Families in Holland*（Berkeley and Los Angeles：University of California Press, 2007），如作者所述，荷兰犹太人普遍预估的生存率是4.8%（第95页）。

见 Gilbert, 610; Maass, 215f.; Moore, 228。

第145页 关于"突出部之役"，见 Keegan, 439-47, irritation among generals, 438; Gilbert, 618-622。

第150页 关于荷兰不愿承认幸存者，见 Moore, 228-32, Presser, 535; Wolf, 95-9。

电影 *Saving the Children* 证实了我母亲的观察，即被藏起来的孩子存活率很高（第164页）。

第152页 关于对安特卫普的V-2导弹突袭，见 Gilbert, 601, 614-15, 653。

马斯指出，德国人经常从荷兰发射V-2导弹（第165—66页，第221页），尽管主要目标是英国。

关于蒙哥马利未能清理安特卫普的海港，见 Keegan, 437。

第153页 本·谢泼德（Ben Shephard）在有关早期医疗救援的出色著作中记述了这一旅程，见 *After Daybreak：The Liberation of Bergen-Belsen*, 1945（New York：Schocken Books, 2005），80。

第六章　伯根-贝尔森集中营，1945年4月

第155页 关于在雷马根穿越莱茵河，见 Keegan, 519-521, Gilbert, 646-

52，Maass，224 - 25。

关于贝尔森的解放，见 *Bergen-Belsen. Historical Site and Memorial*（Celle：Lower Saxony Memorials Foundation/Bergen-Belsen Memorial，2011），10。

2013年3月，美国大屠杀纪念博物馆公布了一项新调查，该调查表明，在德意志帝国及其领土上有42,500多个集中营、贫民窟和监狱，这表明绝大多数德国会意识到对犹太人士和其他人士的迫害。*The United States Holocaust Museum Encyclopedia of Camps and Ghettos*，1933 - 1945，ed. Geoffrey P. Megargee and Martin Dean.（Bloomington，IN：The University of Indiana Press），2013。

第156—157页 关于"西部墙"的一则简要提及，见 Keegan，438。

有关该集中营的概况、位置和历史，请访问美国大屠杀纪念博物馆官网 http://www.ushmm.org/wlc/en/article.php? ModuleId = 10005224 有关恶臭气味，见 Robert Collis and Han Hogerzeil，*Straight On*（London：Methuen and Co. Ltd.，1947），48。有关当地德国人对集中营的一无所知，见 *Leslie Hardman and Cecile Goodman，The Survivors*（London：Valentine Mitchell，1958），45。

第159页 有关斑疹伤寒迹象，见 Collis，31；Derrick Sington，*Belsen Uncovered*（London：Duckworth，1946），9。死者和幸存者的数字统计来自美国大屠杀纪念博物馆官方网站的英国第十一装甲师证词，但第二位到达集中营的英国拉比艾萨克·列维（Isaac Levy）称死了20,000人，见 Isaac Levy，*Witness to Evil- Bergen-*

Belsen 1945 (London: Peter Halban Publishers, 1995), 16。关于艾希曼, 见 Hannah Arendt, *Eichmann in Jerusalem: A Report on the Banality of Evil* (New York: Penguin Books, 1992), 87 – 9。

第161页　4月21日也是将患病囚犯疏散到装甲训练学校的日子, 见 Shephard, 87。

第162页　所有的历史学家都对"滴滴涕"疗法有过记述, 其中一例见 Sington, 55。伦敦帝国战争博物馆的档案中有英国士兵在贝尔森集中营用滴滴涕粉掸灰尘的照片。关于格林·休斯和格林休斯医院, 见 Joanne Reilly, *Belsen: The Liberation of a Concentration Camp* (London: Routledge, 1998), 24 – 6, 178。赖利 (Reilly) 的和本·谢泼德的书可列属对贝尔森解放最缜密、最权威的战后论著之中。另见 Levy, 19, 134f and Shephard, 42f。

第163页　关于每日死亡率, 见 Shephard, 53 – 4。

第164页　1945年6月9日《英国医学杂志》刊登的科利斯的文章和约翰斯顿中校的记录可在线上查询: http://www.bergenbelsen.co.uk/pages/Database/ReliefStaffAccount.asp? HeroesID = 65& = 65 另见 *Law Reports of War Criminals*, vol. II: *The Belsen Trial* (London: Published for the United Nations War Crimes Commission by His Majesty's Stationery Office, 1947), 9 – 10。www.loc.gov/rr/frd/Military_Law/.../Law-Reports_Vol – 2.pdf, *Sington*, 35。

第165页　关于殖民反射, 见 Shephard, 194。关于英国军队的女性救援人员, 见 Reilly, 42 – 49; Shephard, 82, 另见 on the overpraising of medical students at the expense of women personnel 130 – 32。

第167页　见 Shephard on "corpses still alive", 62 and 116。关于约翰斯顿

中校，见 Collis，*Straight On*，56。一些视频和照片可在伦敦帝国战争博物馆网站（http：//www. iwm. org. uk/collections/item/object/205133268）和华盛顿特区的美国大屠杀纪念博物馆网站获得。http：//resources. ushmm. org/film/display/detail. php? file_num = 2709

另见谢泼德作品全本，尤其是第 47 页，Levy，11 – 12，Shephard 52 – 54。

第 167—168 页　帝国战争博物馆在伯根-贝尔森展览的目录，*The Relief of Belsen*：*April* 1945 *Eye Witness Accounts*. London：Trustees of the Imperial War Museum, 1991, 19 – 21。

Hardman, 31. Collis, 52. 关于语言困难，见 Leslie Hardman，21，24。哈德曼讲意第绪语，并以极大的同情心充当了中间人并为犯人辩护。很快，他就获得了上级官员艾萨克·列维（到达的第二位犹太牧师）的支持和帮助。见 Levy on Hardman's work and exhaustion, 12 – 14。又见 Shephard，68 – 71。

第 169—170 页　关于安妮和玛格特的死亡，见 Shephard，177。对于战后营救者和幸存者的经历及其事后对伯根-贝尔森救援质量的认识和评估，谢泼德特别感兴趣。关于安妮和玛格特的死亡，有很多叙述来源。其中例证可见 Carol Ann Lee，*Roses from the Earth*：*The Biography of Anne Frank*（London：Viking/ Penguin，1999），196 – 97；Melissa Müller，*Anne Frank*：*The Biography*，trans. Rita and Robert Kimber（New York：Metropolitan Books/ Henry Holt and Company：1998），

261 – 62; testimony in Jon Blair's film *Anne Frank Remembered*, 1995。

关于 1945 年 1 月至 4 月中旬贝尔森的死者，见 Eberhard Kolb, *Bergen-Belsen* 1943 – 1945（Göttingen, Germany: Vandenhoeck & Ruprecht, 2002），43。他给出的 1945 年 3 月的死亡人数是 18165 名。又见 Reilly, 17。

关于 1945 年 1 月 27 日奥托从奥斯威辛集中营解放，见 Müller, 273, Lee, 187 – 88，以及来自奥托及其家人朋友的诸多视频和印刷制品。

前面同一叙述中也提到了安妮的单层毯子，使她免受寒冷。证词见 Janny Brandes-Brillesliper in film *Anne Frank Remembered*。又见 Shephard, 15 and fn. 10 for this page, 215.

第 171 页　Hardman, 74 – 5.

第 172 页　关于"孟加拉糊"，见 Reilly, 40；医学生约翰·迪克西（John Dixey,）的证词，*The Relief of Belsen*, 17；Hardman, 49. Shephard, 104 – 06

第 172 页　关于"人用洗衣房"，见 Reilly, 36；*The Relief of Belsen*, 23 – 4, Shephard, 58, 89。

第 173 页　关于苯的注射，见 Sington, *Belsen Uncovered*, 78；Collis, 79。关于集中营里对疾病的不了解和恐惧，见 *The Relief of Belsen*, 15 – 16；另可特别参阅 Reilly, 46；Shephard, 107. Collis, 86。关于约翰斯顿中校，又见 55 – 6, Shephard, 59。在 *The Liberation of the Nazi Concentration Camps*, 1945（Washington, DC:

Government Printing Office for the United States Holocaust Memorial Council,1987),54－6 中，约翰斯顿本人在一份声明中作证。据谢泼德说，他（约翰斯顿）因病重无法出席作证，但发送了一份书面声明（第186页）。

第174页 Hardman,62. 关于美国联合发行委员会和联合国善后救济总署见 Reilly,104 及此后全文，特别是第三章和第五章，第四部分；Oscar Handlin, *A Continuing Task：The American Joint Distribution Committee*,1918－1964.（New York：Random House, 1964),92－106. 又见 Yehuda Bauer, *American Jewry and the Holocaust：The American Joint Distribution Committee*,1939－1945 (Jerusalem and Detroit：Hebrew University and Wayne State University,1981). 关于犹太人中央委员会和约瑟夫·罗森萨夫特，见 *The Relief of Belsen*,7；Reilly,82 及全书。Yehuda Bauer,"The DP Legacy",27－8；Menachem Z. Rosensaft,"My Father：A Model for Empowerment",77－81；Elie Wiesel,"Keynote Address,"84－5. All in *Life Reborn：Jewish Displaced Persons* 1945－1951（Washington,DC：United States Holocaust Memorial Museum,2001). Levy,9 及全书。

第175页 关于将无家可归者驱逐到其他国家，见 Collis,101f；Hardman,88－9；Reilly,80－108。另特别参阅艾萨克·列维，其作品按时序记载了他为了让英国当局认识到犹太幸存者的特殊问题而做出的不懈努力。

第176页 列维和谢泼德都描述了英国统治的僵化，见 Levy 48－67, Shepard,194。

乡关何处是：大屠杀下浴血成长

第 180 页　关于吉普赛人的离开，见 Hardman, 74-6。

关于在贝尔森举办的战后艺术表演，请访问 ORT 网站：http://holocaustmusic.ort.org/places/camps/central-europe/；见 Reilly, 39-40。

第 182 页　伊恩·帕特森 F. R. C. E. 讣告，见 *The Scotsman Evening News*, November 4, 2008。

第 184 页　当一本记载了汉斯·亚历山大战时杰出职业生涯的书出版时，本册进入了编辑的最后阶段。见 Thomas Harding, *Hanns and Rudolf: The True Story of the German Jew Who Tracked Down and Caught the Kommandant of Auschwitz* (London: William Heinemann, 2013)。哈丁（Harding）描述汉斯担任战争罪行委员会翻译的角色（第 174 页）；另见 note for p. 152。哈丁提到了既是汉斯指挥官也是演员的利奥·吉恩上校，174-6 and fn. for that page, 306。

第 185 页　哈丁对汉斯的未婚妻的描述略有不同（第 89—91 页），汉斯曾单独见过她，她和汉斯一样是德国犹太难民。她个性坚强，但哈丁在不同场合多次提及她为人十分有趣（第 220—21 页）。

第 187 页　荷兰战争文献研究所的雷内·波坦普（René Pottkamp）找到了可确认我祖父母被驱逐到这些难民营日期的纳粹名单；作者收藏的复印本。

第 187 页　关于荷兰犹太人在集中营缺少像东欧犹太人那样的生存技能，见 Presser, 495。

第 192 页　关于 1943 年 3 月 27 日抵抗军对阿姆斯特丹市档案局的轰炸，请参阅位于阿姆斯特丹的荷兰抵抗运动博物馆的官网：http：//www.verzetsmuseum.org/museum/en/alwayspresent, itinerary_ideas/plantage_area。

见哈丁对 1945 年春天及其后几个月的描述（书中第十二章）。希尔德并未被提及，除了在 1945 年 12 月汉斯写给安（Ann）的信中或有间接被提及："不要担心我能否让这些荷兰姑娘们温饱"（第 221 页）。

第 194 页　Kaddish, *The New Union Home Prayer Book*, 203 – 04.

第七章　流亡者，伯根−贝尔森

第 199 页　Herbert Agar, *The Saving Remnant: An Account of Jewish Survival* (New York: Viking Press Inc., 1960), 94 – 5, 181f. 中有关于巴顿将军对美国地区幸存者的敌对态度的报道叙述（第 182 页）。这是对美国联合发行委员会工作的有限且夸大的叙述。

第 200 页　见电影 *The Long Way Home*, directed by Mark Jonathan Harris 1997, On Ernest Bevin, 见 Reilly, 86 – 8, 96f。

关于口粮不足，见 Reilly 176 – 78。

第 201 页　关于罗尔·哈里森及其报告，见 Reilly, 89 – 96。又见网上资源：http://www.ushmm.org/museum/exhibit/online/dp/politic6.htm. Levy 71 – 2。

关于罗森萨夫特，见 Reilly, 99 – 100, 以及在美国联合发行委员会通讯中有关他的记录，*JDC Digest*, vol. 5, no. 1: January, 1946, 8。

第 202 页　关于双胞胎之间如同漫画般的相似度，见 Harding 128 – 30 及其他例子。

乡关何处是：大屠杀下浴血成长

第 203 页 关于犹太人从东欧返回，见电影 The Long Way Home；Yehuda Bauer，"The DP Legacy" in Life Reborn，25。

第 207—208 页 关于在吕讷堡的战争罪行审判，见 Relief of Belsen，27 - 9。尽管两个双胞胎都住在伯根-贝尔森（汉斯时在时不在），但到 1945 年年底时，希尔德已经很少能见到他了。根据哈丁的说法，1946 年 1 月汉斯向安求婚（第 225 页），1946 年 4 月 20 日汉斯复员（第 247 页），1946 年 5 月 19 日同安结婚（第 248 页）。

鲁玛·魏兹曼，"访谈"（打字稿），是 1993 年 7 月 22 日耶路撒冷希伯来大学当代犹太人研究所口述历史系对"英占区伯根-贝尔森无家可归集中营大屠杀幸存者调查"的一部分。该调查由哈吉特·列夫斯基（Hagit Levsky）和查娜·科瓦里（Chana Kovari）组织（第 6—7 页），并负责整体记述（Handlin，102）。

又见"The Task of Remembering" by Genya Markon，in *Jewish Displaced Persons in Camp Bergen-Belsen*，1945 - 1950：*The Unique Photo Album of Zippy Orlin*，ed. Erik Somers and René Kok（Seattle：University of Washington Press in association with the Netherlands Institute for War Documentation，2004），134 - 39。本文介绍了希尔德的工作；另请参阅马肯（Markon）的"目击者"，其中有对鲁玛·魏兹曼（第 214—215 页）和希尔德（第 224—225 页）的描述和配图。在一张照片中，希尔德和她的员工一起出现在日托中心（第 66—67 页）。又见 Reilly，178 - 9。

注释

第 209 页　鲁玛·魏兹曼谈及本·谢门儿童村；见其网站：http://eng.ben-shemen.org.il/。阿里·沙维特（Ari Shavit）在其文章中对本·谢门参与的从利达（Lydda）镇驱逐阿拉伯居民进行了令人沮丧的记述，见"Lydda, 1948" in *The New Yorker* of October 21, 2013, 40–46。另见网络资源：http://www.newyorker.com/reporting/2013/10/21/131021fa_fact_shavit。这是一个悲惨的故事，考虑到那里年轻的大屠杀幸存者的近来经历，这几乎是无法想象的。

第 214 页　电影 *The Long Way Home*；Handlin, 97–9。Interview with Rabbi Herbert Friedman in film *The Long Way Home*.

第 215 页　埃里克·萨默斯（Erik Somers）和勒内·科克（René Kok）的文章提供了：贝尔森无家可归集中营的历史资料，与占领军英军的斗争信息，以及稳定社区的发展情况；见 *Jewish Displaced Persons in Camp Bergen Belsen* 1945–1950（见前文），特别参阅第 70—72 页。

第 216—217 页　关于欧洲的少量联合工人（第 65 页），见 *JDC Digest*, vol. 5, no. 2, February 1946, 17。

同期出版的《JDC 文摘》还报道说，罗森萨夫特在讲话提到为无家可归者开展 1 亿美元行动，在此期间全体分发价值数百万美元的用品。

第 220 页　奥托的父亲形象，来自萨尔·德利马的证词，见 Lee, *The Hidden Life of Otto Frank*, 113。

第 225 页　关于斯潘尼尔医生，见 Moore, 221–23；Presser, 425。

第 232 页　与托马斯·哈丁进行电话交谈，讨论奥托·弗兰克的表亲埃利亚斯一家与亚历山大一家的关系。

第八章　情书

第246页　James Boswell, *Life of Johnson*, originally published 1791.（Oxford：Oxford University Press, 1987）, 957.

第255页　关于恩丁根（又称奥伯丁根）和伦瑙乡村贫民窟，见 Mitya New, *Switzerland Unwrapped：Exposing the Myths*（London：Tauris Publishers, 1997）, 16 – 17；又见 Willy Guggenheim, ed., *Juden in der Schweiz：Glaube, Geschichte, Gegenwart*（Küsnacht/ Zürich, Switzerland：Edition Kürz, 1982, 21f.

第256页　New, 17. 布坎南总统给国会的信息以及随后的听证会详情可轻松获取，见 House of Representatives, 36th Congress, first session, April 24, 1860。

关于黑死病时期的犹太人，见 Heiko Haumann et al., ed., *Juden in Basel und Umgebung：Zur Geschichte einer Minderheit*（Basel, Switzerland：Schwabe & Co. AG, 1999）, 12 – 13；以及一篇文章，见 Werner Meyer, in *Acht Jahrhunderte Juden in Basel*（Basel, Switzerland：Schwabe Verlag, 2005, 26。这些消息来源和其他信息提供了确切日期，即1349年1月16日，当时巴塞尔的所有犹太人在莱茵河的一个岛上被焚烧，整个社区被摧毁。又见 www.jewishvirtuallibirary.org。我父亲说，一直有人告诉他，犹太人被钉在木桶里并被扔进了莱茵河。无论哪种方式，他们都与史特拉斯堡的犹太人和其他城市的犹太人一样，遭遇了可怕的命运。

● 注 释 ●

第 258 页　关于巴塞尔的第一届犹太复国主义大会，见 Haumann, *Juden in Basel*, 31–4。

第 263—264 页　关于瑞士的反犹太主义和亲纳粹情绪，见 Jacques Picard, "Switzerland and the Jews", in New, *Switzerland Unwrapped*, 17–23; and Noëmi Sibold, *Bewegte Zeiten: Zur Geschichte der Juden in Basel von den 1930er Jahren bis in die 1950er Jahre*（Zürich, Switzerland: Chronos Verlag, 2010）。第一章的标题说明了一切："20 世纪 30 年代对犹太人的仇恨"（英文）。又见 Shaulferrero, "Switzerland and the Refugees Fleeing Nazism: Documents on the German-Jews Turned Back at the Basel Border in 1938–1939", Shoah Resource Centre, www.yadvashem.org \ o._pdf。

第 266—267 页　我找到了一些关于吉桑将军的资料，大多是网络资源，其中提到了 1940 年的军队动员和撤退到阿尔卑斯山的战略；1942 年的事件是间接出现的。另见美国战略服务办公室（OSS）美国国家档案馆网站记录的 1942—1946 年公开资料"大屠杀时代的资产"，有军事机构的记录，http://www.archives.gov/research/holocaust/finding-aid/military/other-oss.html, box 111, folder 20。

关于吉桑将军，见 Jonathan Steinberg, *Why Switzerland?*（Cambridge, CUP, 1976）, 46–50。又见 Klaus Urner, *Let's Swallow Switzerland*, *Hitler's Plans Against the Swiss Confederation*,（Lanham MD: Lexington Books, 2002）。

1942 年 8 月，希特勒称瑞士为"欧洲脸上的小脓包"。

乡关何处是：大屠杀下浴血成长

众所周知，希特勒将这次有计划的侵略命名为"圣诞树作战计划"。希姆莱（Himmler）的记录显示了1942年为Germanischer SS Schweiz指定的计划。我不清楚是否因这一计划散播的谣言从而引起了1942年的恐慌。关于希特勒对侵略瑞士的看法，见更多网络资源，包括http://www.pbs.org/wgbh/pages/frontline/shows/nazis/readings/halbrook.html，这一网站未提及战时瑞士的反犹太主义和亲纳粹情绪。

第270页　关于拉比亚瑟·韦尔（Arthur Weil）的照片，见Haumann, ed., *Acht Jahrhunderte Juden in Basel*, 176, 205。

第九章　再战，以色列1948

第276页　对以色列英雄式建国这一说法，从根本上提出质疑的修正主义历史学家有：本尼·莫里斯（Benny Morris），阿维·史莱姆（Avi Shlaim），汤姆·塞吉夫（Tom Segev）和伊兰·帕佩（IlanPappé）等。

第281—282页　关于犹太退伍军人以及1948年以色列军队的总体组织情况，见Ilan Pappé, *The Making of the Arab-Israeli Conflict*, 1947–51 (London: I. B. Tauris & Co. Ltd, 1992), 47–52, 特别是第50页。又见Benny Morris, *1948: A History of the First Arab-Israeli War* (New Haven, CT: Yale University Press, 2008), 21。

关于哈加拿及其恐怖主义组织，见Chaim Herzog, *The Arab-Israeli Wars: War and Peace in the Middle East from the*

1948 *War of Independence to the Present*（London：Greenhill Books，2004）17 - 21。

1948 年 5 月 14 日是以色列独立日，见赫尔佐格（Herzog），他描述了在本古里安的广播公告中充斥着埃及战机轰炸特拉维夫的声音（第46、47 页）。关于 1948 年 6 月上旬缺乏训练和武器装备，见 Herzog 48，Morris，200。关于包括医疗人员在内的外国志愿者，见 Morris 85 - 6。关于戈拉尼旅的部署及其他情况，见 Morris，119，204。另请参阅其网站的历史记录 http：//www.jewish virtuallibrary.org/jsource/Society_&_Culture/golani_brigade.html

关于现今仍存在的嘉道理学院，见 http：//www.kadoorie.org.il/Content.aspx?id=59。帕尔玛赫组织的几位领导就曾毕业于嘉道理学院。

第 285 页　关于拉特伦，见 Herzog, 41f., Morris, 219 - 231，特别是第229 - 31 页描述的战役恰好与我父亲在塞耶拉参加的战役是同时发生的（见下文）。拉特伦战役是耶路撒冷战役和围攻的一部分，见下文。

关于 1947 年 11 月 30 日至 1948 年 6 月 11 日耶路撒冷之战，见 Herzog 38 - 45 and 59 - 68；Morris，208 - 31（包括对拉特伦的描述）。

关于雅得·莫德柴农场，见 Morris，237 - 39；Herzog，71 - 2。

关于 254—257 页德加尼亚，见 Herzog，51 - 4。

第 286 页　莫里斯提到年轻的本古里安在塞耶拉被阿拉伯刀袭击（第

7页）。

第287页　塞耶拉第一次战役，见 Herzog, 55-6。

第292页　依据莫里斯的说法（第293页），尽管双方在6月9日接受了停战协定，但停战协定是在1948年6月11日才开始生效的。赫尔佐格没有给出具体日期，称这件事并不明确。关于第一次停战协议，莫里斯还叙述了更多信息（第155页）。在英属托管结束前的1948年4月13日，医疗车队的78名医生、护士、学生、教授和其他医护人员在耶路撒冷路上被伏击烧死，见 Morris, 128-29。

第294页　关于本-古里安针对伊尔贡组织的纪律处分，见 Morris, 271-72。

第297页　关于1948年初，包括捷克斯洛伐克斯柯达公司提供的更好的武器，见 Morris 84, 87-8, 117。关于来自欧美的其他武器和飞机，176-77, 206-07。关于征服拿撒勒，见 Herzog, 78-9; Moore, 280-81。7月中旬，戈拉尼旅也保卫了塞耶拉，并在第二轮战斗中占领了卢比亚。

第297页　关于贝纳多特伯爵计划让以色列放弃领土以换取更多加利利的土地，见 Herzog, 87; Moore, 269-70。

第299页　关于伯纳多特伯爵被暗杀，见 Herzog, 88; Moore 312-13。

第300页　关于签订停战协定，见 Herzog, 105 以及题目为 "Summary: The Israeli Victory", 105-08 整章。

第十章　美国人在德国，1971

第318页　这句话出自保罗·策兰最著名的诗歌 *Todesfuge*（英文《死亡赋格》）的尾声部分：

der Tod ist ein Meister aus Deutschland sein Auge ist blauer trifft dich mit bleierner Kugel er trifft dich genau

(死神是来自德国的大师 他的眼睛是蓝的 他用铅弹打中你 他打得很准)

(此处英文版选自 *Poems of Paul Celan*，译者 Michael Hamburger（New York：Persea Books，2002），30－33；此处中文选自钱春绮译文。)

第336页　Alexander and Margarete Mitscherlich，*Die Unfähigkeit zu Trauern. Grundlage kollektiven Verhaltens*（Munich, Germany：Piper，1967）. 本书以英语出版，名为 *The Inability to Mourn：Principles of Collective Behavior*（《无法哀悼：集体行为准则》）（New York：Grove Press，1975）。

1. 贝蒂·雅各布斯塔尔，很可能在柏林，大概是1910年
2. 乔和希尔德·雅各布斯塔尔，柏林，大概是1928年
3. 赫尔戈兰海岸5号，希尔德曾经住过（二楼，欧式的），照片摄于2010年
4. 沃尔特·雅各布斯塔尔（时间地点不详）

5. 希尔德，阿姆斯特丹，1935 年
6. 贝蒂和沃尔特在他们的服装公司前，阿姆斯特丹，20 世纪 30 年代
7. 希尔德在她的独木舟中，1941 年

8. 前排，从左至右：卢，查理，贝蒂
   后排，从左至右：乔，汉斯，沃尔特，希尔德
   在雅各布斯塔尔家的起居室，1938年
9. 从左至右：乔，沃尔特，贝蒂，希尔德和朋友们，荷兰，大概是20世纪30年代中期

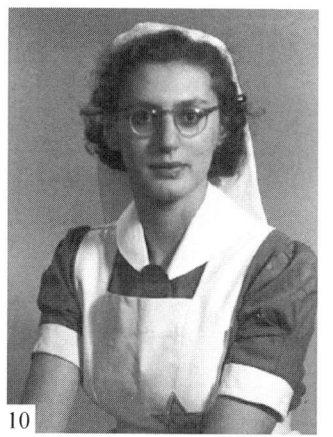

10. 希尔德，1943年前后的冬天和春天
11. 包含沃尔特和贝蒂·雅各布斯塔尔名字的纳粹"运输"名单，他们在1944年1月25日从伯根-贝尔森被送往特雷津
12. 希尔德的征召通知，1942年9月22日
13. 希尔德推迟征召的通知，1942年9月25日

14. 希尔德19岁，解放后，她和哥哥乔加入了一支红十字会小队，时间大约是1944年早秋。她正在给一位比利时的追求者弗朗索瓦·泽维尔写信。
15. 在中甸种植园的日托中心，阿姆斯特丹，1942年或1943年 希尔德的围裙在后面
16. 雷米·范·杜因维克，一名弃婴，中甸种植园日托中心，阿姆斯特丹，1943年
17. 中甸种植园日托中心的孩子们，阿姆斯特丹，1942/1943年

18. 乔，位于最左侧，与荷兰医疗救援队的同事们，这里显然是一个最近撤离的纳粹司令部；在荷兰、比利时边境，1944年末或1945年初
19. 怀特海德叔叔，伯根–贝尔森解放后来到这儿的英国军官，1945年4月
20. 乔的荷兰医疗救援队证件照片，1944年
21. 伯根–贝尔森路边用英语和意第绪语写的告示牌，警告人们小心虱子携带斑疹伤寒，1945年春天或初夏
22. 放置在伯根–贝尔森的墓碑

23. 希尔德，右上，身着深色衣服，和伯根－贝尔森的日托中心护工们，大概是1946年春夏
24. 贝尔森日托中心的运动时间，大概是1946年春夏
25. 希尔德，左起第四，和布兰克内瑟的孤儿们，大概是1945年冬天 赫尔芧斯，左起第三，发育迟缓和稀疏干枯的头发体现了集中营带给他的影响
26. 来自布兰克内瑟孩子们的生日卡片，1946年2月18日，希尔德的21岁生日
27. 1946年3月的希尔德，她穿着美国制服，手拿一只小便壶，准备陪布兰克内瑟的孩子们去马赛

28. 希尔德在布鲁塞尔的一个英国军队聚餐会上，1946年4月3日，和她一起的是亚历山大双胞胎兄弟：
汉斯（右），保罗（左）
29. 希尔德和麦克斯的婚纱照，1947年8月
30. 希尔德提出的蜜月徒步旅行的主意，瑞士，阿罗萨，1947年7月

31. 麦克斯（左），希尔德，和戈拉尼旅的（可能是医疗）同事在一起，以色列，1948年夏
32. 麦克斯（中），和其他医生一起参加美国陆军的基本训练，德克萨斯州休斯顿市萨姆堡，1953年。注意我父亲的正装鞋。

33. 授权希尔德和我一起往返美国和欧洲的文件的一部分，那时我们是无国籍的，但受到我父亲美国绿卡的保护

34. 上：麦克斯在伯根-贝尔森联合国善后救济总署工作后试图找一份新工作的推荐信，1946 年 12 月

下：麦克斯与希尔德第一次访问瑞士时，联合国善后救济总署的旅行授权，1947 年 2 月

35. M. 杜普伊斯和我在比利时吕斯坦的梅兹河畔,大概是1953年春天
36. 乔和祖斯·斯科尔特,阿姆斯特丹,20世纪50年代中期
37. 在我们访问比利时的一次活动中,快乐的杜普伊夫人和希尔德,背景是麦克斯,大概是1953年
38. 苏西(左)和我,法兰克福,德国,大概是1954年

39. 希尔德战后的"文件堆"中的另一页,她带着这些在20世纪50年代初期到中期往返于美国和欧洲

READING TOGETHER — Mrs. Hilda Goldberg and her daughter, Dottie, catch up on Mickey Mouse in the Goldberg home at 901 Wilson Avenue, Teaneck. (Staff photo.)

From Belsen Nazi Death Camp, She Comes To Day-Care Center

Former Underground Nurse Has Wide Experience With Children

By PETER BERNSTEIN
(Staff Writer)

40. 希尔德和多特，1964年。这篇文章来自当地的一家报纸《伯根晚报》，发表于新泽西州北部。

Otto Frank-Guide for a Diary

By LUCILLE ELFENBEIN

Outside of the diary of Anne Frank, very little has appeared in print about her father, Otto Frank. Yet Anne Frank died more than a dozen years ago at Belsen at the age of 15.

Otto Frank today is a mature and handsome man, who has built firmly a new life for himself, with enriched ideals, and an ever widening scope.

He is a modest man. Although it was he who found the remarkable diary when he returned to Amsterdam from the concentration camp at Auschwitz, he has avoided the limelight with remarkable success.

Altering his habit of avoiding reporters, the other day he consented to his first interview with any American reporter.

He was here on a visit from his new home in Basle, Switzerland, with his second wife, Fritzi. They were the house guests of Dr. and Mrs. Max Goldberg. Mrs. Goldberg was a contemporary in Amsterdam of the daughters of Otto Frank.

Dr. Goldberg is the clinical director at the State Institutions at Howard. The family resides in Cottage 2, a roomy comfortable brick two-story dwelling located on the north end of the grounds.

The cottage living room made a good setting for Otto Frank and his wife. Mrs. Frank is a pretty, fresh-looking middle aged brunette who dressed sensibly in a dark suit, white blouse, and low European suede walking shoes. Everyone and everything in the room seemed endowed with warmth and serenity.

Tall and white haired, 68-year-old Otto Frank, has bright brown eyes that are at once sharp and soft. A glowing pinkness underlies his complexion, and a slight smile is at home upon his face.

He was dressed in a dark woven worsted suit, cut loosely from his broad shoulders, a white shirt, red tie, snug grey woolen socks and sturdy highly polished shoes that indicate a man who enjoys walking. He speaks English with just the barest undertone of a German accent.

In manner, coloring and style he seems exactly like Joseph Schildkraut's interpretation of Otto Frank in the Pulitzer Prize winning Broadway version of "The Diary of Anne Frank."

Otto Frank however cannot appreciate this fact. He has never seen any version of the play although it has played in 19 languages in 95 countries. It has been presented by both amateur and professional groups in places as varied as Japan and Argentina.

Despite the fact that he has been typecast by life in the role of himself, a wise, kindly,

Continued on Page 3, Col. 1
Frank

42

---

41. 文章来自《晚间公报》，普罗维登斯，罗德岛，1958 年 1 月 20 日
42. 插图：同一场合的全家福。从左至右：希尔德，奥托，弗里茨·弗兰克，苏西（右）和我在脚凳上

43. 乔和希尔德在希尔德的70岁寿宴上,1995年。他是一位惊喜来宾。
44. 2007年,一家人聚集在纽约希尔顿酒店的贵宾套房里,庆祝我父母结婚60周年。
    坐着的是:希尔德,麦克斯
    前排,从左至右:艾伦,加布里埃尔和丹尼尔·哈特,本杰明·哈特,丽贝卡·罗斯·罗素,爱德华·布鲁贝克
    第二排,从左至右:奥利弗·哈特,梅兰妮·布鲁贝克,丽塔·哥德伯格,苏西·哥德伯格·布鲁贝克,大卫·罗斯·罗素,亚当·罗斯·罗素
    楼梯上的后排,从左至右:多萝西·哥德伯格(罗斯·罗素),迈克尔·布鲁贝克,希瑟·布鲁贝克

译后记

——本书是对那些曾经为了和平，现在仍为和平而奋斗的人们的精神纪念。

接到翻译项目邀约时，"犹太集中营"的主题让我立定决心排除万难。本书包含大量政史词目和欧美地缘文化，我逐一添注、援引，望能提供有用的阅读参考资料。

作者一家与安妮·弗兰克家族世代交谊，这本书也与《安妮日记》互为映照，对二战历史进行了发人深省的文学叙述。

翻译过程中，我数度落泪，被作者强大的共情能力以及立足于全人类的责任感所打动。书中很少谈及集中营里常人无法想象的摧残，而是聚焦于让人活下去的心态和勇气。

据目击者称，沃尔特（作者的外祖父）哪怕在集中营关押期间，也展现出英勇和尊严。他在点名时替换病重者站立数小时，挽救了许多人的性命。后来，沃尔特自己也染上了病，奥斯威辛注定是难以逃离的宿命。妻子贝蒂毫不犹豫选择共赴。她大概也知道，这一遭有去无回，但爱一个人，无论前路如何，就会想和他在一起。

本书另一点与其他纳粹题材的不同之处在于，作者花了更多笔墨在幸存者生活及心理重建方面。

包括希尔德（作者母亲）在内的许多幸存者，不仅曾在纳粹的监视下，一次次对遗孤惊险营救，在战后也致力于搭建幸存者联络渠道。他们的后代多投身于慈善、医疗事业，或成为作家来追忆反思战争中的人性底蕴。

"这种经历固然可怕……它本身不代表什么，但我必须赋予它意义。"作者这样说。但无论如何，遭受痛苦并非寻找意义的必要方式，如果痛苦可以避免，那么有意义的事就是去消除痛苦的根源，不管这种原因是生理的、心理的、抑或政治的。

正如作者在《致中国读者序》中所表达的愿景，"我真诚希望这本书能帮助你用自己的方式去修缮这个世界。"既然任何国家都无法独善其身，那只有去了解，去感同身受——为了遇难者，为了幸存者，更为我们自己和一个更好的世界。

本书译者 周琳琳
2020 年 7 月于香港